明清戲曲序跋纂箋

十二

郭英德
李志遠 纂箋

國家出版基金項目
NATIONAL PUBLICATION FOUNDATION

人民文學出版社

卷十四　附　諸宮調與散曲集

董解元西廂記（董解元）

董解元，名字、籍貫、生平均未詳。金章宗（一一九〇——一二〇八）時人，明朱權《太和正音譜》云其『仕於金，始製北曲』。撰《董解元西廂記》，亦題《西廂記諸宮調》、《董西廂》、《絃索西廂》，現存嘉靖三十七年（一五五八）序、燕山松溪風逸人校正刻本（一九六三年中華書局據以影印），嘉靖三十七年序、海陽風逬散人適適子重校刻本（一九五七年古典文學出版社、《續修四庫全書》第一七三八册據以影印），萬曆間屠隆、周居易校刻本（存單行本與《新刊合併王實甫西廂記》合訂本，二〇一二年國家圖書館出版社《中華再造善本叢書》據以影印），明湯顯祖評、天啓崇禎間刻本（一九四〇年上海商務印書館據以影印），明末烏程閔齊伋刻朱墨套印本，崇禎間閔齊伋刻《西廂六幻》本（二〇一三年國家圖書館出版社《原國立北平圖書館甲庫善本叢書》據以影印），明楊慎點定、天啓崇禎間黄嘉惠校刻本（一九八四年齊魯書社據以影印），清末民初劉氏暖紅室刻本等。

古本西廂記序〔一〕

張羽〔二〕

張子曰：余嘗聞古之君子論樂云：『絲不如竹，竹不如肉。』以音之漸近自然耳。又云：『取將歌裏唱，勝向曲中吹。』此非空言也。故其詞類多鴻儒碩士、騷人墨客、審音知樂者方能作之，豈不以聲律之妙固難爲淺俗語哉？趙松雪謂之『行家生活』〔三〕，是矣。《西廂記》者，金董解元所著也。辭最古雅，爲後世北曲之祖。迨元關漢卿、王實甫諸名家作①者，莫不宗焉。蓋金元立國，並在幽燕之區，去河洛不遙，而音韻近之。故當此之時，北曲大行於世，猶唐之有詩，宋之有詞，各擅一時之聖，其勢使然也。

國初詞人仍尚北曲，累朝習用，無所改更，至正德之間特盛。毅皇帝御製樂府，率皆此調，京師長老尚能咏歌之。近時吳越間士人，乃棄古格，翻改新聲，若《南西廂記》及②《公餘漫興》等作〔四〕，鄙俚特甚，而作者之意微矣。悲夫！豈惟作之者難，而知之者尤不易耳。是故子期既沒，而伯牙輟絃，痛知音者之難也。

余不敢自負知音，但舞象之年，卽好聲律之學。而先輩③滸西康公〔五〕，余大父拙翁同年友也，明腔識譜，精解音律。時則有渼陂王④公〔六〕、石亭陳公〔七〕、升庵楊公〔八〕、中麓李公〔九〕，相繼有作，流傳樂府，心竊豔慕之。又余所雅游者，謝胡袁君〔一〇〕、丹厓楊君〔一一〕、射陂朱君〔一二〕、射陽吳君〔一三〕、大梅史君〔一四〕、茗山許君〔一五〕、石城許君〔一六〕、三橋文君〔一七〕、雉山邢君〔一八〕、青門沈君〔一九〕、十洲方君〔二〇〕、質山黃君〔二一〕、柘湖何君〔二二〕、大壑何君〔二三〕、雲山唐君〔二四〕、小川顧君〔二五〕、小山陸君〔二六〕，一時交往，皆好古知音之士，乃相與⑤上下其議論，既知所取舍。余又嘗北至燕都，南遊白下，歷四方佳麗之地，頗有善歌者，余低回聽之不能去，得其遺響，聲律之事不無所考焉。

世異習殊，古音漸廢，而力弗能振，每嘆恨之。且今之縉紳先生，既多南士，漸染流俗，異哉所聞，故率喜南調，而吳越之音靡靡乎不可止已。間聞北調，縱不爲厭怪，然非心知其趣，亦莫能鑒賞其間，故信而好者，不多有之。大抵新聲之易悦，而古調之難知，所從來遠矣。枝山祝公〔二七〕，博雅君子也，亦嘗謂：『四十年來接賓友，無及此者。』今日之事，惟樂爲大壞，無論雅俗，止日用十七宫調，知其美劣是非者幾何？數十年前尚有之，今殆絕矣，蓋未嘗不爲之浩嘆。夫歌曲，一藝也，猶然以古雅難傳，況以詩賦文章之大業，而希望復古之隆乎？嗚呼，惜哉！

關氏《春秋》〔二八〕，世所故有，余既校而刻之矣。而董記號爲最古，尤不可少者，乃廢格無傳，又爲之傷其不遇也。往歲三橋文君爲余言⑥，西山汪氏有元刻本，嘗借録之，然恨其手尾俱缺，舛謬殊甚，無從校補，每用病焉。柘湖何君晚得鈔本，則南峯楊公所藏〔二九〕，末有題語，因賴以考訂異同，修補遺脱，而董氏之書，於是復完。

董解元，不知爲何人，爵里事狀不可得而詳，要之固當世之才士也。余既校董詞，乃序其說如此。若流傳振作，追復古音，以俟同志，又安知世無子期哉！

明嘉靖丁巳秋八月⑦，黄鵠山人張羽雄飛序。

（一九六三年中華書局影印嘉靖三十七年序、燕山松溪風逸人校正刻本《古本董解元西廂記》卷首）

【校】

①作，《合併西廂》本無。

②南西廂記及，《合併西廂》本無。

③『而先輩』起至『君一時交往皆』止，凡一百三十五字，《合併西廂》本無。

④王，底本作『黄』。一九五七年古典文學出版社影印本卷末校記稱：『黄』當爲『王』。據改。

⑤『好古知音之士乃相與』，《合併西廂》本作『乃與好古知音之士相』。

⑥言，海陽風逸散人適適子重交刻本作『君』，誤。

⑦明嘉靖丁巳秋八月，《合併西廂》本無。

【箋】

〔一〕一九五七年古典文學出版社影印嘉靖三十七年序、海陽風逸散人適適子重校刻本卷首亦有此文。萬曆間屠隆、周居易校刻本《合併西廂》第一種《新刊合併董解元西廂記》卷首，迻録此序，略有删節，改題《董解元西廂序》。

〔二〕張羽：字雄飛，別署黄鵠山人，當爲吴中人。生平未詳。所校刻《西廂記》雜劇，或已佚。

〔三〕趙松雪：即趙孟頫（一二五四—一三二二），字子昂，號松雪道人，別署孟俯、鷗波、水晶宫道人等，吴興

（今浙江湖州）人。南宋皇族。以父蔭補官，試吏部銓選，調眞州司戶參軍。宋亡，閒居里中。至元二十三年（一二八六），應程鉅夫薦，入京。次年，奉訓大夫、兵部郎中。後遷集賢直學士，累官至翰林學士承旨，稱疾乞歸。卒贈江浙中書省平章政事、魏國公，謚『文敏』。著有《松雪齋文集》等。傳見《元史》卷一七二。

〔四〕《南西廂記》：傳奇，李日華撰。《公餘漫興》，散曲集，陳鐸（約一四五四—一五〇七）撰。陳鐸生平，詳見本卷《陳大聲樂府全集》條解題。

〔五〕滸西康公：即康海（一四七五—一五四〇），生平詳見本卷《沜東樂府》條解題。

〔六〕渼陂王公：即王九思（一四六八—一五五一）。

〔七〕石亭陳公：即陳沂（一四六九—一五三八），字宗魯，後改字魯南，號石亭，又號小坡。祖籍浙江鄞縣（今寧波），以醫籍居金陵（今江蘇南京）。正德十二年丁丑（一五一七）進士，選庶吉士，散館授編修。進侍講，出爲江西布政司左參議、山東參政、太僕寺卿等職。致仕後杜門著述。著有《遂初齋》、《拘虛館》等集。撰雜劇《苦海回頭記》，現存嘉靖三十七年（一五五八）紹陶室刻《雜劇十段錦》本、日本大谷大學藏萬曆三十三年乙巳（一六〇五）新安孫學禮刻《四太史雜劇》本（《日本所藏稀見中國戲曲文獻叢刊》第二輯據以影印）、萬曆間脈望館校《古名家雜劇》本（《古本戲曲叢刊四集》據以影印）。

〔八〕升庵楊公：即楊慎（一四八八—一五五九）。

〔九〕中麓李公：即李開先（一五〇二—一五六八）。

〔一〇〕謝胡袁君：即袁褧（一四九五—一五七三），字尚之，晚號謝胡，別署謝湖生，吳縣（今江蘇蘇州）人。諸生，屢試不第，循例入太學。工詩文，善書畫，以藏書、刻書著稱。著有《楓窗小牘》等。傳見民國《吳縣志》卷六六。

〔一一〕丹厓楊君：　籍里、生平均未詳。

〔一二〕射陂朱君：　即朱曰藩（一五〇一—一五六一），字子价，號射陂，寶應（今屬江蘇）人。嘉靖二十三年甲辰（一五四四）進士，歷任烏程知縣、南京刑部主事、禮部郎中、九江知府等職。著有《山帶閣集》、《射陂蕪城詞》等。傳見光緒《烏程縣志》卷一一。

〔一三〕射陽吳君：　即吳承恩（約一五〇〇—一五八三），字汝忠，號射陽，別署射陽山人，山陽（今江蘇淮安）人。嘉靖中貢生。歷浙江長興縣丞等。著有《射陽先生存稿》等。或以爲小説《西遊記》作者。傳見天啓《淮安府志》、同治《重修山陽縣志》卷一二等。參見蘇興《吳承恩年譜》（人民文學出版社，一九八〇）。

〔一四〕大梅史君：　即史大梅，揚州（今屬江蘇）人。嘉靖十年辛卯（一五三一）舉人，曾任松溪知縣。參見李春芳《貽安堂集》卷一〇《送同年大梅史君令松溪序》、王慎中《遵巖集》卷一〇《送史大梅君應召序》。

〔一五〕茗山許君：　即許應元（一五〇六—一五六五），字子春，號茗山，錢塘（今浙江杭州）人。嘉靖十一年壬辰（一五三二）進士，除泰安知州。歷任刑部郎中、四川按察副使、廣西右布政使等職。著有《春秋內傳》、《國語史記鈔》、《水部稿》、《漪堂摘稿》等。傳見過庭訓《本朝分省人物考》卷四三、曹溶（？）《明人小傳》等。

〔一六〕石城許君：　即許穀（一五〇四—一五八六），字仲貽，號石城，上元（今江蘇南京）人。嘉靖十四年乙未（一五三五）進士，歷任戶部主事、南太常少卿、南尚寶卿等職。其詩清爽俊逸，著有《省中集》、《外臺集》、《許太常歸田稿》等。傳見焦竑《國朝獻徵錄》卷七七、過庭訓《本朝分省人物考》卷一三等。

〔一七〕三橋文君：　即文彭（一四九八—一五七三）。

〔一八〕雉山邢君：　即邢一鳳（一五〇八—一五七二），字伯羽，一字雉山，上元（今江蘇南京）人。嘉靖十六年丁酉（一五三七）舉人，二十年辛丑（一五四一）進士，授翰林院編修。官至侍講，遷南太常寺少卿。工詩善曲，著有《雉山集》。傳見雷禮《國朝列卿記》卷一三六、道光《上元縣志》卷一六等。

〔一九〕青門沈君： 即沈仕（一四八八—一五六五），字子登，一字懋學，號青門，一號野筠，別署青門山人、東海迷花浪仙，仁和（今浙江杭州）人。不樂仕進，浪迹山水。工詩善曲，兼工書畫，著有《沈青門集》、《唾窗絨》、《攝生要錄》等。傳見徐象梅《兩浙名賢錄》卷四七。

〔二〇〕十洲方君： 即方九敘，字禹績，號十洲，錢塘（今浙江杭州）人。嘉靖二十三年甲辰（一五四四）進士，授兵部職方司主事。累遷承天知府，投劾歸。家居，結社湖上。著有《十洲集》、《方承天遺稿》等。傳見徐象梅《兩浙名賢錄》卷四七。

〔二一〕質山黃君： 即黃姬水（一五〇九—一五七四），字淳甫，一作淳父，又字子淳，號質山，又號聖長，吳縣（今屬江蘇蘇州）人。黃省曾（一四九〇—一五四〇）子。諸生。嘉靖中，攜家僑寓金陵，以擅詩名。能詩善畫，遊於文徵明門下。著有《白下集》、《高素齋集》、《黃淳父先生全集》等。傳見焦竑《國朝獻徵錄》卷一一五、過庭訓《本朝分省人物考》卷二三、王兆雲《皇明詞林人物考》卷一一、張萱《西園聞見錄》卷二二等。

〔二二〕柘湖何君： 即何良俊（一五〇六—一五七三）。

〔二三〕大壑何君： 即何良傅（一五〇九—一五六三），字叔皮，號大壑，松江華亭（今屬上海）人。何良俊弟。嘉靖十九年庚子（一五四〇）舉人，二十年辛丑（一五四一）進士，授禮部行人司行人。遷刑部主事、南禮部祠祭司郎中。善詩文，著有《何禮部集》等。傳見《明史》卷二八七、王兆雲《皇明詞林人物考》卷一一、何三畏《雲間志略》卷一三等。

〔二四〕雲山唐君： 籍里、生平均未詳。

〔二五〕小川顧君： 即顧從禮（一五一〇—一五八三），字汝由，號小川，青浦（今上海）人。因薦授中書舍人。

累遷鴻臚寺右丞、光祿寺少卿。著有《直廬日記》、《蓬閣稿》等。傳見王世貞《弇州四部稿》卷一〇八《小川顧公墓志銘》、張萱《西園聞見錄》卷五、李延昰《南吴話舊錄》卷二等。

〔二六〕小山陸君：籍里、生平均未詳。

〔二七〕枝山祝公：即祝允明（一四六一—一五二七）。

〔二八〕關氏《春秋》：指關漢卿《西廂記》，實爲王實甫撰。

〔二九〕南峯楊公：即楊循吉（一四五六—一五四四）：字君卿，一作君謙，號南峯，別署雁村居士，吴縣（今屬江蘇）人。成化二十年甲辰（一四八四）進士，授禮部主事。弘治初病歸，年纔三十一，結廬支硎山下，以讀書著述爲事。著有《松籌堂集》、《都下贈僧詩》、《齋中拙詠》、《南峯樂府》、《燈窗末藝》、《攢眉集》、《蘇州府纂修識略》、《奚囊手鏡》等。傳見《國朝獻徵錄》卷三五、《明史》卷二八六、《姑蘇名賢小紀》卷上等。

古本董解元西廂記題識〔一〕

楊循吉

庚辰歲春仲〔二〕，余隨使者到金陵，寓居秦淮之上。此書多訛筆舛字，輒正魯魚，以藏篋笥。其詞才情富豔，誠非後人可及也。今士大夫皆莫知樂府爲何物，陋哉，陋哉！宜乎無好之者，其傳世難矣。

閏八月九日，南峯逸史楊循吉題。

（同上《古本董解元西廂記》卷末）

【箋】

〔一〕底本無題名。一九五七年古典文學出版社影印嘉靖三十七年序、海陽風䢜散人適適子重校刻本卷末亦有此文。

〔二〕庚辰歲：正德十五年（一五二〇）。據《明史》卷二八六《楊循吉傳》，是年正德皇帝駐蹕南京，楊隨使者入覲，賦《打虎曲》，日侍御前爲樂府小令。

董解元西廂題辭

湯顯祖

余於聲律之道，瞠乎未入其室也。《書》曰：『詩言志，歌永言，聲依永，律和聲。』志也者，情也，先民所謂『發乎情，止乎禮義』者是也。嗟乎！萬物之情，各有其至。董以董之情，而索崔、張之情於花月徘徊之間；余亦以余之情，而索董之情於筆墨烟波之際。董之發乎情也，鏗金戛石，可以如抗而如墜；余之發乎情也，宴酣嘯傲，可以以翱而以翔。然則余於定律和聲處，雖於古人未之逮焉，而至如《書》之所稱爲『言』爲『永』者，殆庶幾其近之矣。

清遠道人書於玉茗堂。

（民國十六年武進陶氏涉園石印本《喜詠軒叢書》丙編《明刻傳奇圖像十種》影印明刻套印本《董解元西廂記》卷首）

董解元西厢引

黄嘉惠〔一〕

樂府自南詞興，而北曲遂輟。北曲唯《西廂》獨傳，今仍以南詞著梨園，不復知有關漢卿，奚問漢卿所從出？嗟乎，何嗜古之寥寥也！王元美《曲藻》、梅禹金《詞旨》，載漢卿警策不下百十條，中如『竹索纜浮橋』、『檀口搵香腮』等語，不知皆撰自董解元。『竹索』上有『寸金』二字。『檀口』句則曰：『檀口微微，笑吐丁香舌……被郎輕齧，卻更增人劣。』較漢卿奇麗精采，何啻十倍！元美、禹金且不及簡，矧其他乎？

世所刻，僅見於四《西廂》，駢奏而肩蔽之，使邢、伊同幸，薰蕕共器，識者益復傷之。邇得苕上善本單行〔二〕，庶幾佳人獨立，一朵千金。又無奈朱藍滿楮，正如孫恪夫人『頰上著丹獺瘢痕』，雖別成致，視虢國『淡掃蛾眉』爲何如也？因求舊本，手校付梓。

董解元，金人，史失其名。論者謂其『如朱汗碧蹄，神采駿逸』，良不誣云。

西湖寓客黄嘉惠題〔三〕。

【箋】

〔一〕黄嘉惠：字長吉，別署西湖寓客、如道人，休寧（今安徽歙縣）人。明末書坊刻家，寓居杭州。參見徐學林《徽州刻書》（安徽人民出版社，二〇〇五，頁九六）。

〔二〕苕上：即烏程（今浙江湖州）。因地濱苕溪，故名。苕上善本，當即明末烏程閔齊伋刻朱墨套印本。其本有朱、藍二色批語，故云『朱藍滿楮』。

〔三〕題署之後有印章二枚：陽文方章『如道人』，陰文方章『嘉惠』。

董解元西廂記題識〔一〕

王　筠〔二〕

聯玉圃贈余此書，惜其裁制無餘地，乃襯紙重裝之。時道光乙巳九秋，玉圃官甘肅内院，余任鄉寧，相去千餘里，不得以此相示，黯然滿懷。

王筠〔三〕。

（以上均一九八四年齊魯書社影印天啓間黄嘉惠刻本《董解元西廂記》卷首）

【箋】

〔一〕底本無題名。

〔二〕王筠（一七八四—一八五四），字貫山，號籙友，安丘（今屬山東）人。道光元年辛巳（一八二一）舉人，歷任山西鄉寧知縣、曲沃知縣等。研讀經史，喜篆文，著有《説文釋例》、《説文句讀》、《清詒堂文集》等五十餘種。傳見《清史稿》卷四八二、《續碑傳集》卷七四、《近代名人小傳·儒林》、《清代樸學大師列傳》卷一二等。參見鄭時《王籙友先生年譜初稿》（《清詒堂文集》，民國二十五年輯稿本、一九八七年齊魯書社排印本）。

〔三〕題署之後有印章二枚：陽文方章『籙友』，陰文方章『王筠私印』。

題西廂〔一〕

閔齊伋

方金元氏之暴興也，非但不通文，亦未嘗識字；非但不識字，並未嘗有字。其後假他國番書，用以勾稽期會，悉南士之仕彼者教之云云。況聯章累牘，鬬巧獻奇，起無地之樓臺，變立時之寒燠，虜雖黠，其遽能然乎？此非予之言也，史言之，史具在也。然則，今之所爲《千秋絕豔》者，安得動稱金元云乎哉？使其升關、閩、濂、洛之堂，聰明膽識，不下某某輩，成一家言，黼黻六經，卽廟祀血食，寧異人任？不得用彼顯而以此聞，夫豈其才之罪哉？嗟乎！道器命性，徵角宫商，究竟亦無異。獨以三倉不律，作蒙古皮盧，是可惜耳。然孰驅之也乎？孰驅之也乎？誰爲了此者？余將進而問焉。

三山謏客閔遇五〔二〕。

（崇禎十三年秋烏程閔遇五輯刻校注本《西廂六幻》之『攧幻』《董解元西廂記》卷首）

【箋】

〔一〕民國間池劉氏刻《暖紅室彙刻傳劇》所收《董解元西廂記》，卷首有此文，題《董西廂題辭》。

〔二〕題署之後有陰文方章二枚：『寓五』、『三山謏客』。

董西廂跋〔二〕

焦　循

王實甫《西廂記》，全藍本於董解元。談者未見董書，遂極口稱道實甫耳。如《長亭送別》一折，董解元云：『莫道男兒心如鐵，君不見滿川紅葉，盡是離人眼中血。』實甫則云：『曉來誰染霜林醉？總是離人淚。』『淚』與『霜林』，不及『血』字之貫矣。又董云：『且休上馬，苦無多淚與君垂，此際情緒你爭知？』王云：『閣淚汪汪不敢垂，恐怕人知。』董云：『馬兒登程，坐車兒歸舍。馬兒往西行，坐車兒往東拽。兩口兒一步兒離得遠如一步也。』王云：『車兒投東，馬兒向西，兩處徘徊，落日山横翠。』董云：『我郎休怪强牽衣，問你西行幾日歸？著路裏小心呵且須在意，省可裏晚眠早起，冷茶飯莫吃。好將息，我專倚著門兒專望你。』王云：『到京師，服水土，趁程途，節飲食，順時自保揣身體。荒村雨露宜眠早，野店風霜要起遲。鞍馬秋風裏，最難調護，須要扶持。』董云：『驢鞭半裊，吟肩雙聳。休問離愁輕重，向個馬兒上馱與也馱不動。』王云：『四圍山色中，一鞭殘照裏。人間煩惱①塡胷臆，量這大小車兒如何載得起？』董云：『帝里酒釅花濃，萬般景媚，休取次共別人便學連理。少飲酒，省遊戲，記取奴言語，必登高第。妾守空閨，把門兒緊閉。不拈絲管，罷了梳洗。你咱是必把音書頻寄。』王云：『你休憂文齊福不齊，我只怕停妻再娶妻，一春魚雁無消息。我這裏青鸞有信頻宜寄，你切莫金榜無名誓不歸。君須記，若見異鄉花草，休再似此處棲遲。』董云：『一個止不定長吁，一個頓不開眉黛。兩邊的心緒，一樣的情懷。』王云：『他在那壁，我在這壁，一遞一聲長吁氣。』兩相參玩，王之遜董遠矣。

若董之寫景語，有云：『聽塞鴻啞啞的飛過暮雲重。』有云：『回首孤城，依約青山擁。』有云：『柳堤兒上把瘦馬兒連忙解。』有云：『一徑入天涯，荒涼古岸，衰草帶霜滑。』有云：『駝腰的柳樹上有魚槎，一竿風旆茅簷上挂。澹烟消灑，橫鎖著兩三家。』有云：『淅零零地雨打芭蕉葉，急煎煎的促織兒聲相接。』有云：『燈兒一點，甫能吹滅。雨兒歇，閃出昏慘慘的半窗月。』有云：『披衣獨步在月明中，凝睛②看天色。』有云：『野水連天天竟白。』有云：『東風兩岸綠楊搖，馬頭西接著長安道。正是黃河津要，用寸金竹索纜著浮橋。』

前人比王實甫爲詞曲中思王、太白，實甫何敢當？當用以擬董解元。王實甫止有四卷，至《草橋店夢鶯鶯》而止，其後一卷，乃關漢卿所續，詳見王弇州《曲藻》〔二〕，及都穆《南濠詩話》〔三〕。關所續，亦依董。惟董以張珙用法聰之謀，攜鶯奔於杜太守；關所續，則杜來普救寺也。

（一九八八年版臺北新文豐圖書出版公司《叢書集成續編》第二九冊影印焦循《易餘籥錄》卷一七）

【校】

①惱，底本作『腦』，據文義改。

②睛，底本作『晴』，據文義改。

【箋】

〔一〕底本無題名。

〔二〕王弇州：即王世貞（一五二六—一五九〇），生平詳見本書卷十二《曲藻》條解題。

〔三〕都穆（一四五九—一五二五）：字玄敬，吴縣（今江蘇蘇州）人。弘治十二年己未（一四九九）進士，授工部主事。歷禮部郎中，加太仆少卿致仕。著有《周易考異》、《史外類抄》、《壬午功臣爵賞録》、《寓意編》、《西使記》、《金薤琳琅》、《南濠詩話》等。傳見焦竑《國朝獻徵録》卷七二、何喬遠《名山藏》卷九五等。

董本西廂記説

施國祁〔一〕

舊見《傳是樓書目》，有《古本西廂記》，爲董解元作。既閲《輟耕録》，知其爲金章宗時人。毛西河言：解元爲金章宗學士，有此本，明隆、萬前與關漢卿本並稱。而周憲王『羣英雜劇』裁關氏六十本中，無此目；惟王實甫二十二本内，乃有《西廂》五本（即五劇）。自關、王名立，董氏遂掩，緣此曲是搊彈家詞，以金人本音歌之最合。元人音韻漸變，故多改古本，別創新詞，不知實甫五本即董曲否。至明時，南詞盛出。北曲之六宫十一調，出入煩冗，尤所不解。故有『愛歌新小令，懶唱《北西廂》』之語。不知何人並改爲南詞，以便演劇。關氏既寢，王氏亦僅存，而解元一書，竟如曠劫前物，幾於灰燼無聞矣。

今讀此本，爲海陽黄嘉惠刻，定爲《董西廂》，分上、下二卷，無齣名。關目行間，全載宫調。引子、尾聲，率塡樂府方言，不采類書故實。曲多白少，不注工尺，是流傳讀本，與院妓劉麗華口授者不同。黄《引》云：解元『史失其名』。時論其品，『如朱汗碧蹄，神采駿逸』，此又涵虛子評目所未及。又云『竹索浮橋』、『檀口香腮』，爲關氏襲句。據文中尚有『顛不剌的』、『鶻淋淥老』等語，亦似采當日方言也。又云：今『世所刻，僅見於四《西廂》』，以爲『薰蕕共器』，識者傷之。豈卽所傳王氏之五本耶？其爲北曲、南詞，與文人讀本之廿一折、院家唱本之『彩雲開』，皆不可知。而此書之爲傳是古本，無可疑者。

（同上《禮耕堂叢説》）

【箋】

〔一〕施國祁（一七五〇—一八二四）：字非熊，號北研，烏程（今浙江湖州）人。諸生，屢困場屋。中年後，棄舉子業，爲人設肆。工詩文，著有《金史詳校》、《禮耕堂詩集》、《禮耕堂叢説》等。傳見沈登瀛《深柳堂文集·傳》、《清史稿》卷四八六、《清史列傳》卷七三、《國朝耆獻類徵初編》卷四七、《清儒學案小傳》卷一二、《清代樸學大師列傳》卷一五等。

董西廂題識

劉世珩

《西廂記》，世祇知《聖歎外書第六才子》，若爲古本，多不知也，又孰知所謂董解元《西廂》者？販夫俗子無論矣，在元代，陶宗儀《輟耕録》卽云：『金章宗時，董解元所編《西廂記》，世代未遠，尚罕有人能解之者。』如明徐天池題虛受齋所刻、其訂正《元本西廂》〔一〕，有『本謂「崔張劇」，是王實甫撰，而《輟耕錄》迺曰董解元。陶宗儀，元人也，宜信之。然董又有別本《西廂》，迺彈唱詞也，非打本，豈陶亦從以彈唱爲打本也耶？不然，董何有二本？附記以俟知者。』又王伯良《新校注西廂》〔二〕，其《凡例》云：『碧筠齋本刻嘉靖癸卯序，言係前元舊本，第謂是董解元作，則不知世更有董本耳。』國朝毛大可《西廂參釋》曰〔三〕：『董解元《西廂》，爲搊彈家詞。其人仕金章宗朝，學士，去關、王有百餘年，而時之爲《西廂》者宗之。』今董本具在也。碧筠齋、徐天池輩不經見董詞，初指今所傳本爲董《西廂》，則尤謬誤之甚者。古之不易考，每如此。金聖歎痛詆續《西廂》，而亦不知源出於董。前人尚復如是，矧更在三五百年後耶？

元人詠《西廂》詞【煞尾】：『董解元古詞章，關漢卿新腔韻。』楊維楨《元宮詞》有云『大金優諫關卿在』，關卿，乃漢卿也。徐士範《西廂序》云〔四〕：『關漢卿仕於金，金亡，不肯仕元，其節甚高。關撰《董解元醉走柳絲亭》劇，殆即指此董解元乎？』施北研《禮耕堂叢說》有云〔五〕：『隆、萬以前，董曲與關漢卿本並稱。』胡元瑞《莊嶽委談》亦云〔六〕：『董曲今尚行世，精工巧麗，備極才情，而字字本色，言言古意，當是古今傳奇鼻祖，金人一代文獻盡此。』毛大可《詩話》並云：『金章宗朝董解元，不知何人，實作《西廂搊彈詞》，則有白有曲，專以一人搊彈，並唱念之。』焦理堂《劇說》引《筆談》云〔七〕：『《董解元西廂記》曾見之盧兵部許，一人援絃，數十人合座，分諸色目而遞歌之，謂之磨唱。盧氏盛歌舞，然一見後無繼者。』海陽黃嘉惠刻董曲云：『今世所刻，僅見於四

《西廂》」。

《傳是樓書目》載有古本《西廂記》，董解元作。余得《董解元西廂》，是閔齊伋朱墨本，題「顧渚山樵點定」，爲臧晉叔別稱，分爲四卷。按施北研所見黃刻本，分上下二卷，已自不同。嗣又得閔遇五《會眞六幻》本，亦作二卷，想從黃本出，惜黃本未得見。

董曲無齣名關目，行間全載宮調、引子、尾聲，率塡樂府方言，不采類書故實，曲多白少，不注工尺，乃優人絃索彈唱者，非扮演雜劇也。黃、閔諸本，有分二卷，有分四卷。四卷本，二卷起商調【定風波】，與上『燒疏』白隔；　三卷起雙調【文如錦】，與上『紅娘令張生以琴挑之』白隔；　四卷大石調【玉翼蟬】起，與上『蒲西十里小亭置酒』白隔。二卷本，下本起【文如錦】，即齊伋本之三卷，卷第一，分賓白曲詞，不相聯屬，殊有未當。

茲刻不依四卷、二卷之舊，改訂長編，次爲一本，庶合金元雜劇例也。並錄各家載說，列《考據》於卷首。齊伋本前有畫圖六葉，非《西廂》故實，而內子淑仙以爲棄遺可惜，並照影橅。又從顧玄緯《會眞記雜錄》本，橅宋本《會眞圖》、《河中普救寺西廂圖》，宋陳居中、唐子畏畫鶯鶯兩像以冠之。董曲在昔，已等於鳳毛麟角。今此本一出，幾同石破天驚。世知《西廂》之鼻祖，有不令人視爲球璧者哉！

光緒二十有六年太歲在庚子雙星渡河日，夢鳳樓主貴池劉世珩識於江寧城南三鋪兩橋寄廬五松七竹九浦之齋。

【箋】

〔一〕徐天池：　即徐渭（一五二一—一五九三）。

〔二〕王伯良：　即王驥德（一五五七？—一六二三）。

〔三〕毛大可：　即毛奇齡（一六二三—一七一三或一七一六）。

〔四〕徐士範：　即徐逢吉，生平詳見本書卷二《重刻西廂記序》條。

〔五〕施北研：　即施國祁（一七五〇—一八二四）。

〔六〕胡元瑞：　即胡應麟（一五五一—一六〇二），字元瑞，號少室山人，別署石羊生，蘭谿（今屬浙江）人。萬曆四年丙子（一五七六）舉人，屢上春官不第。築室山中，購書四萬餘卷，多所撰著。著有《少室山房類稿》、《少室山房筆叢》、《詩藪》等。傳見王世貞《弇州山人續稿》卷六八《傳》、《明史》卷二七三等。

〔七〕焦理堂：　即焦循（一七六三—一八二〇）。

附　董西廂校記

吴　梅

董解元《西廂記》開元人劇先聲，通本雜綴市語、方言，不取類書故實，而樸茂渾厚，自出關、王之上。其書不分齣目，最爲奇創，未知當時嘌唱，若何起訖也。所用曲牌，率不經見，與元人套曲鼇然不同。中如【醉落魄】、【點絳脣】、【蘇幕遮】、【踏莎行】、【哨遍】、【賞花時】、【古輪臺】、【鬬鵪鶉】、【粉蝶兒】、【一枝花】等，爲元明詞家習用外，餘則離奇糅雜，頗難是正。若【哈哈令】、【倬倬戚】、【喬捉蛇】、【文序子】、【文如錦】類，止董詞有之，更無他曲可證。

且考訂北詞譜調者，輒詳列元詞，而解元各體，每多遺漏。（淩次仲《燕樂考原》曾錄董曲，李玄玉《北詞廣正譜》亦間引其詞，惜未全載。）獨《大成宮譜》備錄董調，所失載者，僅【渠神令】一支而已。今依據《大成》，參訂李譜，更就管見所及，酌分正襯，竭期月之力，始得卒業。自來讀董詞者，未有如余之勤且嫥也。

其中同牌諸曲，往往前後互異。如【文如錦】『細端詳』曲下疊，多『戴著頂上』一句；『恁心聰』曲下疊，『若見花容』下，脱三字句一；『好心斜』曲上疊，『道恁姐姐休呆』下，脱四字句一。【吳音子】『張生因僧』曲與『相國夫人』曲上疊，末語同作七字，而『張生心迷』與『鶯鶯從頭』二曲，則作四字。【滿江紅】『清河君瑞』曲下疊，多『一言賴語都是』一句。【雙聲疊韻】『燭熒煌』曲下疊，多『今夜甚長』一句。此皆傳寫沿訛，未敢增減，今悉仍舊。

又如【應天長】、【雪裏梅】、【還京樂】諸詞，前後句式相差太遠者，則加『又一體』三字別之。其有一二字脱誤重複，及上下辭句倒置者，皆取各曲，逐一比傅，句梳字櫛，補綴釐董。（如【應天長】『無語悶答』曲、【玉翼蟬】『夫人道張解元』曲等是。）又有【三煞】一曲，及【間花啄木兒】八曲，句調奇異，無從參核，止據《大成譜》訂定焉。

嘗謂元人雜劇諸曲，僅用前疊，而【換頭】半疊，大抵節去。惟董詞，則【換頭】、【么篇】，各各全備。（一曲或用二疊，或三四疊不等。）雖通本未必一律，而諸調無不完美。循流溯源，亦足考詞與曲變遷遞蛻之迹，而金源一代之文獻，且繫於此矣。

楚園先生既據閔本重刊此曲，又病閔刻多譌，屬爲勘律，因述之如此。

乙卯四月〔一〕，長洲吳梅校記。

（以上均民國八年貴池劉氏刻《暖紅室彙刻傳劇》本《西廂記附錄十三種》之《董解元西廂記》卷首）

【箋】

〔一〕乙卯：民國四年（一九一五）。

附　董西廂跋〔一〕

吳　梅

董詞開元劇先聲，通本雜綴市語，不取類書故實，而樸茂渾厚，自出高、王之上。書中不分齣目，最爲創格，未識當時搊彈家如何起畢焉。所用諸牌，率不經見，與元人套曲不同。且多用【換頭】，又與元劇止取前疊者大異。中如【醉落魄】、【點絳脣】、【蘇幕遮】、【踏莎行】、【賞花時】、【玉抱肚】、【古輪臺】、【鬪鵪鶉】、【粉蝶兒】、【一枝花】等，爲元明詞家習用外，餘則離奇糅雜，頗難是正。若【哈哈令】、【倬倬戚】、【喬捉蛇】、【文序子】、【文如錦】類，止見董詞，更無他曲可證。

自來考訂北詞者，輒詳元劇，而解元之作，或多遺漏。凌次仲《燕樂考原》曾錄董詞，李玄玉

《北詞廣正譜》亦間引之，皆未備載其目。獨莊親王《九宮大成譜》全録董詞，所失載者，僅【渠神令】一支而已。

余嘗爲貴池劉葱石校勘此書〔二〕，酌分正襯，期月卒業。蓋讀此書者，未有如余之勤且專也。書中同牌各曲，往往互異。如【文如錦】『細端詳』曲下疊，多『戴著頂上』一語；『恁心聰』曲下疊，『若見花容』下，少三字句一；『好心斜』曲上疊，『道恁姐姐休呆』下，少四字句一。【吴音子】『張生因僧』曲與『相國夫人』曲上疊，末句同作七字；而『張生心迷』與『鴛鴦從頭』二曲，則作四字。【滿江紅】『清河君瑞』曲下疊，多『一言賴語都是』一句。【雙聲疊韻】『燭熒煌』曲下疊，多『今夜甚長』一句。又如【應天長】、【雪裏梅】、【還京樂】諸詞，前後詞輒有相差太遠者，令人無從校核。又有【三煞】、【間花啄木兒】兩調，長短互異，《大成譜》亦未考定。

此書爲元詞之祖，釐訂頗難。余所分析者，未必可據。而如《大成》之模糊夾雜，反足貽誤後學耳。余曩見閔遇五、黄嘉惠、湯玉茗諸本，自謂董詞刻本藏弆已富。今又得此刻，乃知舊刻之不見著録者正多也。

庚申新正元宵後二日〔三〕，長洲吴梅書於東斜街寓齋〔四〕。

（明萬曆二十八年周居易刻本《新刊合併董解元西廂記》卷末墨筆書）

【箋】

〔一〕底本無題名。此文與前録吴梅《董西廂校記》文字略同。

〔二〕劉葱石：即劉世珩（一八七四—一九二六）。

〔三〕庚申：民國九年（一九二〇）。
〔四〕題署之後有陰陽文方章『霜崖居士』。

董西廂跋（代）

繆荃孫

古本《西廂記》，是搊彈家本色。《輟耕錄》謂爲金章宗朝董解元所撰，而解元史失其名，毛西河云官至學士，亦不言出自何書。爲關漢卿、王實甫之所自出，然關、王雖竭力摹擬，不如董之自然：一天籟，一人工也。自搊彈變爲北曲，北曲易而爲南曲，現南曲又闃寂無聞矣。今日而見此書，幾如談器而搜上古之鼎彝，藏書而得三唐之卷子，景星慶雲，人間罕見。

此明閔齊伋朱墨本，分爲四卷，已與施北研所見海陽黃嘉惠刻二卷本不同，然無齣名、關目，行間全載宮調、引子、尾聲則同。金人瑞痛詆《續西廂》，不知原出於此，是人瑞未見此本也。再以顧元緯所刻《會眞記》鶯鶯兩象，一出於宋陳居中，一出於明唐子畏，普救寺圖、《西廂記》詩詞均附刊焉。

（《續修四庫全書》第一五七四冊影印宣統二年刻民國二年印本繆荃孫《藝風堂文續集》卷八）

雲莊樂府（張養浩）

張養浩（一二六九—一三二九），字希孟，號雲莊，濟南（今屬山東）人。至元二十四年（一二八七），以薦爲東平學正，歷官至禮部尚書、參議中書省事等職。至治二年（一三二二），辭官家居，屢召不就。天曆二年（一三二九），關中大旱，特拜陝西行省御史中丞，勞瘁而卒，追封濱國公，謚文忠。著有《歸田類稿》、《三事忠告》等。傳見《元史》卷一七五。

撰散曲集《雲莊樂府》，全稱《雲莊休居自適小樂府》，現存成化十九年（一四八三）邊靖之刻本（《續修四庫全書》第一七三八册據以影印），明末汲古閣舊藏鈔本，民國十九年（一九三〇）北平孔德圖書館石印本，民國二十五年金陵盧氏輯刻本《飲虹簃所刻曲》本。一九八八年齐魯書社出版王佩增箋注本，一九八九年上海古籍出版社出版馮裳點校本。

雲莊休居自適小樂府引

艾　俊〔一〕

樂府古有之，亦皆本乎《詩》也。《詩》三百十一篇，皆古人歌者。世降時異，變而爲詞、爲曲，咸以樂府目之。蓋詩與樂府，名雖不同，而其感發懲創，使人得其性情之正，則一耳。

濟南張公養浩，字希孟，別號雲莊，博學碩德，聲名顯赫。仕元至陝西行省御史中丞，贈濱國，謚文忠。政成歸隱，優游嶸山，構雲莊。閒中獨樂，斂心上之經綸，吐胷中之錦繡。凡所接於目而得於心者，因製爲小令二十七目，題曰《雲莊休居自適小樂府》。情由外感，樂自中出，言眞理到，和而不流，誠爲治世安樂之音也。依腔按歌，使人名利之心都盡。擬諸古之樂府，語雖深淺，其樂天知止之妙，豈相矛盾哉？

是編也，歷下雖嘗繡梓，惜字小漫滅，觀之甚費目力。今求得的本，手錄成帙。鄉人欲請鋟梓，以廣其傳，俾余弁其首簡。因不能辭①，而爲之引。

成化庚子春三月朔旦，雲庵道人大梁艾俊用章書於濟南官舍。

（《續修四庫全書》第一七三八冊影印明成化十九年邊靖之刻本《雲莊張文忠公休居自適小樂府》卷首）

【校】

①辭，底本作『受辛』，據文義改。

【箋】

〔一〕艾俊：字用章，號雲庵道人，大梁（今屬河南開封）人。與丘濬（一四二一—一四九五）有交。善畫，丘濬《瓊臺詩文會稿》卷二有《梅雪卷爲艾用章作》。

書張文忠公雲莊樂府後

金　潤〔一〕

夫氣而形，形而聲，聲成文，律呂備，故樂府之作，其來尚矣。先哲謂古人之歌詩，即今人之歌曲。是以有風有雅焉。風者，民俗之謠；雅者，士大夫之樂。然雅正而風葩，故風體久漸遺失矣。知《詩》者誦之，鏗然而有鐘鼓之樂，悠然而有琴瑟之和。是則猶有風人之遺音者，其惟樂府乎？何也？以其播之筦絃，薦之清廟，諧神人，關風化，亦由《詩》變而爲《騷》，《騷》而詞，詞而操，操而樂府，是謂詩之餘也。君子於此，其可廢乎？

右《小樂府》一帙，凡若干目，元張文忠公希孟自適之作也。公既祿位崇高，政成歸老，馨德以潤其身，仁惠以及於物，智識超邁，炳著汗青，高風清節，吾人景慕。其視榮華，如風花之過目，鳥聲之悅耳。以六合爲家，四時爲友，寄傲林泉，縱情詩酒。故其發於言者，譬猶波律沉水，藏諸珍笥，取而然之，清心滌慮；亦猶桐馬藍尾，貯之玉甖，抔而飲之，不覺自醉。若夫達人大觀，功成名遂，而於唱歎之餘，寧不興起其浩然之志乎？

應天府治中邊公靖之，乃文忠公之鄉人，而有好賢樂善之誠。慨古本字畫磨滅，遂捐俸資，鼎新刊印，爲便觀覽，屬予書其簡末，以識歲月云。

時成化癸卯秋七月七日，中憲大夫、知南安府致仕，誥封通議大夫、南京刑部右侍郎江左金潤書於世科。

（同上《雲莊休居自適小樂府》卷末）

【箋】

〔一〕金潤（一四〇五—一四九三）：字伯玉，號靜虛，上元（今江蘇南京）人。正統三年戊午（一四三八）舉人，授兵部司務。景泰間，授南安知府，致仕歸。著有《心學探微》、《靜虛稿》、《靜虛外稿》、《南山十秀集》等。傳見焦竑《國朝獻徵錄》卷八七、過庭訓《本朝分省人物考》卷一一等。

張小山北曲聯樂府（張可久）

張可久（一二七〇前—一三四八後），字小山，一作字伯遠；一說名伯遠，字可久，號小山；一說字仲遠，號小山。慶元（今浙江鄞縣）人。曾任路吏、典史等職，時官時隱。漫遊江蘇、浙江、安徽、湖南，晚年定居杭州。著有散曲集《今樂府》、《蘇堤漁唱》、《吳鹽》、《新樂府》等。

明人增輯《張小山北曲聯樂府》四卷，現存清初汲古閣鈔校本、勞平甫鈔校汲古閣鈔校本（《續修四庫全書》第一七三八冊據以影印）。另有李開先輯《張小山小令》二卷，現存嘉靖間刻本、雍正間刻《樂府小令》本、民國二十五（一九三六）金陵盧氏刻《飲虹簃所刻曲》本。另有《小山樂府》，現存天一閣舊藏明影元鈔本、清薊門胡莘皋鈔本等。任訥輯《小山樂府》，收入民國二十年（一九三一）中華書局排印本《散曲叢刊》。王維堤輯《小山樂府》，一九八九年上海古籍出版社出版。

張小山小令序〔一〕

李開先

《録鬼簿》謂：『人生斯世，但以已死爲鬼，而不知未死者亦鬼也。』身後無聞，則又不若塊然之鬼爲猶愈。《太和正音譜》評小山詞：『如瑤天笙鶴，既清且新，華而不豔，有不食烟火氣味。』又謂其『如披太華之天風，招蓬萊之海月』。若是，可稱詞中仙才矣。李太白爲詩仙，非其同類耶？小山詞既爲仙，迄今殆死而不鬼矣。世雖慕之，未有見其全詞者。予爲之編選成帙，亦有一二删去者，存者皆如《録鬼》及《太和》二書所稱許。以其生平鮮套詞，因名之曰《小山小令》云。

客有以《古劍歌》示予者，試猜爲何代何如人？予應以似宋元間人。客曰：『是也，元人也。』予曰：『若是元人，絶似小山詞。』客乃大笑，以爲不錯分毫。然亦有太白詩風骨，予謂其各有仙才，不信然耶？詩録於後，未知識者是否，姑記一時偶中之語如此：『將軍躍馬來南荒，腰間古劍白練光。鸊鵜塗香魑魅泣，寒芒熠熠勾陳蒼。龍髯高挂珠堂月，玉華曾拂樓蘭雪。爲君盡斫姦臣頭，天狗三更下舐血。』此雖短歌，然而句奇味長。客退，恐其誑予，因點檢《續文章正宗》及《文翰類選大成》，果是小山作。

小山名可久，以路吏轉首領，即所謂民務官，如今之稅課局大使。夫以是人而居卑秩，宜其歌曲多不平之鳴。然亦不但小山，如關漢卿乃太醫院尹，馬致遠爲江浙行省屬，鄭德輝杭州小吏，宫大用釣臺山長，其他屈在簿書、老於布素者，不可勝計。當時臺省元臣、郡邑正官及雄要之職，盡其國人爲之，中州人每每沉抑下僚，志不獲展。此其説見於胡蠡溪所著《眞珠船》，因序小山詞而節取之，以見元詞所由盛，元治所由衰也。

嘉靖丙寅閏十月六日，中麓李開先序①。

（《續修四庫全書》第一七三八册影印清勞平甫鈔校清初汲古閣鈔校本《新刊張小山北曲聯樂府》卷末，頁三〇三—三〇四）

【校】

①明刻本《李中麓閒居集》卷五《張小山小令序》，文末無題署。

【箋】

〔一〕《續修四庫全書》第一三四〇册影印明刻本《李中麓閒居集》卷五有此文。

張小山小令後序〔一〕

李開先

予自遊鄉校，讀書有餘力，則以學詞。詞獨愛張小山之作，以其超出塵俗，不但㩳勁而已。當時苦於無書，止有楊朝英所集《太平樂府》。及檢舊篋，又得《陽春白雪集》及《百一選曲》兩種。既登仕籍①，書可廣求矣，然惟詞書難遇，以去元朝將二百②年，鈔本、刻本③多散亡。洪武初年，親王之國，必以詞曲一千七百④本賜之。對山高祖名汝楫者，曾爲燕邸長史，全得其本，傳至對山，少有存者。人言⑤憲廟好聽雜劇及散詞，搜羅海内詞本殆盡。又武宗亦好之，有進者，即蒙厚賞。如楊循吉、徐霖、陳符所進⑥，不止數千本。今宜詞曲少，而小山者更少也。京師積書家，如李蒲汀、沈竹東⑦，詞書成編者，不過十餘部。其小山詞，載在《樂府羣珠》、《詩酒餘音》者，僅有數十曲。他所更得《仙音妙選》、《樂府羣玉》、《樂府新聲》，則有助於⑧小山多矣。

可惜《類詞》有小山半冊，廖洞野取去，堅⑨不復出。而普集元詞，在鄒平崔臨溪者，小山詞獨有一冊，以負累逋逃，不知所之。今所編次，雖成上下二冊，每樣曲終，鏤板不剔空⑩，以待⑪博學君子，詞山曲海，不惜寄示，必有以增其所未高而濬其所未深云。

季冬蜡日〔二〕，中麓再書⑫。

（同上《新刊張小山北曲聯樂府》卷末）

【校】

①登仕籍，清蓟門胡莘皞鈔本《小山樂府》卷首《張小山樂府識》作『出遨遊』。
②『百』字後，《張小山樂府識》有『餘』字。
③本刻本，《張小山樂府識》無。
④一千七百，《張小山樂府識》作『千七』。
⑤『對山高祖』至『人言』二十八字，《張小山樂府識》無。
⑥如楊循吉徐霖陳符所進，《張小山樂府識》作『凡進呈』。

⑦如李蒲汀沈竹東，《張小山樂府識》無。

⑧有助於，《張小山樂府識》無。

⑨取去堅，《張小山樂府識》作『得』。

⑩『今所』至『剔空』十九字，《張小山樂府識》作『今就所見編次錄之雖非完璧略見一斑』。

⑪待，《張小山樂府識》作『俟』。

⑫《續修四庫全書》第一三四一册影印明刻本《李中麓閒居集》卷六《張小山小令後序》（頁五二），文末無題署。《張小山樂府識》題署作『天池山人徐渭謹識』。

【箋】

〔一〕《續修四庫全書》第一三四一册影印明刻本《李中麓閒居集》卷六有此文。清蓟門胡莘皞鈔本《小山樂府》卷首有此文，題《張小山樂府識》。

〔二〕季冬蜡日：當爲嘉靖四十五年，是年十二月蜡日，公元已入一五六七年。

張小山小令跋〔一〕

毛扆

章丘李中麓（開先）曉音律，善作詞，最愛張小山，謂其超出塵俗。其家藏詞山曲海，不下千卷，獨不得小山全詞。僅從選詞八書（《太平樂府》、《陽春白雪》、《百一選曲》、《樂府羣珠》、《詩酒餘音》、《仙音妙選》、《樂府羣玉》、《樂府新聲》），輯成二卷，名曰《小山小令》，序而刻之家塾。

余購得元刻，據其標目云：『前集《今樂府》，後集《蘇堤漁唱》，續集《吳鹽》，別集《新樂府》，元分四集，今類一編。』每調下，仍以四集爲次。然其中仍有重複者，今皆删而不録，校之李刻，恰多百餘首，可謂小山之大全矣。據中麓《後序》，鄒平崔臨溪有一冊，想亦無以踰此矣。書有先民不得見而後學幸得見者，此類是也。

小山名可久，慶元人，以路吏轉首領。首領者，卽民務官，如今之稅課局大使也。《太和正音譜》評小山詞：『如瑤天笙鶴，既清且新，華而不豔，有不食烟火氣味。』又謂：『如披太華之天風，招蓬萊之海月。』良非虛語。昔人以李太白爲詩仙，小山可稱詞仙矣。

虞山毛扆斧季識。

（同上《新刊張小山北曲聯樂府》卷末）

新刊張小山北曲聯樂府題識〔一〕

闕　名〔二〕

本堂今求到時賢張小山樂府，前集《今樂府》，後集《蘇堤漁唱》，續集《吳鹽》，別集《新樂府》，元分四集，今類一編，與衆本不同。伺有所作，隨類增添梓行之。知音之士，幸垂眼目。

【箋】

〔一〕底本無題名。

外集近間所作。謹白。

（同上《新刊張小山北曲聯樂府》目錄後）

【箋】

〔一〕底本無題名。

〔二〕底本無題署，文中稱『本堂』，或即元末書坊主，未詳何人。

喬夢符小令（喬吉）

喬吉（一二八〇？—一三四五），一名吉甫，字夢符，別署笙鶴翁、惺惺道人，太原（今屬山西）人，寓居杭州（今屬浙江）。美容儀，善詞章。撰雜戲十一種，現存《杜牧之詩酒揚州夢》、《李太白匹配金錢記》、《玉簫女兩世姻緣》三種。

散曲集有《惺惺道人樂府》、《文湖州集詞》、《喬夢符小令》，任訥合輯爲《夢符散曲》，收於民國二十年（一九三一）中華書局排印本《散曲叢刊》。一九八九年上海古籍出版社出版申孟點校本。《喬夢符小令》，李開先編纂，隆慶間初刻，現存清鈔本（《續修四庫全書》第一七三八冊據以影印）、雍正間厲鶚刻本、雍正間刻《樂府小令》本、民國二十五年（一九三六）金陵盧氏刻《飲虹簃所刻曲》本。

喬夢符小令序〔一〕

李開先

元以詞名代，而喬夢符其翹楚也。夢符名吉，號笙鶴翁，又號惺惺道人，以詞擅場於至正間。然以字行，無問遠近、識不識，皆知有太原喬夢符云。夢符不但長於小令，而八雜劇、十數①散套，可高出一世。予特取其小令刻之，與小山爲偶。元之張、喬，其猶唐之李、杜乎？套詞又不忍輕去，間亦選而取之，附於其後，不改小令原名，以小令多而套詞少耳。

評其詞者，以爲「若天吳跨神鼇，噀沫於大洋，波濤洶湧，有截斷眾流之勢」，此特言其雄健而已，要之未盡也。以予論之，蘊藉包含，風流調笑，種種出奇而不失之怪，多多益善而不失之繁，句句用俗而不失其爲文，自謂可與之傳神。如夢符復生，當必首肯，未知覽者心服之歟？或目笑之歟？是未可定也。

隆慶改元歲在丁卯三月十日，中麓李開先序②。

（民國二十五年金陵盧氏刻《飲虹簃所刻曲》本《喬夢符小令》卷首）

【校】

①十數，《續修四庫全書》第一三四〇冊影印明刻本《李中麓閒居集》卷五作「數十」。

②《續修四庫全書》第一三四〇冊影印明刻本《李中麓閒居集》卷五此文末無題署。

【箋】

〔一〕《續修四庫全書》第一三四〇册影印明刻本《李中麓閒居集》卷五有此文。

喬夢符小令後序〔一〕

李開先

粵自軒轅制律一十七宫，今惟一十二宫。每宫又分章若干，多者百章，少者五六章。首黄鐘，次正宫、大小石二調，又次仙吕、中吕、南吕與雙調，而越調、商調、商角調、般涉調，以次列於其後。今所選詞，顧以雙調先之，以宫内各章，如【水仙子】、【折桂令】、【清江引】等，俱係官様曲子，天下所同歌，且多作者，以其熟順易見易知爲序，非敢變移音律，錯亂宫商也。

四月朔日，中麓書①。

【校】

①《續修四庫全書》第一三四一册影印明刻本《李中麓閒居集》卷六此文末無題署。

【箋】

〔一〕《續修四庫全書》第一三四一册影印明刻本《李中麓閒居集》卷六有此文。

喬夢符小令跋〔一〕

厲鶚

按鍾嗣成云：『喬吉甫，字夢符，太原人，號笙鶴翁，又號惺惺道人。美容儀，能詞章，以威嚴自飭，人人敬畏之，居杭州太乙宫前。有題西湖【梧葉兒】百篇，名公爲之序。江湖間四十年，欲刊所作，竟無成事者。至正五年二月，病卒於家。』所著有《怨風月嬌雲認玉釵》、《杜牧之詩酒揚州夢》、《玉簫女兩世姻緣》、《死生交託妻寄子》、《馬光祖勘風塵》、《荊公遣妾》、《唐明皇御斷金錢記》、《節婦牌》、《賢孝婦》、《九龍廟》、《燕樂毅黄金臺》行於世。前朝吴興臧晉叔，曾刻其雜劇數種於《元人百種曲》，章丘李中麓又刻其小令一卷，皆笙鶴翁之桓譚也。僕尤好其小令，灑落俊生，如遇翁之風韻於紅牙錦瑟間爾云。

雍正三年二月二十四日，錢塘樊榭山民厲鶚跋於維揚河干寓寫。

（以上均民國二十五年金陵盧氏刻《飲虹簃所刻曲》本《喬夢符小令》卷末）

【箋】

〔一〕底本無題名，據版心題。

樂府新編陽春白雪（楊朝英）

楊朝英，號澹齋，青城（今屬山東）人。曾任郡守、郎中，後歸隱，時人贊爲高士。工詩詞散曲，與貫雲石、阿里西瑛等交往甚密，相互酬唱。選輯散曲集《樂府新編陽春白雪》、《朝野新聲太平樂府》。

《樂府新編陽春白雪》編成於元仁宗皇慶年間，分前後兩集，共十卷。現存至正間刻本（南京圖書館藏，嘉慶間何夢華據以影鈔，光緒三十一年南陵徐乃昌小檀欒室據以景寫校梓，《中華再造善本》、《續修四庫全書》第一七三九冊均據以影印）、元刻殘本（存二卷）、明鈔本（題《樂府陽春白雪》）、明鈔殘本（存六卷）。

陽春白雪跋〔一〕

錢謙益

惠香閣藏元人舊鈔本《陽春白雪》十卷，依元刊本校錄一過，分注於下。

丙子二月花朝〔二〕，牧翁。

【箋】

〔一〕底本無題名。

〔二〕丙子：崇禎九年（一六三六）。

陽春白雪跋〔一〕

樸學老人〔二〕

元人舊本《陽春白雪》，刻與鈔具。其元刻亦牧老手校，有惠香閣女史題字，在遵王處。此本亦惠香閨中物也，余得之句曲廿餘年矣。

康熙十年之春，樸學老人記。

【箋】

〔一〕底本無題名。

〔二〕樸學老人：姓名、籍里、生平均未詳。

陽春白雪跋〔一〕

黄丕烈

予昔年得惠香閣所藏元刻《陽春白雪》十卷，初不知惠香閣爲何人。錢唐何夢華謂爲柳如是齋名〔二〕。原本有『錢受之』、『東澗』二印，『惜玉憐香』一印，無柳如是印。今獲此本，字作趙松雪體書，雅秀可愛。卷中校字，與元本中筆迹的出一手，古秀娬媚，風韻尤絕。中有『柳如是』小印、『惠香閣』印，卷尾有『牧翁』印，並題字一行。知元刻與此，同出一源。

予所藏《陽春白雪》共三本，年來已爲他人之物。乃垂老之年，復獲覩此祕本，非厚幸耶！惜元板二本久去，不得爲雙美之合。書魔之故智，能勿爲之惘惘乎？

甲申二月，復見心翁記〔三〕。

【箋】

〔一〕底本無題名。

〔二〕何夢華：即何元錫（一七六六—一八二九），字敬祉，號夢華，別署蝶隱，室名夢華館，錢塘（今浙江杭州）人。監生，官主簿。客於粵中，侘傺而卒。精於金石簿錄之學，富藏書。編有《何氏叢書》、《竹汀日記鈔》。著有《文海遺珠錄》、《兩浙金石錄》、《秋神閣詩鈔》等。傳見《金石學錄》卷四。參見李玉安、黃正雨《中國藏書家通典》（中國國際文化出版社，二〇〇五）。

〔三〕甲申：道光四年（一八二四）。

陽春白雪跋〔一〕

密娛軒〔二〕

予齋藏宋元刊詞頗寥寥，昔得蕘翁舊藏《東坡樂府》、《山谷詞》、《辛稼軒長短句》，皆元精槧。而辛詞爲信州九行本，字作松雪翁筆意。此本鈔手極舊，字迹古秀，於信州本爲近。元人佳鈔，殊不易覯，且重以惠香名迹，尤足珍愛。惟是集多寡不同，分卷亦異，惜未得蕘翁元刻，一爲校勘耳。

壬戌十月既望〔三〕，密娛軒識。

（以上均《宋元明清書目題跋叢刊・清代卷》影印同治十年刻本楊紹和《楹書隅錄續編》卷四『元鈔本樂府新編陽春白雪十卷』條引）

【箋】

〔一〕底本無題名。

〔二〕密娛軒：姓名、籍里、生平均未詳。

〔三〕壬戌：同治元年（一八六二）。

陽春白雪跋〔一〕

黄丕烈

元刻《陽春白雪》，爲錢唐何夢華舊藏書〔二〕，矜貴之至，因其是惠香閣物也。惠香閣，初不知爲誰所居，夢華云是柳如是之居，兹卷中有『牧翁』印，有『錢受之』印，有『女史』印，其爲柳如是所藏無疑。『惜玉憐香』一印，殆亦東澗所鈐者。卷中又有墨筆校勘，筆姿秀媚，識者指爲柳書，余未敢定也。要之，書經名人所藏，圖章手迹，倍覺古香，宜夢華之視爲珍寶矣。

先是曾影鈔一本，與余易書，但重其爲元刻，而其餘爲古書生色者，莫得而知。今展讀一過，實饜我欲，雖多金，又奚惜耶？書僅五十一番，相易之價亦合五十一番，惜書之癖，毋乃太過。命工重裝，並志緣起。

嘉慶十有四年己巳正月二十有八日，雨窗識。復翁。

余所見《陽春白雪》，共有三本：一爲影元鈔本，即從此出，已有失眞者，或因印本模糊，以致傳録錯誤；或因閲者校勘，遂使面目兩歧。一爲殘元刻本，僅存二卷，多寡分合，又與此本不同。一爲舊鈔本，似從殘元刻出，而稍有脱落。今擬以此刻爲主，而以殘元刻、舊鈔，參補未備，則《陽春白雪》粲然可觀矣。然觀此刻原校，似尚有殘元刻、舊鈔所未備者，是不知又何本也。古書難得，本子不同，爲之浩嘆。當博訪之。復翁又識。

越歲辛未〔二〕，中春廿有二日，錢塘陳曼生偕其弟雲伯，同過余齋，出此相示。因雲伯去年曾攝常熟邑篆，有修柳如是墓一事，於河東君手迹，亦有見者。茲以校字證之，雲伯以爲然，當不謬也。

復翁記。

（《中華再造善本》影印南京圖書館藏元至正間刻本《樂府新編陽春白雪》卷末）

【箋】

〔一〕底本無題名。

〔二〕辛未：嘉慶十六年（一八一一）。

樂府新編陽春白雪題跋〔一〕

黄丕烈

《樂府新編陽春白雪》，元刻殘本，存二卷。

楊朝英《陽春白雪》，前後十卷，見諸《也是園藏書目》。余向從錢塘何夢華得影鈔元本，卻十卷，分前後集，謂是足本，什襲藏之矣。頃書友攜一殘元刻本，取對影鈔者，殊不同，止二卷，適當前集之五，然文較多於影鈔者，想當時傳本有二也。而陸其清《佳趣堂書目》云〔二〕：『《樂府新編陽春白雪》，前集四卷，後集五卷，楊朝英選，貫酸齋序。』又不知是何本。

茲因參校元刻影元鈔本，復借得周丈香嚴藏舊鈔本〔三〕，卷數與陸目合。但以元刻本勘之，卷一自『湘妃怨』起，知所脱乃元刻一卷之首，影元鈔二卷之前幾葉也。至卷中文之删削，段數不全，惟殘元刻爲最備。蓋就此二卷，已多妙處，矧全本乎！余因全本不可得見，得見殘本，斯可矣，出重價購此，並不惜裝潢之費，職是故耳。

原書闕損幾番，照影元鈔本字體描補，異於不知而妄作。倘後來獲見此元刻之全本，審訂卷數分合之所由來，鈔補後集文句之所未備，不更怡然涣然乎！書此以俟，並以告藏書家：雖殘本，苟舊刻，寧取毋棄焉。

嘉慶戊辰十月二十有二日，裝成識。復翁黄丕烈。

統計姓氏一葉，卷一，十三葉； 卷二，十二葉，共二十五葉。卷一『一』字，卷二『二』字，有改補之痕，原遭俗子寫作卷上、卷下，兹仍更正也。蕘圃。

【箋】

〔一〕底本無題名。

〔二〕陸其清： 即陸漻（約一六五七—一七二七），字其清，平原（今屬山東）人，寄居蘇州。以行醫爲業。好鈔書、藏書，著有《佳趣堂書目》。

〔三〕周丈香嚴： 即周錫瓚（一七四二—一八一九），字仲漣，號香嚴，又號漪塘，別署香嚴居士，吳縣（今屬江蘇）人。乾隆三十年乙酉（一七六五）副貢生。喜藏書，精鑒別，與黄丕烈、顧之逵、袁廷檮合稱乾嘉吳中四大藏書家。參見李玉安、黄正雨《中國藏書家通典》（中國國際文化出版社，二〇〇五）。

陽春白雪跋〔一〕

黄丕烈

《陽春白雪》十卷，舊殘鈔本。

錢塘何夢華，向年以元人鈔本《陽春白雪》歸余。其時余姻家袁壽階亦有藏本〔二〕，較何本多外集一卷。今來武林，訪何君夢華，上吳山玩，遇賞樓書肆，見插架有此殘帙，遂購歸。可據所藏元人鈔本補完，亦抱守老人之幸也。

庚辰小春望後一日〔三〕，書於松木場舟次。復翁。

道光壬午四月廿有五日，夢華從琴川返棹，過余，向余問及此書，因有人託鈔副本也。余曰：『此書除元鈔本外，尚有一殘鈔本，卻亦得諸武林，尚未鈔全。君如應友人託鈔，何不就君所藏副本上錄其半，卽以此下半冊合之，豈不成兩美乎？』此議未決，而余卻思倩人鈔全，俾成完璧，以了宿願。遂先校其所有者。此殘本似從元鈔本出，於紙損及字跡未明晰處，皆缺而不書，或書之不全，卽此可見。唯八卷中八葉後，有欠葉三葉，計元鈔本七十九行。或鈔後失落，而此十二葉第十三行，至十五葉第八行止，增【木蘭花慢】十首，爲周草窗繼張成子作。【蘇堤春曉】十題，元鈔本卻未之有，未知其何自寫入。卽檢殘鈔本八卷目。亦無此。可見書不校對，雖同出一源，而同異有如是者，亦無由知之。甚哉，古書之難言也！

廿有六日午後，校畢識。蕘夫。（俱在卷前）

余生平喜購書，於片紙隻字，皆爲之收藏。非好奇也，蓋惜字耳。往謂古人慧命，全在文字，如遇不全本而棄之，從此無完日矣。故余於殘缺者，尤加意焉，戲自號曰『抱守老人』。不謂數年來，完璧之書，大半散去，卽斷珪亦時有割愛贈人者。宋元舊本，非得本子相同，無從補全，且工費浩繁。近年力絀，何能辦此？幸有大力者負之而趨，不惜多金鈔補。此亦書之幸，未爲余之不幸也。如此種小品，因有元鈔本可補，故收之。向但知所缺在一至四卷，卻未知八卷中缺三番。昔之藏是書者，似亦知其缺，故留空格三葉在卷尾，以待後人鈔補。今余適補之。如其葉數，據元鈔計羨一行，而余寫此，適於第九葉誤落一行，省後續塡，故十一葉格子盡，而文亦完，亦事之巧者。

元鈔本字體行草，非按文理求之，幾不可辨，故余自寫之。久未握管，腕力不能端楷。但取文理之無訛，不計字體之多拙也。

廿有七日晨起，至午畢工，因記。六十老人。（在卷末）

（以上均清光緒八年潘祖蔭刻本黄丕烈輯《士禮居藏書題跋記》卷六）

【箋】

〔一〕底本無題名。

〔二〕袁壽階：即袁廷檮（一七六四—一八六〇），字又愷，一字壽階，室名紅蕙山房、五硯樓，吴縣（今屬江蘇）人。常與錢大昕、王鳴盛論經學。精收藏，家有宋版書及金石、碑版、法書、名畫。

〔三〕庚辰：嘉慶二十五年（一八二〇）。

朝野新聲太平樂府（楊朝英）

《朝野新聲太平樂府》，九卷，楊朝英選輯，元人散曲總集。現存元刻本（《四部叢刊》據以影印、民國間武進陶涉園據以覆刻）、番禺羅氏舊藏明刻大字本（殘存八卷）、瞿氏鐵琴銅劍樓舊藏明刊活字本（民國間《國學基本叢書》據以排印）、清何夢華鈔本。

朝野新聲太平樂府跋〔一〕

黃丕烈

此元刻細字本《朝野新聲太平樂府》九卷，休寧朱之赤藏書，余得諸郡中故家，珍祕之至。既收得鈔本，止八本，兩本並同，脱誤亦相似，始知外間傳布本非足本也。因取是以校彼，實多是正。鈔本間有改正字，如『裏』本作『里』，『教』或作『交』，此元刻本如是。想係詞典本相傳舊例，余所藏元人雜劇刊本都有類此者，無足異也。惟鈔本間有衍字衍句，不知其本云何。然通體刻自勝鈔，當以元刻爲準。余素不諳詞，何論乎曲。兹因校勘，粗讀一過。其中用意之工，遣辭之妙，固稱傑作。宜有元一代，以此擅長也。丁卯秋霜降前一日〔二〕，秉燭書。復翁。

庚辰冬孟〔三〕，偶取繙閲前跋，有誤書處，如『八本』當作『八卷』，『詞典』當作『詞曲』，因復正之。復翁。

【箋】

〔一〕底本無題名。

〔二〕丁卯：嘉慶十二年（一八〇七）。

〔三〕庚辰：嘉慶二十五年（一八二〇）。

朝野新聲太平樂府跋〔一〕

黃丕烈

此五硯樓遺書也〔二〕，仲冬二十有四日，坊間從彼得之，余實爲之介。家寒，藉此爲度歲計，故出此。余雖至親，不能爲之保護，思之實可酸鼻。然聚散何常，昔人身後尚有論秤而盡者，兹幸尚不致如是。是書亦爲梱載中物。余見其鈔手精雅，向坊間轉歸。取對元刻，約略相似，惟多卷首鄧序一篇，可喜也。今日學山海居中，一書忽得雙璧，聊以取快一時。倘日後散亡，尚有如余其人者，爲之檢點料理，不致論秤而盡，余亦甚慰矣。

時己巳十一月二十有五日〔三〕，學山海居主人黃丕烈識。

連日天氣嚴寒，河冰斷路，較嘉慶紀元之正月初九，所遜者惟雪耳。風狂日淡，冷氣彌天，即炙硯含毫，手腕不能振作。今稍溫和，磨墨書此並記〔四〕。

（以上均中國國家圖書館藏清何夢華鈔本《朝野新聲太平樂府》卷末）

【箋】

〔一〕底本無題名。

〔二〕五硯樓： 袁廷檮（一七六四—一八六〇）室名。

〔三〕己巳： 嘉慶十四年（一八〇九）。

〔四〕題署之後有陽文方章『復翁』。

誠齋樂府（朱有燉）

朱有燉（一三七九—一四三九），生平詳見本書卷三《張天師明斷辰鈎月》條解題。散曲集《誠齋樂府》，現存宣德間刻本、舊鈔本、民國二十五年（一九三六）金陵盧氏刻《飲虹簃所刻曲》本。一九八九年上海古籍出版社出版令敏華點校本。

誠齋樂府引

朱有燉

予既拾掇拙作詩詞，類而成卷，名之《誠齋錄》矣。復餘時曲數十紙，□□日吟詠情懷，嘲弄風月之語，自愧□□□敢□示於人，將欲付之□□。客有□□者曰：『君子恥一物之不□□，曲亦近□□製作也。元之諸名公，長□□□，亦盛□□今之世，庸何傷乎？法雲道人嘗勸山谷勿作小詞，山谷云：「空中語耳。」此古人不嫌於時曲之證也。便當與詩錄同刊，以爲梁園風月之清賞耳。』予曰：『唯。』遂鏤於梓，名之《誠齋樂府》云。

宣德九年歲在甲寅長至日，錦窠老人書。

（民國二十五年金陵盧氏刻《飲虹簃所刻曲》本《誠齋樂府》卷首）

陳大聲樂府全集（陳鐸）

陳鐸（約一四五四—一五〇七），字大聲，號秋碧，別署七一居士，南直隸下邳（今江蘇邳縣）人，居金陵（今江蘇南京）。襲濟州衛指揮。工詩善畫，尤善聲律，時稱『樂王』。著有《梨雲寄傲》、《可雪齋稿》、《月香亭稿》、《秋碧軒稿》、《草堂餘意》、《詞林要韻》、《滑稽餘韻》等。撰雜劇《花月妓雙偷納錦郎》、《鄭耆老匹配好姻緣》、《太平樂事》等。

《陳大聲樂府全集》，現存萬曆三十九年（一六一一）汪氏環翠堂刻本，題《坐隱先生精訂陳大聲樂府全集》。

精訂陳大聲樂府全集序

湯有光〔一〕

樂府，詩之變也。而調諧律呂，字辨陰陽，較詩實難爲之。至以詩韻爲曲韻者，十常八九，竟不知曲韻毫不可假借於詩韻也。其說，平輿先生論之詳矣〔二〕。自金元迄我國家，以南北曲名者，亡慮千百輩。乃今三吳逸客，按拍花前；兩京教坊，彈絲樽畔，纔一開口，便度陳大聲諸曲，直令聽者神動色飛。此何以故？政以大聲之韻發而意新，聲婉而辭麗，其體貼人情，描寫物態，有發前人所未發者。何元朗取其穩協，王元美服其當行，眞知言哉！

顧《全集》人爭欲見，惜無善本。新都昌朝汪使君手自校訂，付之剞劂，爲海内一快心事。蓋昌朝博雅多能，尤長於聲律，其所撰樂府數十種，一遵大聲矩度，而蘊藉過之。以彼臭味之投，固宜不憚心力，俾其美而傳也。賞音者取是集，與《環翠堂稿》並玩之，二君風雅，亦可想見乎？

萬曆歲在昭陽大淵獻上巳日〔三〕，中順大夫知江西瑞州府事友人湯有光拜撰〔四〕。同社朱鉉書〔五〕。

【箋】

〔一〕湯有光：字孟弢，號熙臺，溧水（今屬江蘇）人，遷上元（今屬江蘇南京）。萬曆七年己卯（一五七九）舉人，除禮部司務。尋陞郎中，出補任江西瑞州知府。擢雲南副使，致仕歸。年八十二卒。傳見陳作霖《金陵通傳》卷一五、同治《上江兩縣志》卷二二等。

〔二〕平輿先生：姓名、籍里、生平均未詳。

〔三〕萬曆歲在昭陽大淵獻：即萬曆癸亥年。按萬曆間無癸亥年，有誤，疑昭陽當作「重光」，爲萬曆辛亥（三十九年，一六一一）。

〔四〕題署之後有印章二枚：陽文方章「湯有光印」，陰文方章「中順大夫」。

〔五〕後有陽文印章二枚：「朱鉉」、「夏瑜」。

汪昌朝精訂陳大聲全集序

曹學佺〔一〕

汪鹺使昌朝開園松蘿山下，呑烟霞而弄湖水，胷中灑灑，不染一塵。究心三教之餘，時或游戲詩賦詞曲。以故風雅者歸其標格，豪俠者重其意氣，菁華者愛其詞章，慷慨者推其直諒。不佞因是以納交於昌朝，昌朝且與不佞稱莫逆矣。

昌朝觸事卽景，輒度新聲，纔四易寒暑，已成樂府數十種。不佞讀之，見其清音亮節，綽態柔情，恍若有神解焉者。此雖昌朝才情贍哉，而究所從入，則得於陳侯大聲者居多也。

大聲，金陵將家子。生當弘正昇平之世，乃以詞曲鼓吹休明，直闖金元作者之閫奥。其所著有《梨雲》、《可雪》、《月香》、《納錦郎》諸稿，而《滑稽餘韻》、《太平樂事》，則又妙極俳諧，令人絕倒。大都流麗清圓，豐藻綿密。事盡而思不乏趣，言淺而情彌刺骨。以彼作手，豈獨爲昭代白眘哉？前無古人矣！

昌朝不及與侯生同其時，日取遺編，徜徉湖山之際，不覺有心領而神會者，固宜著作之富，直與大聲照暎後先也。昌朝不忍大聲諸作散逸無統，乃手自訂彙，而更以詩詞二韻，並《草堂餘意》附刻之。則知《環翠稿》中所載，某宮用某韻，不少混淆者，其體裁皆有所本也。梓成，予並表章之。

侯官友弟曹學佺頓首纂〔二〕。

【箋】

〔一〕曹學佺（一五七四—一六四六）：字能始，一字尊生，號雁澤、石倉，別署石倉居士、西峯居士，侯官（今屬福建福州）人。萬曆十九年辛卯（一五九一）舉人，二十三年乙未（一五九五）進士。授戶部主事，歷任南京大理寺左寺正、南京戶部郎中、四川右參政、按察使、廣西布政使。南明時，任太常寺卿、禮部尚書加太子太保。清軍攻陷福州後，自縊殉國，謚忠節。編輯《石倉歷代詩選》、《鳳山鄭氏詩選》等。著有《易經通論》、《周易可說》、《書傳會衷》、《春秋闡義》、《輿地名勝志》、《蜀中外勝記》、《西峯字說》、《石倉集》等。傳見《明史》卷二八八。

〔二〕題署之後有印章三枚：陽文方章「乙未進士」，陰文方章「曹學佺印」，陽文方章「曹能始氏」。

刻陳大聲全集自序

汪廷訥

曲雖小技乎，摹寫人情，藻繪物采，實爲有聲之畫。所忌微獨鄙俚而不馴，亦恐饒洽而太晦。卽雅俗並陳矣，倘律韻少舛，其於合作無當也。蓋律以定調，韻以辯聲。律不叶則拂於板，韻不諧則噎於喉。詞隱先生極意釐正，良苦心哉！

不佞於此技未窺一斑，私心酷好之。金元作者尚矣，於昭代獨北面陳大聲氏。大聲以簪纓世家，生當江左風流之地，淘瀉襟抱，恣吐才華，布景傳情，動成美善。其所著若《梨雲寄傲》，若《可雪遺編》，若《月香小稿》，若《納錦郎傳奇》，若《滑稽餘韻》，若《太平樂事》，長篇短令，無不使人解頤。總之，其韻嚴，其響和，其節舒。詞秀而易晰，音諧而易按，言言蒜酪，更復擅場。借使騷雅屬耳，擊節賞音，里人聞之，亦且心醉。其眞詞壇之鼓吹，而俳諧之傑霸乎？不佞每對蘿月湖雲，手取數闋，長謳一過，神思飛越，竟不知此身在人間世也。

第原刻不善，日久益復模糊，乃自精訂，授之剞劂。而並以《草堂餘意》、詩詞二韻附其後，庶作者知詩與詞各自爲韻，不得以己意相假借也。若九宮之辯，具載涵虛子〔一〕、幼平甫〔二〕二譜中，不佞何庸贅？

時萬曆辛亥仲春月上浣，新都無如汪廷訥序〔三〕。宗人汪昶漫書〔四〕。

（以上均明萬曆三十九年汪氏環翠堂刻《坐隱先生精訂陳大聲樂府全集》卷首）

【箋】

〔一〕涵虛子：當指朱權（一三七八—一四四八）。撰《太和正音譜》，詳見本書卷十三該書解題。

〔二〕幼平甫：未詳何人。

〔三〕題署之後有印章四枚：陽文圓章『坐隱先生』，陽文方章『無』、『如』、『大夫之章』。

〔四〕後有陰文方章二枚：『汪昶之印』、『明仲氏』。

南峯樂府（楊循吉）

楊循吉（一四五六—一五四四），字君卿，一作君謙，號南峯，别署雁村居士，吴縣（今屬江蘇）人。成化二十年甲辰（一四八四）進士，授禮部主事。弘治初病歸，年纔三十一，結廬支硎山下，以讀書著述爲事。著有《松籌堂集》、《都下贈僧詩》、《齋中拙詠》、《南峯樂府》、《燈窗末藝》、《攢眉集》、《蘇州府纂修識略》、《奚囊手鏡》等。傳見《國朝獻徵録》卷三五、《明史》卷二八六、《姑蘇名賢小紀》卷上等。

《南峯樂府》，現存明刻本，民國二十六年（一九三七）北京文禄堂據以影印。

南峯樂府跋（一）

黄丕烈

己巳春三月，余爲武林之游，三上城隍山，索觀古書於集古齋。蓋其主人在杭城書賈中爲巨擘，而去歲又新收開萬樓書，故不憚再三至也。最後爲立夏前一日，與錢唐何夢華偕行，小憩。臨江之樓山，舊多茶肆，並有點心之佳者。主人煮茗相待，取蓑衣餅、韭菜餅於旁肆，以斷晨飱，心頗樂焉。因邀坐在店後小樓，見《南峯樂府》、《太平樂府》簽出架上，手探之，乃明舊刻，遂與他書捆載而歸。歸家，遍檢諸家書目，偶及《孝慈堂書目》，有之，序次、目録先後、書名本數正合，可見書之得失顯晦，有定數也。

復翁識。

（民國二十六年北京文祿堂影印本《南峯樂府》卷末）

【箋】

〔一〕底本無題名。

樂府餘音（楊廷和）

楊廷和（一四五九—一五二九），字介夫，號石齋，新都（今屬四川）人。成化十四年戊戌（一四七八）進士，選庶吉士，授檢討。官至吏部尚書兼華蓋殿大學士。嘉靖初，因『議大禮』抗旨，削職爲民。隆慶初復官，謚文忠。著有《楊文忠公三錄》、《石齋集》等。傳見孫志仁《行狀》（焦竑《國朝獻徵錄》卷一五）、《嘉靖以來內閣首輔傳》卷一、《明史列傳》卷六一、《明史》卷一九〇等。

散曲集《樂府餘音》，現存嘉靖三十二年（一五五三）曾璵序刻本（《鄭振鐸藏珍本戲曲文獻叢刊》第五〇冊據以影印）、民國二十五年（一九三六）金陵盧氏輯刻《飲虹簃所刻曲》本。

樂府餘音小序〔一〕

曾　璵〔二〕

始，淛東王石泉先生駐節雪山，召璵講學，處賓館者終歲，禮樂之端緒，幸有聞焉。適諸酋納款，有陳樂府賀者，先生命閱之，曰：『子知樂府乎？』對曰：『樂府名起後代，支流紛雜，然音調實緣古法，若長短、雙聲、疊韻，其法固在《三百篇》內也。』曰：『茲所陳何如？』曰：『可閱也，弗可歌。歌之，耳豁極，或耳不收，如昔賢所病。』先生曰：『可謂？』曰：『樂府必兼四長：情觸而宣，義協而順，詞俊而妥，調殊而諧。缺其一，弗可歌。茲所陳也，戾是，故聽之耳豁極，或不收。』曰：『美哉！如斯已乎？』曰：『其意通乎《三百篇》也，其象通乎干羽舞也，其咨嗟嘆息通乎琴瑟笙簧之有聲無詞也。』曰：『美哉，淵乎！』蓋自是幾五十年，無談此也。

我少師石齋翁，製作種種，《樂府餘音》一帙，乃得謝而爲者。翁主器大魁，近以相示，曰：『子可繫之一言。』璵於大魁，丁卯同年也〔三〕，義弗可外。矧翁博愛，昔固及璵，禮闈之薦，奚啻色笑？又何敢以微陋辭？乃受而閱，閱①而歌，信意自然，不屑屑於求合而四長兼有。及閱大魁昆弟所述《家乘》，翁四歲知聲律，天稟不羣，宜無難於此矣。

翁十有二，舉於鄉；十有九，舉甲科；四十有九，登黃閣。平時相業，人或可能也②；至危疑急遽之際，除大蠹，定大策，奠安宗社，中外帖然，是難能也。翁經綸宏碩，而德宇溫粹，精神折衡，其濟也，宜我思繹之，凡厥獻替，都俞吁咈之餘範也。晚年樂府，又皆課耕農，勸讀誦，稱說孝友，沐浴膏澤，雝雝喈喈，《卷阿》之餘音也。翁自命曰《樂府餘音》，璵乃曰《卷阿》之餘音。

嘉靖癸丑莫春，岷野晚學曾璵頓首書。

（《鄭振鐸藏珍本戲曲文獻叢刊》第五〇冊影印明嘉靖間刻本《樂府餘音》卷首）

【校】

①閱，《少岷先生拾存稿》卷二《樂府餘音序》無。

②也，《少岷先生拾存稿》卷二《樂府餘音序》無。

【箋】

〔一〕《美國哈佛大學哈佛燕京圖書館藏中文善本彙刊》影印隆慶間刻本《少岷先生拾存稿》卷二有此文，題《樂府餘音序》。

〔二〕曾璵（一四八〇—一五五八）： 字東石，一字東玉，號少珉，合江（今屬四川）人。正德二年丁卯（一五〇七）舉人，三年戊辰（一五〇八）進士，授戶部江西司主事，轉員外、郎中。十一年（一五一六），出知江西建昌。十五年，致仕歸，移居江陽（今屬四川瀘州），著述自娛。著有《聖學會通》、《河圖洛書解》、《春王正月考》、《歷代史評論》、《心學論》、《樂律論》、《數學論》、《少珉先生拾存稿》。傳見張佳胤《居來先生文集》卷一二《墓志銘》（焦竑《國朝獻徵錄》卷八七）。

〔三〕丁卯： 正德二年（一五〇七）。

碧山樂府（王九思）

王九思（一四六八—一五五一），生平詳見本書卷三《杜子美沽酒遊春記》條解題。散曲集《碧山樂府》，現存嘉靖三十四年（一五五五）張書紳刻本；《碧山樂府拾遺》，現存正德間刻清印本；《碧山新稿》、《碧山續稿》，現存嘉靖間刻本。另有崇禎十三年（一六四〇）張宗孟刻《重刻渼陂王太史先生全集》附刻本，總題《碧山樂府》（《續修四庫全書》第一七三八册據以影印，民國二十五年（一九三六）金陵盧氏輯刻本《飲虹簃所刻曲》據以刊刻）。一九八九年上海古籍出版社出版沈廣仁點校本。

碧山樂府序 紫閣山人近體

康　海

山人舊不爲此體，自罷壽州後始爲之。其才情之妙，可以超絶斯世矣。予往來鄠、杜間，苟有所得，則命童子彙而輯之，然數年之間，輒已如此。其聲雖托之近體，而其意則悠然與上下同流，宕而弗激，迫而弗怒，即古名言之士，或已鮮也。詩人之詞，以比興是優。故西方美人，托誦顯王；江蘺薜芷，喻言君子。讀其曲，想其意，比之聲，和之譜，可以逆知其所懷矣。

或曰：『山人以文章巨公，爲當世之所尊師，乃留情曲藝，顧又多雨雲風月之詠，豈所以感發人之善心，懲創人之逸志邪？若是而錄之，殆非愚謬所能識也。』予曰：『不然。此正所以見山人之胷次，非倖倖硜硜者能擬也。夫壯士不以細事亮節，聖人不以小道棄理。詩之本人情，該物理，皆是物也。』或人大悟而進曰：『而今而後，乃知豪傑之所存，與細人異也。』裝潢既成，因漫題此。

時正德十四年己卯秋七月丁酉，沜東漁父序。

碧山續稿序

王九思

予爲《碧山樂府》，沜東先生既序而刻諸木矣。四三年來，乃復有作。興之所至，或以片紙書之，已卽棄去。一日，客有過予者，善爲秦聲，乃取而歌焉。酒酣，予亦從而和之，其樂洋洋然，手舞足蹈，忘其身之貧而老且朽矣。於是復加詮次，繕寫成帙，用佐樽俎。風情逸調，雖大雅君子有所不取。然謫仙、少陵之詩，亦往往有豔曲焉，或興激而語謔，或托之以寄意，大抵順乎情性而已。敢竊附於二子，以逭予罪。

時嘉靖癸巳春二月甲子，碧山野叟自序。

碧山新稿自敘

王九思

谿田先生近辱賜予書，曰：『樂府風情甚矣。《詩》不云乎：「善戲謔兮，不爲虐兮。」公其裁之。』然予前此已有反正之漸矣，奉教以來，每有述作，輒加警惕，語雖未工，情則反諸正矣。久而成帙，題曰《碧山新稿》云，不復分類，惟以所得先後爲次。

辛丑二月春分日識〔一〕。

【箋】

〔一〕辛丑：嘉靖二十年（一五四一）。

敍碧山新稿

吴孟祺〔一〕

天地有自然之氣機，人聲有自然之節奏，消息闔括，足稱作述。自元聲失據，古樂不傳，而學士大夫尚能以其觸物之感，製爲新聲，抑揚頓挫，比調協律，謂之樂府。大都視古樂府而變化諧俗，言既易知，而感人又易入。猶詩之有選有律，文之有古有今，要皆隨時裁制，陳義寄興，以發抒底裏云爾。

然我以風動，而我之風又足以動物。自匪粹行朗識，性天寥廓，無少芥蔕，則即才矣不足以鉤玄，卽博矣不足以達變。所出之音，類浮詞客氣，匪怒則哀，匪侈則辟，雖富且麗無取焉。故曰：心和則氣和，形和而聲和。蓋音生於感，而德妙於應也。

吾觀渼翁《新稿》，易而典，廣而含喻，溫潤而勁，精切而不迫，渢渢乎太和之遺，詩樂之緒也。噫！翁行年八十而無溺音，君子曰：『可以觀其素也已。』

時嘉靖丁未二月甲子，東郡六泉居人吳孟祺書。

（以上均日本雙紅堂藏明崇禎十三年刻本《碧山樂府》卷首）

【箋】

〔一〕吳孟祺（一四九八—一五六八）：字元壽，號六泉，別署警庵、六泉居人，東郡（今山東寧陽）人。嘉靖七年戊子（一五二八）舉人，八年己丑（一五二九）進士，授江南五河知縣。歷官河南洛陽知縣、刑部主事、南京戶部郎中等。官至西安知府，致仕歸，優游林下二十餘載。著有《義命箴規》、《拙修邇言》、《六泉漫稿》、《警庵文集》等。傳見光緒《寧陽縣志》卷一二。

彙次碧山樂府小敍

王　琿〔一〕

樂府自注云：『今據所有者，分爲小令、套數。以後續有所得，則各以其類附之，故不厭其曲名重復也。』

小令自注云：『以後不拘南北，及已有而再出者，有卽附之，但南曲之下注一「南」字而已。』

套數自注云：『此後凡有套數，不拘南北，一一挨附。故別起號目，更不分卷。』太史公此體，爲本朝第一，海内矜傳，刷印無虚日，板本鬱然循平。兼之舊刻《續稿》、《新稿》，套、令未分。謹依太史公自注，略爲更定，以套令領①題目，以題目領辭曲。且每曲自爲起頭，庶幾行墨玲瓏，閲②者稱快，爲可告無罪於太史公云爾。《續稿》、《新稿》原敍二篇③，仍存以備考。

時崇禎十三年三月立夏日，盩厔後學王琿敬題於鄠之寓所。

【校】

①領，底本漫漶，據下文補。

②閲，底本漫漶，據文義補。

③篇，底本漫漶，據文義補。

【箋】

〔一〕王琿：盩厔（今陜西周至）人，字號、生平均未詳。

附（碧山樂府）跋〔一〕

王和等

和、旭等不肖且貧，僅守先太史敝廬物，於先太史所遺片紙隻字，祕藏笥中，蠹之不忍，梓之不能，行且待朽而已。顧行世諸刻，又復漫藏散逸，五世之澤，能不濳然！兹遇晉陽張夫子〔二〕，以文章鉅公，涖治扈邑，枉拜先祠。見板本殘闕，捐俸翻刻，屬不肖等，淵友盩厔王子琿，族祖瑛，族叔永圖、永清、振世、垂世，彙次較讎，定爲全集。百年文藻，頓還舊觀，生死肉骨，不肖等何以報之！惟有先太史含笑九原，稱謝知己而已矣。因識翻刻時日於此，以爲世世孫子志不忘云。

崇禎十三年閏正月初八日發刊，三月二十二日事竣。紫閣峯下後人和、旭、晫、曣謹跋。

（以上均日本雙紅堂藏明崇禎十三年刻本《碧山樂府》卷末）

【箋】

〔一〕按，此文實爲崇禎十三年（一六四〇）張宗孟刻《重刻渼陂王太史先生全集》之跋，故作爲附錄。

〔二〕晉陽張夫子：即張宗孟，字泗源，定襄（今屬山西）人。天啓四年甲子（一六二四）舉人，崇禎元年戊辰（一六二八）進士，初授河南商丘知縣，補陝西鄠縣知縣，陞刑部主事、潼關道、按察司僉事。傳見康熙《定襄縣志》卷六、乾隆《鄠縣新志》卷三等。

南曲次韻（王九思）

《南曲次韻》，現存嘉靖間刻本、崇禎十三年（一六四〇）張宗孟刻《重刻渼陂王太史先生全集》本、民國二十五年（一九三六）金陵盧氏輯刻《飲虹簃所刻曲》本。

南曲次韻序

王九思

中麓山人寄予【傍粧臺】百首〔一〕，蓋其歸田後作也。暇日付之歌工，凴几①而聽之，感憤激烈，有正有謔，洋洋乎盈耳哉！可喜也，亦可嘆也；可好也，不可忘也。

久而技癢，忘其身之老也，欲和之，目昏弗克自檢。閒令小孫朗誦一二，識而和之，且和且歌，或作或輟，兩閱月完矣。校之元倡，工拙相去，奚啻千里。雖然，君以强仕之齡，絕人之資，博洽之學，加以感憤激烈之氣，推山倒海，傲睨一世，淩駕千古。予老而衰矣，如之何其可及也？興之所至，不能已已，蓋亦各言其志云爾。

彙次成帙，題曰《南曲次韻》，而述其所由如此。金玉在側，覺我形穢，覽者幸無誚焉可也。

時嘉靖乙巳春二月甲辰，碧山七十八翁自序。

（民國二十五年金陵盧氏輯刻本《飲虹簃所刻曲》所收《南曲次韻》卷端）

【校】

①馮几，清鈔本《中麓小令》作『歌』。

【箋】

〔一〕清鈔本《中麓小令》卷末所附跋語中，亦有此段文字。

〔二〕中麓山人：即李開先（一五〇二—一五六八）。所撰【傍粧臺】百首，見本卷《中麓小令》條解題。

伯虎雜曲（唐寅）

唐寅（一四七〇—一五二四），字伯虎，一字子畏，號六如，别署六如居士、桃花庵主、魯國唐生、逃禪仙吏、江南第一風流才子等，吴縣（今屬江蘇）人。弘治十一年戊午（一四九八）應天鄉試，解元。次年會試，涉泄題案牽連而下獄，謫爲吏，恥不就。歸鄉，築室桃花塢，頹然自放。工詩文，善書畫。與祝允明、文徵明、徐禎卿並稱爲『吴中四才子』。著有《六如居士集》，清人輯爲《六如居士全集》。傳見祝允明《祝氏集略》卷一七《墓志銘》（焦竑《國朝獻徵録》卷一一五）、《姑蘇名賢小紀》卷下、何喬遠《名山藏》卷九五、《明史》卷二八六等。參見閻風《唐六如年譜》、《唐六如評傳》（民國二十一年十月《清華周刊》第三十八卷）、楊静庵《唐寅年譜》（民國三十六年上海商務印書館排印本）、楊繼輝《唐寅年譜新編》（蘇州大學碩士學位論文，二〇〇七）。

散曲别集《伯虎雜曲》，何大成輯録，現存萬曆四十二年（一六一四）刊《唐伯虎外編續刻》本（《續修四庫全書》第一三三五册據之影印），民國二十五年（一九三六）金陵盧氏輯刻《飲虹簃所刻曲》本，一九八〇年廣陵古籍刻印社出版《伯虎雜曲等三種》本。

伯虎雜曲序〔一〕

何大成〔二〕

何子讀六如先生曲譜，而喟然有感焉。往，予外叔祖酉巖秦氏，博極羣書，尤精音律。嘗應試南都，以八月既望，縱步桃葉渡。三吳士女，靚粧炫服，遊者如堵。已而六館英豪，平康姝麗，笙歌雜沓，畫舫鱗次。西巖乃浩歌【念奴嬌序】一闋，低回慷慨，旁若無人，環橋而聽者，不可勝紀也。頃之月墮沙堤，漏殘銀蠟，鄉之姝麗者爭前席交歡焉。捧檀板以度曲，挾雲和而授指。綣周郎之盼睞，祈薦枕於襄王；悅李謩之譜詞，效吹簫於秦女。洵可樂也！曾未數十年，風流頓盡。石城夜月，空縣美人之思；柘館箜篌，不入鍾期之聽。予外祖鳳巖公，每向余道之，未嘗不涕泗唏嘘也。

嗟夫！人與世衰，音隨代舛。蕪音累句，徒傳《白苧》之篇；拗韻顛腔，祇黯《紅泉》之帙。詎審填詞按曲，別準金科；疊韻和腔，須逢繡指，未易以一二爲盲①道矣。《詞林選勝》一編，乃魏良輔點板，所載六如曲富甚，予備錄之。其微詞祕旨，種種不傳，惜爲三家學究漫②置題評，十市街頭私行改竄。鶯聲柳色，第聞亥豕魯魚；鳳管鸞箏，莫辨浮沉清濁。纖奸畢具，妙義全乖。不佞耳慚師曠，心賞伯牙，捐貲募工，亟爲繕寫。更以諸本刊誤，附列如左。庶幾礝砆對連城而失色，明月錯魚目而愈珍。即起六如、西巖兩公於九原，當不以予爲傖父也。

丙辰三月禊日，虎丘漫識③。

伯虎雜曲散見諸樂府，或誤刻他姓，或別本互見者，種種不同，不佞悉爲詮次，以備闕遺。然皆各有所據，不敢混入，以滋贋誚云。

丁巳夏日，慈公識。

（《續修四庫全書》影印明四十二年（一六一四）

刊《唐伯虎外编續刻》卷九《伯虎雜曲》卷首）

【校】

①盲，《飲虹簃所刻曲》本作『旨』。

②漫，《飲虹簃所刻曲》本作『慢』。

③《飲虹簃所刻曲》本後有『何大成慈公』五字。

【箋】

〔一〕底本無題名。

〔二〕何大成（一五七四—一六三三），字君立，號慈公，常熟（今屬江蘇）人。詩文俊拔。喜收藏，鈔錄珍貴古籍。

伯虎雜曲序〔一〕

何大成

伯虎《閨情》四闋，世所傳者，祇『樓閣重重』一套耳。偶閱《詞林選勝》，其三闋俱全。且如【皂羅袍】『柳絲』句，坊刻作『綰斷』，今本作『暗約』；【香柳娘】『夢回』句，坊刻作『巫山杳』，今本作『巫山廟』，意調迥別，的爲定本。因覆鋟之，不妨並載云。

萬曆丙辰花生日，慈公識。

趙玄度啓云〔二〕：『伯虎集搜訪極博矣，敬服敬服！第「樓閣重重」一套，「因他消瘦」一套，

□□①見其爲古詞，元末國初人作，非唐先生者。而「春去春來」一套，乃眞唐作矣。乞入此而去此兩套，庶爲善本。』玄度博極羣書，其言必非無據。但考《詞林選勝》繫六如作，未知孰是。不佞志在攟摭，麟角鳳毛在所畢登，其真其贋，統俟博雅者考焉。若曰『屠沽市肆，溷入清廟』，則彙萃各有主名，罪不獨不佞也。刻成不忍削去，姑兩存以便歌者。

慈公②。

（民國二十五年金陵盧氏輯刻《飲虹簃所刻曲》本《伯虎雜曲》卷首）

【校】

①□，《唐伯虎外編續刻》本作『的』。

②慈公，《唐伯虎外編續刻》本無此二字。

【箋】

〔一〕底本無題名。

〔二〕趙玄度：即趙琦美（一五六三—一六二四），字玄度。

雍熙樂府序

朱顯榕〔一〕

古今樂府，言語之一科也。樂府作而聲律盛，漢、魏、晉、隋、唐，以迄宋、元，代有作者，率足名家，而宋元稱甚者，世好使然。其人若蘇子瞻、周邦彥①、姜堯章、辛幼安、元裕子、虞伯生、蕭存存輩，咸大手筆也。即其所撰，無非審音以達詞，成章以協律，本之以通儒俊才，濟之大石宜風流醞藉，小石宜旖旎嫵媚，高平宜條拘滉漾，般涉宜拾掇坑塹，歇指宜急併虛歇，商角宜悲傷宛轉，雙調宜健捷②激梟，商調宜悽愴慕怨③，角調宜嗚咽悠揚④，宮調⑤宜典雅沉重，越調宜陶寫冷笑。

予觀斯集，雖不能一一盡合厥旨，然嘉其鳴國家之治化，不滅於詩文昭夫幾希。予嘗考之古軒轅制律一十七宮調，今之傳者僅一十有一，如黃鐘、正宮以至商角、般涉調是也。然聲音相應，□律品仍十□□□□□□□妙之地，各□□□，如仙呂⑥調宜清新綿邈，南呂宮宜感嘆⑦傷惋，中呂宮宜高下閃賺，黃鐘宮宜富貴纏綿，正宮宜惆悵雄壯，道宮宜飄逸清幽。

學之難言也，有竅妙焉。不□聲分平側，字別陰陽者，不足以語此。聲分平側，謂無入聲，以入聲派入平、上、去聲也。作平聲者最爲□□□，□□□不可不謹。字平聲皆有之，上、去俱無，上□聲也，獨平兼二聲，所謂下平屬陰，上平屬陽也。此詞林用字之骨髓，不傳之妙識者，以清興絕識音律肯綮詣玄妙焉。

惟我聖朝以文取士，其詩教既正，詞學亦精。詞云者，詩之餘，文之叶也。專門名家，比肩宋元，而或謂過之。然其言語惜非雅頌，故散見諸逸編野史中。譬之珠光玉采，終莫掩潛，而收拾之功，則又繫於人焉耳。

正德初年，京師好事者有《盛世新聲》之刻，采輯未工，統析未究，徒爲誚極。茲嘉靖辛卯，其好事者復有《雍熙樂府》之刻，所以博彙宋元以來與□□□□□朝詞林之菁華，蓋有□□□□性情之良揄揚，□□□□□□之盛，美哉刻歟！計二十卷，予暇之日，披閱度閒，遇所會意，稍存評品。嗟乎！音律之下之性情，恒止於理義有可傳者，因翻刻之，而繫以所見之數言，俾知者好、好者樂，□不孤其人采輯之意，而通儒俊才清興絕識，亦得以紀載而流行不匱也。是爲序。

嘉靖十有九年庚子春正月之吉重刊，楚藩長春山人書於翠光樓〔二〕。

（《中華再造善本》影印北京大學圖書館藏明嘉靖十九年楚藩刻本《雍熙樂府》卷首）

【校】

①周邦彦：底本作『周彦邦』，據人名改。

②徤捷，底本作『徤徤』，據《中國古典戲曲論著集成》本燕南芝庵《唱論》改。

③『商調宜悽愴』五字底本殘闕，據《中國古典戲曲論著集成》本燕南芝庵《唱論》和前後文補。

④『咽悠揚』三字底本殘闕，據《中國古典戲曲論著集成》本燕南芝庵《唱論》補。

⑤『宮調』二字底本殘闕，據《中國古典戲曲論著集成》本燕南芝庵《唱論》補。

⑥『仙呂』二字底本殘闕，據《中國古典戲曲論著集成》本燕南芝庵《唱論》補。

⑦『宜感嘆』三字底本殘闕，據《中國古典戲曲論著集成》本燕南芝庵《唱論》和前後文補。

【箋】

〔一〕朱顯榕（一五〇六—一五四五）：朱元璋第六子、楚王朱楨五世孫，明嘉靖六年（一五二七）被封爲長樂王，十五年（一五三六）襲封爲楚王，二十四年爲世子朱英燿所弑。

〔二〕題署之後有印章三枚：陽文方章『宗本書院』，陰文方章『南國第弌封疆』，陽文方章『御書樓主』。

王西樓樂府（王磐）

王磐（一四七〇？—一五三〇），字鴻漸，號西樓，高郵（今屬江蘇）人。張綖（一四八七—一五四三）岳父。明諸生，終身未仕。工詩能畫，善音律。著有《西樓詩集》、《野菜譜》、《救荒野譜》等。傳見萬曆《揚州府志》卷一八、雍正《揚州府志》卷三一、雍正《高郵州志》卷一〇、嘉慶《揚州府志》卷五一等。

散曲集《王西樓樂府》，現存嘉靖三十年（一五五一）張守中校訂重刻本（《續修四庫全書》第一七三八冊據以影印）、民國二十年（一九三一）中華書局排印本任訥輯《散曲叢刊》本。一九八九年上海古籍出版社出版李慶校本。

刊王西樓先生樂府序

張守中〔一〕

往時，外翁西樓先生所著樂府，先大夫嘗刻之郡齋。甲辰歲〔二〕，燬於火，識者咸惜之，謂翁之作不可以無傳也。不肖乃重爲校正，刻於家塾。

曰：夫聲音之道微矣哉！古者審聲以知音，審音以知樂，故樂府之作，其來尚矣。翁生富室，獨厭綺麗之習，雅好古文詞。家於城西，有樓三楹，日與名流譚詠其間，風生泉涌，聽者心醉，脱略塵俗之故，以從所好。既而藝日精，家日窘，翁怡然不以爲意，逍遥乎宇宙，徜徉乎山水，出其金石之聲，寄興於烟雲水月之外，洋洋焉不知老之將至。此其襟度有過人者，故所作沖融曠達，類其人也。

今觀其《村居》之作，甘恬退也；《久雪》之詞，刺陰邪也；《元宵》之章，樂昇平也；《失雞》之曲，見雅度也；《喇叭》之詠，斥閹宦也；《五方》之嘲，悟愚俗也，大都非漫作者。翁妙達律吕，率意口占，皆合格調，每一傳誦，人爭慕之。儲文懿公、莊定山公，與翁交契獨深，見翁製作無不歎服，謂其爲古摩詰之流也。翁琴弈詩畫咸精，不特長於詞學而已。

嘉靖辛亥重陽日，不肖甥張守中頓首拜書。

（《續修四庫全書》第一七三八册影印明嘉靖三十年張守中校訂重刻本《王西樓先生樂府》卷首）

【箋】

〔一〕張守中（一五二七—一五七二後）：字叔原，號裕齋，高郵（今屬江蘇）人。嘉靖四十一年壬戌（一五六二）進士，授工部主事。改虞衡司郎中，陞浙江按察司副使，調貴陽丹平。辭歸後，屢薦不起。輯刻《六家文選注》等。著有《明農錄》、《詩文遺集》等。傳見《高郵州志·選舉志》。參見王澄主編《揚州歷史人物辭典》（江蘇古籍出版社，二〇〇一）。其父張綖（一四八七—一五四三），正德八年癸酉（一五一三）舉人，編纂《杜工部詩通》、《杜工部七言律詩本義》（二書現存隆慶六年張守中刻本），著有《詩餘圖譜》、《張南湖先生詩集》等。

〔二〕甲辰：嘉靖二十三年（一五四四）。

附　王西樓樂府跋

鄭振鐸

《王西樓樂府》，明高郵王磐著，明萬曆間刊本，不分卷（附《西樓集》），集爲嘉靖刊本，一冊。首有康熙甲戌勞之辨序，蓋二刻之板至清初而猶存，故合印之也。

（《鄭振鐸全集》第十七卷《西諦（集外）題跋》）

沜東樂府（康海）

康海（一四七五—一五四〇），字德涵，號對山，別署沜東漁父、滸西山人、太白山人，武功（今屬陝西）人。弘治十五年壬戌（一五〇二）進士第一，選庶吉士，授翰林院修撰。武宗時宦官劉瑾（一四五一—一五一〇）敗，坐瑾黨，落職爲民。歸鄉，與王九思（一四六八—一五五一）等相聚沜東鄠、杜間，飲酒造歌。善彈琵琶，自創家班。工詩文，與李夢陽（一四七三—一五三〇）、何景明（一四八三—一五二一）等並稱『弘德七子』。編纂《武功縣志》。著有《對山集》、《沜東樂府》等，撰雜劇《東郭先生誤救中山狼》（簡名《中山狼》）、《王蘭卿》（一名《王蘭卿眞烈傳》，又名《王蘭卿服信明貞傳》），俱存。傳見《國朝獻徵錄》卷二一（張治道《行狀》）、李開先《李中麓閒居集》卷一〇《傳》、《名山藏》卷八一、《明史》卷二八六等。參見韓潔根《康海年譜》（復旦大學出版社，一九九三）。

《沜東樂府》，現存嘉靖三年（一五二四）康浩刻本（《續修四庫全書》第一七三八冊據以影印），民國二十年（一九三一）中華書局排印本任訥輯《散曲叢刊》本（另附補遺一卷），民國二十五年金陵盧氏輯刻本《飲虹簃所刻曲》本。一九八九年上海古籍出版社出版周永瑞點校本。二〇一一年浙江古籍出版社陳靝沅《康海散曲集校箋》。

沜東樂府序

康　海

世恆言『詩情不似曲情多』，非也。古曲與詩同。自樂府作，詩與曲始岐而二矣，其實詩之變也。宋元以來，益變益異，遂有南詞、北曲之分。然南詞主激越，其變也爲流麗；北曲主慷慨，其變也爲樸實。惟樸實，故聲有矩度而難借；惟流麗，故唱得宛轉而易調。此二者，詞曲之定分也。

予自謝事山居，客有過予者，輒以酒殽聲伎隨之，往往因其聲以稽其譜，求能稍合作始之意益尠。蓋沿襲之久，調以傳訛，而其辭又多出於樂工市人之手，音節既乖，假借斯謬。茲予有深惜焉，由是興之所及，亦輒有作。歲月既久，簡帙遂繁，乃命童子錄之，以存篋笥，題曰《沜東樂府》。復稍述二家爲調之本於此，知音之士，寧無感乎？

正德八年歲在癸酉冬十二月朔旦〔一〕，渼東漁父自序。

（《續修四庫全書》第一七三八冊影印明嘉靖三年康浩刻本《渼東樂府》卷首）

【箋】

〔一〕正德八年歲在癸酉冬十二月朔旦：公元已入一五一四年。

渼東樂府跋〔一〕

康　浩〔二〕

右《樂府》二卷，家兄渼翁舊作也。好事者求錄踵至，因刻之以傳焉。

嘉靖甲申春三月丁卯，弟浩謹識。

（明刻本《二太史樂府聯璧》所收《渼東樂府》卷末）

【箋】

〔一〕底本無題名。

〔二〕康浩（一四七九—一五六〇）：字德充，號旻齋，武功（今屬陝西）人。康海從弟。正德六年辛未（一五一一）進士，授戶部主事，轉郎中。左遷嘉定，因故罷去。家居卒。著有《旻齋集》。傳見康熙《武功縣重校續志》卷二、嘉慶《續武功縣志》卷四等。

滸東樂府後録（康海）

《滸東樂府後録》二卷，康海（一四七五—一五四〇）撰。現存嘉靖間刻本，與王九思《碧山樂府》一卷、《樂府拾遺》一卷、康海《滸東樂府》二卷、《杜子美沽酒游春記》一卷、《漭西山人初度録》一卷合刊，凡十二册，藏臺灣「國家圖書館」。參見陳靝沅、孫崇濤《新發現康海散曲集〈滸東樂府後録〉校箋（上、下）》（《文化藝術研究》二〇〇九年第四、五期）。二〇一一年浙江古籍出版社出版陳靝沅《康海散曲集校箋》收録。

滸東樂府後録序〔一〕

康　海

曩予嘗著《滸東樂府》，凡林泉之樂，若頗具矣。顧景物所觸，則亦莫能自已，必隨時賦事，被之管絃，以達其趣。年積月累，至於今日，暇省所録，忽已倍前。則又笑予疏狂若是，蓋野人志願，惟以樂其日用之常，莫自知其時之費也。

適得二青衣，能鼓十三絃及琵琶，號稱絶藝。古今曲調，又能審其雅俗之語，和律依永，殆同天授。予作每出，二青衣不踰時輒能奏成，洋洋遂遂，合宫叶調，予未嘗不撫掌私慶也。

身丁盛時，溢承祉福，有安寧，鮮疑畏。歸田三十二年，益肆志於登山臨水之際，而二青衣又以助之，其樂詎有涯乎？衰憊之餘，後能似今，尚當嗣爲雅頌，以敷陳洪化，上媲商周之所載。才之菲劣，非所計也。

時嘉靖十八年己亥秋閏七月乙卯，滸東漁父序①。

（中國國家圖書館藏明萬曆十年潘允哲刻本《康對山先生集》卷二八）

【校】

①底本無題署，據臺灣『國家圖書館』藏明嘉靖間刻本《滸東樂府後錄》卷首補。

【箋】

〔一〕臺灣『國家圖書館』藏明嘉靖間刻本《滸東樂府後錄》卷首有此文，首闕，僅殘存末頁。

淮海新聲（朱應辰）

朱應辰，字拱之，一字振之，號淮海，別署逍遙館主人，人稱淮海先生，寶應（今屬江蘇）人。才名與兄應登（一四七七—一五二六）埒，當時比之『雲間二陸』。累試不第。嘉靖十年辛卯（一五三一），歲貢上禮部，遂隱居不仕。晚年築逍遙館於廣洋湖以老。著有《淮南集》、《逍遙館漫鈔》、《淮海新聲》等。傳見清朱克生《明代寶應人物志》（鈔本）、《明詩綜》卷三八等。

《淮海新聲》，現存嘉慶二十一年（一八一六）詹應甲校刻本，中國國家圖書館藏。

淮海新聲小引

吴敏道〔一〕

夫繡被覆於江中，影搖淨緑之水；羅衣拂於道上，響動軟紅之塵。歌曲感人，渢且邃矣。淮海先生才情雋麗，襟愫高閒。張錦幄以坐花，清哇緩乎六引；飛瓊觴而醉月，妍節淩乎七盤。摛毫則思逐紫雲，握板則音翻《白雪》。遂使渼陂卻步，枝山斂容。題曰《新聲》，別於舊調。流傳長樂之館，賞窈窱於芳辰；唱滿莫愁之城，歡玲瓏於清夜。將隔障而娱李白，反車而綣秦青乎？

舫齋吴敏道題。

（清嘉慶二十一年詹應甲校刻本《淮海新聲》卷首）

【箋】

〔一〕吴敏道（？—一五九三後）：字曰南，號南莘，又號舫齋，別署博支子、南華山人、射陽畸人，室名清隱草堂，寶應（今屬江蘇）人。萬曆三年乙亥（一五七五），以歲貢入南監。尋棄科舉，篤志山林。纂修隆慶、萬曆《寶應縣志》。著有《南華山人集》、《觀槿稿》、《觀槿續稿》、《吴曰南集》、《舫齋先生集》、《折麻集》、《水影堂編》等。參見寶應縣地方志編纂委員會編《寶應縣志》第一章《人物傳略·吴敏道》（江蘇人民出版社，一九九四）、王澄主編《揚州歷史人物辭典》（江蘇古籍出版社，二〇〇一）等。

淮海新聲跋〔一〕

朱永世〔二〕

此集流傳江淮間久矣，第版脫字訛。曾孫永世於萬曆甲午秋輯補校正，庶便觀覽。謹跋。

【箋】

〔一〕底本無題名。

〔二〕朱永世：寶應（今屬江蘇）人。朱應辰曾孫。字號、生平均未詳。

校正淮海新聲跋

朱士彦〔一〕

十世祖參政君母弟淮海先生，諱應辰，字拱之，一字振之。累舉不第，貢入太學。能爲詩，曰《逍遙館集》。又有《淮海新聲》者，時曲也。末附參政君《鐙詞》數闋，九世祖九江府君《蕪城詞》數闋。士彦少時嘗手錄一本，而其書謬盭脫落，以曲譜正之，多不可讀。後又於族中得舊鈔本，百餘年物也。以校藏本，其脫字謬盭亦相同，意其書本斷簡殘帙，非完書也。士彦心識之，不能忘。

嘉慶五年春，族祖引年翁語士彦曰〔二〕：『余家袖珍本，萬曆年間刊也，以校鈔錄之本，當有異。』卽從翁假之，僅四十頁。校鈔本，僅《楚狂歌》多【四時花】一闋，而模糊數十字，故鈔者删去不錄也。至於脫字謬盭，亦與他本同。士彦孰視久之，恍然有悟，蓋版縫紀數之字模糊，二十至三十，三十至四十，訂書者互易其四五，其他本又皆從此鈔出，故展轉謬誤也。急改而正之，而後詞義聯綴，宮商協律，以譜讀之，無所不諧，乃辯改諸誤本，而以原本歸之翁。

因思淮海先生《逍遥集》久亡，國朝五世叔祖秋崖先生〔三〕，網羅放佚，得數十首並原序一首，序而存之，名曰《逍遥館漫鈔》。族之人録取其副焉。今又得訂其《淮海新聲》，則先生書之幸也。朱氏家世宋學，詞、曲、小説皆擯不觀，故《淮海新聲》，三百年以來未有舉而正之者，徒以先世遺書交相傳寫，不欲聽其汩没。此足見前人之淳樸，爲不可及已。

引年翁名宗庠，秋崖先生曾孫。

士彦謹識。

【箋】

〔一〕朱士彦（一七七一—一八三八）：字休承，號詠齋，寶應（今屬江蘇）人。嘉慶七年壬戌（一八〇二）進士，歷任編修、禮部侍郎、兵部侍郎、浙江學政、工部尚書、吏部尚書、兵部尚書等職。卒謚文定。著有《朱文定公集》。傳見《清史稿》卷三七四、《清史列傳》卷三七、《續碑傳集》卷一〇（季芝昌《神道碑》）、《詞林輯略》卷五、《清代七百名人傳》等。

〔二〕引年翁：即朱宗庠，號引年，寶應人。朱克生曾孫。生平未詳。

〔三〕五世叔祖秋崖先生：即朱克生（一六三一—一六七九），字國楨，一字念蕘，號秋崖，寶應人。諸生。工詩文，與王士禛、汪琬、程可則等結集詩社，與陶澂、陳鈺並稱爲寶應三詩人。著有《毛詩考證》、《秋崖集》、《秋崖詩文賦鈔》、《秋舫日記》等。傳見《清史列傳》卷七〇、《國朝詩人徵略初編》卷五、《漁洋山人感舊集》卷七等。

校正淮海新聲跋〔一〕

朱士彥

士彥校正《淮海新聲》後十餘年，族弟效端又得一本，與士彥所改訂者正同。前有邑人吳敏道序，其殘缺亦如之。以示詹湘亭明府應甲〔二〕，爲是正之。如《憶吹簫》之【二郎神】『受用足』〔三〕、『紅藥』下空四字〔四〕，則謂譜上句二三皆平，不當作『受用足』，下句二平一仄一去。《涇園花盡飛》【畫眉序】『不鵝留春無價』〔五〕，謂此調結尾對句，則『鵝』字當是兩字。《春遊歌宴》『則見義之筆底走龍蛇』，牌名脫落，訂爲【小桃紅】。《蕪城詞》【集賢賓】『茶烟鬢驚』，舊刻『驚』字模糊，謂此句用韻，當改『飄』字。又爲添改十餘字。

明府謂曲文用意深厚，猶是元人之舊，非明末人刻畫盡致者。比因屬族弟在鎔校錄付梓〔六〕，明府所改者並注其舊於下。

嘉慶二十一年秋七月，士彥又識。

（以上均清嘉慶二十一年詹應甲校刻本《淮海新聲》卷末）

【箋】

〔一〕底本無題名。

〔二〕詹湘亭明府應甲：　即詹應甲（一七六〇——一八四〇後），字鱗飛，號湘亭。

〔三〕受用足，底本正文改作『是纔開』。

〔四〕「紅藥」二字後，底本正文補「香痕濕透」四字。

〔五〕涇園花盡飛，底本正文題名作「涇園花盡飛，其香魂可憐，因以小詞招之」。不鵜留春無價，底本正文改作「不爲我留春無價」。

〔六〕族弟在鎔：即朱在鎔，當即寶應（今屬江蘇）人。生平未詳。

陶情令（楊應奎）

楊應奎（一四八六—一五四二），字文煥，號滙谷，別署蹇翁，益都（今山東青州）人。正德五年庚午（一五一〇）舉人，六年辛未進士，授仁和知縣。歷任兵部主事、禮部員外郎、臨洮知府、南陽知府。嘉靖丁年（一五三二）致仕，與石存禮、劉澄甫等八人結洋溪詩社，後輯同社唱和之作爲《海岱會集》。纂修《臨洮縣志》、《南陽縣志》，編《楊氏世譜》。著有《滙谷集》。傳見萬曆《青州府志》。參見白壽彝主編《回族人物志（明代）》卷二八（寧夏人民出版社，一九八八）、王樹國主編《古韻青州》（青島出版社，二〇一三）。

著有散曲《陶情令》一卷，現存清鈔本，中國國家圖書館藏。

陶情令識

楊　銘〔一〕

先大夫別號蹇翁，自辛卯罷郡以來〔二〕，闊略世故，徜徉林泉。每於風晨月夕，雅歌投壺。雖不能酒，而終日對賓，人不厭其不酒也。嘗與三五鄉達，結洋溪吟社，陶寫胷中所有，以暢志怡神。復有一二玄友，講究内外丹。宦情蓋漠如也。凡對景觸物，清興一發，亦有套散大小詞令以狀之。稿多不留，俱爲親友取去。不肖思先大夫之製作，通欲存錄，以遺後人。其文集詩類，略成篇帙矣。顧此詩餘，可終少哉？近於親友處尋訪數闋，特十中二三耳，小令猶不多得。故錄此以俟。

時嘉靖丙午新正望日，不肖楊銘謹書。

（清鈔本《陶情令》卷末）

【箋】

〔一〕楊銘：字日新，號浴齋，益都（今山東青州）人。楊應奎子。萬曆間歲貢生，官襄垣訓導。著有《襪線集》。

〔二〕辛卯：嘉靖十年（一五三一）。

西郊野唱北樂府（劉良臣）

劉良臣（一四八二—一五五一），字堯卿，號鳳川，芮城（今屬山西）人。弘治十四年辛酉（一五〇一）舉人。數上公車不第，授揚州通判。改平涼，督餉西夏。因忤當道，告歸家居。卒，門人私謚曰文肅先生。著有《鳳川先生文集》、《克己示兒編》、《鳳川壯遊記》，合輯爲《劉鳳川遺書》。傳見乾隆《解州芮城縣志》卷八、光緒《山西通志》卷一二九、民國《芮城縣志》卷九等。

《西郊野唱北樂府》，現存萬曆間刻《劉鳳川文集》本，民國十六年（一九二七）據此本修版重印（一九八三年中國書店據以影印）。

西郊野唱引

劉良臣

《西郊野唱北樂府》者，今所謂金元曲也。蓋是體始於金，而盛於元，故云。北方風氣剛勁，人性樸實，詩變之極而爲此音，亦氣機之自然爾。歌唱之餘，眞足以助英夫壯士之氣，而非優柔齷齪者之所知也。正德以來，南詞盛行，遍及邊塞，北曲幾泯，識者謂世變之一機，而漸返之。返之，誠是也。世顧以爲胡樂而鄙之，豈其然哉？

予曩在京師，嘗聞爲渾不似之胡樂者矣；在塞下，又嘗聞諸胡倒剌之聲者矣。曠寂悲哀，眞與秋風胡笳相應。李陵所謂不入耳之樂者是也。何嘗有此音調哉？夫大河南北，泰華東西，實古中原之地，聖帝明王之所經營疆理，以立人極者也。豈金元氏所得而私之？今言詩者，必上唐與漢魏，若曹、劉、李、杜，孰非北產？雖《三百篇》，何嘗有楚越之風耶？蓋是曲得天地之正氣，爲中原之正聲。周挺齋以西江之人，而定《中原音韻》，非無所謂也。我聖祖郊廟大慶樂章，亦皆用其腔，而爲一代和平之聲，豈樂因襲者乎？其民間之歌，或傷於雄厲急促，在調之者何如耳。明眼者當自識之。

予西北鄙人也，不敢從東南之說，爲軟美之調，林野詠歌，恆爲是體。間成南詞，亦略兼北音，歌之始得和平，以合絲竹，暢幽懷。積久成帙，命子姪錄之，寓以是名。不拘套數、散曲，惟以時之先後爲序。在維揚、西夏四曲，皆首錄之。惟文林所作自成集，不錄。觀者不能無感慨於其間云。

（一九八三年中國書店據民國十六年重修明萬曆間刻版重印《劉鳳川文集》本《西郊野唱北樂府》卷首）

陶情樂府（楊慎）

楊慎（一四八八—一五五九），生平詳見本書卷三《洞天玄記》條解題。撰《陶情樂府》（四卷，又《續集》、《拾遺》各一卷），現存嘉靖間刻本、嘉靖三十年（一五五一）簡紹芳刻本、民國二十五年（一九三六）金陵盧氏輯刻本《飲虹簃所刻曲》本、民國二十六年（一九三七）上海商務印書館印任訥輯《楊升庵夫婦散曲》本。一九八九年上海古籍出版社出版金毅點校本《楊升庵夫婦散曲》。參見邵毅平《今本〈陶情樂府〉與〈續陶情樂府〉》（《中華文史論叢》一九八七年第一輯）。

陶情樂府序〔一〕

楊南金〔二〕

太史公居博南，酒邊寄興，寓情於詞曲，傳詠滿滇雲，而溢流於夷徼。昔人謂『喫井水處，皆唱柳詞』，今也不喫井水處，亦唱楊詞矣。吾聞君子之論曰：『公辭賦似漢，詩律似唐。下至宋詞、元曲，文之末耳，亦不減秦七、黄九、東籬、小山。』噫，一何多能哉！

或曰：『君子不必多能。王右軍之經濟以字掩，李伯時之文藝以畫掩。公之高文大作，毋乃爲詞曲所掩乎？』予答之曰：『君子不必多能，爲能未多而求爲君子者言也。若夫能已多矣，不必去其多能而後爲君子也。譬之女子在德不在容，爲嫫母言可也。若夫在莊姜，則柔荑凝脂，螓首蛾眉，固其自有也，奚必亂髮壞形，而始爲貞專邪？』觀者以是求之。

嘉靖丁酉正月吉，鄧川兩依居士書。

【箋】

（一）版心題《陶情前序》。嘉靖二十二年（一五四三）滇中重刻本《升庵長短句》卷首《升庵長短句序》，與此文文字稍異，末署『嘉靖丁酉正月望日兩依居士楊南金序』，王文才輯校《楊慎詞曲集》（四川人民出版社，一九八四）據以整理。

（二）楊南金：別名用章，字本重，號兩依，別署兩依居士，鄧川（今屬雲南洱源）人。成化二十二年丙午（一四八六）舉人，弘治十二年己未（一四九九）進士，授江西泰和知縣。歷任監察御史、湖廣僉事、江西參議等職。以老歸，年八十餘卒。重修《鄧川州志》。著有《禪鄉集》、《三教論》、《守土訓》。傳見《新纂雲南通史》卷二〇四。

陶情樂府序（一）

簡紹芳（二）

升庵太史公謫戍博南蒲驃荒裔時，天下知與不知者，皆危之。嗣其策笻竹，度笮橋，横衝虺瘴，甘嘗蒟醬，而遊精黑水之源，騁目崑崙之麓，齊跡夷險，一視龍螻，殆駕素虯、乘翠雲而相佯，曷嘗摧心抑節，纖翳悲苦？及捩祕蒐奇，申眘高論之餘，乃揚情綺語，命韻追悰，製元人樂府數十齣，皆自叶鴂簧，偏諧鳳律。俾狂山狠谷，樂土平邑，乾海黃塵，青樓繡閣，歌之者崇逸思，聞之者排窮愁。《楊柳》、《大堤》之曲，出江潭屈子之口；《芙蓉》、《曲渚》之篇，爲遼東亭伯之辭。遵聲究志，聿當鏡仰。豈謂托染欲塵，以折慢幢，而頽風忠蓋，實效裨激。且太史紅顔而出，華顛未歸，幾三十稔，得古今奇譎。然氣益平宕，言益溫藻，海鱗風翼，順適萬里，曾徘徊局脊，復作羈逐狀耶？是可知其人矣！君子毋曰此風流緒藝，易視之也。臨川拙莊楊子、澹齋余子請刻之〔三〕，謾書以傳好事。

嘉靖三十年春，新喻西嵎簡紹芳書。

（以上均明嘉靖三十年簡紹芳刻本《陶情樂府》卷首）

【箋】

〔一〕此文又見民國二十五年（一九三六）金陵盧氏輯刻本《飲虹簃所刻曲》本《陶情樂府》卷首。

〔二〕簡紹芳：號西嵎，新喻（今江西新餘）人。僑寓蜀中。弱冠遊滇南，題詩山寺，楊慎見而異之，爲忘年交。年幾六十，始歸鄉。著有《贈光禄卿前翰林修撰升庵楊慎年譜》、《西嵎叢稾》。傳見同治《新喻縣志》卷一、《明詩紀事》等。

〔三〕拙莊楊子、澹齋余子：楊拙莊、余澹齋，俱臨川（今屬江西）人，生平未詳。二人據董汝泉刻《陶情樂府》及李君錫刻《陶情續集》重加遴選，合刻爲《陶情樂府》。參見邵毅平《今本〈陶情樂府〉與〈續陶情樂府〉》《中華文史論叢》一九八七年第一輯)。

陶情樂府序〔一〕

張　含〔二〕

博南山人集所倚聲爲樂府,傳詠滿滇雲,而人莫知其興攸寄也。予嘗贈之詩云:『事到東都須節義,地當西晉且風流。』故知山人者,莫如予矣。昔人云:『喫井水處,皆唱柳詞。』觸情匪陶也。昔人云:『東坡詞爲曲詩,稼軒詞爲曲論。』若博南之詞,本山川,詠風物,托閨房,喻巖廊,謂之曲史可也。昔人云:『以世眼觀,無眞不俗;以法眼觀,無俗不眞①。』推此意也,雖與《九歌》並傳可也。

嘉靖甲午夏,禺同山人書②。

(明嘉靖間刻本《陶情樂府》卷末)

【校】

①以法眼觀無俗不眞,民國二十五年金陵盧氏輯刻本《飲虹簃所刻曲》本無。

②嘉靖甲午夏禺同山人書,民國二十五年金陵盧氏輯刻本《飲虹簃所刻曲》本作『張愈光』。

【箋】

〔一〕版心題《陶情後序》。民國二十五年(一九三六)金陵盧氏輯刻本《飲虹簃所刻曲》所收《陶情樂府》卷首有此文,題《陶情樂府序》,署『張愈光』。

〔二〕張含（一四七九—一五六五）：字愈光，號半谷，别署禺同山人，永昌（今雲南保山）人。南户部右侍郎張志淳（一四五八—一五三八）子。正德二年丁卯（一五〇七）舉人，七試春闈不第。遂隱居鄉里，吟詩作文，爲「楊門六學士」之一（楊慎《病中永訣李、張、唐三公》詩後注）。著有《禺山文集》、《禺山詩選》、《禺山七言律鈔》等。傳見王兆雲《皇明詞林人物考》卷一六、過庭訓《本朝分省人物考》卷一一四「張志淳傳」附等。

陶情樂府續集小序

簡紹芳

升庵太史《陶情樂府》，語俊律叶，駕東籬而隸挺齋，鏘如也。禺山張子序之曰「西晉風流」〔一〕，又曰「《九歌》並傳」，其論美矣，然未至也。夫湘纍露才揚己，怨也；竹林波流茅靡，亂也。翁以直氣大節，處滇廿餘年，得古今奇譎，詞意溫實，略無蔕芥；托染欲塵，以折慢幢，何怨何亂乎？無怨，其箕山棄飲之瓢乎？無亂，其桐江扶鼎之絲乎？可以勸忠，可以裨化，將不在兹乎？《續集》刻成，紹芳特窺管豹，以續文貂，且以闡禺山之幽，終前序之義云。

嘉靖乙未冬，新喻西畧簡紹芳書。

（明嘉靖三十年簡紹芳刻本《陶情樂府續集》卷首）

【箋】

〔一〕禺山張子：即張含（一四七九—一五六五）。

陶情續集跋

王　畿〔一〕

詞曲盛於元，今所傳《太平樂府》、元賢傳奇可見矣。國朝名公鉅卿多不爲之，惟越之劉東生、蜀之晏振之，近日則武功康對山、終南王渼陂、高郵王西樓、章丘李中麓所製，與東籬、小山埒能角妙。然皆隱處退休之餘，尋壑經丘之興也。

吾師升庵先生在滇廿餘年，寄情於豔曲，忘懷於謫居，吟餘賞末，時一爲之，所謂托焉而逃者乎？同門東溪李侯君錫〔二〕，手輯之爲一卷，藏於巾笥。安寧太守桂溪鄭公見之〔三〕，捐俸鍥梓，名曰《陶情續集》，蓋拾魯泉董公所刻之遺也〔四〕，屬畿識其末簡云。

嘉靖乙巳仲冬望日，鄉進士門生王畿謹跋。

（同上《陶情樂府續集》卷末）

【箋】

〔一〕王畿：安寧（今屬雲南）人。嘉靖十九年庚子（一五四〇）舉人。官宜賓知縣。

〔二〕李君錫：東溪人。生平未詳。

〔三〕桂溪鄭公：安寧太守。生平未詳。桂溪或爲地名。

〔四〕魯泉董公：董魯泉，安寧知州。生平未詳。其所刻《陶情樂府》，當即嘉靖十四年（一五三五）簡紹芳序本。

楊夫人樂府詞餘（黃峨）

黃峨（一四九八—一五六九），字秀眉，遂寧（今屬四川）人。工部尚書黃珂（一四四九—一五二二）次女，楊慎繼室，稱黃安人。慎謫戍雲南永昌，隨行。三年後，因慎父卒，歸新都（今屬四川）治家。善詩文詞曲。

《楊夫人樂府詞餘》五卷，《明史·藝文志》著錄（題《楊夫人詞曲》），現存萬曆三十六年（一六〇八）楊禹聲刻本（民國二十五年金陵盧氏輯刻本《飲虹簃所刻曲》本據以校刻），實爲楊禹聲雜取《陶情樂府》等書而成。任訥整理《楊夫人曲》三卷（民國十八年上海商務印書館排印本），較爲可信。

（楊夫人樂府）序

徐　渭

余自童年知文，卽慕古文詞。迨長而遇蹇，益疏縱，不爲儒縛，或寓筆詞劇，以發塊磊不平，於是有《四聲猿》之作。方自負未獲鍾期之知，乃於友笥得《楊升庵夫人詞》，讀之，旨趣閒雅，風致翩翩，塡詞用韻，天然合律，予爲之左遜焉。夫以升庵之通博，著述甲士林，而又得賢媛，才藝冠女班，何修而臻此？迺升庵公刑于之化與？因深愧夫余婦之憨戇，梓而行之，並愧夫海內之婦之憨戇者。

天水徐渭文長氏述。

楊夫人樂府詞餘引

楊禹聲〔一〕

升庵公夫人舊有『雁飛曾不到衡陽』一律，及『積雨釀輕寒』一調，膾炙人口，余蓋童而竊聞之矣。今年夏，過年家兄蘇門伯子〔二〕，爲言：『夫人才情甚富，不讓易安、淑真，其詩稿逸不存，存者惟《詞餘》五卷，皆□其太史遠戍，寫其幽懷怨致，蓋《三百篇》中旨也。惜元無刻本，僅得之手錄，藏之帳中，十五年矣。盍謀而梓之，以公諸賞音者？』因出以相示，則已半爲蠹蝕。乃更爲緝葺，繕寫成帙，付之剞劂氏。然中有脫略，有疑誤，則都仍舊貫，以伺博雅君子徐考訂焉，不敢以臆參補，貽續貂之誚也。

余因感古今寶物，隱見有時。豐城之劍，不遇張華，孰起龍光於塵土？夫人篇什，雲蒸霞爛，至今幾百年，始得流播人世，則兹刻未必非彤管家功臣也。□拖痾長干里，未及丐學士長者爲之□，始識其略於簡端。

萬曆戊申中秋，古丹陽郡人楊禹聲題。

（以上均民國二十五年金陵盧氏輯刻本《飲

虹籟所刻曲》所收《楊夫人樂府詞餘》卷首）

【箋】

〔一〕楊禹聲： 古丹陽郡（今安徽當涂一帶）人，字號、生平均未詳。

〔二〕蘇門伯子： 名號、籍里、生平均未詳。

洞雲清響（吴廷翰、吴國寶）

吴廷翰（約一四八九—一五五九），字崧伯，號蘇原，無爲（今屬安徽）人。正德十四年己卯（一五一九）舉人，十六年辛巳（一五二一）進士，授兵部、戶部主事。歷任吏部文選司郎中、廣東僉事、浙江參議、山西參議。嘉靖十四年（一五三五）致仕，家居三十年。著有《吉齋漫錄》、《叢說》、《櫝記》、《甕記》、《志略考》、《湖山小稿》等，合刊爲《蘇原先生全集》。一九八四年中華書局出版容肇祖點校《吴廷翰集》。傳見過庭訓《明分省人物考》卷三四、嘉慶《無爲州志》卷一八等。參見衷爾鉅《明代哲學家吴廷翰資料編年考訂》（《文獻》一九八七年第一期）。

吴國寶（一五一五？—？），字懋賢，號萬湖，無爲（今屬安徽）人。吴廷翰長子。嘉靖二十九年庚戌（一五五〇）進士，授工部主事。後官成都。

散曲集《洞雲清響》，其內有三套注吴廷翰作，四套注吴國寶作，其餘皆未注作者，現存萬曆二十九年（一六〇一）刻《蘇原先生全集》本，一九八四年中華書局出版容肇祖點校《吴廷翰集》本。

洞雲清響小引

劉汝佳〔一〕

吾里蘇原先生者，洎其長君萬湖先生並起家名進士，所在以風節聞。既歸湖上，隱五雲洞，讀書其中，蓋無藻弗摛也者。間游筆小詞，裊裊情至。其歸隱數闋，宗旨元亮，而託之宫商；若雜詠豔曲，一切堪付雪兒歌矣。

凡詩詞不比於管絃者，必其音節有未諧，終虧天寶、元和之雅。而本朝王敬夫、康德涵諸君，赳赳雄步斯場乎！要各以詞獨擅，孰與吳氏之一門美而濟焉？近代作者雲涌，芍藥懷春，窮厥致矣。然適鄭、衛之郊，而遵邯鄲之道，茸茸者草邪？華灼灼邪？金、元樂府今盛行民間者，獻吉猶謂其淫媟而哀思，疏越而劉亮，亦自快人。而況兩先生相繼，當太平之朝，布鴻鉅之響，則一出而膾炙人口可知。

《蘇原先生集》固饒，如《漫錄》、《甕》、《櫝記》，詩文若干篇，次第有刻。而不佞客武林，適見其季君雲樵先生齋事有《洞雲遺稿》〔二〕。酒酣耳熱，取而和歌幾度，便若登閬風，御朝霞，飄然欲仙去矣！洋洋技蓋至此乎？即季君亦狂不禁也。内『紫雲臺上人年少』，爲坊間襲刻唐伯虎，大都、長淮間文士，好自遁其名，故所著作，往往驪珠它手。而不佞又性耽詞，《霓裳羽衣》，翛然入夢，安可更韜兩先生所爲？因强季君就梓云。唯是不佞曷足當兩先生周郎之顧，要令海内以①窺見吾兩先生一斑耳。

淮南奇醜人劉汝佳偶題。

（一九八四年中華書局出版容肇祖點校本《吴廷翰集》所收《洞雲清響》卷首）

【校】

①海内以，底本作『海以内』，據文義改。

【箋】

〔一〕劉汝佳：字無美，號紫芝，無爲（今屬安徽）人。萬曆三十五年丁未（一六〇七）進士，授工部主事。歷任工部員外郎、都水司郎中、金華府知府。罷歸，卒於鄉。參見無爲縣志方志編纂委員會編《無爲縣志》第三十二章《人物》（社會科學文獻出版社，一九九三）。

〔二〕雲樵先生：卽吴國寅，號雲樵，無爲（今屬安徽）人。吴廷翰五子。萬曆十四年丙戌（一五八六）貢生，官浙江仁和縣丞。

卧病江皋（李開先）

李開先（一五〇二—一五六八），生平詳見本書卷三《一笑散院本》條解題。散曲集《卧病江皋》，現存清鈔本，中國國家圖書館藏。李開先散曲集三種，路工輯本《李開先集》輯錄。卜鍵箋校《李開先全集》（上海古籍出版社，二〇一四），據清鈔本箋校。

臥病江皋序

高應玘〔一〕

嘉靖辛卯，中麓先生出餉西夏。歸而臥病經秋，因作【一江風】以抒鬱抱，非若不病而呻吟者也。予嘗展候，見其單張片紙，塡委架閣，遂袖而類之，共得一百一十一咏。其爲人取去者，不可復追矣！惜其散逸而幸其僅存，乃謀之梓人，刻而永其傳焉。

音既合譜，意更可人，押韻滿百，不重一字，眞藝林之宗工，而南曲之絶唱也。憤世疾邪，固云多實；喻言託興，善月其虛。歌詠太平，佐侑罇俎，將不是賴耶？

中麓制作，佳而且富。予素嗜詞，因而刻詞。其嗜文者將必刻文，嗜詩者刻詩，刻經解，刻舉業，至於國典史評，刑書政準，猜燈隱語，善戲微言，敲棋博陸之手談，習靜内修之口訣，刻者各隨其所嗜，予烏得而知之？

嘉靖甲辰卯月，同邑晚生高應玘頓首書。

【箋】

〔一〕高應玘（約一五二三—？）：生平詳見本卷《醉鄉小稿》條解題。

臥病江皋後序

王　階〔一〕

龍溪喬翁嘗言〔二〕：『中麓李先生神清而氣盛，形瘦而詞雄。觀其所作【一江風】，因南調而酌中聲，用俗韻而出妙語，儒釋道之具備，性情理之兼該。有雄傑如萬馬橫奔者，有華麗如千巖競秀者，有停蓄如春江不流者，有綿邈如寒蟬難斷者，有奇怪如天吳出沒、惆悵如羈客悲涼者，又有閃賺縈紆、悠揚陡頓、觸發急併、虛歇譏彈、千態萬狀、形容不可得而盡者。嗚呼！孔門三千，速肖者七十二人而已；小令三千，入選者指能幾屈耶？古來以單詞擅名者，若鄧千江之【望海潮】，朱彥高之【春草碧】，蔡伯堅之【石州慢】，陳克明之【一半兒】，張小山之【寨兒令】、【滿庭芳】，擬之中麓之作，眞兵之對壘而棋之敵手者也。』

予聞是語久矣，龍溪下世，亦已久矣。間以扣之劉北濱〔三〕，北濱嘆曰：『信哉！中麓之知音，龍溪之知人，而吾子之知言也。』予曰：『音、人、言有異乎？夫道一而已矣！』遂書之爲是刻後語云。

同邑雲峯王階下頓首述。

（以上均清鈔本《臥病江皋》卷首）

【箋】

〔一〕王階（一四九二—一五六六），字士登，號雲峯，章丘（今屬山東）人。少因家貧廢學，爲鄉吏。李開先詞社社友。傳見李開先《李中麓閒居集》卷八《墓志銘》、道光《章丘縣志》卷一一等。

〔二〕龍溪喬翁：即喬岱（一四七八—一五四二），字希申，號龍溪，章丘（今屬山東）人。弘治十四年辛酉（一五〇一）舉人，十五年壬戌（一五〇二）進士，授行人司行人。擢四川道御史，出按兩浙監政。因故降謫太平府教授，仕至山西按察司僉事。嘉靖二年（一五二三），以母老休致。擅詞曲，曾長章丘詞社。傳見李開先《李中麓閒居集》卷七《墓志銘》（《國朝獻徵録》卷九七）、過庭訓《本朝分省人物考》卷九四等。李開先曾撰《喬龍溪詞序》。

〔三〕劉北濱：名字未詳，或爲章丘（今屬山東）人。曾任縣尹。與李開先爲詞社社友。

中麓小令（李開先）

李開先（一五〇二—一五六八），生平詳見本書卷三《一笑散院本》條解題。散曲集《中麓山人小令》，現存清鈔本，中國國家圖書館藏。李開先散曲集三種，路工輯本《李開先集》輯録。卜鍵箋校《李開先全集》（上海古籍出版社，二〇一四），據清鈔本箋校。

中麓山人小令引〔一〕

李開先

閒居日長，頗有餘力。省稼灌園之外，六經訓解，義有未安者，隨筆注之。竢研窮既久，各成一家之言，所嘗與談經者，將走書乞正。不事詞曲，自在仕路已然矣。偶有西郡歌童投謁，戲擅南北，科範指點，色色過人，因作【傍粧臺】小令一百，付之歌焉。起結句同而字異，雜以常言，授筆卽成，七法不差，十九韻皆盡。每於簫鼓中按拍，絃索上發聲，中多悲忿之音、激烈之辭，似乎游心浮氣，尚有存者。語云：『老驥伏櫪，志在千里；烈士暮年，壯心不已。』予豈若是哉？

昔有食人之瓜者，瓜主漫猜而大詬之。其人曰：『凡竊人之物見罵，則必面赤而慚，心驚而熱，有類乎病渴者。請探手試吾心與面，果有一於是耶？』予此曲雖若酒後耳熱，實則瓜竊而心凉也。寓言寄意，聽者幸求諸言意之表，奚必俱實事哉？嗣後專志經術，詩文尚爾不爲，況詞曲又詩文之餘耶？

嘉靖甲辰，中麓山人書於焉文堂①。

（清鈔本《中麓小令》卷首）

【校】

①《續修四庫全書》第一三四一册影印明刻本《李中麓閒居集》卷六《傍粧臺小令序》無此題署。

【箋】

〔一〕《續修四庫全書》第一三四一册影印明刻本《李中麓閒居集》卷六有此文，題《傍粧臺小令序》（頁一）。

中麓小令跋語

謝九容 等

謝東村曰〔一〕：中麓李子，言出而人信之，詞出而人傳之。其爲【傍粧臺】也，稿尚未脫，歌喉已溢里巷中矣。索借者衆，應酬爲難，因取副墨，壽之木工。歌而和之者，將徧東國，獨里巷也而已哉？

王杏里曰〔二〕：佳詞捧誦之下，如登騷雅之壇，令人栩栩脱塵溷而在清風中矣。豈凡筆所能及耶？

夏贊山曰〔三〕：召速數語，深感知己之懷。見示新詞，困詘歸來，忽爾覯之，奚啻遊昭曠而聆鈞天耶！連日未拜杖舄之光，遠眺長吟，或驚心於花鳥，銜泥傍險，恐靦面於古人多矣。

張龍岡曰〔四〕：佳製聞出，一時興到，援筆立就，陳寫事情，而調更圓轉。求之古人，直與東籬、小山並驅爭先，今世作者，不足爲儔伍也。想大家之評，亦以予言爲匪佞矣。

曾石塘曰〔五〕：小令甚佳，將來所傳必遠。

谷少岱曰〔六〕：十九韻佳詞，不惟句在眼前，亦且音叶絃索，眞可爲作者之法。一序高出人意表，非老作家孰能之？

李愚谷曰〔七〕：適瘞小兒，忽覽新作，齊物傲俗，戚懷頓釋。情理辭韻，無一不與古人契者，先得鄙心矣。蓋鄙人近亦欲作詞。鄉人二友，一致仕縣丞，一布衣也，俱詞稍工，鄙人頗與之往來，時有小作。然視之兄示詞，碔砆與美玉也。

梁玉菴曰〔八〕：佳什誠得眞詮妙悟者，東籬、小山輩，恐不得專美於前矣。生無所知，因久侍教，似有所得。金、元餘令，訪得數十，因佳章以對證古作，卽其法律，求其妙意，效顰學步，徒取譏誚。然願學之心，自謂亦知向上者耳。

徐鳳岡曰〔九〕： 承示佳作，妙甚妙甚！ 感謝感謝！ 近日如碧山、滸東樂府，雖不能盡觀其他作，俱知其非專事詞曲而已。又浚川樂府，適有人寄來，與高作同日得覩，殊爲歡慰，似有非偶然者。倘有賡音，願轉聞之。

孫夾谷曰〔一〇〕： 示來南曲，各詣神解妙悟，脫去藝文蹊徑。譏恚悲感，虛閃頓歇，不抗不拗，悉用中聲，讀之令人灑然開顔。使詞家闢有室堂，殆已深入寢奥，不但從於廊廡之間爾矣。

顧秋山曰〔一一〕： 十九韻佳什，信手拈來，亭亭物表。三復之餘，胷襟灑脫。昔人謂『經綸事業，股肱王室之心；游戲文章，膾炙士林之口』者，非歟？

袁西野曰〔一二〕： 嘗於風雨之夕，獨坐一室，取中麓此詞快讀之，已而詳味之，既而長歌之，殊覺神思飛越。潸然起歎曰：『嗟乎！ 世復有能爲是者乎？』句雄健而意連屬，既不失之俗，又不失之文。以爲一詞已盡，已足名世矣，乃愈出而愈無窮！ 起用疊字，結用得且字，無不穩帖當人意者。往時作者，第三、第四句多不對仗，盡兩句一七字、一五字難下手耳。每句末三字，定要平平側、側平平，承上起下，最爲關要，稍有不同，則落第二義矣。至於大對小對，渾然天成，無一毫滲漏，有萬鈞力氣。初若不經思致，久則知其非構思、非積學、非老筆，豈可窺其藩籬，造其界域哉？ 況所言俱林下快樂法也。止一事而敷衍千言，不艱不澀，無墜語，無背辭，寸鐵能幻化十丈金身，此之謂耶？

楊雙溪曰〔一三〕：見陳倉王子賦梅花百律，今中麓李子詠【傍粧臺】百曲，二子先後甲科，擅才名，各蚤違於時，寓意難盡，百不爲多。陳倉謂予知言，中麓然予言否？

商少峯曰〔一四〕：所惠新聲，展玩至再，有以見我公不得已之情，發諸善謔。古謂『長歌當哭』，殊爲至言。語曰：『儘把笑談親俗子，德言猶足畏鄉人。』由此言之，豈但畏鄉人而已！吾楚高士，近亦競①爲歌詞以自適。更望多惠數冊，寄之相厚，則公之珠玉，布滿湖湘，《陽春》、《白雪》不足爲調矣。

陳泰峯曰〔一五〕：《中麓小令》刻成，遠邇人爭誦之，此可見詞之佳矣。但其間雅俗並奏，譏誚雜陳，而或者疑焉，謂其近乎自譽自嘲，憤世嫉俗者之爲，則非也。蓋中麓，賢者也，雖不待扣而問之，亦知其無此，況其自序已云然哉？

張龍岡又曰：佳詞腔範新麗，痕迹不存，天動神解，迴出言意之表。且慷慨激烈，有千古不平之嗟。前代作者，卽當斂避，《碧山》、《沜東》等調，不足爲匹倫矣。

李介堂曰〔一六〕：大作名雖小令，靜觀自得之餘，發而爲鏗鏘之音，固盛世之所希有者，所包實大也。莊誦不能去手，感服感服！

謝與槐曰〔一七〕：辱寄新詞，快歌朗詠，灑然如出埃壒，遊廣庭，又戚然悲嘆世網。吁嚱，樊籠也！吾儒言進退存亡，老氏言雌雄黑白，佛家夢幻泡影，語中大率櫽括，在覽者自得之耳。僕於曲調音譜，無所諳解，雖嘗從兄抵掌藝圃，終阻妙悟。聊爾附窺斑之見，敢云識運斤之技哉！

袁樂盤曰〔一八〕：出之口，協之律，樂之聲也。然所觸卽感，感而動，動而變，變而化，是神萬物而鼓舞之者也。故先王以閭里之歌謠爲風焉。近讀中麓百韻，高不絕物，和不流俗，怒不至詈，刺不至訐。約而博，簡而文，近而遠，俚而理，觀風者有得焉，可以知中麓之心志矣，可以知世道之升沉矣。感動變化之功，或者亦不能已矣。

馮少洲曰〔一九〕：承惠名作，高才逸羣，絕調邁古，詞隱義貞，有風人之旨焉。訥固談虎之夫，朗吟數章，不覺激烈放情，齊物我，忘寵辱矣。

王渼陂曰〔二〇〕：不肖今七十八歲矣，佳作至，目昏不能捧讀，付之歌工，憑几而聽之，能使老人復少。傲睨乾坤，急流勇退，此豈可與俗人道哉！聖賢之業，山林之樂，積中發外，可謂不負平生矣。後有續作，幸不惜源源寄賜。鄙作《續集》三卷，近爲撫臺翁公取去，許以入梓，倘成，當奉寄請教也。

張甬川曰〔二一〕：數年不見故人之面，北望豈勝馳戀之私。偶於士夫家得讀新曲，眞如空谷足音也。素知古學優長，乃更時詞美麗，言似涉於譏刺，意固未嘗不和平。《詩》云：『知我者謂我心憂，不知我者謂我何求。』聽其詞者，原其心可也。

李蒲汀曰〔二二〕：恭誦妙詞，眞可絕代。避世高蹈，相羊山水之情，發而爲放達之語，清絕之音。其視區區，雖得逃脫宦途，然尚迷留闤市，出入不得自裕，有愧於心多矣。秋間欲圖還濮，但疾疢徽纏，又一子十四歲，二女六七歲，恐不能遠離也。

李東岡曰(二三)：佳製盛傳，足爲法式。栗晉川見惠一冊，又爲愛者所奪。乞賜數冊，庶得與同好共之。新稿日增，並希無吝。

葉洞菴曰(二四)：莊誦小令百篇，一自忠懇肝肺中流出。古稱『小雅怨誹不怒』，此庶幾有之。甬川公云云，其眞知兄者。弟素惟愛誦佛書，歸田以來，以爲得盡此。先德云：『天涯放逐渾閑事，消得《金剛》一部經。』龍襄鳳起，志不及也。有意牢山久矣，振策擔簦，定何時耳？

顧秋山又曰：感激大君子之風，動而思奮，但皮消乘傳，未知稅駕之所。搖拽江淮，始一抵家，買魚奉母，掃徑延賓，牒訟脫落，有依依松菊之思。《陽春》百首，不識肯傳遞山中，惠我作三嘆否？

翟青石曰(二五)：聽《韶濩》者無音，觀羲爻者無文。聲且聵，紛紛然天下之情見矣。

梁士龍云(二六)：從父之任，得覩中翁所製山人吟。反復浩歌，始焉而金玉鳴，終焉而鸞鳳躍。渢渢洋洋，《擊壤》齊名，《梁父》接響。豈非高士之清風，逸民之遐軌也乎？

張岱野曰(二七)：一題百首，千古同情。咄咄無聊之餘，共此曲作咿喔語也。屈、宋遠矣，今乃覩厥緒焉，可慶吾邦斯文之不墜也。

王南江曰(二八)：小令吾不能知其音調節奏，然觀其意，亦時有省。兄自謂胷無滯礙，放言自適。然滿胷鱗甲，奇崛變怪，不可降馴，於詞調中，自不能掩。豈豪傑雄偉之氣，雖欲放而有所不能耶？

陸儼山曰〔二九〕：自安德判袂，不蒙寄聲。忽得詞翰駢及，有如逃虛者踉位其空，聞人足音，跫然驚喜。有憫世之隱憂，非少年之客氣。不必付之歌喉，但時時把玩，則當飢而忘味，當寢而忘疲。眞文士之儁，而詞人之雄也！

劉範東曰〔三〇〕：諷詠近調，如挹高風、接雄辨於几席間也。以不肖庸弱淺近之襟，猶軒然感慨，若於豪儁同懷者。風能動人，豈虛語也哉！

雒三谷曰〔三一〕：樂府眞能超軼凡近，直追古作。攄情素，發幽潛，灑然物外，夐然絕俗。雖元之擅詞諸名家，皆當下風耳矣。暢達哉，暢達哉！

歐陽石江曰〔三二〕：李君爲文選郎，予在留京，飫聞其政；李君爲奉常卿，予在吏侍，親探其學。李君以火災免，予亦同罷。傳得其詞，雖云近代之新聲，實接古人之舊譜。其經學、朝典、兵略之三長，止見纔及邊方之一二，中間多是心事，各有所指，非徒作也。才美少見，其比山東龍臥久矣。興雲雨而動風雷，澤被生民，當在何時耶？王稺欽有詩云：『君才猶不用，如我復何悲？』其李君及予之謂歟！

崔岱屏曰〔三三〕：捧讀小令，風韻如辛稼軒，慷慨如蘇東坡，超出金、元及時作之右，固亦傳後之一端，實增重詞林多矣。嗣是必有長篇大什，不惜誨言，以開茅塞，尤望也。

傅梧菴曰〔三四〕：向讀小令，見其豪健逸俊，興格超玄，不覺神爽飛越，志在雲霄。嗟乎！山中宰相，更是絕塵，況丹砂實際有至味哉！處成功之後，若中麓者可也。

白東川曰〔三五〕：近聞高調百闋，傳播士林，膾炙人口，而僕猶未一見，豈以爲未喻此耶？何以不見寄也？

又曰：見惠大雅之調，讀之使人一唱三嘆焉。尚擬數言，附諸賢名批後，未就也。

羅念菴曰〔三六〕：聞詩餘盛傳，何不寄之，以爲山中舞蹈之助？弟能按腔擊節也。呵呵！

張東泉曰〔三七〕：高詞上擕一冊至是，見者爭傳錄之，已遍關中矣。渼陂翁和之，康南川亦和之，不日刻成續上。渼陂作者，先鈔奉焉。

周洞虛曰〔三八〕：近覩佳調，驚喜如得珙璧，終日玩誦，不忍釋手。吾丈蘊蓄淵深，固難涯涘。姑卽此窺，真振古之豪傑也，今人有能媲美者耶？

胡蒙溪曰〔三九〕：昨惠雄詞，如獲晤語。豪邁奇特之才，既不用世，非放言高唱，何以暢懷？恨不解絲竹，不能協之管絃耳！

楊升菴曰〔四〇〕：得佳詞，喜慰無極。去天萬里，坐蠻烟瘴雨中，空谷足音不可得，況大君子之好音下墜耶？

康渭濱曰〔四一〕：『詩言志，歌詠言。』言者，心之聲，中之所發也。惟有以感於外，故有以動於中。中心達於面目，是豈聲音笑貌爲哉？鳳翔張別駕東泉，以李中麓小令【傍粧臺】百首寄予。蓋因予之好而投其所好，與人爲善之意彰矣。中麓負才抱詘，鬱鬱無聊，故引諸方言，參以己意，以紓不平之氣，自成一家，爲時稱羨。予方適小莊，愛慕弗已，遂索稿遴題，裁詩擬曲，亦足百首，命曰《詩鎔百詠》。固非中麓驊騮千里之思，駑駘繼鳴，亦各言其志也。且於『言志』、『詠言』之意，貫通兼備而無遺也。觀者以意迎之，榮幸多矣。

呂竹嶼曰〔四二〕：莊誦佳詞，如化工之付物，神妙天然，不見斧鑿，所謂『不食烟火』者，非歟？蓋已播傳於士夫，如州中趙南滸輩，無不驚歎敬服者。匪直出類對山、渼陂，雖東籬、小山，不足專美矣！

張三山曰〔四三〕：中麓李子詞成，傳誦者多，可謂佳矣。予晝夜玩味之，諷詠之，得其眞趣。鄉人不知，疑其爲放達；仕人不知，疑其爲譏訕，皆非也。予與中麓交遊日深，蓋見之眞而知之切，不過寫其胷中怫鬱之氣、林下快樂之法耳。眞有得於古之遺意，夫豈拘於今之淺識哉！

王渼陂又曰：中麓山人寄予【傍粧臺】百首，蓋其歸田後作也。暇日付之歌者，歌而聽之，感憤激烈，有正有謔，洋洋乎盈耳哉！可喜也，亦可嘆也；可好也，不可忘也。久而技癢，忘其身之老也，欲和之，目昏弗克自檢。間令小孫朗誦一二，識而和之，且和且歌，或作或輟，兩閱月完矣。校之元倡，工拙相去，奚啻千里。雖然，君以强仕之齡，絶人之資，博洽之學，加以感憤激烈之氣，推山倒海，傲睨一世，淩駕千古。予老而衰矣，如之何其可及也！興之所至，不能已已，蓋亦各言其志云爾。彙次成帙，題曰《南曲次韻》，而述其所由如此。金玉在側，覺我形穢，覽者幸無誚焉可也。

方兩江曰〔四四〕：梁翰檢談詞曲，極推門下。今得所示讀之，導微抽臆，汎音應譜，所謂近代詞手，唯秦七、黄九耳，唐諸人不及者也。此雖尟節，亦見夫子之餘能矣。

馮冶泉曰〔四五〕：小令寓京時曾於龍岡處借觀，相與歌詠鑒賞，旅次忘其瑣瑣。其曠世逸軌，藝林絶唱也。

端虹川曰〔四六〕：三復佳什，迥出凡近，曾見關中王渼陂先生得此妙，固我明樂府二名家也，不覺爲之躍然。

左東津曰〔四七〕：妙詞和而莊，寬而密。『發乎情，止乎禮義。』『樂而不淫，哀而不傷。』『言之者無罪，聞之者足以戒。』移風易俗，雖天下之情，亦藉之以平矣，洋洋乎得風人之體焉。聲音、動静、性術之變，盡於此矣。左太沖所謂『相與觀所尚，逍遥極良辰』者，非耶！流傳海内，達之無窮，小令云乎哉！

顧裕菴曰〔四八〕：樂府捧閲數過，雖未必一一盡解，而逸思超見，不爲事物凝滯，誠所謂一唱三嘆，有遺音者矣。

倫白山曰〔四九〕：新詞得之粱生，讀竟不勝仰慰，有如參對光塵，聽接謦欬也。雖曰金、元之聲，擬之唐、宋《花間集》、《絶妙詞選》，南北歌詞，語意相上下哉？卽此可以垂名永永矣，他長且勿論也。

石木菴曰〔五〇〕：佳製詞精而雅，意厚而融，始而詳味，繼而高歌。令人不覺胷襟瀟灑，脱去塵想，乃知吾東藩海嶽之靈，人文之盛也。

葉椒山曰〔五一〕：仰瞻中麓，聳拔域中，如在天上。每欲趨拜函丈之前，一挹巖巖氣象，以慰平生渴想之私，羈於官，輒未能也。不意下頒短刺，侑以妙詞，啓緘展誦，得於私淑者，固已多矣。

呂乾齋曰〔五二〕：承惠佳詞，誦之不忍釋手。不徒音律之美、語句之工而已，人情世態，發揚曲盡。敢求刷印，以廣其傳。

辛太初曰〔五三〕：中麓志在經術，故自敍曰『詩文不爲』。然觀其詩文，渾厚高古，駕初唐而埒班、馬，豈專於經術者？一時士夫君子以詞名者，不遠千里，寄書走質。中麓於談經論道之餘，摛文賦詩之暇，作爲歌曲以應之，謙云小令。夫詩言志，詞適情，文達意，一也。茲詞說盡人情，況音律嚴正，足爲宗法，不特小令云爾已矣。跋者稱服不一，載之原刻。今本因應廣求，庶免手鈔之勞，亦附數言於後，使歌之者知更鋟梓於河南之舞陽云。

楊東江曰〔五四〕：余南使，得佳製一冊，攜至南陽，遇南宮白健齋節推，與觀之。後余回自滇中，復過南陽，聞健齋愛是曲，不忍釋手，即於輿中逐一浩歌，輿夫傾聽，不覺顛蹶。健齋謂其能審音也，雖受驚潰，亦弗之罪。夫文言不入野人，俚語不入君子，觀此則雅俗俱備之妙可知矣。古稱遊魚出聽，六馬仰秣，於今不有驗耶！

張太微曰〔五五〕：辱寄佳詞，高懷雅致，令人景仰不忘。欲盡和答，執筆構思，茫無所有。但和十首，刻入《代嘯錄》中。象板一副奉上，押高詞以佐尊俎，俗曲不必用也。

吳六泉曰〔五六〕：奉新詞，如豐蔀埃壒中，忽覩光風霽月景象矣。雖不能深窺詞家堂奧，但外望懸測，知非有萬斛泉源之才，天孫雲錦之手，恐不能盡態極妍如此。且格高調逸，掩蔽元音，一出名世，《騷》、《選》并驅矣！

姜松澗曰〔五七〕：雲坡李子，以名進士出知壺關，有事邊方，取道屯留。見其攜書一册，云將備途次閒覽。偶見中麓詞冊，袖而去之。比歸來，束書如故。扣其所以，則曰：『只李詞反復把玩，猶爲未足，更暇他及耶！』古人云：『人生不必有他長，但痛飲酒，熟讀《離騷》，便可稱名士。』意之投合處，豈在多書哉？

田莘野曰〔五八〕：捧誦樂府，則知吟詠性靈，笑傲江山，可謂迴脱風塵之表者矣。夫齊魯形勝，乃何幸而得是。秋末冬初，持造訪道居，奉扣詞學真詮，然不知三人翁能爲我釀黍數石否耶？

黃海野曰〔五九〕：别來君黑髮，讀小令，知亦二毛。光陰獨速，我輩奈之何？君高蹤雅懷，久知愛惜精力，垂大述作，豈徒以詞曲爲工者哉！

張南溟曰〔六〇〕：承寄瑶篇，句陳雅俗，音中金石，電流飆發，班斤蒙矢，不足擬也。神情馳往，山川阻修，恨不能縮地問奇，瞻拜於草玄之亭也。渼陂稱君『感憤激烈之氣，推山倒海，傲睨一世，淩駕千古』，豈不眞名言哉！

莫雉山曰〔六一〕：賜來佳製，天葩雲藻，擴之則黼黻皇猷，春盎海宇，斂之亦可激懦夫以自立，而答皆俗子。反復披唱，四壁若有烟霞，意氣軒舉，恐亦心會翁神。惟翁鵠舉物表，塵眎九寰，則有晞髮扶桑，濯心歸虚，以弄元化之機者焉。僕久負公廩，上下無補，而山猿松鶴，邇且數寄夢思。

如得退逐高風，當與雲童共曳公辭，引身巖洞，能爲太平隱逸之末，不亦樂乎？

傅夢岩曰〔六二〕：恭領佳製，伏讀之，眞天上人筆，而古今名家之作，未或爲之先也。汝舟漕漕者，何足知之？即日令戲子賡歌於鷄邑矣。

盛桃渚曰〔六三〕：猥承賜詞，備知執事抱經濟之宏猷，兼博約之正學，眞海岱之名家，士林之瞻仰。行將霖雨天下，恐不復爲東山高臥中人矣！

孟友雲曰〔六四〕：寥寂中偶獲新聲，虚心捧讀，雖一唱三嘆，未足以咀味英腴。吁！士之不偶於時，傷讒畏忌，尚不能默默已者，況大君子蜚英震耀，而使之鬱鬱家食，弗獲展布猷謨，以翊成永禧之休，詎得恝然以泯於懷？弟賢不免妒，道與時違，不無詠歌以舒於邑不平之氣。且俾聞者興激省悔，以銷其邪妄譎宄之心，誠扶教助道之砭劑良術也。

江午坡曰〔六五〕：歸來杜門卻掃，與世事都不相聞。僕既長往山林，而兄亦中墮雲漢。感今懷昔，使人耿耿。久不見客，偶爲波石一出，問知中麓詞刻行於世，而不以見寄，豈兄已忘我耶？

李南墩曰〔六六〕：伏讀佳製，諷詠至再。仰見詞源滚出，滔滔不絕，眞曠世之稀音也。行道匆匆，聊贊一詞，亦效嚬之意耳：『果奇哉！一腔百詠【傍粧臺】。連篇盡是風雲態，壓倒那元白。胷中錦繡隨時吐，筆底珠璣信手裁。詞林佳士，梁棟美材，可憐抛棄在蒿萊！』

韓中岩曰〔六七〕：歲丙午〔六八〕，予下第家居，飲食啓處之外，略不介懷。其於人間事，若將終身焉。既而村酒初成，狂歌繼發，西風灑淚，新月飛霜。因取中麓小令，反覆潛玩，將以遺興，少延歲月。久則知其雄渾飄逸，圓活轉折，有非他作之所能及。予以韋布孤窮，又未嘗不致意於斯也。乃援筆亦效餘音，首尾押吟，作【傍粧臺】百二十曲。雖鋪陳淺陋，雕琢粗俗，其中拘肆之語，未必全無，而因物寓言，因言達意，可以平萬人拂鬱之情，消千古淒清之抱。特學非司馬，文不足以驚人；才愧曹、劉，名不足以表世。且淹留末路，垂首荒年，而小小俚詞，區區柔翰，徒爲識者之一笑耳！敢曰吟風弄月，疊草交花，有『吾與點也』之意歟？

胡鉼山曰〔六九〕：妙製之教，捧讀數四，而高山流水之趣，江湖廊廟之懷，並溢言表。雖以宗明不類，不覺感激飛越，豈在齊音樂之能感人，固無分於今昔耶！

張石川曰〔七〇〕：別公六閲寒暑，寢食夢思，未曾不在左右。小令之作，快讀數闋，足以消世慮而生道心。游觀吳下，定在何時？容面扣詞學眞詮也。

郭似菴曰〔七一〕：新詞有《離騷》之忠愛，而風流過之，可謂『哀而不傷』矣。序謂專志六經，尤爲得其大者。予所望於高明，正如此。

張石林曰〔七二〕：忽承瑤篇擲下，旨趣疊出。眼前景物口頭語，信手拈來種種奇。直與馬東籬、張小山、王南畝淩駕寰區，時流未足以擬之也。奚啻百朋之錫耶？

康渭濱又曰：李中麓伯華爲當世名人，交與賤兄弟，亦已多年矣。因其高作，感發賡和，學步邯鄲，效顰西施，不自知其醜惡弗肖者，情之所至，勢有弗能自已耳。亦嘗自悔，胡爲乎作無益之勞如此也？既而自恕，『爲之，猶賢乎已』。輾轉數四，遂乃成帙。時復吟詠，託諸管絃。其於縉紳之交際，伯仲之宴集，甥舅之游衍，妻孥之歡娛，林巖之放逸，花月之臨賞，合沓目前，無往弗備。即其時則身履其景，即其人則親覩其面。數十年之別，如在旦夕；數千里之遠，如在咫尺。情歲時久暫，道途遐邇，皆相忘也？不自覺其手足舞蹈，形骸放浪，非杜工部所謂『樂助長歌逸，情忘發興奇』耶？百首之外，附《早朝》十首，《游幸》八首，蓋渭濱寥廓之域，藉以遺幽曠之懷，又非所謂『晚景孤村僻，吟詩解嘆嗟』之意乎？是則李中麓之造端，張別駕之啓予，俱不偶也。從此傳播親友，其有感於二公者，豈但區區一人而已哉！

康渭濱復又曰：《詩鎔百韻》，蓋因李中麓之作而興起者也。中麓含詘泄鬱，故多感慨激烈之言。予久棲林下，死灰絶焰，難於賡和，祇擬《詩鎔百韻》，不過述舊作、達己意而已。尋覩渼陂翁次韻，狂奴故態，勃然復興，三日之內，始次百首，題曰《詞賡百韻》。非敢誇多鬬靡也，舍此無以敦交與、暢志意、遣歲月矣。歌二公之詞，即如二公在座，歛容酣飲，愽醉何難？歌區區之詞，則怡情縱量，忘形無忌，神交氣合之眞，有天然心得之妙。何必親聆笑語，然後爲會晤也？古人曠百世而相感，況同生盛明之世耶！

張南溟又曰：語有之：『貌言，華也；正言，實也。苦言，藥也；甘言，疾也。』中麓山人寄予【傍粧臺】小令，華言也而實正言也，疾言也而實藥言也，心竊慕之。時授歌人歌焉，音節慷慨，每一終篇，又未嘗不流涕欷歔，喟然嘆也。嗟乎！即揚雄、相如之賦，曲終奏雅，何以加焉？夫中麓本以絶代之才，爲國遠慮，推賢黜劣，顧爾蒙讒，身乃旅退。故王渼陂先生稱其『感憤激烈之氣，推山倒海，傲睨一世，淩駕千古』，豈不知言哉？山中無事，擬和百首，首尾忌犯元倡，救以《古今韻會》，亦各言其志也已矣。博雅君子，幸無謂既見西子之容，輒憎其效顰者云。

劉五泉曰〔七三〕：小令佳編，寄興風雅，迥出古今詞家之上，非吾丈不能作。天下見者，自不能不爲吾丈傳也。

皇甫百泉曰〔七四〕：忽奉越歲之書，恍如隔世之事。三復小令，盡出巵言。昔殷氏書空，字成咄咄；楊生擊缶，歌就嗚嗚。豈特虛谷興懷，抑爲塵世增慨也。願附賤名於末簡。

陳紀南曰〔七五〕：劉簿至，過承手教，重以佳製。恭誦之餘，釋回銷吝，百朋之錫不過也。知感之重。

陳秋湖曰〔七六〕：高詞古雅豐鬱，當取爲式，如獲夜光照路也。

陳少渠曰〔七七〕：向入京，持佳令出示鄉里，爲翰林黄少村先得去，諸君不及覩，率以爲恨。何日命匠模印，當請附烟楮矣！

彭兩泉曰〔七八〕：素慕道範，未遂登龍。意者末學小子，不敢擅自仰窺大君子之庭耳。顧承遠賜詞章，捧誦之餘，如獲隋珠，無任欣躍。始知自棄於明教久矣，悔恨何及哉！

王小川曰〔七九〕：近在故宫保浚川門人戴子俊卿書舍〔八〇〕，得佳令凡百其首，氣韻豪雄，才情藻麗，横鶩詞林，駕淩藝圃。其尤難者，每一詞首用重疊字，中二聯及末句多用常言，最見人情世態。雖然，作者之意，遐哉邈矣，誰則識之？朱子曰：『《詠荊軻》，淵明露出本相。』歐南野序薛子《約言》〔八一〕，曰：『譬人之笑歌悲啼，鬱於中而泄於外，出之者不妄，斯聽之者不厭矣。』不肖讀佳製，意正如此。嘗聞五嶽山人黃勉之神交於空同李公〔八二〕，吳門、梁苑，相去奚啻千里，詩郵往來不絕。既而空同有京口之行，勉之即命駕來會，數十年神交，至是始得傾蓋，雅意何其高也！不肖雖無勉之之才名，老先生則有空同風致。良晤未涯，登龍有日，當面求作詞眞訣也。

茅鹿門曰〔八三〕：『明公還齊以來，幾五七年，而所得著書，不可多見，不知於漢劉向、揚雄氏何如也？』僕時時問士大夫從門下游者，或云『多注疏古六經』；或傳聞之訛者，云『近多通賓客，歌舞酒弈，以自頹放，而其所著者，間或雜引謔噱之詞』，客或以此病之。然僕獨竊笑客之陋者，又非所揣摩於賢者之深微也。天之生才，及才之在人，各有所適。大既不得顯施，譬之千里之馬，而困槽櫪之下，其志常在奮振也，不得不齧足而悲鳴。是以古之豪賢俊偉之士，往往有所托焉，以發其悲涕慷慨、抑鬱不平之衷。或隱於釣，或乞於市，或困於鼓刀，或歌，或嘯，或擊缶，或喑啞，或醫卜，或恢諧駁雜。之數者，非其故爲與時浮湛者歟？而其中之所持，固有溷於世之耳目，而非其所見與聞者矣。

紀後墅曰〔八四〕：中麓夫子，山東傑士也。峻②德雅行，巍峨突兀，與泰嶽並高。海內英才，仰我夫子，若登東山而望泰之巔也。凡文章勳烈，宗而依之者，殊非一家一邑云耳。每聞巷間中爭歌夫子小令，膾炙人口。因寓省下，苦索諸書肆，偶獲全冊，欣然捧讀。幽秀古麗，有鐃歌、童謠之風；緣情綺靡，有顏、謝、徐、庾之韻。比興深仿古意，描③寫曲盡世情。付之善歌者，播諸管絃，詞有論而音有倫，令人聽之，不覺心神瀟灑。乃作而嘆曰：是小令也，不知者必以憤世嫉俗議之，知者又以悼時陳情稱之。議者心私，稱者見小，是猶陟東山之麓，未量東山之高下，而議泰嶽之尺丈耳。嗚呼陋哉！夫言者，心之聲也；詞者，心之華也。心大者，其言遠；根深者，其華茂。夫子之心，以天下爲度；而夫子之言，欲賢愚咸裕厥善焉爾。何也？嘗觀世之文業，能振啓乎成德之士，而草莽愚夫不通義理者，十常八九，苟律以此教之，寧不苦其難而自阻歟？噫！小令多忠義之情，感慨之氣，雜陳於諺語共知之表，雖婦人小子，皆有以曉其大義，或相詠歌者，或相聽聞者，有弗動其感發之興，中正之德耶？是猶脫溝澮之內，俄乘雲霧，而侵淩於泰嶽之上，耳目心志，不知何如其舒暢矣。時有貪佞苟媚者，重以增其辱；清介高逸者，益以堅其節。郊外有兔罝之行，巷中起清潔之風。況於士君子者乎？況於同志者乎？古之一天下之志，平天下之情，正此之謂爾。苟徒悅諸耳而不繹諸意者，是喜泰山之高而不知登也；徒繹諸意而不淑諸身者，是登泰山之麓而不及巔也。同志者可不攀巖淩岡，繞徑以求其所止哉？僕嘗曰：『夫子功業式爾髦士，小令振爾愚夫，擬泰嶽震望於天下。』諒以鄙言，只謬區區，敢將百言續貂於篇章之末，猶跛者棄杖登山而復迷徑耳，寧免同登者之笑耶！

崔岱屏又曰：音韻之學，久已不講。而執事探討精切，仰見中和之德，性情之功。相清朝而嗚太平，恐終不能舍也。不謬不謬！

蘇雪蓑曰〔八五〕：予攜一絃琴，謁孔廟，登岱宗，觀滄海。途中偶得《中麓小令》百韻，讀之如飛雲涌水，不覺氣爽神清，眞詞家得三脈上禪者也。久聞中麓挺挺物表，磊磊人豪，脱紆紫，侶泉石，優游自得之妙，不可殫述。一日乘暇，過章丘訪侶，與中麓子邂逅遭逢，似有金蘭契合。坐儂紫石蒼沙竹塢中旬日矣，忽出紙筆，請書孝母壽萱堂扁，兼致賀辭。潔瓦尊，列山蔌素食，示以《寶劍》、《登壇》二記。吾觀文詞學解，貫絶古今，非世俗喃喃學力可能及也！世傳雪蓑作九字詩，製八十一闋【風入松】，和馬東籬【北夜行船】數章，正所謂『楚鷄不若丹山鳳，芷草焉能比麝香』，又如蜣蜋瓦滲漏羣玉中矣。吾更因早年誤④食蔓荊子，直到而今作幻狂。有時跨一蹇，有時鑄雙劍。有時棲於山，有時丐於市。有時吹一角，有時牧一鶴。有時披一蓑，有時褂片毡。有時包巾而丫髻，有時跣足而蓬頭。有時走鹿門，對月狂歌；有時臥鷄足，仰天長嘯。神居法海形爲贅，心若三山草木知。嘗有小詞曰：『自小寰中蹴踘，年來天上神通。嘻嘻鼓腹，物外逍遙。世人盡説我風顛，我本不顛誰識我。』撫掌《中麓小令》，常拉三四小兒，以代踏踏歌歌之，吾儕肆過堂，瞠碧眼，因筆識其行。

宋龍山曰〔八六〕：中麓李先生倡作【傍粧臺】百曲，鄠杜渼陂翁從而和之，已梓行矣。壻乘晉川寄予一帙〔八七〕，捧讀再四，重有感焉。夫二公者，天挺人豪，雄視宇宙，磊落才華，名擅海內。假之性情之間，脱此形骸之外，志趨之高，聲律之協，不可尚矣。區區鄙夫，豈其倫哉？心雖技癢，徒爲閣筆。願學之心，終莫能止。謹用續貂，强步來韻，名曰《調笑餘音》。雖不知量，然予年八十六矣，見者一笑之餘，不防覆瓿之用云。

方兩江又曰：中麓李公比有小令，海内傳繹，珍於隋和。太湖鄒子偶從予得之〔八八〕，輒爲曼聲，有咸黑、瓠梁之致。復能步韻百首，於麓翁固不足以企鴻翅。要之，泛腴音於險澀，摹絶節於宫商，抑亦東籬、小山、振泉中人歟？將質之麓翁，以索定價，因漫題其端云。

鄒太湖曰：奉常中麓李公投簪林下，以其餘興，漫成【傍粧臺】百闋，寄兩江子。兩江子召予飲鳴玉亭，出詞命歌，四座停杯，側耳傾聽。懷歸燈下，三復其間，臺閣山林，江湖廊廟，市井泉石，老子釋氏，詞意靡所不至，如入萬花谷中，怡心炫目，誠詞林之巨擘，藝苑之景範也。小子感發乎中，不揣蕪陋，輒步嚴押，如數倚玉。續貂之誚，誠所不免，敢望並傳於世耶？

顧紫霞曰〔八九〕：夫歌曲，何爲者也？所以委曲言志，宣暢幽鬱，以歸諸和平者也。故曰詩之餘也。然聲音之道，依永爲永，倡而不和，教尼不行，故又曰一倡而三嘆，有遺音者矣。予觀中麓所倡，多至百闋，斯亦難矣。太湖和之，不爽一焉，不爲尤難矣乎？頃嘗從宴於玉如館，見其掀髯一歌，四座竦聽，名利之念，爲之頓釋。其依永而有遺音者耶！且其敍事寫懷，曲盡態度，傾耳寓目，可喜可愕。雖裁花剪柳，嘲風詠月，而忠君愛親、明哲保身之道，於是乎在。覩斯集者，可以興矣，豈獨音節之美也歟哉！

孫西墅〔九〇〕曰：予心事如割，幾至構疾，不得已而假鳴自遣，乃竊《中麓小令》之糟粕，作

【傍粧臺】五十首，僭曰《小令續貂》。《詩》云：『知我者謂我心憂，不知我者謂我何求。』予之賡歌，其心憂乎？其有求乎？知者當必諒之。錄上中麓，一則欲其點鐵成金之益，一則冀答抛磚引玉之懷云。

郝鶴亭曰〔九一〕：詞林格調不淑，蓋未之學也。廢斥後無所事，間常命筆編揑，信口狂歌，非慣作也。家置青衣，數輩演戲，以爲撥悶娛賓之具，時有小［後闕］⑤

題跋名姓、仕籍，無論年齒長少、官階崇卑，以先有者爲序。

謝東村，名九容，同縣人。耆老。

王杏里，名昺，同縣人。進士。見任陝西右布政。

夏贇山，名文憲，同縣人。舉人。

張龍岡，名舜臣，同縣人。進士。見任文選司員外。

曾石塘，名銑，南直隸江都人。進士。見任山西巡撫副都御史。

谷少岱，名繼宗，山東歷城縣人。進士。原任宜興知縣。

李愚谷，名舜臣，山東樂安縣人。會元。原任太僕寺卿。

梁玉菴，名紹儒，山東東平州人。進士。見任翰林院檢討。

徐鳳岡，名守義，河南杞縣人。進士。見任山西參政。

孫夾谷，名光輝，山東淄川縣人。進士。原任南京戶部主事。

顧秋山，名遂，浙江餘姚縣人。進士。見任巡撫汀漳副都御史。
袁西野，名崇冕，同縣人。耆老。
楊雙溪，名盈，同縣人。舉人，原任潞城知縣。
商少峯，名大節，湖廣承天府人。進士。見任河南副使。
陳泰峯，名德安，同縣人。舉人。原任欒亭知縣。
李介堂，名繼先，四川瀘州人。進士。見任戶部主事。
謝與槐，名少南，應天府上元縣人。進士。見任左春坊左司諫兼翰林院檢討。
袁樂盤，名勳友⑥，同縣人。舉人。原任衡府長史。
馮少洲，名惟訥，山東臨朐縣人。進士。見任揚州府同知。
王渼陂，名九思，陝西鄠縣人。進士。原任翰林院檢討、吏部文選司郎中。
張甬川，名邦奇，浙江鄞縣人。進士。原任太子賓客，南京兵部尚書參贊機務，故贈太子太保，謚文定。
李蒲汀，諱廷相，山東漢州人。賜進士及第。原任資政大夫、戶部尚書兼翰林院學士，加太子賓客，故贈太子太保，謚文敏。
李東岡，名秦，河南臨漳縣人。進士。原任給事中。
葉洞菴，名洪，北直隸德州衛人。進士。原任給事中。

翟青石，名瓚，山東昌邑縣人。進士。原任巡撫湖廣僉都御史。
梁士龍，廣東茂名人。茂才。
張岱野，名一厚，山東平原縣人。進士。原任浙江副使。
王南江，名愼中，福建晉江縣人。進士。原任吏部郎中、河南參政。
陸儼山，諱深，南直隸上海縣人。解元，進士。原任詹事府詹事兼翰林院學士，故贈禮部侍郎，謚文裕。
劉範東，名隅，山東東阿縣人。進士。原任巡撫眞保定都御史。
雒三谷，名昂，陝西三原縣人。進士。見任河南巡撫、副都御史。
歐陽石江，諱鐸，江西吉安府人。進士。原任吏部侍郎。故贈工部尚書，謚恭簡。
崔岱屏，名元，山東泰安州籍，山西代州人。特進光祿大夫、柱國、少師兼太子太傅、駙馬都尉、京山侯。
傅梧菴，名朝臣，山東武定州人。茂才。
白東川，名世卿，陝西秦州人。進士。見任山東僉事。
羅念菴，名洪先，江西吉水縣人。狀元。原任左春坊左贊善兼翰林院修撰、經筵講官、同修國史。
張東泉，名應吉，同縣人。舉人。見任陝西鳳翔府通判。

周洞虚，名顯宗，山東濮州人。進士。原任陝西漢中府知府。
胡蒙溪，名侍，陝西西安府人。進士。原任鴻臚寺少卿。
楊升菴，名慎，四川新都縣人。狀元。原任翰林院修撰、經筵講官兼修國史。
康渭濱，名浩，陝西武功縣人。進士。原任戶部郎中。
呂竹嶼，名應期，同縣人。舉人。見任陝西同州知州。
張三山，名偉，同縣人。茂才。
方兩江，名元煥⑦，山東臨清州人。舉人。
馮冶泉，名惟健，山東臨朐縣人。舉人。
端虹川，名廷赦，直隸當塗縣人。進士。見任都察院左副都御史。
左東津，名傑，山東恩縣人。進士。原陝西行太僕卿。
顧裕菴，名問，山東恩縣人。省祭。
倫白山，名以訓，廣東南海縣人。會元，賜進士及第。南京國子監祭酒，前翰林院修撰、經筵日講官兼修國史。
石木菴，名遷喬，山東恩縣人。監生。
葉椒山，名烓，浙江人。監生。見任南直隸豐縣知縣。
呂乾齋，名懷健，南直隸泰州人。進士。見任山東僉事。

辛太初，名大義，同縣人。舉人。見任河南舞陽縣。
楊東江，□□□□人。進士。見任行人司行人。
張太微，名洽道，陝西長安縣人。進士。原任刑部主事。
吳六泉，名孟祺，山東寧陽縣人。進士。見任陝西西安府知府。
姜松澗，名大成，同縣人。舉人。原任山西屯留縣知縣。
田莘野，名汝棶，河南祥符縣人。舉人。
黃海野，名禎，山東安丘縣人。進士。原任吏部文選司郎中。
張南溟，名鯤，河南鈞州人。進士。原任山西布政。
莫雉山，名賁，廣西桂林人。舉人。見任山東寧陽縣知縣。
傅夢岩，名汝舟，陝西西安衛人。舉人。見任山東高苑縣知縣。
盛桃渚，名楷，直隸儀真縣人。監生。見任山東博興縣縣丞。
孟友雲，名守直，山東寧陽縣人。監生。原任武昌府通判。
江午坡，名以達，江西貴溪縣人。進士。原任湖廣提學副使。
李南墩，名紳，河南祥符縣人。進士。見任山東登州府知府。
韓中岩，名儒，同縣人。茂才。
胡餅山，名宗明，直隸績溪縣人。進士。見任山東左布政。

張石川，名寰，直隸常熟縣人。進士。原任通政司參議。

郭似菴，名宗皋，山東福山縣人。進士。見任巡撫順天府副都御史。

張石林，名九敍，山西石州人。進士。見任山東兵備副使。

劉五泉，名臬，湖廣承天府人。進士。原任山西巡撫副都御史。

皇甫百泉，名汸，直隸長洲縣人。進士。原任南京刑部員外。

陳紀南，名錠，湖廣江陵縣人。進士。見任北直隸大名府知府。

陳秋湖，名蘗，浙江山陰縣人。舉人。見任□德府左長史。

陳少渠，名甘雨，福建莆田縣人。進士。見任萊蕪縣知縣。

彭兩泉，名燦，河南靈寶縣人。舉人。見任山東青州府同知。

王小川，名在，河南儀封縣人。廩生。

茅鹿門，名坤，浙江歸安縣人。進士。見任廣平府通判。

紀後墅，名公遇，山東恩縣人。廩生。

蘇雪蓑，名洲，不知何許人。烟霞羽客。

宋龍山，名相，山西潞安府人。監生。年八十六歲。原任經歷。

鄒太湖，名倫，直隸蘇州府人。江湖良賈。

顧紫霞，名明，直隸蘇州府人。

孫西墅，名述，山東新泰縣人。

郝鶴亭，名鳴陰，北直隸寶坻縣人。進士。原任長治縣知縣。

芮龍渠〔九二〕，名文采，北直隸寶坻縣人。舉人。

邵桐溪〔九三〕，名淮，字伯昭，北直隸安州人。官生。原任兩淮運判。弟名河，字伯東，號崑崙，在京秀才。

張堯山〔九四〕，名舜元，北直隸慶都縣人。進士。原任河南參議。

（同上《中麓小令》卷末）

【校】

①競，底本作『兢』，據文義改。

②峻，底本作『竣』，據文義改。

③描，底本作『抽』，據文義改。

④誤，底本作『悟』，據文義改。

⑤底本殘闕。另頁載：『題跋名姓仕籍』云云，並注各人名姓仕籍簡歷，如下文。郝鶴亭之後，尚應有芮文采、邵淮、張舜元三人題跋，已佚。

⑥勳友，底本作『勳』，據李開先《閒居集》卷八《奉議大夫衡府右長史欒盤袁公合葬墓志銘》改。

⑦煥，底本作『燠』，據傳記改。

【箋】

〔一〕謝東村：　卽謝九容，號東村，章丘（今屬山東）人。富文堂詞會會友。著有《東村樂府》。李開先《李中麓閒居集》卷五有《東村樂府序》（《續修四庫全書》第一三四〇冊影印明刻本，頁六一七）。傳見道光《章丘縣志》卷一〇。

〔二〕王杏里：　卽王昺（一四九一—一五六六），字承晦，號杏里，章丘人。正德十一年丙子（一五一六）舉人，嘉靖二年癸未（一五二三）進士，授太常寺博士。歷任河南道監察御史、河東巡鹽、眞定府巡按、陝西右布政使，累官至南京工部右侍郎，致仕歸。傳見李開先《李中麓閒居集》卷八《墓志銘》、道光《章丘縣志》卷一一等。

〔三〕夏贅山：　卽夏文憲，號贅山，章丘人。嘉靖七年戊子（一五二八）舉人，官至四川重慶府同知。富文堂詞會會友。

〔四〕張龍岡：　卽張舜臣（？—一五六六），字煕伯，號龍岡，又號東沙，章丘人。嘉靖七年戊子（一五二八）舉人，十四年乙未（一五三五）進士，授文選司員外郎。累官至南京戶部尚書。著有《東沙詩稿》等。傳見道光《章丘縣志》卷一〇。

〔五〕曾石塘：　卽曾銑（一四九九—一五四八），字子重，號石塘，江都（今江蘇揚州）人。嘉靖七年戊子（一五二八）舉人，八年己丑（一五二九）進士，授長樂知縣。歷任山西巡撫副都御史、山東巡撫、兵部侍郎，累官至總督陝西三邊軍務。爲嚴嵩誣，誅死。隆慶初冤雪，追謚襄愍。傳見焦竑《國朝獻徵錄》卷五八、過庭訓《本朝分省人物考》卷三一、《明史》卷二〇四等。

〔六〕谷少岱：　卽谷繼宗（？—約一五三五），字嗣興，號少岱，濟南衛（今屬山東）人。正德八年癸酉（一五一三）舉人，嘉靖五年丙戌（一五二六）進士。十一年（一五三二）任宜興知縣，卒於任。著有《璇璣詞韻》、《歲稿》

等。詩文未及刊而燬於火。傳見錢謙益《列朝詩集小傳》丁集上、道光《濟南府志》卷四九等。

〔七〕李愚谷：　即李舜臣（一四九九—一五五九），字懋欽，一字夢虞，號愚谷，别署未村居士，樂安（今山東廣饒）人。嘉靖二年癸未（一五二三）進士，授户部主事。官至太僕寺卿。詩與黄禎（一四九〇—一五三九？）齊名，時稱『李黄』。著有《愚谷集》、《户部集》、《符臺集》、《夢虞詩稿》等。傳見焦竑《國朝獻徵録》卷七二、過庭訓《本朝分省人物考》卷九七、嘉靖《青州府志》卷五等。

〔八〕梁玉菴：　即梁紹儒（一五〇九—一五七三），字存業，號玉菴，東平（今屬山東）人。嘉靖十六年丁酉（一五三七）舉人，二十年辛丑（一五四一）進士，授翰林院檢討。因阿附嚴嵩，爲言官劾罷，歸鄉。著有《梁檢討集》、《上古醫經注》、《風角注》、《東平郡志》等。傳見光緒《東平州志》卷一五。

〔九〕徐鳳岡：　即徐守義（一四九三—？），字子和，號鳳岡，杞縣（今屬河南）人。嘉靖四年乙酉（一五二五）舉人，十一年壬辰（一五三二）進士，授揚州府推官，選禮科給事中。歷任山東副使、山西參政、陝西右布政使，致仕歸。傳見蕭彥《掖垣人鑒》卷一三。

〔一〇〕孫夾谷：　即孫光輝（一五〇四—一五六五），字華國，號夾谷，淄川（今山東淄博）人。嘉靖七年戊子（一五二八）舉人，八年己丑（一五二九）進士，選翰林院庶吉士。以抗疏忤旨，左遷眞定府推官。擢南京户部主事，致仕歸。晚年罹冤獄，李開先力救之。參見《李中麓閒居集》卷六《事定公評序》、《事定公評後序》。著《青詞》數十卷。傳見李開先《李中麓閒居集》卷八《墓志銘》、乾隆《淄川縣志》卷五、乾隆《博山縣志》卷下、道光《濟南府志》卷五〇等。

〔一一〕顧秋山：　即顧遂（一四八八—一五五三），字德仲，號秋山，餘姚（今屬浙江）人。正德十一年丙子（一五一六）舉人，次年丁丑（一五一七）進士，授刑部貴州司主事。累官至南京刑部右侍郎。傳見焦竑《國朝獻徵録》

卷四九（李本《墓志銘》）、徐象梅《兩浙名賢録》卷三三等。

（一二）袁西野：　即袁崇冕（一四八七—一五六六後），初名衮，改今名，號西野，章丘人。布衣終身。工詞曲，著有《袁崇冕詩集》、《春游詞》、《秋懷草》、《拾閒野意》、《西野樂府》等。傳見道光《章丘縣志》卷一〇、道光《濟南府志》卷四九等。

（一三）楊雙溪：　即楊盈（一四七二—一五五八），字守謙，號雙溪，章丘人。正德二年丁卯（一五〇七）舉人，初官隴西教諭。十五年（一五二〇），擢潞城知縣。後因故罷官歸里。傳見李開先《李中麓閒居集》卷九《封文林郎監察御史楊公暨配太孺人時氏墓表》、道光《章丘縣志》卷一一、道光《濟南府志》卷四九等。

（一四）商少峯：　即商大節（一四八九—一五五三），字孟堅，號少峯，安陸（今屬湖北）人。正德八年癸酉（一五一三）舉人，嘉靖二年癸未（一五二三）進士，授永豐知縣。選兵科給事中，累官右副都御史。因故被逮，卒於獄。隆慶初，追贈兵部尚書，謚端愍。傳見聶豹《雙江聶先生文集》卷六《墓志銘》（焦竑《國朝獻徵録》卷五五）、蕭彥《掖垣人鑒》卷一三、過庭訓《本朝分省人物考》卷七七、《明史》卷二〇四等。

（一五）陳泰峯：　即陳德安，號泰峯，章丘人。嘉靖四年乙酉（一五二五）舉人，授樂亭知縣。致仕家居，與李開先遊。

（一六）李介堂：　即李繼先（一五〇六—一五六五），字伯孝，號介堂，瀘州（今屬四川）人。嘉靖十七年戊戌（一五三八）進士，官至戶部主事。傳見熊過《南沙先生文集》卷六《墓志銘》。

（一七）謝與槐：　即謝少南（一四九一—一五六〇），字應午，一字與槐，一作號與槐，上元（今江蘇南京）人。嘉靖四年乙酉（一五二五）舉人，十一年壬辰（一五三二）進士，授南京刑部主事。仕至陝西左布政使。著有《粵臺稿》、《河垣稿》、《謫臺稿》等。傳見道光《上元縣志》卷一〇、陳作霖《金陵通傳》卷一二等。

〔一八〕袁樂盤：　即袁勳友（一四八八—一五五六），乳名應奎，字無挾，自號忘齋，後更號樂盤，章丘人。正德五年庚午（一五一〇）舉人，授同官知縣。改官衡府右長史。著有《樂盤心》。傳見李開先《李中麓閒居集》卷八《奉議大夫衡府右長史樂盤袁公合葬墓志銘》、道光《章丘縣志》卷一一、道光《濟南府志》卷四九等。

〔一九〕馮少洲：　即馮惟訥（一五一三—一五七二），字汝言，號少洲，臨朐（今屬山東）人。馮惟敏（一五一一—一五九〇）弟。嘉靖十三年甲午（一五三四）舉人，十七年戊戌（一五三八）進士，授宜興縣令。歷任蒲州知州、揚州府同知、南京戶部員外郎、陝西按察司僉事、浙江督學副使、陝西右布政使，仕至江西左布政使。輯錄《古詩紀》。著有《風雅廣逸》、《楚詞旁注》、《選詩約注》、《文獻通考纂要》、《杜律刪注》、《光祿集》等。傳見余繼登《淡然軒集》卷六《墓志銘》、過庭訓《本朝分省人物考》卷九七、《明史列傳》卷七五、《明史》卷二一六等。

〔二〇〕王渼陂：　即王九思（一四六八—一五五一）。

〔二一〕張甬川：　即張邦奇（一四八四—一五四四），字常甫，號甬川，別署兀涯，鄞縣（今浙江寧波）人。弘治十八年乙丑（一五〇五）進士，官至南京兵部尚書參贊機務，卒謚文定。著有《學庸傳》、《五經說》、《兀涯西漢書議》、《環碧堂集》、《紓玉樓集》、《靡悔軒集》、《觀光樓集》、《四友亭集》等。傳見嚴嵩《鈐山堂集》卷三五《神道碑》、焦竑《國朝獻徵錄》卷四二（張時徹《傳》）、《明史》卷二一〇等。

〔二二〕李蒲汀：　即李廷相（一四八五—一五四四），字夢弼，號蒲汀，濮州（今河南范縣）人。弘治十五年壬戌（一五〇二）進士，授翰林院編修。歷任兵部主事，南京吏部、禮部侍郎，南京戶部尚書。卒謚文敏。好藏書，有《李蒲汀家藏目錄》。著有《南銓稿》等。傳見嚴嵩《鈐山堂集》卷三五《神道碑》、李開先《李中麓閒居集》卷一〇《傳》（焦竑《國朝獻徵錄》卷二九）、過庭訓《本朝分省人物考》卷九六等。

〔二三〕李東岡：　即李秦（一五〇七—一五七六），字仲西，號東岡，臨漳（今屬河北）人。嘉靖十三年甲午（一五三四）舉人，次年乙未（一五三五）進士，授刑部給事中。累陞禮部都給事中，出爲大名府推官，終通政司左通政。傳見蕭彦《掖垣人鑒》卷一三、焦竑《國朝獻徵錄》卷六七（郭樸《傳》）等。

〔二四〕葉洞菴：　即葉洪，字子元，號洞菴，直隸德州衛籍，餘姚（今屬浙江）人。嘉靖八年己丑（一五二九）進士，授戶科給事中。十一年，進工科右給事中。十二年，貶寧國縣丞，尋奪職。傳見蕭彦《掖垣人鑒》卷一三、《明史》卷二〇六、光緒《餘姚縣志》卷二三。

〔二五〕翟青石：　即翟瓚，字庭獻，號青石，昌邑（今屬山東）人。正德八年癸酉（一五一三）舉人，正德九年甲戌（一五一六）進士，授工科給事中。歷任河南副使、都察院僉都御史、湖廣巡撫、副都御史。著有《蟲吟草》等。過庭訓《本朝分省人物考》卷九八、乾隆《昌邑縣志》卷六等。

〔二六〕梁士龍：　茂名（今屬廣東）人，名字、生平均未詳。諸生。

〔二七〕張岱野：　即張一厚，字叔載，號岱野，平原（今屬山東）人。嘉靖五年丙戌（一五二六）進士，授當塗縣知縣。歷任獲鹿知縣、南京戶部主事、南京戶部郎中、浙江處州知府、浙江按察司副使。著有《海道經》等。傳見乾隆《正定府志》卷三〇、光緒《獲鹿縣志》卷一〇等。

〔二八〕王南江：　即王慎中（一五〇九—一五五九），字道思，初號南江，更號遵巖，別署遵巖居士，因在家中爲次子，人稱「王仲子」，晉江（今屬福建）人。嘉靖四年乙酉（一五二五）舉人，嘉靖五年丙戌（一五二六）進士，授禮部主事。歷任吏部郎中、禮部員外郎、河南參政。以忤夏言，落職歸。著有《遵巖集》、《玩芳堂摘稿》等。傳見李開先《李中麓閒居集》卷一〇《傳》及《康王王唐四子補傳》、焦竑《國朝獻徵錄》卷九二（王惟中《行狀》）、何喬遠《名山藏》卷八一、《明史》卷二八七等。

〔二九〕陸儼山：　即陸深（一四七七—一五四四），初名榮，字子淵，號儼山，松江（今上海）人。弘治十八年乙丑（一五〇五）進士，授翰林院編修。歷任南京禮部主事、山西提學副使、四川布政使、太常卿、詹事府詹事兼翰林院學士。卒贈禮部侍郎，謚文裕。著有《南巡日録》、《淮封日記》、《南遷日記》、《史通會要》、《玉堂漫筆》、《金臺紀聞》、《春風堂隨筆》、《儼山集》、《儼山續集》等。傳見唐錦《龍江集》卷一二《行狀》、夏言《桂洲文集》卷四九《墓志銘》、焦竑《國朝獻徵録》卷一八（許瓚《墓表》）、《明史列傳》卷五四、《明史》卷二八六等。

〔三〇〕劉範東：即劉隅（一四八九—一五六六），字叔正，號範東，東阿（今屬山東）人。正德八年癸酉（一五一三）舉人，嘉靖二年癸未（一五二三）進士，授行人司行人。歷任福建道監察御史、四川按察司僉事、都察院右僉都御史、右副都御史。罷歸家居，幾三十年。著有《古篆分韻》、《治河通考》、《家藏集》等。傳見過庭訓《本朝分省人物考》卷九五、王兆雲《皇明詞林人物考》卷七、乾隆《泰安府志》卷一七、宣統《山東通志》卷一六〇等。

〔三一〕雒三谷：即雒昂（一四七九—一五四五），字仲俛，號三谷，一作三峪，三原（今屬陝西）人。嘉靖二年癸未（一五二三）進士，擢吏科給事中。二十三年（一五四四），任都察院右副都御史，巡撫河南。逾年，坐徽王罪，杖死。傳見《葛端肅公文集》卷一六《墓志銘》、蕭彥《掖垣人鑒》卷一三等。

〔三二〕歐陽石江：即歐陽鐸（一四八七—一五四四），字崇道，號石江，別署石江子，泰和（今屬江西）人。正德三年戊辰（一五〇八）進士，授行人。歷任延平知府、福州知府、南京光祿卿、右副都御史、南京吏部右侍郎。卒贈工部尚書，謚恭簡。著有《歐陽恭簡集》。傳見《歐陽南野文集》卷二七《行狀》、焦竑《國朝獻徵録》卷二六（王世貞《神道碑》）、《明史列傳》卷七一、《明史》卷二〇三等。

〔三三〕崔岱屏：即崔元（一四七八—一五四九），字懋仁，號岱屏，別署松湖，代州（今屬山西）人。尚憲宗女永康公主，封駙馬都尉。世宗入繼，以迎立功封京山侯。卒謚榮恭。傳見嚴嵩《鈐山堂集》卷三六《神道碑》（焦竑《國朝獻徵録》卷四）、《明史》卷一二一等。

〔三四〕傅梧菴：　即傅朝臣，號梧菴，武定（今山東惠民）人。嘉靖二十八年己酉（一五四九），領歲薦，補開州知州。旋卽解組歸，杜門著書。著有《紳言》、《邇言》、《放言》等。傳見光緒《惠民縣志》卷二三。

〔三五〕白東川：　卽白世卿（一四九七—？），字汝衡，號東川，秦州（今屬甘肅天水）人。明嘉靖八年己丑（一五二九）進士，授丹徒知縣，轉芮城。歷遷至山東按察司僉事。著有《東川詩集》等。傳見乾隆《直隸秦州新志》卷八、乾隆《解州芮城縣志》卷五等。

〔三六〕羅念菴：　卽羅洪先（一五〇四—一五六四），字達夫，號念菴，吉水（今屬江西）人。嘉靖五年丙戌（一五二六）舉人，八年己丑（一五二九）狀元，授修撰，卽請告歸事親。後拜左春坊贊善，罷歸。卒謚文莊。著有《念菴集》、《冬游記》、《廣輿圖》等。傳見徐階《世經堂集》卷一八《墓志銘》、耿定向《耿天臺先生文集》卷一四《傳》、焦竑《國朝獻徵錄》卷一九、《明史列傳》卷四八、《明史》卷二八三等。

〔三七〕張東泉：　卽張應吉，字佑之，號東泉，章丘（今屬山東）人。嘉靖元年壬午（一五二二）舉人。十七年（一五三八），授湯陰知縣。擢陝西鳳翔府通判、河南開封府同知。傳見乾隆《湯陰縣志》卷五、道光《章丘縣志》卷一一、道光《濟南府志》卷四九等。

〔三八〕周洞虛：　卽周顯宗（一四九八？—一五六五？），字子孝，號洞虛，別署桃村山人，濮州（今河南范縣）人。嘉靖八年己丑（一五二九）進士，授秀水知縣。累官至陝西漢中知府。著有《周漢中集》、《桃村山人自適稿》、《曹南文獻錄》等。傳見陳田《明詩紀事》戊簽卷一七、宣統《濮州志》卷四等。

〔三九〕胡蒙溪：　卽胡侍（一四九二—一五五三），字承之，號濛溪，別署濛溪山人，原籍溧陽（今屬江蘇），寧夏衛人。正德八年癸酉（一五一三）舉人，十二年丁丑（一五一七）進士，授刑部云南司主事。歷任刑部員外郎、鴻臚寺右少卿。嘉靖三年（一五二四），謫潞州同知，後斥爲民。十七年（一五三八），詔復其官。著有《胡濛溪集》、

《胡濙溪續集》、《墅談》、《眞珠船》、《清涼經》等。傳見焦竑《國朝獻徵錄》卷七六（許宗魯《傳》）、《明史列傳》卷七九、《明史》卷一九一等。

〔四〇〕楊升菴：即楊慎（一四八八—一五五九）。

〔四一〕康渭濱：即康浩（一四七九—一五六〇）。

〔四二〕呂竹嶼：即呂應期，號竹嶼，章丘人。正德十四年己卯（一五一八）舉人。嘉靖十六年（一五三七），授常州府通判。擢知州，旋授平陽府同知，轉陝西同州知州。傳見天啓《同州志》卷八、康熙《常州府志》卷二一、道光《章丘縣志》卷一一等。

〔四三〕張三山：即張偉，號三山，章丘（今屬山東）人。諸生。

〔四四〕方兩江：即方元煥（？—一六二〇），字晦叔，一字子文，號兩江，別署方氏季子、小山居士，歙縣（今屬安徽）人，占籍臨清（今屬山東）。嘉靖十六年丁酉（一五三七）鄉貢。以行草擅名。參纂《臨清州志》。著有《茗柯堂集》、《半林堂集》等。按：清鈔本《中麓小令》後附稱方兩江名「元煐」，而其他文獻皆作「元煥」。傳見錢謙益《列朝詩集小傳》丁集上、康熙《臨清州志》卷三、乾隆《歙縣志》卷一一等。

〔四五〕馮冶泉：即馮惟健（一五〇一—一五五三），字汝强，一字汝至，號冶泉，一號陂門，別署陂門山人，臨朐（今屬山東）人。馮惟敏（一五一一—一五九〇）長兄。嘉靖七年戊子（一五二八）舉人，七上春官不第。人稱其爲最，惜未仕而卒。著有《冶泉集》、《陂門山人集》等。傳見李維楨《大泌山房集》卷六五《馮氏家傳》、嘉靖《青州府志》卷五、光緒《臨朐縣志》卷一四等。

〔四六〕端虹川：即端廷赦（一四九三—一五五二），字思恩，號虹川，當塗（今屬安徽）人。正德十一年丙子（一五一六）舉人，十六年辛巳（一五二一）進士，授高安知縣。歷任監察御史、都察院左副都御史、右僉都御史、吏部右侍郎、南京右都御史。年六十，卒於官。傳見焦竑《國朝獻徵録》卷六四（顧應祥《墓志銘》）、過庭訓《本朝分省人物考》卷四〇、乾隆《當塗縣志》卷一八等。

〔四七〕左東津：即左傑（一四九五—？），號東津，恩縣（今山東平原）人。嘉靖四年乙酉（一五二五）舉人，八年己丑（一五二九）進士，授餘姚知縣。歷任上虞知縣，户部主事、工部員外郎、河南布政司參議、陝西按察司副使、河南布政司參政。參見劉廷鑾等《山東明清進士通覽·明代卷》（山東文藝出版社，二〇一四）。

〔四八〕顧裕菴：即顧問，號裕菴，恩縣（今屬山東平原）人。生平未詳。

〔四九〕倫白山：即倫以訓（一四九三—一五四〇），字彦式，號白山，南海（今屬廣東）人。正德三年癸酉（一五〇八）舉人，十二年丁丑（一五一七）進士，授翰林院編修。歷任翰林院編撰、右春坊右諭德。十五年（一五三六），陞南京國子監祭酒。著有《國朝彝憲》、《白山集》等。傳見黄佐《南雍志》卷一八、過庭訓《本朝分省人物考》卷七二等。

〔五〇〕石木菴：即石遷喬，號木菴，恩縣（今屬山東平原）人。監生。

〔五一〕葉椒山：即葉炷，字季鼎，號椒山，麗水（今屬浙江）人。正德間貢生，任淮海經歷，陞豐縣知縣。嘉靖十五年（一五三六），主纂《沙縣志》。卒年八十七。工詩善畫，著有《遵制録》、《椒山文集》等。傳見民國《麗水縣志》卷一〇。

〔五二〕吕乾齋：即吕懷健，號乾齋，泰州（今屬江蘇）人（《明清進士題名録索引》稱其錦衣衛籍）。嘉靖十一年壬辰（一五三二）進士，曾任山東僉事。

〔五三〕辛太初：即辛大義，號太初，章丘人。嘉靖四年乙酉（一五二五）舉人，任河南舞陽知縣。

〔五四〕楊東江：即楊選（一五〇九？—一五六三），字以公，號東江，章丘人。嘉靖二十三年甲辰（一五四四四）進士，授行人司行人。歷任御史、易州兵備副使、右僉都御史、總督薊遼副都御史、兵部右侍郎。獲罪，戮於市。著有《按畿集》、《南部集》等。傳見萬曆《章丘縣志》卷二三、王馭超《海岱史略》卷一三九、《明史》卷二〇四等。李開先《李中麓閒居集》卷五有《賀總督薊遼保定大司馬兼大中丞東江楊公五十壽序》，卷八有《楊公暨配時氏墓表》（爲楊選父母撰）。

〔五五〕張太微：　卽張治道（一四八七—一五五六），字孟獨，號太微，別署太微山人，長安（今陝西西安）人。正德九年甲戌（一五一四）進士，授長垣知縣。遷刑部主事，不樂爲官，引疾歸。著有《少陵志》、《長垣志》、《張太微詩集》、《張太微詩後集》、《嘉靖集》等。傳見喬世寧《丘隅集》卷一四《張公墓碑》（焦竑《國朝獻徵錄》卷四七）、王兆雲《皇明詞林人物考》卷一二、張萱《西園聞見錄》卷二〇、乾隆《西安府志》卷三六等。

〔五六〕吳六泉：　卽吳孟祺（一四九八—一五六八）。

〔五七〕姜松澗：　卽姜大成（一四九六—一五五四）。

〔五八〕田莘野：　卽田汝⿰耒朿（一四九三？—一五六五），字深甫，號莘野，祥符（今屬河南）人。正德十一年丙子（一五一六）舉人，十三科不第。乃謁選官，授兵部司務。客死京邸。著有《莘野集》、《田兵部集》等。傳見王兆雲《皇明詞林人物考》卷一〇、陳田《明詩紀事》戊籤卷一二等。

〔五九〕黃海野：　卽黃禎（一四九〇—一五三九？），字德兆，號海野，別署北海野人，安丘（今屬山東）人。正德十四年己卯（一五一九）舉人，嘉靖二年癸未（一五二三）進士，授戶部主事。歷任兵部郎中、吏部文選司郎中，因故免歸。好爲詩，與李舜臣（一四九九—一五五九）齊名，時稱『李黃』。纂修《安丘志》。著有《北海野人稿》。傳見高叔嗣《蘇門集》卷七《墓表》、嘉靖《青州府志》卷一五、陳田《明詩紀事》戊籤卷一五等。

〔六〇〕張南溟：　卽張鯤（一四八九—一五五三），字子魚，號南溟，別署崧少山人，鈞州（今河南禹州）人。正德十一年丙子（一五一六）舉人，次年丁丑（一五一七）進士，授吏部主事。歷任吏部員外郎、湖廣右參議、四川提學、江西右布政使。著有《東山集》、《崧少漫稿》等。傳見乾隆《禹州志》卷一九、道光《禹州志》卷一九等。

〔六一〕莫雉山：即莫貢，號雉山，桂林（今屬廣西）人。嘉靖十三年甲午（一五三四）舉人，二十二年（一五四三）任山東寧陽知縣。

〔六二〕傅夢岩：即傅汝舟，號夢岩，西安衛（今屬陝西西安）人。嘉靖十年辛卯（一五三一）舉人。曾任山東高苑知縣。參見嘉靖《陝西通志》卷二七。

〔六三〕盛桃渚：即盛楷，號桃渚，儀眞（今江蘇儀徵）人。監生。曾任山東博興縣丞。

〔六四〕孟友雲：即孟守直，號友雲，寧陽（今屬山東）人。監生，曾任武昌府通判。

〔六五〕江午坡：即江以達（一五〇二—一五五〇），字三順，號午坡，貴溪（今屬江西）人。嘉靖五年丙戌（一五二六）進士，授刑部主事。歷任福建按察僉事、湖廣提學副使。爲楚藩所構，廷杖削籍。著有《江午坡集》等。傳見薛天華《明善齋集》卷一〇《祭江午坡先生文》、《明史》卷二八七、同治《貴溪縣志》卷八等。

〔六六〕李南墩：即李紳，號南墩，祥符（今屬江南）人。嘉靖八年己丑（一五二九）進士，二十八年（一五四九）任登州府知府，轉慶陽知府，陞太僕寺卿。

〔六七〕韓中岩：即韓儒，號中岩，章丘（今屬山東）人。諸生。

〔六八〕丙午：嘉靖二十五年（一五四六）。

〔六九〕胡鉼山：即胡宗明（？—一五五四後），字汝成，號鉼山，績溪（今屬安徽）人。正德十一年丙子（一五一六）舉人，次年丁丑（一五一七）進士，授戶部主事。歷任四川參議、河南副使、福建參政、山東左布政使，以右副都御史巡撫遼東。嘉靖二十七年（一五四八），謫浙江左參議，削籍歸，卒。著有《蘭言集》。傳見焦竑《國朝獻徵錄》卷六一（張時徹《墓志銘》）、雷禮《國朝列卿記》卷一一九、乾隆《績溪縣志》卷八。

〔七〇〕張石川： 即張寰（一四八六—一五六一），字允清，號石川，崑山（今屬江蘇）人。正德十六年辛巳（一五二一）進士，授濟寧知州。歷任刑部員外郎、通政司參議。喜收藏，有崇古樓藏書樓。與劉麟、陸昆等結峴山逸詩社。著有《兩山遊錄》、《川上稿》、《張通參集》、《耆齡考終錄》等。傳見歸有光《震川先生集》卷二三《墓表》（焦竑《國朝獻徵錄》卷六七）、過庭訓《本朝分省人物考》卷二三等。

〔七一〕郭似菴： 即郭宗皋（一四九九—一五八八），字君弼，號似菴，福山（今屬山東）人。嘉靖八年己丑（一五二九）進士，授刑部主事。歷任右僉都御史、兵部侍郎，總督宣大山西軍務。仕至南京兵部尚書，卒謚康介。著有《康介公遺集》、《四素錄》、《內經便讀》等。傳見于慎行《穀城山館文集》卷一九《墓志銘》（焦竑《國朝獻徵錄》卷四二）、過庭訓《本朝分省人物考》卷二三、《明史列傳》卷六五、《明史》卷二〇〇等。

〔七二〕張石林： 即張九敍，號石林，石州（今山西呂梁）人。嘉靖五年丙戌（一五二六）進士，曾任戶部員外郎、陝西按察使司僉事、山東兵備副使等職。

〔七三〕劉五泉： 即劉臬（？—一五五七後），字憲甫，號五泉，鍾祥（今屬湖北）人。正德十六年辛巳（一五二一）進士，授刑部主事。歷任順天府尹、吏部文選司郎中、右通政、右副都御史巡撫山西。嘉靖二十一年（一五四二），謫戍。傳見雷禮《國朝列卿記》卷八三。參見張璧《陽峯家藏集》卷二四《贈五泉劉君赴京兆詩序》。

〔七四〕皇甫百泉： 即皇甫汸（一五〇四？—一五八三？），字子循，號百泉，長洲（今江蘇蘇州）人。嘉靖八年己丑（一五二九）進士，授工部主事。歷任吏部郎中、大名通判、黃州推官、開州同知、處州同知、南京刑部員外郎。與兄弟沖（一四九〇—一五五八）、涍（一四九七—一五四六）、濂（一五〇八—一五六四），並稱『皇甫四杰』。卒年八十。著有《長洲藝文志》、《百泉子緒論》、《解頤新語》、《皇甫司勛集》等。傳見劉鳳《劉子威集》卷一三《壽序》、《明史》卷二八七等。

〔七五〕陳紀南： 即陳錠（一五一五—？），號紀南，江陵（今屬湖北）人。嘉靖八年己丑（一五三九）進士，曾任海門知縣、通州知州、大名知府。陞蘇、松巡撫，數月罷免。傳見《明史》卷二〇五、光緒《通州直隸州志》卷九等。

〔七六〕陳秋湖： 即陳藥，號秋湖，山陰（今浙江紹興）人。嘉靖四年乙酉（一五二五）舉人，授德府左長史，輔導二十餘年。卒年九十。傳見嘉慶《山陰縣志》卷一四。

〔七七〕陳少渠： 即陳甘雨（一五一六—？），字應時，號少渠，莆田（今屬福建）人。時嘉靖二十三年甲辰（一五四四）進士，授萊蕪知縣，主修《萊蕪縣志》，李開先撰序。三十五年（一五四六），任湖廣德安知府。傳見宣統《山東通志》卷七一。

〔七八〕彭兩泉： 即彭燦，號兩泉，靈寶（今屬河南）人。嘉靖十年辛卯（一五三一）舉人。二十年（一五四一），任絳州知州。歷任臨洮同知、青州同知，仕至按察司副使。傳見光緒《直隸絳州志》卷七。

〔七九〕王小川： 即王在，號小川，儀封（今屬河南）人。廩生。

〔八〇〕宮保浚川： 即王廷相（一四七四—一五四四），字子衡，號浚川，又號平厓，儀封（今屬河南）人。弘治八年乙卯（一四九五）舉人，十五年壬戌（一五〇二）進士，授兵部給事中。歷任四川按察司提學僉事、山東提學副使，累遷左副都御史加兵部尚書。卒謚肅敏。著有《王氏家藏集》、《王浚川所著書》、《浚川駁稿集》、《內臺集》、《慎言》、《雅述》、《喪禮備纂》等。戴傳見于慎行《穀城山房文集》卷二六《墓表》、《皇明名臣墓碑·坤集》卷七八（許讚《墓志銘》）、《王氏家藏集》卷首張鹵《傳》、焦竑《國朝獻徵錄》卷三九、《明史列傳》卷六三、《明史》卷一九四等。 戴俊卿： 王廷相弟子，字號、籍里、生平均未詳。

〔八一〕歐南野：　即歐陽德（一四九六—一五五四），字崇一，號南野，泰和（今屬江西）人。嘉靖二年癸未（一五二三）進士，授六安知州。歷任刑部員外郎、翰林院編修、南京國子司業、吏部左侍郎、禮部尚書。卒謚文莊。從王守仁學。著有《歐陽南野集》。傳見聶豹《雙江聶先生文集》卷六《墓志銘》、徐階《世經堂集》卷一九《神道碑》（《焦竑《國朝獻徵録》卷三四）、何喬遠《名山藏》卷八〇、《明史》卷二八三等。《刻薛先生約言序》，見《歐陽南野先生集》卷七，爲薛蕙《約言》而作。薛子約：　字號、籍里、生平均未詳。

〔八二〕五岳山人黄勉之：　即黄省曾（一四九〇—一五四〇），字勉之，號五岳，别署五岳山人，吴縣（今江蘇蘇州）人。嘉靖十年辛卯（一五三一）舉人，從王守仁、湛若水游。著有《西洋朝貢典録》、《擬詩外傳》、《客問》、《騷苑》、《五岳山人集》等。傳見何喬遠《名山藏》卷九五、文震孟《姑蘇名賢小記》卷下、《明史》卷二八七等。

〔八三〕茅鹿門：　即茅坤（一五一二—一六〇一），字順甫，號鹿門，歸安（今浙江湖州）人。嘉靖十七年戊戌（一五三八）進士，授青陽知縣。歷任丹徒知縣、禮部儀制司主事、吏部稽勛司主事、廣平府通判、廣西兵備僉事、河南副使。選《唐宋八大家文鈔》。著有《白華樓藏稿》、《續稿》、《吟稿》、《玉芝山房稿》、《茅鹿門集》、《浙省分署紀事本末》、《史記鈔》等。傳見朱賡《朱文懿文集》卷九《墓志銘》（焦竑《國朝獻徵録》卷八二）、《茅鹿門先生文集》卷三五屠隆《行狀》、許孚遠《傳》、吴夢暘《傳》、《明史》卷二八七等。

〔八四〕紀後墅：　即紀公遇，號後墅，恩縣（今山東平原）人。廪生。

〔八五〕蘇雪蓑：　即蘇洲，號霞羽客。

〔八六〕宋龍山：　即宋相，號龍山，潞安（今屬山西）人。監生，曾官經歷。

〔八七〕乘晉川：　宋相壻，籍里、生平均未詳。

〔八八〕太湖鄒子：　即鄒倫，號太湖，吴縣（今江蘇蘇州）人。受李開先【傍粧臺】感發，步韻有作。

〔八九〕顧紫霞：　即顧明，號紫霞，吴縣（今江蘇蘇州）人。觀此文内容，當爲鄭倫所步李開先【傍粧臺】而撰。

〔九〇〕孫西墅：　即孫述，號西野，新泰（今屬山東）人。嘉靖間貢生，四十五年（一五六六）官趙州通判。有才名，工詩文，主纂《新泰縣志》，李開先作序（見《續修四庫全書》第一三四一册影印明刻本《李中麓閒居集》卷六，頁二七—二八）。

〔九一〕郝鶴亭：　即郝鳴陰（一五一二—？），字子和，號鶴亭，别署放鶴老人，寶坻（今屬天津）人。嘉靖二十二年癸卯（一五四三）舉人，次年甲辰（一五四四）進士，授長治知縣。罷歸。工詩善書，喜度新聲。傳見乾隆《寶坻縣志》卷一一。

〔九二〕芮龍渠：　即芮文采，寶坻（今屬天津）人。舉人。

〔九三〕邵桐溪：　即邵淮，字伯昭，號桐溪，安州（今河北安新）人。嘉靖間以蔭除國子監簿。擢判兩淮鹽運司事。傳見光緒《保定府志》卷五三。弟名河，字伯東，號崑崙。諸生。

〔九四〕張堯山：　即張舜元，字伯才，號堯山，别署堯山居士，慶都（今屬河北）人。嘉靖八年己丑（一五二九）進士，授吴縣知縣。歷任吏部主事、户部員外郎、郎中、河南布政司參議。以忤嚴嵩，落職歸。傳見康熙《慶都縣志》卷六、雍正《畿輔通志》卷七四、光緒《保定府志》卷五三等。

四時悼内（李開先）

李開先（一五〇二—一五六八），生平詳見本書卷三《一笑散院本》條解題。《四時悼内》，現存清鈔本，中國國家圖書館藏。卜鍵箋校《李開先全集》（上海古籍出版社，二〇一四），即據清鈔本箋校。

四時悼內小序〔一〕

李開先

遊賞爲方外之福，好遊乃覽勝之興，身輕則濟勝之具也，三者吾庶乎兼有之。時或興到，便欲策馬長往，止遣一僕歸報曰『遊某處，某日迴』。得以盡遠遊之興，而無內顧之憂者，以張宜人善持家也。今則封識大小門窗，分囑男女童僕，迴旋數次，猶不得出門。近遊且有所不可，況徑情遠遊耶？如前三者云云，無所用之矣。事有重輕，人有疎戚，或值疑難處，從中商確，以之應事接人，多得其當。予性頗躁，醫者以爲肝木偏勝，每遇盛怒，賴其多方解説，不惟不遷然，且頓釋，久之肝氣亦平矣。人事不減於疇昔，就中無可商確之人，任情應接，過失有所不免，肝病更復萌作，藥之殊不奏功。康對山向嘗簡予云：『內亡而出入不便，尋芳訪友之樂不得自遂。迺知林下清福，其不易享如此。』李崆峒志左夫人有云：『古今之慨，難友言而言之妻，今人而無可與言者。』二公之言，往時讀之，不覺沉痛，乃今知其言之不徒矣。宜人既已棄我，有一愛姬，又相次即世。周歲之間，懊惱萬狀，撫景激衷，四時各有數曲，彙成小集，名之曰《四時悼內》云。愁腸欲斷，淚眼將枯，以此付之童輩，長歌當哭，非以慆泆樂而喜篇什也，觀者必有知吾苦心者。

嘉靖戊申年庚申月甲申日，中麓病夫李開先撰①。

【校】

①《續修四庫全書》第一三四一册影印明刻本《李中麓閒居集》卷六《四時悼内序》無題署。

【箋】

〔一〕《續修四庫全書》第一三四一册影印明刻本《李中麓閒居集》卷六有此文，題《四時悼内序》。

附　劉嵩陽復書即爲後序

劉繪〔一〕

德兄中麓老先生記室：壬寅秋曾一通信〔二〕，繼此孤蹤不定，静躁殊轍，遂失奉問。此心懸懸，想能諒之。追憶往歲，京師芬華繫心，成一戲局，交游歡結，盡是夢境，可笑可笑！夏蟬留蜕於別葉，秋鴻寄迹於晴沙，無復論矣。每思吾兄以文雅相納，情志符契。華燭論心之夕，芳時把臂之朝，雖林樂推羡於叔度，茂弘引志於安石，李邕降節於子美，宗元移愛於禹錫，方之情雅，不是過也。嘗一念至，使人搖神激思，不能奮飛。

手教來自數千里，可謂勤懇。展玩三四，儼若披松風水月之懷，領白馬碧雞之論也。感念交集，莫能自釋。向聞吾兄園亭之勝，每馳遐慕。來書亦謂亭臺之美，兼得龍藏洞，幽巖曲館，誠佳麗之區矣。此心已左據青岱，右覽海隅。若得鞭八馬之鬣，拊萬仞之翼，登淩風之臺，瞰卻月之洞，目送躡節應度之舞，耳傾墮雲飄雪之歌，與吾兄擎盃搖筆，振藻驅輝。當此之時，雖斯文雅合，壺榼相將，而流音發旨，雄風英視，雖舉泰山以克俎，掘東海以灌巵，曾何足言！若乃河朔之飲，泗濱之樂，豈不陋哉？天邊北雁之疎，海上暮雲之隔，當在何時一快意也。歸來亦有小園池，池寬八丈，周圍七里，乃先人舊業。今頗疏鑿，加名『環渠』，置茅亭數箇，松楅竹窩，古人所謂『一丘一壑』者也。種魚植柳，聊免負擔。恨不能致兄一見也。妙詞佳麗，冠絕一時，歎賞歎賞！

弟今僻居鄉疃，脾胃作病，日檢方延醫，以圖苟全。歲時接親友二三次也。近得鄉里一男子，性質文雅，能吹簫，善末，唱北曲，音韻弘閑，格調清麗，眞得教坊之傳。每對花乘月，與此子共泛環渠之上。昨得兄詞本，卽付此人歌之，無不叶律。【那吒】一令，更足感人。弟近來北調頗進，較在都下，奚啻霄壤。時作勢振響，自謂天機鼓吹，又恨兄不得一再聞之也。

宦情鈍拙，時事警惕。地老天荒，閑卻我輩。然茂林之鹿，頓金鑣以長鳴；薄雲之鳥，脫絲縰以遠舉。佳詞中意旨，無不與鄙心相符。但知長嫂去室，鳳雛已殂，雖達人高朗，視天地若寄旅，未足動其眞念，顧交愛之情，不能不一罣懷也！

使者荷擔，以取回答。言語無倫，字畫隨筆，罪甚罪甚！曾有懷中麓作二篇，因筆札草甚，尚俟他日，專人奉寄之。秋深涼序，萬惟以道珍重，不宜。

侍弟劉繪頓首。

（以上清鈔本《四時悼內》卷首）

【箋】

〔一〕劉繪（一五〇五—一五七三）：字子素，一作汝素，一字少質，號嵩陽，光州（今河南潢川）人。嘉靖十年辛卯（一五三一）舉人，十四年乙未（一五三五）進士，授行人司行人。改戶科給事中，轉刑科右給事中，出爲重慶知府。復爲夏言黨人論劾，罷歸，居家二十年而卒，人稱『嵩陽先生』。著有《易勺》、《通論》、《嵩陽集》等。傳見蕭彦《掖垣人鑒》卷一三、過庭訓《本朝分省人物考》卷九三、《明史》卷二〇八等。

〔二〕壬寅：嘉靖二十一年（一五四二）。

王十嶽樂府（王寅）

王寅（一五〇六—一五八八），小名淮孺，字仲房，一字亮卿，號十嶽，別署十嶽山人、天眘翁，歙縣（今屬安徽）人。諸生。具文武才，喜攻古文詞，不喜舉子業，周遊吴、楚、閩、越。曾入胡宗憲、戚繼光幕府。中年後，談禪學道。輯選《新都秀運集》。著有《十嶽山人詩集》、《王十嶽樂府》等。傳見汪道崑《太函副墨》卷一三《傳》、王兆雲《皇明詞林人物考》卷一一、錢謙益《列朝詩集小傳》丁集中等。

《王十嶽樂府》，現存萬曆十三年（一五八五）刻本，中國國家圖書館藏。

樂府小序

王　寅

予客生大江之北，年弱冠而好説劍，迺遍遊中原。聞縉紳先生有以樂府名家者，無不訪而問焉。若韻書，若譜格，八百三十二名家，一千七百五十餘雜劇，皆得領其大略矣。後還鄣鄉，圖以明經干祿，而置之若未前聞。及壯無成，遂愧爲儒，棄去之。時於隱園獨居之暇，隨境感事，漫一編捏，惟存此冊，散失者多。兒輩以予老而請梓之。

噫！樂府由於《三百篇》，極其變，無容言矣。制作雖始於金、元，比興實承於豐鎬。分有南北，合統中原。才本性眞氣，從疆土方言，亦爲跌宕詞情，自別風神，樂府之擬，孰謂易於擬耶？江左從來亦有二三作者，足稱庶幾矣。近浸多見，惜哉務頭未暇，尚昧三聲，他何足論！予此冊之梓，用傳中原名家，以希教益耳。豈敢自信於按拍，而未審其能盡協律，得被之鵾絃否也？

萬曆乙酉年六月朔，十嶽山人王寅〔一〕。

（明萬曆十三年刻本《王十嶽樂府》卷首）

【箋】

〔一〕題署之後有陽文方章二枚：『仲房』、『十嶽山人』。

雙溪樂府（張鍊）

張鍊（一五〇八—一五九八），字伯純，號太乙，一號雙溪，別署雙溪漁人，武功（今屬陝西）人。康海（一四七五—一五四〇）甥。嘉靖七年戊子（一五二八）舉人，二十三年（一五四四）進士，授行人司行人。遷刑科給事中，出爲湖廣按察司僉事。二十九年（一五五〇），落職歸里。著有《經濟錄》、《太乙詩集》、《雙溪樂府》等。傳見楊紹程《墓志銘》（崇禎間刻本《經濟錄》卷末）、蕭彦《掖垣人鑒》卷一四、嘉慶《續武功縣志》卷四等。參見金寧芬《曲家張鍊生平四考》（《陝西社會科學論叢》二〇一〇年第一期）、《曲家張鍊傳略及年譜》（《陝西社會科學論叢》二〇一二年第三期）。

散曲集《雙溪樂府》，現存民國二十五年（一九三六）金陵盧氏輯刻本《飲虹簃所刻曲》本。

（雙溪樂府）跋

張　鍊

「前闕五十二字」石圍春。當是時乜，志忘馳鶩，景會幽便，人生取適，云胡不樂？樂而有言，言而成聲。復命二青衣，教數童子，被之管絃。然《擊壤》之歌，非求膾炙；『滄浪』之詠，用暢性情而已。意之膚舛，詞之蕪哆，非所恤也。

嘉靖丙寅五月望日，雙溪漁人。

（民國二十五年金陵盧氏輯刻本《飲虹簃所刻曲》本《雙溪樂府》卷末）

海浮山堂詞稿（馮惟敏）

馮惟敏（一五一一—一五七八），字汝行，號海浮，又號石門，臨朐（今屬山東）人。嘉靖十六年丁酉（一五三七）舉人，居家二十餘年。後歷任淶水知縣、鎮江府學教授、保定府通判。著有《馮海浮集》、《石門集》。撰雜劇《梁狀元不伏老》、《僧尼共犯》，俱存。二〇〇七年齊魯書社出版謝伯陽整理《馮惟敏全集》。傳見李維楨《大泌山房集》卷六五《馮氏家傳》。參見鄭騫《馮惟敏及其著述》（《燕京學報》第二八期，收入《景午叢編》下集，臺北：中華書局，一九七二）、韓偉《馮惟敏生平考略》（《烟臺師範學院學報》一九八四年第一期）、鍾林斌《散曲家馮惟敏的家世與生平》（《遼寧大學學報》一九九五年第四期）、馮榮昌《馮惟敏生平五事考述》（《昌濰師專學報》一九九五年第二期）、曹立會《馮惟敏年譜》（青島出版社，二〇〇六）、張秉國《臨朐馮氏文學世家研究》（四川大學博士學位論文，二〇〇六）。

散曲雜劇集《海浮山堂詞稿》，現存嘉靖四十五年（一五六六）刻、萬曆間遞刻本（《續修四庫全書》第一七三八册據以影印）、隆慶萬曆間刻本、明汪氏環翠堂刻《坐隱先生選本》、民國二十年（一九三一）中華書局排印本任訥輯《散曲叢刊》本。一九八九年上海古籍出版社出版汪賢度點校本。

山堂詞稿引

馮惟敏

山人與老農語，或共野客遊，不復及文字，亦不說詩。迺間以近調自寓，取足目前意興而止。而好事者喜聞之，傳至名流鉅工，亦未始不粲然擊節之。

壬戌春〔一〕，余策款段，出山中，遂浪迹風塵雲水間。每有知遇，尚論古文辭，亦或及此，輒徵稿不止，然稿不恆留。余弟往在秦州，刻《詩紀》，以其羨刻《石門樂府》。余今刻《山堂輯稿》於潤州，既迄工，乃別輯此卷刻之，亦惜其羨耳。第不欲以序辱作者，漫筆是語於簡端。

丙寅閏月〔二〕，海浮山人題。

（《續修四庫全書》第一七三八册影印明嘉靖四十五年刻《海浮山堂詞稿》卷首）

【箋】

〔一〕壬戌：嘉靖四十一年（一五六二）。

〔二〕丙寅：嘉靖四十五年（一五六六）。

息柯餘韻（陳鶴）

陳鶴（一五一六—一五六〇），字鳴野，又字鳴軒、九皋，號海樵，別署海鶴、水樵生，山陰（今浙江紹興）人。年十七，世襲其祖軍功，官廣東南海衛百戶。因病棄官，隱居漫遊，著山人服。著有《海樵集》、《陳鳴野先生詩集》等。傳見焦竑《國朝獻徵錄》卷一一五（徐渭《陳山人墓表》）、康熙《山陰縣志》卷三三、康熙《廣東府志》卷一八、嘉慶《山陰縣志》卷一四等。

撰傳奇《孝泉記》，《遠山堂曲品》著錄，已佚。散曲集《息柯餘韻》，僅存佚曲，收入《全明散曲》。

曲序

徐渭

海樵君詩篇，子都侯已刻於粵南。至是，從子某又取君所爲曲若干首，刻而播於里巷，藏其副於息柯亭中。目曰《息柯餘韻》，從衆好也。

業已，要予發其意於篇端。予雖尚未見全篇也，而故嘗與海樵君游，則固諗其聲矣，辟若好琴瑟然，其音無所不具。其抒之於思也，極其所到，怨誹則可以稱《小雅》，好色則可以配《國風》。而其按之於指也，遇《小雅》則聞之者足以怨，遇《國風》則聞之者足以宣。而君今已絃解而柱崩矣，琴瑟之音，杳然雲散風駛，而獨留者譜，固聞之者之所欲傾耳而起君於松楸之表者也，而烏知其不傳哉？

語曰：『覩貌相悅，人之情也。』悅則慕，慕則鬱。鬱而有所宣，則情散而事已；無所宣，或結而疹，否則或潛而必行其幽。是故聲之者，宣之也。故觀茲譜者，人將以爲登徒子莫如君，余獨以爲反登徒子莫如君，獨其聲豔耳。空同子稱董子《崔張劇》，當直繼《離騷》，然則豔者固不妨於《騷》也。噫，此豈能人人盡道之哉！

（《續修四庫全書》第一三五五冊影印明刻本《袁中郎評點徐文長文集》卷二〇）

秦詞正訛（秦時雍）

秦時雍，字堯化，號復庵，亳縣（今安徽亳州）人。明嘉靖間進士，嘗官憲副。隆慶間，修《永城縣志》。散曲集《秦詞正訛》，現存嘉靖四十年（一五六一）刻本，僅存上卷。

秦詞正訛序〔一〕

陳良金〔二〕

〔前闕〕究極差等，其工拙高下，莫之能違也。吾姻家復庵子，慧敏穎脱，博聞强識，蚤負盛名。晚掇京科，宰畿縣，竟以不能粉飾俯仰見絀。其居常撫景懷人，觸物起興，啓口容聲，卽成佳韻。凡得一曲，遠近爭膾炙之，曰：『此秦詞也。』但其傳誦既久，涇渭混淆，識者惑焉。此崇藩歸來，而《秦詞正訛》所由輯也。

吾覩乎始之以春秋閨怨及宫怨，則知其欲立朝陽，鳴盛世，固將大有爲也；終之以《慶宣和》及《對玉環》，則知其欲恬退隱，賁丘園，幾不如舍也。其他吟風弄月，傍花隨柳，乃皆少年跅弛不羈，放情寄傲之所爲。均之擲地金聲，落珠玉盤，近則田夫樵子之所易曉，遠則騷人墨客之所深繹。喜遇則令人歡忻逸樂，憂思則令人悲惋慽愴。此其别才别趣，眞足以邁步詞壇，絶粒烟火，夫豈唧唧蛩吟者可擬議哉？雖然，茲特其技餘爾。若曰學以明經，文以蔚道，詩以崇雅，賦以追騷，平生著作，多可記述，此而弗輯，而輯《正訛》，無乃若自譽而實自嘲也耶？

嘉靖辛酉九月朔吉，魏莊主人陳良金識。

（明嘉靖四十年刻本《秦詞正訛》卷首）

【箋】

〔一〕底本無題名。

〔二〕陳良金：別署魏莊主人。與秦時雍有姻親。籍里、生平均未詳。

附　秦詞正訛跋〔一〕

鄭振鐸

予收書喜收善本、異本，於詞曲之少傳本者，尤寶愛之，每見必收。然近來異書日罕，無論宋元刊本之詞，即明刊本之詞曲，亦可遇而不可求。惟劫中亦偶有所得，書友徐紹樵爲予自江北購來萬曆本《詞林摘豔》，朱遂翔售予萬曆本《樂府先春》，最爲愜意當心。

壬午秋日〔二〕，北平邃雅齋夥友許奇亮南來收書，告予曰：嘗於揚州某家見《秦詞正訛》二本，爲嘉靖黑口本，以中縫有挖補，疑其不全，故未收。予聞之驚喜，力囑其爲予購之。其時猶以爲是秦淮海詞之明刊黑口本。予藏明刊本詞不多，故甚欲得之。數日後，許賈北上。半月後，復至滬上，示予《秦詞正訛》，云果是不全，書凡四十五翻，書名下亦有挖去痕迹，當是二卷，而僅存其半者。予略一翻閲，卽驚爲奇書，蓋是秦時雍作者，非淮海詞也。雖僅存半部，亦是未見難得之書，因亟收得之。予之藏曲，得此大是生色矣。

時雍，號復庵，其曲僅見於諸明人選本中，不過寥寥數闋耳。不意今乃獲其曲集，且復是嘉靖黑口本，誠奇遇也。可見凡事須留心求，書尤須不厭其瑣瑣求詳，如以爲淮海詞不全本而不收，由必失之交臂矣。復庵曲生辣活潑，寫情入骨，不類沈寧庵派之浮爛，實是明代南曲之最上品。無意得之，欣喜無已，亦劫中杜門索居時一樂也。

紉秋。

（明嘉靖四十年刻本《秦詞正訛》卷末墨筆）

【箋】

〔一〕底本無題名。

〔二〕壬午：民國三十一年（一九四二）。

江東白苧（梁辰魚）

梁辰魚（一五一九—一五九一），生平詳見本書卷三《浣紗記》條解題。散曲集《江東白苧》、《續江東白苧》，現存明末刻本（《續修四庫全書》第一七三九冊據以影印）、光緒間武進董氏刻本、《曲苑》影石印巾箱本。一九八九年上海古籍出版社出版彭飛校本。

江東白苧小序

張鳳翼

曲之興也，發舒乎性情，而節宣其欣戚者也。自習於道聽者，俚而不文；偏於炫博者，窒而弗達，失之均矣。梁伯子多宋玉之微詞，慕向長之遠遊，觸物感懷，紓情吊古。宫商按而淩風韻生，律吕協而擲地聲作。不俚不窒，雖落索數語，瓓瓏百言，有不足謝者。吴中好事，編集成帙，題曰《江東白苧》，將梓以傳，攜以相示。予感夫知音者稀，而喜其予善之切，視彼甘包魚而易家丘者不侔也，爲之題其端而歸之。

泠然居士張伯起撰。

（《續修四庫全書》第一七三九册影印明末刻本《江東白苧》卷首）

明農軒樂府（殷士儋）

殷士儋（一五二二—一五八二），字正甫，號文通，歷城（今山東濟南歷城區）人。嘉靖二十六年丁未（一五四七）進士，歷任庶吉士、檢討、禮部尚書、武英殿大學士、太子少保。因高拱（一五一三—一五七八）專權，遜避以歸，吟詠自娱。卒謚文莊，學者稱棠川先生。著有《金輿山房稿》、《明農軒樂府》等。傳見于慎行《穀城山館文集》卷二八《行狀》（焦竑《國朝獻徵録》卷一七）、《明史列傳》卷七四、《明史》卷一九三等。

《明農軒樂府》，現存萬曆六年（一五七八）重刻本，中國國家圖書館藏，《鄭振鐸藏珍本戲曲文獻叢刊》第五一册據以影印。

刻明農軒樂府小敍

朱宙槙〔一〕

《明農軒樂府》，濟南少保殷公所作也。公既罷相，歸濟上，絕口不談聲利，而於詩文亦謝不復爲。日與其友人許殿卿輩，策款段，命扁舟，延眺峼華之峯，寄傲明湖之渚。酒酣興逸，則肆口而占樂府數闋，間自爲曼聲，引而歌之，相樂也。積久成帙，一二三同好者梓之濟上。

余從南陽司理王君所得一帙，受而讀之。音節鏗鏗，若自金石出，而情與景會，語語天成，超詣詞場三昧之境，卽勝國所傳諸大家之製，不是過也。乃若鴻冥蟬蜕，胷次超然，觸事賞心，直以筆其眞樂，自非有道，詎易臻兹？以是稱於薦紳間，豈獨詞調之工已邪？

公以台鼎舊臣，道不合而引退。盛年茂德，遇不究施，天下談士，孰不爲公搤捥。而徜徉林壑，曾無幾微效憤世者所爲，樂府可概見矣。公家深源懊，而書空何鄙也。余刻其樂府，而引數語於帙端，俾天下想公之爲人者，覽是可以得其概云。

萬曆丙子歲秋七月，唐府宗正奉敕提督宗學事後學二庵山人紹齋宙楨頓首拜譔。

【箋】

〔一〕朱宙楨：號紹齋，別署二庵山人，鄢城（今屬河南）人。曾任唐府宗正。

重刻明農軒樂府序

許邦才〔一〕

自勝國周德清氏韻譜作，於是樂府家皆用之，兢兢然於二平三入，不敢少犯焉。寧詞失不工，而不使音不叶，蓋徒具詞而音不適，終歸於廢云耳。故其書虞集氏曾序之，内言其在館職時，有意正伶人之失而不能奪，乃慨然一時無如德清者爲之助，豈非正音易習之難，操其權不若得其機，必於人不若工於己哉？若德清者，豈知易世之尚己宗耶？顧其說誠正，而其法良不可易也。

我明宴饗樂章，載在會典，固多用德清韻也。歷世以來，其成法具在。比穆廟慶成大宴，少保公適在大宗伯，則蒐羅振飭，刊爲成書。迨辭相位，居歷川上，會講之暇，則按周韻，作樂府一闋。一二年間，九宮殆遍，率從容於三聲十九韻之中，不期其合而自合矣。

臨邑汪少府往在鴻臚時，曾從公相宴事。一日於敝廬見公集，乃請梓之，而屬序於予。則以樂府之詞易工，而聲音之中難叶，故詞有雅有淫，而音無變易。風之變也必於俗，而元聲之求，亦必由俗。蓋自然之流通而和平之感化，非强之使從，脅之而後得也。頃不相示爾祖樂府乎？夫固歛產，而用者周韻也，則聲音之道，子固世授之矣。宜其於少保公之作，有意乎其傳之與？觀其每闋出，卽被之管絃，而流轉於喉吻，雖狹邪童伎輩相競①習之，不苦其難，豈非得其自然之機，而用韻如出諸肺腑者乎？以冠乎詞林而傳之不朽也，必由是矣。至其狀奇絕之景色，寫幽眞之物情，有元人未之逮者，則公緒餘，凡具眼者自識之，茲不贅云。

萬曆戊寅仲冬杪，濟南許邦才殿卿序。

（以上均明萬曆六年刻本《明農軒樂府》卷首）

【校】

①競，底本作『竸』，據文義改。

【箋】

〔一〕許邦才（一五一四—一五八一）：字殿卿，號空石，歷城（今山東濟南歷城區）人。嘉靖二十二年癸卯（一五四三）解元，屢赴春官不第。三十二年癸丑（一五五三），謁選直隸趙州知州，調貴州永寧知縣。陞德府長史、周府長史。隆慶五年（一五七一），辭官返里。善詩文，與李攀龍（一五一四—一五七〇）相交，往來詩篇輯爲《海右倡和集》。著有《瞻泰樓集》、《梁園集》等。傳見王兆雲《皇明詞林人物考》卷八、道光《濟南府志》卷四九等。

詞臠（劉效祖）

劉效祖（一五二二—一五八九），字仲脩，號念庵，濱州（今山東惠民）人，僑寓北京。嘉靖十九年庚子（一五四〇）舉人，二十九年庚戌（一五五〇）進士，授衛輝司理。遷戶部主事，官至陝西按察副使。因拒交嚴嵩父子，罷歸。著有《劉仲脩詩文集》、《詞衡》、《四鎮三關志》、《春秋窗稿》、《塞上言》、《盛世宣威》、《清時行樂》、《長門詞》、《鐙市謠》、《雲林和稿》等。傳見焦竑《國朝獻徵錄》卷九四王一鶚《墓志銘》、過庭訓《本朝分省人物考》卷二等。

散曲集《詞臠》，現存康熙三十五年（一六九六）胡介祉谷園刻本、民國二十五年（一九三六）金陵盧氏輯刻《飲虹簃所刻曲》本。

《詞臠》序

劉芳躅〔一〕

先伯祖念庵公，負開濟之略，嘗與崆峒張司馬、雲中尹僉事同修《四鎮三關志》。一官齟齬，遽遂初衣。悒鬱不自得，恆寄情詞曲，以舒瀉其愁思，往往多蒜酪體新聲，盛傳一時，至聞之禁掖。所著有《都邑繁華》、《閒中一笑》、《混俗陶情》、《裁冰剪雪》、《良辰樂事》、《空中語》等集，雖經鏤板，旋復散軼。先少保搜集其僅存者〔二〕，題曰『詞臠』，特百一而已。

夫詞山曲海，千生萬熟，傳者寔難。方元之盛，羣英品目九十八人之外，稱傑作者，又一百五人。迨明中葉，士大夫以曲擅場者，亦不下數十家，而遺音之傳於今者蓋寡。昔人目曲子爲餤段，以其如火餤易明而易滅，信哉言乎！

惟公所爲散曲，都人至今猶歌之。流傳既久，恐不能無譌，因命工重刻之，以待賞音者。嗚呼！由其達生之言觀之，則懷憂者可以自廣。而以才若是，不見容於當代，俾老於箏人酒徒之間，百世而下憫其志者，益見其言之足悲也已。

公諱效祖，字仲脩，嘉靖庚戌進士，仕止陝西按察副使。平生尤長於詩，昭陵嘗遣中使，索公題冊，呼『劉念庵』而不名。顧遺集無存，僅散見諸家選本。芳躅將謀采緝，嗣刻以行，冀海內藏書之家或有存者，覽是編而郵寄，俾風雅之音，不泯於世，則芳躅寔有厚望焉。

康熙九年歲在上章閹茂暮春之月，從孫芳躅拜手敬書〔三〕。

（清康熙三十五年胡介祉谷園刻本《詞臠》卷首）

【箋】

〔一〕劉芳躅（一六三五—？）：字增美，號鍾山，宛平（今屬北京）人。順治十二年乙未（一六五五）進士，改庶吉士，散館授編修。遷侍講、弘文院侍讀學士、祕書院學士，官至山東巡撫、工部侍郎。康熙十二年（一六七三），告歸。善書畫。著有《留雲山房集》。傳見《國朝耆獻類徵初編》卷一五六、《大清畿輔先哲傳》卷三、《漢名臣傳》卷一五、《皇清書史》卷二〇、《順治十二年乙未科會試進士履歷便覽》等。

〔二〕先少保：即劉餘佑（？—一六五三），字申徵，號至吾，別署燕香居士，宛平（今屬北京）人。劉芳躅父。萬曆四十四年丙辰（一六一六）進士，歷知嘉興、登州、河內三縣。遷刑部郎中，出知平陽府，累遷河南布政使、應天府尹、工部侍郎。明亡後降李自成，清軍入關後降清，任原職。順治七年（一六五〇），擢兵部尚書。八年，調刑部尚書加少保。九年，任戶部尚書。次年，因罪革職杖徒，尋卒。傳見《貳臣傳》卷一一、《清史稿》卷一七八等。

〔三〕題署之後有印章二枚：陽文方章『中丞少司空章』，陰文方章『芳躅之印』。

（詞臠）跋

胡介祉

念庵公負才不偶，齟齬於時，官止陝西憲副。退居林泉，吟詠不輟。翰墨之餘，間爲詞曲小令，以抒其懷抱而寄其牢騷。當時豔稱，至達宮禁。歷世寖遠，散逸遂多。外王父少保公嘗集而傳之，顏曰『詞臠』，僅百一耳。初刻於京師，其本久亡。厥後伯舅中丞公，於山左復爲刊行。二十年來，傾頹離析，又將不可問矣。祉從故篋中得之，時爲展玩，雖塗歌巷詠，人情物態，不啻寫聲繪影。恐遺音之遽失也，爲跋而授之梓。

康熙甲戌上巳之辰，外曾孫胡介祉頓首敬跋〔一〕。

【箋】

〔一〕題署之後有印章二枚：陰文方章『胡介祉印』，陽文方章『智修』。

附　詞臠跋〔一〕

吴梅

胡介祉，字循齋，號茨村，大興人，原籍山陰。官至河南按察使。著有《廣陵仙傳奇》。又嘗刻鈕少雅《格正還魂記》（今爲貴池劉氏重刻《彙刻傳奇》中），又作《隨園曲譜》（《南詞定律》即根據此書，惜今不傳），蓋博雅好事者也。此書分別正襯，至精至塙，顧如【朝天子】、【桂枝兒】等曲，尚宜宗挺齋句讀。此可見格正北詞之難矣。

戊午四月〔二〕，長洲吳梅跋〔三〕。

己未冬日，枯坐無聊，再讀一過。『癡呆賣不去，飢餓逼人來。』窗閒皓月，照人不寐。口占一絕，淒淒然顧景就抱也。

冠蓋京塵獨憔悴，蟫廬戢影慣窮居。卻思去歲追涼日，鈕《譜》（少雅《格正還魂譜》）胡詞每起予（《廣陵仙》曲）。

霜崖居士吳梅又識〔四〕。

（以上均清康熙三十五年胡介祉谷園刻本《詞爨》卷末）

【箋】

〔一〕底本無題名。

〔二〕戊午：民國七年（一九一八）。

〔三〕題署之後有陽文方章『瞿安』。

〔四〕題署之後有陽文方章『瞿安手痕』。

醉鄉小稿（高應玘）

高應玘（約一五二三—？），字仲子，號筆峯，一作碧峯，章丘（今屬山東）人。嘉靖間例貢生。

隆慶二年(一五六八),任元城縣丞。李開先(一五〇二—一五六八)弟子。工詩詞。著有《歸田稿》、《筆峯詩草》、散曲集《醉鄉小稿》等。撰雜劇《北門鎖鑰》,《曲考》、《今樂考證》著錄,誤入清人雜劇,今無傳本。傳見萬曆《章丘縣志》卷二八、康熙《章丘縣志》卷六、道光《章丘縣志》卷一〇等。

《醉鄉小稿》,現存嘉靖間原刻本,中國國家圖書館藏。

(醉鄉小稿)自序

高應玘

筆峯子曰:余自垂歲,僻性散逸,酷嗜詞曲。既長而更耽游賞,時或寄興陶情,於夫探奇問遠,得句狂歌,無是出於信口,誠以醉翁之意爲心。近感内子早逝,中饋良艱,其散逸之性,而悉無興於歌詠游賞也。篋笥偶檢小令數闋,中多俗雅雜陳,蓋亦不知點閱,掇而彙之,庶幾便屬目以紓鬱抱,敢云梓而傳之□乎?

夫詞乃古詩支流也,以世道既降,數變而有腔譜。或云:『藝林目之小伎。』雖然,而亦有人不及知而已難言者存焉。金元以來,宗工老筆,已嘗著之詳矣。斯稿也,因不足窺作者藩籬,譬之良馬千里,駑駘繼鳴,實乃性之使然也。觀者祇以狂僭斥之,幸勿執諸效顰之誚耳。

嘉靖癸丑八月哉生明日,高應玘書於水雲深處醉鄉草堂。

(明嘉靖間原刻本《醉鄉小稿》卷首)

醉鄉小稿序

李開先

單詞謂之『葉兒樂府』，非若散套、雜劇，可以敷演塡湊。所以作者雖多，而能致其精者，亦稀矣。元以詞名代，單詞致精者，不過兩人耳：小山張久可，笙鶴翁喬夢符。喬有小套，然亦不多。查德卿而下無足比數矣。

予自辛丑引疾辭官歸〔一〕，即主盟詞社。見其前作，俱是單詞，眾友以爲只精比，散套、雜劇無難事矣。每會屬予出題，間涉小套，眾必請而更之。當時獨高筆峯年最熙妙，而詞有長進。罷會十年餘矣，其所作日積月累，日異而月不同；月積歲累，月異而歲不同。今刻《醉鄉小稿》，乃其所愼選約取者也。不酒而醉，居城而鄉，亦寓言也。

譬諸明暢之舉業，易於發科；平鋪之棋手，亦能制勝。然而有玄關焉，有妙竅焉，有微權焉，又有眞機、圓法焉。五者言雖殊，其致精則一而已。不出乎座側眼前，而實超於意表言外；可得之心領神會，而不可求之手示口傳。筆峯之單詞，已登岸而非臨河竊嘆，既升堂而非宮牆外望者。罷會雖十餘年，適方壯盛也，致精自有餘力。過此以往，不日而化，謹拭目跧足以竢之。

（《續修四庫全書》第一三四〇冊影印明刻本《李中麓閒居集》卷五，頁六三四）。

【箋】

〔一〕辛丑：嘉靖二十年（一五四一）。

北宫詞紀（陳所聞）

陳所聞（一五五三—一六一七前），字藎卿，號蘿月道人，上元（今江蘇南京）人。庠生。工詩善曲。著散曲集《濠上齋樂府》，撰雜劇《王子晉緱嶺吹笙》、《孫子荊枕流漱石》、《周子沖易須拜相》、《徐髯仙南巡應制》四種，傳奇《金門大德記》、《相仙記》、《金刀記》、《詩扇記》四種，均未傳。編輯元明散曲選集《北宫詞紀》、《南宫詞紀》，今存。傳見道光《安徽通志》卷一八四。參見徐朔方《汪廷訥行實繫年（附陳所聞事實）》（《晚明曲家年譜·皖贛卷》）、侯榮川《明曲家陳所聞生平考補》（《文藝評論》二〇一二年第六期）。

《北宫詞紀》，全名《新鐫古今大雅北宫詞紀》，現存萬曆三十二年（一六〇四）陳氏繼志齋刻本（《續修四庫全書》第一七四一册據以影印），題署『秣陵陳所聞藎卿粹選，秣陵陳邦泰大來輯次』。另有《北宫詞紀外編》，現存鈔本，殘存三卷。一九五九年中華書局出版趙景深校訂本《南北宫詞紀》，一九六一年中華書局出版吴曉鈴增補本《南北宫詞紀》。

題北宫詞紀

焦竑

今樂府近體，北以九宫統之。九宫外，别有道宫、高平、般涉三調。南人之歌，亦有九宫，被之管絃，間多未叶。昔人所云『土氣偏詖，不諧鐘律』者也。然自金、元以後，競尚南音，而中原之聲調日微。祝希哲嘗嘆，今惟樂爲大壞，無論雅俗，止日用十七宮調。知其美劣是非者幾人？數十年前尚有之，今殆絶矣，豈非惜哉！

金陵故都，居南北之中，擅場斯藝者，往往而是。陳大聲、金在衡，皆卓然能名其家。余友陳君藎卿，經、子之暇，旁及樂律，其所撰造，業已無遜古人矣。復閲今昔名篇，日就湮没，迺銓擇其合作，裒而録之，用示同好。蓋君如荀勖之闇解，兼周郎之善顧，博采前籍，時延佳論。假此以泄胷中之奇耳。藉第令肆而歌之，挽南音而還疇昔之盛，安知不自此也邪！

時萬曆甲辰夏，龍洞山農題〔一〕。

【箋】

〔一〕題署之後有印章二枚：陰文方章『弱侯』，陽文方章『太史氏』。

北宮詞紀小引

朱之蕃〔一〕

北曲昉自金元，摹繪神理，殫極才情，足抉宇壤之祕。逮至國朝，作者無慮充棟，大都音節既乖，鄙俚復甚。試觀《雍熙樂府》等刻，囊括雖多，然合典刑者，纔什一耳。至有三四名家，又未具載，不佞惜焉。

同社陳藎卿氏，慨慕勝國諸君子遺風，新聲力追大雅。凡古今詞，嫺而法，不失矩矱者，悉采入，梓成若干卷，命曰《詞紀》。夫《詩紀》一出，藝林賞心。曲實詩之變也，人樂觀曲之大全，不啻於詩，則此紀豈直歌頌太平？蓋足以資博洽云。

時萬曆甲辰午日，友弟朱之蕃識。

【箋】

〔一〕朱之蕃（一五六四—一六二四後）：字元介，一字元升，號蘭嵎，先世居茌平（今屬山東），遷金陵（今江蘇南京）。萬曆二十三年乙未（一五九五）狀元，授翰林院修撰。歷任禮部侍郎、吏部侍郎。三十三年（一六〇五），出使朝鮮。卒贈尚書。善書畫。編纂《江南春詞》、《明百家詩選》等。著有《奉使稿》、《南還雜著》、《落花詩》、《紀勝詩》、《蘭嵎詩文集》等。傳見《狀元圖考》卷三、同治《江寧府志》卷四〇、陳作霖《金陵通傳》卷一九等。

刻北宮詞紀凡例

闕　名〔一〕

一、《中原音韻》，元高安周德清氏爲北曲設也。北人無入聲，入聲派入平、上、去三聲，而平聲中又分陰、陽，勝國作者，毫不假借。今人或以詩韻爲曲韻，或以其聲之相近者任意爲韻，故出入甚多，合作者十不得一。此紀盡釐前弊，雖有佳詞，弗韻弗選也。

一、曲中句法對待，自有定式。試觀《西廂全傳》，意態横生，行雲流水，而紀律嚴整，酷似孫、吳用兵。倘可漫爲，人人能之矣。紀內所選，專爲體裁，間有一二稍逸於格，必其詞意超絕，未忍割愛刪者。

一、北曲音節，要矣！遣詞命意，貴在雅俗並陳。元人摹繪神理，殫極才情，足抉宇宙之祕。近代文士，務爲雕琢，殊失本色；而里巷歌曲，又類不雅馴，刻者汗牛，徒供掩耳。予所選，大都事與情諧，神隨景會，質不俚，文不支，闋雖短而詠周，章若斷而意屬，眞可以陶鎔心性、鼓吹詞場者。一弗媚此，雖世所膾炙，絶不濫收。

一、原律，一十七宮調，今所傳止黄鍾、正宮、大石調、小石調、仙呂、中呂、南呂、雙調、越調、商調、商角調、般涉調，十有二耳。兹集悉分門類，而類中又依上宮調爲次。元人情詞，較他類十分之七，故紀選獨多。

【箋】

〔一〕此文當爲陳所聞撰。

附　古今品詞大旨

元周德清《中原音韻》載：宫，屬土，性圓，爲君，其色黄，在天符土星，於人曰信，分旺四季。商，屬金，性方，爲臣，其色白，在天符金星，於人曰義，應秋之節。角，屬木，性直，爲民，其色青，在天符木星，於人曰仁，應春之節。徵，屬火，性明，爲事，其色赤，在天符火星，於人曰禮，應夏之節。羽，屬水，性潤，爲物，其色黑，在天符水星，於人曰智，應冬之節。〇六律：太簇、姑洗、蕤賓、夷則、無射、黄鐘。陽。六呂：太呂、應鐘、南呂、林鐘、中呂、夾鐘。陰。〇六宫：仙呂宫，清新綿邈；南呂宮，感嘆傷悲；中呂宮，高下閃賺；黃鐘宮，富貴纏綿；正宮，惆悵雄壯；道宮，飄逸清幽。〇十一調：大石調，風流醞藉；小石調，旖旎嫵媚；高平調，滌物滉漾；般涉調，拾掇坑塹；歇指調，急併虛歇；商角調，悲傷宛轉；雙調，健捷激裊；商調，悽愴怨慕；角調，嗚咽悠揚；宮調，典雅沉重；越調，陶寫冷笑。

一、作北曲，可用古樂府語、經史語、天下通語。未造其語，先立其意，語意俱高爲上。短章辭既簡，意欲盡；長篇要腹飽滿，首尾相救。造語必俊，用字必熟，文而不文，俗而不俗，要聳觀聽。格調高，音律和，襯字無，平仄穩。不可作俗語、蠻語、謔語、嗑語、市語、方語（鄉談）、書生語、譏誚語、全句語（全語惟傳奇中務頭可用）、構肆語（可聽不可上紙筆）、張打油語、雙聲疊韻語（如『故國觀光君倦歸』句）。忌語病（如『達著主母機』）、語澀（生硬而平仄不和）、語粗（不俊膩）、語嫩（庸弱而無大氣象）。

一、用事。明事隱使，隱事明使。

一、每調多不出十二三句，每句七字而止。若襯墊字多於本文，不獨刺眼，亦且難唱。

一、曲中對式：合璧對（兩句相對者多），鼎足對（三句相對，如【醉太平】五、六、七句），連璧對（四句相對，如【叨叨令】起），扇面對（四句遙對，如【駐馬聽】起），聯珠對（一篇皆對，如【寄生草】），救尾對（如【紅繡鞋】末三句），疊句（如【堯民歌】五、六句），疊字（如【醉春風】四、五句），六字三韻（如【麻郎兒么篇】『忽聽一聲猛驚』）。

一、務頭。要知某調某句某字是務頭，可施俊語於其上。（如小令【寄生草】『長醉後』一闋內，『虹霓志，陶潛是』是務頭；【朝天子】『早霞晚霞』一闋內『人來茶罷』句，【紅繡鞋】『嘆孔子嘗聞俎豆』一闋內『功名不挂口』句，是務頭。）

元趙子昂云：成文章曰樂府，有尾聲名套數，時行小令喚葉兒，如無文飾者謂之俚歌。套數當有樂府氣味，樂府不可似套數。街市小令，唱尖歌倩意。

明王元美《藝苑卮言》云：《三百篇》亡而後有騷賦；騷賦難入樂，而後有古樂府；古樂府不入俗，而後以唐詩絶句爲樂府；絶句少宛轉，而後有詞；詞不快北耳，而後有北曲；北曲不諧南耳，而後有南曲。

一、曲者，詞之變。自金、元入中國，所用胡樂嘈雜，淒緊緩急之間，詞不能按，乃更爲新聲以媚之。而諸君如貫酸齋、馬東籬、王和卿、關漢卿、張小山、喬夢符、鄭德輝、宮大用輩，咸富有才情，兼善聲律，以故遂擅一代之長。所謂宋詞元曲，殆不虛也。但大江以北，漸染胡語，時時采入，而四聲遂闕其一。東南之士，未盡顧曲之周郎；逢掖之間，又稀辨撾之王應。稍稍復變新體，號爲南曲，高拭則成，遂掩前後。大抵北主勁切雄麗，南主清峭柔遠，雖本才情，務諧俚俗，譬之同一師承而頓漸分教，俱爲國臣而文武異科。今談曲者，往往合而舉之，良可笑也。

明何元朗云：凡曲北字多而調促，促处見筋；南字少而調緩，緩處見眼。北則辭情多而聲情少，南則辭情少而聲情多。北力在絃，南力在板。北宜和歌，南宜獨奏。北氣易粗，南氣易弱。此論曲三昧語。

（以上均明萬曆三十二年陳氏繼志齋刻本《北宮詞紀》卷首）

南宫詞紀（陳所聞）

陳所聞（一五五三——一六一七前），生平詳見本卷《北宫詞紀》條解題。《南宫詞紀》，全名《新鐫古今大雅南宫詞紀》，凡六卷，現存萬曆三十三年（一六〇五）序陳氏繼志齋刻本（《續修四庫全書》第一七四一册據以影印），題署「秣陵陳所聞藎卿粹選，秣陵陳邦泰大來輯次」。一九五九年中華書局出版趙景深校訂本《南北宫詞紀》，一九六一年中華書局出版吴曉鈴增補本《南北宫詞紀》。

題南宫詞紀

俞彦

南詞摹寫人情，粧點物態，大都吴儂《子夜》之聲，清圓溜麗，語忌深而意忌淺也。邇來作者，真晦於文，情掩於藻，飽飣工而章法亂，殊爲譜曲之蠹。及藉口本色者，以鄙穢爲蒜酪，以媟褻爲務頭，詞林兩譏之。

同社陳藎卿氏，風流藴藉。醉經之餘，時染神於樂府，取諸名家所傳中彀者，彙而成紀。總之，揚詡麗句，塡綴新腔，律正而態妍，詞平而趣永。使市童竈妾，聞之而傾耳；韻士才人，味之而會心，亦一大快事也。豈徒增豪客之聲塵，助歌兒之牙慧哉？直令六朝遞運而往復，見江南弄，可以想蓋卿之致矣。

萬曆乙巳夏午，秣陵俞彥識〔一〕。

【箋】

〔一〕題署之後有陽文方章二枚：『仲茅』、『辛丑進士』。

刻南宮詞紀凡例

闕　名〔一〕

一、北曲盛於金元，南曲盛於國朝，南曲寔北曲之變也。律呂、宮調、對偶、格式，及諸名家品詞大旨，具載《北紀》，茲不復贅。

一、《中原音韻》，周德清雖爲北曲而設，南曲寔不出此，特四聲並用。今人非以意爲韻，則以詩韻韻之。夫『灰回』之於『台來』也，『元喧』之於『尊門』也，『佳』之於『齋』、『斜』之於『麻』也，無難分別；而不知『支思』、『齊微』、『魚模』三韻易混，『眞文』、『庚清』、『侵尋』三韻易混，『寒山』、『桓歡』、『先天』、『監咸』、『廉纖』五韻易混。此寧庵先生《南詞韻選》所由作也，彼且辨之詳矣。是《紀》確遵《韻選》，删其所不精，增其所未備。他若『幽窗下』、『教人對景』、『霸業艱危』、『畫樓頻倚』、『天長地久』、『無意整雲鬢』、『羣芳綻錦鮮』等曲，詞雖佳，出韻弗錄。

一、凡曲忌陳腐，尤忌深晦；忌率易，尤忌牽澀。《下里》之歌，殊不馴雅；文士爭奇炫博，益非當行。大都詞欲藻，意欲纖，用事欲典，豐腴綿密，流麗清圓，令歌者不噎於喉，聽者大快於耳，斯爲上乘。予所選，有豪爽者，有雋逸者，有淒惋者，有詼諧者，總之錦繡爲質，聲調合符，體貼人情，委曲必盡，描寫物態，彷彿如生。即小令數言，亦皆翩翩有致。以故絕與他刻不同。獨恨聞見未廣，望同志者續增之。

一、海內傳奇幾千百種，未能遍擇。茲先選散套，用公同好。

一、《紀》內點板，皆依前輩舊式。如【嬌鶯兒】、【四塊金】之類，考訂未確，不敢妄點。【浪淘沙】原係引子，故每句畫斷，不用韻處，則以圈別之。

一、拍乃曲之餘，最要得中。如迎頭板，隨字而下；徹板，隨腔而下；句下板，即絕板，腔盡而下。按而歌之，自臻妙境。

一、牌兒名，各有理趣，須要唱出。如【玉芙蓉】、【玉交枝】、【玉山頹】、【不是路】，要馳騁；如【鍼線箱】、【黃鶯兒】、【江頭金桂】，要規矩；如【二郎神】、【集賢賓】、【月雲高】、【本序】、【刷子序】，要抑揚；如【撲燈蛾】、【紅繡鞋】、【麻婆子】，雖疾，而無腔有板，板要下得勻淨方妙。

【箋】

〔一〕此文當爲陳所聞撰。

閱藎卿所集詞紀漫賦

顧起元〔一〕

絃索嘈嘈動玉缸，梨園法曲美無雙。試拈高調翻新譜，別按遺音想舊腔。帖帖禎牙回夜扇，霏霏綵筆照春窗。從知有誤偏能顧，可是雄心未肯降。

顧起元〔二〕。

（以上均明萬曆三十三年序陳氏繼志齋刻本《南宫詞紀》卷首）

【箋】

〔一〕顧起元（一五六五—一六二八）：字太初，號鄰初，別署武陵仙史、遯園居士，江寧（今江蘇南京）人。萬曆二十五年丁酉（一五九七）舉人，二十六年戊戌（一五九八）進士，授翰林院編修。歷任南京國子監司業、翰林院學士、詹事府少詹事、吏部左侍郎。致仕歸鄉，流連山水。南明時謚文莊。與焦竑、俞彦交好。著有《爾雅堂家藏詩説》、《金陵古金石考》、《説略》、《客座贅語》、《蟄庵日記》、《懶眞草堂集》、《歸鴻館雜著》等。傳見張岱《石匱書後集》卷五八、陳濟生《天啓崇禎兩朝詩傳》卷四、鄒漪《啓禎野乘》卷七、陳作霖《金陵通傳》卷十九等。

〔二〕題署之後有陽文方章二枚：『太初』、『太史氏』。

適暮稿（王克篤）

王克篤（約一五二六—一五九四後），字菊逸，安丘（今山東安丘）人。諸生。一生仕途坎坷，晚築自適齋以寄志。傳見道光《安丘新志》卷二一。

著散曲集《適暮稿》（卷末附絕句、律詩十六首），山東省圖書館藏嘉慶二十一年（一八一六）安丘王志超鈔本，二〇〇九年山東大學出版社出版韓寓羣主編《山東文獻集成》第三輯第四八冊據以影印。

適暮稿小引

王克篤

余曩效顰，編【那吒令】一韻十首。客有過我者，索而歌之，因誡曰：『曲製重雅馴，一涉嘲謔，非體也。』余愧而火其稿。譬則吟堦小蟲，少經撞捉，則悠然逝矣，寧復作啾啾聲耶？今老會至矣，百念灰冷。日惟潦倒一壺，醉卽信口狂歌，醒而姑錄其一二。日月積累，忽成一帙，因命姪書之，且名曰《適暮小稿》。自知腔譜舛訛，詞旨荒陋，不足窺作者之藩籬。第嘆老嗟卑，流連光景，姑少借是以陶寫老阨云爾。古人云：『人生貴適志。』吾惟自適其適而已，卽工拙，何暇計哉？不識復笑我不也，余不愧矣。

萬曆二十二年新正三日書，壽里菊逸氏自記。

（《山東文獻集成》第三輯第四八冊影印清嘉慶二十一年安丘王志超鈔本《適暮稿》卷首，頁五二二—五二三）

題菊逸先生集後

王志超〔一〕

文成錦繡筆生花，牢落全歸處士家。幽憤應難消磈磥，餘芬猶覺帶烟霞。何須詩句標千首，自識才名擅八叉。片羽吉光終不朽，斗牛奇氣詎能遮。

八世族孫王志超謹題。

【箋】

〔一〕王志超：字立于，安丘（今山東安丘）人。王克篤八世族孫。幼失恃，事繼母郝氏，以孝聞。嘉慶九年甲子（一八〇四）舉人，兩赴春官不第。遂絶意仕進，設帳授徒。著有《松亭詩草》。傳見民國《續安丘新志》卷一八。

又集唐人句四首

王志超

男兒何必盡成功（羅隱），日日虚乘九萬風（李商隱）。閉戶著書多歲月（王維），曹、劉須在指揮中（杜牧）。

耽酒成仙幾十春（李商隱），玄暉應喜見詩人（李商隱）。莫愁前路無知己（高適），家有驪珠不復貧（元稹）。

能文好飲老蕭郎（白居易），漫捲詩書喜欲狂（杜甫）。玉白花紅三百首（杜牧），秋來處處割愁腸（柳宗元）。

道行無喜退無憂（白居易），千首詩輕萬戶侯（杜牧）。自致此身繩檢外（司空圖），一聲長嘯海天秋（呂巖）。

嘉慶丙子桂月中浣，志又題。

（以上均《適暮稿》卷末）

小令（丁綵）

丁綵（一五三〇？——一六〇一？），號前溪，諸城（今屬山東）人。布衣終身，雅好詞曲。著有散曲集《小令》一卷，現存清鈔本，首都圖書館藏（一九九四年齊魯書社版謝伯陽《全明散曲》據以校錄）。二〇〇九年黃河出版社出版封錫奎校注《丁前溪、丁惟恕編小令合集校注》。

（小令）序

丘雲嵻〔一〕

予鄉①丁君號前溪者，先公之執友也。其子姪皆羣遊邑庠，彬彬爲偉器。予兄弟蒙捏拍而締姻戚，蓋兩世通家云。予以故②侍外君最久，得其行誼最詳。君少年仗③義負氣，重然諾而輕千金，有古豪俠卜式之風。其倜儻風流，詼諧調度，又絕有東方生滑稽氣味。至於憤世嫉俗，悲深思苦，雖人不類而事不同，亦彷彿屈賈之流乎？君才具如此，而不伸其志，不顯其跡者，祇以早孤，不竟所學，一丘一壑，匹夫終身，良可惋惜。古人云：『不於其身於其後。』意者有在於斯耶！

君自弱冠以及垂老，雅好爲詞曲。其感時觸物，一言一曲，往往中肯窾而達關竅，有意在言外者。中或有俚語俗呼，大都樂府小令，用之不嫌。噫嘻！君以布衣老人，學未登閫奧，耳不聞今古，師心率己，輒成一家，眞可謂秉靈山岳，自然天眞者矣。

予既高其爲人，復歆其爲詞，屢求生平以作，令彙爲一帙，以志不朽。蓋乞力者數四，而君再三辭謝，曰：『老夫鄙人，少未嘗學問，信口狂歌，聊以寄興。用以奉清覽，猶恐目之汚也，安敢災木以流傳人間乎？』予乃詢之麓田公。麓田，君之長公子也。公復諱若其翁，且謂其翁之作，率從口頭嘻笑，旋卽散落，統無遺稿。雖稍有傳誦，皆好事者耳，拾其十之一二耳。況家君既已不願獻醜，令焉能以相愛之誼而拂家君之願耶？於是成刻之念遂寢。

一夕，區中瞽人高智者過予，業彈唱，頗解人頤。會遠人在室，乃命之盡其技，以慰佳客。終席所歌，皆君之小令。坐客無不豔羡，無不一一筆記之。予乃囑以密求，務得千百數始已也。匝歲，僅得百首，餘曲大半出自閭里少年，或從王孫公子之口授者，求之君家父子，毫無所得也。用以付剞劂氏，使觀者得以想見其爲人。固知言因人廢者，不但失言，且失人耳。更以所得之先後爲次第，以未能全收，異日者，將不妨於續補也。

癸卯秋八月〔二〕，少林丘雲嵻書。

（首都圖書館藏鈔本《小令》卷首）

【校】

①鄉，底本作『所』，據《全明散曲》改。

②故，底本作『改』，據《全明散曲》改。

③仗，底本作『丈』，據文義改。

【箋】

〔一〕丘雲嵻：字少林，諸城（今屬山東）人。萬歷二十八年庚子（一六〇〇）舉人，授南部知縣。丁繇埍。

〔二〕癸卯：萬曆三十六年（一六〇三）。

林石逸興（薛論道）

薛論道（一五三一？—一六〇〇？），字譚德，一作談德，號蓮溪，别署蓮溪居士，定興（今河北易縣）人。喜談兵，中年從軍，戍邊三十年，官至指揮僉事。萬曆初，棄官歸，不久復起用，以神樞參將請老，加副將歸。傳見康熙《保定府志》卷一六、乾隆《定興縣志》卷一〇、光緒《畿輔通志》卷二一九等。撰散曲集《林石逸興》。蔣月俠、王紹衛《明代散曲家薛論道生平考辨》（《宿州學院學報》二〇一二年第四期）一文考稱薛論道生年當爲一五二〇年左右，劉英波《明代散曲家薛論道生年辨析——兼與蔣月俠、王紹衛先生商榷》（《宿州學院學報》二〇一二年第七期）稱當爲一五二六年左右，録以備考。

《林石逸興》，現存萬曆間刻本（《續修四庫全書》第一七三九册據以影印），民國二十五年（一九三六）金陵盧氏輯刻本《飲虹簃所刻曲》本，江蘇廣陵古籍刻印社一九七九年出版《正續飲虹簃所刻曲》本，二〇一一年雲南大學出版社出版趙瑋、張强校注本。

林石逸興序

薛論道

粵漢之武、宣，樂府興而聲律盛，其來邈矣。事細迹微，而代不絕音者，以其歌頌國家遺美，未可以闕之也。千百年來，體制音調，大不古侔，弗失於律則離於體，弗過於文則傷於俗。夫失乎律則音乖，離乎體則本謬，過乎文則言晦，傷乎俗則語陋。之數者，殆非所以盡聲律之微，而發歌詠之妙也。

迨我聖朝，人文極盛，政化是務，而聲律渺矣。儒者陋而莫爲，庸者爲而莫恥。是以清歌雅調，烟滅灰飛；俚語淫聲，塞衢盈耳。休明盛世，而聲教墜之若比，寧無惜乎？

余少讀章句時，趨庭履市，過則掩鼻，深不欲污吾之耳。既而學以病廢，竟墮武流。自分樗散，無堪世用，乃遊心樂圃，用情詞苑，頗得音律之微，歌詠之趣。或感慨於夙昔，或遊觀於心目，輒敢忘其譾陋，晝詠宵興，措得千曲。凡十種，一種百首，每百首析爲一卷，共得十卷，名曰《林石逸興》。其所製作，或忠於君，或孝於親，或憂勤於禮法之中，或放浪於形骸之外，皆可以上鳴國家治平之盛，而下可以發林壑遊覽之情。求無聲律之弊，或庶幾焉，曰工則未也。攄懷奇志，縱興長歌，而性情卷舒，其不在是乎？同聲君子，幸無以狂僭罪諸。

萬曆戊子孟夏上浣日，薛論道自述〔一〕。

（《續修四庫全書》第一七三九冊影

印明萬曆間刻本《林石逸興》卷首）

【箋】

〔一〕題署之後有陰文方章『蓮溪居士』。

林石逸興序

胡汝欽〔一〕

余聿秦藩，脫政歸里，理紛接物，深患塵嬰。且旁覯雕俗，日偷日弊，而太古之風，無復見矣，可勝盡乎！意藉吟詠，以少洩萬一。第異代殊尚，聲教降衰，《白雪》寂聞，《下里》稀遘，似無可晤歌者。嗚呼！是豈亙古迄今，樂府詩流，絕無可以寄於聲乎？不然，情有所不能通，人有所不能到耳。其如里巷歌謠①，豔聲嬌響，尤不足以置喙。

余方獨思沉想，若將有爲。不圖吾邑蓮溪薛君，走一介，持一帙，曰《林石逸興》，凡十卷千首，從塞上以貽余。余閱數行，不覺心目寥朗，頓足而起舞，抗音而高歌，甚至把卷忘飡，遑無寧處。何哉？蓋深有默契乎衷矣。

夫樂由音著，音自心生，實有本乎自然者也。不歌則已，歌必使之聲入心通，情無留滯，斯可矣。孔子曰：『興於詩，成於樂。』厥《三百篇》，紀事詠物，莫不出乎自然，亦莫不蕩滌邪穢，流通精神，養中和之德，而救氣質之偏者矣。相維世道，孰云小補？然旨趣玄遠，義理邃奧，豈惟匹夫匹婦，無以識悟；即騷人墨士，難可詳悉。繇是近代以來，非治業經生，則置而不講矣。吁！示譬以文章，責聾於鐘鼓，是强其所不能也。

若君所輯，託物寓興，質古擬今。語邪穢則默奪潛消，語精神則飛華揚彩，語中和則包涵天地，語氣質則變化性靈。發之以七情，寄之以六義，從横反覆，若出一言。意深而詞淺，理微而義著。俾匹夫匹婦，如見黑白；騷人墨士，若數一二。準之以聲律，被之以管絃，聞之者心闓意悟，識太古於謳歌，化時俗於譚笑。苟偷風少挽，厥功亦豈小補云哉！

嗟乎！以君不世出之才，而不顯於其世，得非數之奇耶？抑天之屬意於老成耶？造物者蒼蒼，余固不得而知也。然君之才之德，生於桑梓，習於嬰孩，知之既諗，寧非已言。君生而穎異，八歲屬文，視青紫若囊耳。奈何上天弗弔，未冠遭孤，負數弟於襁褓，自以爲大不幸。遂輟經治生，手足之外無它念。逮數弟撫育如林，矢心一炊，竟名恭友。里中有閲於牆者，輒以君義相規。

既而君以文武才，假異途，樹勳疆場，侯萬户，旋以忌免。君復振鱗刷羽，激水揚鬐。或犯門斬關，以獻俘馘；或濬渠通漕，以備軍實；或治堤障水，以活萬姓。君之奇績偉烈，赫赫奕奕，非口指所能悉也。於是稍復其官，以需大用。

而君之是述，蓋亦鳥倦知還，故有東山之意耳。雖然，方今西北多事，正聖天子拊髀之秋。君藏數萬於胷中，曾不一展，豈能逸於林石已乎？因其述而述之，用傳不朽云。

萬曆庚寅秋望，定興龍川居士胡汝欽撰〔二〕。

（同上《林石逸興》卷首）

【校】

①謠，底本作『謟』，據民國二十五年金陵盧氏輯刻本《飲虹簃所刻曲》本改。

【箋】

〔一〕胡汝欽：字子敬，號龍川，別署龍川居士，定興（今河北易縣）人。隆慶二年戊辰（一五六八）進士，授河南安陽知縣。歷任工科給事中、河南懷慶知府、陝西按察副使，免官。傳見蕭彥《掖垣人鑒》卷一六。

〔二〕題署之後有陽文方章三枚：『戊辰進士』、『工科給事』、『關中監司』。

跋林石逸興

俞　鍾〔一〕

余請纓之塞上，躑躅有日矣。環矚燕臺，茫茫無入手處。嘗鼓鋏興歌，放情吟詠，以故得翻閲詞林，檢拾樂府。音律之曲度，意味之醇醨，微有得其概矣，且有慨於中矣。何哉？珪璧烜目一時，翰墨傳心千載，述作豈易言歟！

會撫侯譚德薛君偃革辭軒，出雜曲凡千首，析十卷，題曰《林石逸興》，脱稾以示。余沉吟嚼唠，心醉神怡；諷采安歌，雲飛雪起。其於古今之成敗，物理之變遷，習俗之雕弊，世道之靡薄，囊括殆盡矣。用備省察，足可以垂鑒戒；藉益心身，或可以揭幻嬰。是編一輯，賤者安，貧者樂，鋭者折，矜者摧。化今警後，弗溺於物欲者，而君之遺範，豈淺鮮哉？異日提鼓揮桴，陳師鞠旅，回視《逸興》，特藝苑之游戲耳。俾後世想望風采，誠男兒不朽事，用侈其傳，不亦宜乎？歲戊子，索不類操觚付梓。余味兹興，多髣髴啞鍾之説，遂搦管以就其業云。

萬曆庚寅中秋日，永興俞鍾識於古檀青萍館〔二〕。

（同上《林石逸興》卷末）

【箋】

〔一〕俞鍾：字雲橋，別署蕭然山人，永興（今屬湖南）人。生平未詳。

〔二〕題署之後有陽文方章『蕭然山人雲橋俞氏』。

林石逸興引

吴　京〔一〕

詩出於《離騷》、《楚辭》，蓋風雅之變也。如今之歌曲、樂府，尚矣，能道詞者，或闇於齊量度數之法，樂可易知乎哉？

明興二百餘年，文命覃敷，制度大備，獨音律闕然不講，師失其官。卽新聲小令，亦鮮名家。正、嘉以前，學士大夫歆慕詩餘，時一點綴，超軼宋、元，然於管絃無當也。輓近傳奇間出，要皆綺羅香澤之態，綢繆宛轉之度，非旅思閨愁，卽麗情宮怨，亦無取焉。

吾友薛談德氏，博綜六藝，淹貫百家。浮沉絃綱之內，睥睨玄虛之表。嘗扼腕而嘆：『制禮作樂，國家大典。奈何當吾世，使音律不追古昔，不明於天下，後世無傳焉？士人之恥也。』顧清廟虞庭之音，則有司存，尚需他日。聊以緒餘，發爲逸興，積日得詞十卷，卷百首，成一家言。大而五常百行，見性明心；其次比事屬詞，引伸觸類。

所謂曲者，曲盡人情者也。其智圓，故其音節以舒；其識曠，故其詞邕以達。昔山谷老人稱晏叔原樂府，爲『狹邪大雅，豪士鼓吹』，彼固《花間》、《陽春》之豔耳。孰如切時務，合人情，關世道，通物理，士君子詠之，灑然沖瀜，而庸夫聽之，懮然蕩滌也，斯足以傳矣！乃若審度齊衡，諧聲協律，世有賞識之者，其自序詳之，不具論。

萬曆戊子夏日，新安吳京書。

（同上《林石逸興》卷末）

【箋】

〔一〕吳京：字省之，新安（今安徽黃山一帶）人。寄居金陵（今江蘇南京），其讀書處曰安止堂。輯《蘇長公密語》，現存天啓四年（一六二四）刻朱墨套印本。

三徑閒題（杜子華）

杜子華（一五三六？—？），號圻山山人，南直隸句吳（今江蘇無錫）人。嘗官太醫。能詩，善作曲。與王穉登（一五三五—一六一二）交厚。

著有散曲集《三徑閒題》，今存萬曆六年（一五七八）刻本、清朱絲欄鈔本（《原國立北平圖書館甲庫善本叢書》第九九六册據以影印）。

三徑閒題自序〔一〕

杜子華

詞非鄙人所長。昔年病中無聊，或從著書之暇，興至輒題幾首，不覺成帙①。大都詠物怡情、消閒適志已也，飄逸絕響如名家先輩之筆，覺我形穢矣，獨奈何？蕩褻者導欲增淫，豈予所尚哉？

戊寅月夕〔二〕，圻山山人書於三徑曲池之上。

【校】

①帙，底本作『秩』，據文義改。

【箋】

〔一〕底本無題名。

〔二〕戊寅：萬曆六年（一五七八）。

三徑閒題序

王穉登

填詞度曲，非飲宮含羽之士不能擅長。論者以爲蘇長公之『大江東去』，雄則雄耳，不若『曉風殘月』之紆徐而合律也。則詞曲豈易言哉！余性喜聲音，而闇於律呂，每聞人善歌，往往擊節低佪久之而不能去。吳中少年多過而就余歌，如出谷緜蠻鳥，余未嘗不浮而醉也。或叩其清商與流徵乎，口啞然如窒。蓋石驃騎之言曰：『嬙、施之妍，豈必問名而後識？』舉而解嘲，客益揶揄之不休，余亦自笑聵者之不忘聽耳。

太醫杜君子華，能詩有儁才。家□①園池之勝，香草美箭，燦然成蹊，君對之翛然樂也，莫不倚而爲曲。細而禽蟲花竹，大而寒暑四時，風雲月露之變幻，芳辰樂事之流連，一觴一詠，積之青箱，於是蓋盈卷矣。梓爲二帙，命曰《三徑閒題》云。余時時過君徑中，把君一編，安得桃葉小姬執紅牙而歌之，如所謂梁塵墜而行雲遏者？君無吝余醇酬哉！惜余不解音，不能顧曲如周郎也。

太原王穉登序。

（以上均清朱絲欄鈔本《三徑閒題》卷首）

【校】

①底本此处原空一字，《全明散曲》本補作『擅』。

鶴月瑶笙（周履靖）

周履靖（一五四九—一六四〇），生平詳見本書卷四《錦箋記》條解題。散曲集《鶴月瑶笙》，姚弘誼編訂，現存萬曆間刻《夷門廣牘》本（民國二十九年上海商務印書館涵芬樓、臺灣《叢書集成新編》第八一册據以影印）、民國二十五年（一九三六）金陵盧氏輯刻《飲虹簃所刻曲》本（一九四〇年商務印書館《叢書集成初編》據以影印），一九八九年上海古籍出版社出版甘林點校本。

鶴月瑶笙敍

姚弘誼〔一〕

曲者，闋也。古者有闋而無曲。闋者，樂之一止也。曲者，其聲抑揚婉頓，非若詩之可以直致也。然而漢、魏之間有《紫芝曲》、《白水曲》、《緑水曲》、《江南曲》，隋、齊之間有《大堤曲》、《烏棲曲》，唐有《渭城曲》，皆隸樂府。其言簡古易盡，非若今之轉喉按節，襲譜而循聲也。今之曲，實北狄戎馬之音，而金、元之遺致也。按昔有董生者，寔首其事。而雜劇、傳奇，往往流藉人間，要以柔綽之風，寫綺靡之語，加深切之思，發豔麗之詞，使人動魄驚心，摧情飛色。顧夫關、陜、伊、洛，其聲壯以厲，有劍拔弩張之勢；吳、楚、閩、粤，其聲嘽以縵，有偎香倚玉之懷。亦風氣使然也。故自玄丘飛燕，寔始北音；塗山候人，厥肇南調。南北之分，其來舊矣。邇自謳啞之家，旣出無賴；摛藻之士，又罕名儔，遂致媟褻狠戾，無一可人語。夫飛觴度曲，本人生妙境，而供耳待聽者，又糊濁肝腸，不勝紬繹，良用嘆悼。

梅顛道人放形物外，栖志泉石。方扣至玄於無聲，契仙蹤於絶響。有時搦管吹花，銜杯坐月，醉極情閒，令一二髫童，張頤緩頰，弄音調響於松風竹雪之間，會意點頭，往往擊如意以節之。又若新水初綠，一舠泛如，琴鶴同載，雲山滿前，按拍之聲，隱隱從烟波起矣。

余頗留意音樂，苦不能歌，喉中纍纍如貫珠走核，輒頓嗄不能出一聲，蓋二生業也。每遇吳兒越媛，當筵侑觴，雖噥唧中，未嘗不爲傾聽，然其淒楚煩冤，離思淫泆，不覺撲簌淚下，甚有爲擲罍而起者。搜神哉，其爲聲矣！

及聆道人所爲曲，則又心愉神怡，浩浩焉，倘倘焉，飢爲之飫，寒爲之燠，愁爲之舒嘯，眞有令人癖烟霞，痼泉石，棄遺此天地，不知江山外更有黃塵者。蓋其爲曲也，以溪雲林靄爲變態，以野水山橋爲景色，以樵斧漁笭爲事業，以藥物爐鼎、采取交媾爲要妙，無長安路上嗟名嘆利之習。雖其詞之工拙，意之重複，無暇計焉。

先生自喜對景卽席，輒剖片紙，如掌板大，揮灑自若，以授歌者。故其爲物，多補綴零礫，日滿篋中。余因暇日，發其所藏，詳加校整，分類析屬，而總以《鶴月瑤笙》名之。噫！鶴背如船，緱山似畫，子晉可興，必調笙和之矣。若其帳底羔兒，橋邊驢子，臭味焉，可强齊也①。

（一九八五年臺灣新文豐出版公司《叢書集成新編》第八一

冊影印明萬曆間刻本《夷門廣牘》所收《鶴月瑶笙》卷首）

【校】

①正文之末，民國二十五年金陵盧氏輯刻《飲虹簃所刻曲》本有『同郡青蓮居士姚弘誼』九字，蓋本於《夷門廣牘》本卷首所署『同郡青蓮居士姚弘誼校』。

【箋】

〔一〕姚弘誼：字宜卿，號門長，別署青蓮居士，秀水（今浙江嘉興）人。吏部侍郎姚弘謨（一五三一—一五八九）弟。精音律，輯元人樂府爲《樂府統宗》十五卷。傳見盛楓《嘉禾獻徵録》卷五。

芳茹園樂府（趙南星）

趙南星（一五五〇—一六二七），字夢白，號儕鶴，別署清都散客，高邑（今河北元氏）人。萬曆二年甲戌（一五七四）進士，歷官至吏部尚書。天啓間，削籍戍代州，卒年七十八。崇禎初謚忠毅。著有《學庸正說》、《史韻》、《趙忠毅公詩文集》、《味檗齋文集》、《笑贊》、《芳茹園樂府》等。傳見高攀龍《高子遺書》卷一〇《小傳》、《天啓崇禎兩朝遺詩小傳》卷四、《啓禎野乘》卷一、《明史列傳》卷九二、《明史》卷二四三等。

散曲集《芳茹園樂府》，現存萬曆間刻《趙南星全集》本、崇禎間刻本、光緒間刻王灝輯《味檗齋文集》本、民國二十五年（一九三六）金陵盧氏輯刻《飲虹簃所刻曲》本、民國二十五年（一九三六）中華書局出版盧前點校《清都散客二種》本。

（芳茹園樂府）小序

新周居士〔一〕

清都散客爲園，而名『芳茹』者，蓋無奇葩異種、怪獸名禽，惟香蔥白菜、□棗青梨。春有牡丹，夏有芰荷，秋有菊，而冬有梅。池魚之踴躍，飛鳥之往還，隨時隨景，自適其性。性天活潑，眞趣自流，時而爲文，時而爲詩，又時而爲樂府，俱道人所不能言者。

余從之久矣，不知文與詩，而學樂府，又不知歌，不過玩其趣味已耳。秋色無聊，得樂府若干首，細閲之，詞章瀟灑，慷慨激烈，歡欣鼓舞，殆與時韻俗調大逕庭矣。

余友蓬丘道人，知音者，相與校證焉。付剞劂氏，公諸海內，使海內問清都散客者爲誰，吾不知著《笑贊》者又爲誰。

新周居士書。

（民國二十五年金陵盧氏輯刻本《飲虹簃所刻曲》所收《芳茹園樂府》卷首）

【箋】

〔一〕新周居士：趙南星有詩題《壬子仲春與粱新吉、徐新周、汪景從、吴昌期及其子貞復游泲上，取水烹茶》，疑此新周居士即徐新周。參見王勉《趙南星與明代文學——兼論〈金瓶梅〉作者問題》（《中華文史論叢》第四輯，上海古籍出版社，一九八五）。

南詞韻選（沈璟）

沈璟（一五五三—一六一〇），生平詳見本書卷四《義俠記》條解題。《南詞韻選》，現存萬曆間吴江沈氏刻本、清書永堂所藏傳鈔曬藍殘本。一九七一年臺灣北海出版社出版鄭騫點校本（與《紅蕖記傳奇》、《吴江三沈年譜》合刊）。

刻南詞韻選凡例

闕　名〔一〕

一、是編皆選散曲，因海内傳奇甚多，未能遍閱也。

一、是編以《中原音韻》爲主，故雖有佳詞，弗韻弗選也。若『幽窗下教人對景』、『霸業艱危』、『畫樓頻倚，無意整雲鬟』、『羣芳綻錦鮮』等曲，雖世所膾炙，而用韻甚雜，殊誤後學，皆力斥之。

一、是編所選諸曲，用韻若嚴，雖或宫調稍混，亦復收之，恐太刻則鮮全詞也。但以『次上』目之耳。

一、是編凡小□有同調者，皆重標其目，恐人錯認作一套，而速唱□也。至於套數，則題曰『前腔』矣。

一、是編諸曲，有未經人唱者，如【嬌鶯兒】、【四塊金】之類，不敢妄自點板，每句圈斷，以待知音者點之。

一、是編所選，如【浪淘沙】之類，元係引子，故每句畫斷，不用韻處，則以圈別之。

一、古人所製，多用【駐雲飛】、【一江風】等曲，今人以爲戲場上曲子，故清唱絕不及之。然多有佳詞，不可棄也。有勸余刪之者，未敢聞命。

一、是編所點板，皆依前輩舊式，決不敢苟且趨時，以失古意。如接調【集賢賓】首句第三字，接調【大聖樂】首句第四字，接調【柰子花】首句第四字（或第三字），接調【瑣［下闕］。

【箋】

〔一〕此文當爲沈璟撰。

南詞韻選敍

相居居士〔一〕

曰『南詞』，以辨北也；曰『韻選』，以不韻不選也。詞固有不韻者乎？有似之而非者也。何言乎似之而非也？有以意韻者，有以詩韻韻者。意韻者，□論已，卽詩韻可韻詞乎？『灰回』之

①韻於『台來』也，『元喧』之韻於『奠□』也，『佳』之韻於『齋』、『斜』之韻於『麻』也，在詩不啻鴂舌矣，況乃詞乎？

然則韻何遵焉？《中州音韻》，高安生爲詞作也，□□□《正韻》實有取焉，是詞家三尺已。或曰：『詞人獨不知□《正韻》耶？』否，否。□□《正韻》以正梁、陳以來之訛也，爲詩賦作也。辭，曲云乎哉？ 若辭，曲云乎爾也。淺之語□，《正韻》矣。

是選，律與韻俱協者，目『上上』； 律諧而韻小假借，若嚴而律稍出入者，目『次上』。未②及諸傳奇若勝國諸北曲，或俟異日耳。

然則孰選之？ 吳郡辭隱生也。孰行之？ 虎林維石也。『詞隱生者，非嘗爲幼平氏序《考正琵琶記》者其人耶？』曰：『烏知辭隱生之非幼平氏也，子烏乎臆之曰「非《考正琵琶③記》者」？其人品詞，詎若爾精耶？』問者逌爾去。

古平輿相居居士題。

（以上均明萬曆間吳江沈氏刻本清晝永堂所藏傳鈔曬藍殘本《南詞韻選》卷首）

【校】

①之，底本闕，據下文文義補。

②未，底本作『末』，據文義改。

③琵琶，底本作『枇杷』，據上文文義改。

【箋】

〔一〕相居居士：姓名、籍里、生平均未詳。

筆花樓新聲（顧正誼）

顧正誼（？—一五九七後），字仲方，號亭林，別署瀼西居士、寶雲居士，華亭（今上海松江）人。父顧中立，官至廣西布政使司左參議。國子監生。萬曆初，任中書舍人。工畫山水，號『華亭派』。著有《亭林集》、《蘭雪齋稿》、《顧氏叢書》、《筆花樓新聲》等。傳見姜紹書《無聲詩史》卷四、嘉慶《松江府志》卷六一等。

散曲集《筆花樓新聲》，現存萬曆二十四年（一五九六）自刻本、萬曆間刻本、民國二十五年（一九三六）金陵盧氏輯刻《飲虹簃所刻曲》本。

筆花樓新聲跋〔一〕

顧正誼

不佞少無適俗之韻，壯多長者之遊。恣意名山，寄情柔翰。園開蔣詡，客盡羊何。晚效曼倩之陸沈，自愧相如之執戟。再遊長安，叨塵使命。邊頭明月，笳吹流哀；驛路皇華，羈棲成嘆。然以爲身逢明盛，不必奏《都護》之章；意懶逢迎，聊可竊候時之響。乃隨物命詞，偶成百首。夫刻畫象意，非造化之自然；藻繪烟雲，諒英雄所不屑。猥云搜抉，自識苦心。昔士衡連章積玉，崔氏七葉雕龍。不佞筆匪菁華，業慚先世。弇州諸公，游戲三昧，片言飛灑，慣然自放。逸少有言：『東陽花果，亦自可人。』不佞行賦《遂初》，歸臥菟裘，長滄禪悅，奚敢於此道①褰裳染指矣。

萬曆丙申如月花□□日，瀼西居士②顧正誼識③〔二〕。

（明萬曆二十四年自刻本《筆花樓新聲》卷末）

【校】

①滄禪悅奚敢於此道，底本闕，據蔡毅《中國古典戲曲序跋彙編》卷四補。

②日瀼西居士，底本闕，據蔡毅《中國古典戲曲序跋彙編》卷四補。

③識，底本闕，據蔡毅《中國古典戲曲序跋彙編》卷四補。

【箋】

〔一〕底本無題名。

筆花樓新聲題詞

楊繼禮〔一〕

詞家獨元人升堂，沿及國朝，則楊用脩、祝允明，庶幾攝齊廊廡。若近代諸家，非不有《白雪》聲，然核古實則乏才情，工藻繢則鮮本色。非字懸千金，胷富五車，未易語此。

今仲方先生此詞，皆從長安風沙烟塵中，以綺語破愁思羈悒。故片言落人間，賈者紙爲貴，歌兒舌爲燥也。昔人有云：『不恨我不見古人，但恨古人不見我。』仲方之生也晚，藉令馬東籬、關漢卿諸名家，與公角逐而赴詞壇，未知鹿死誰手。

楊繼禮〔二〕。

【箋】

〔一〕楊繼禮（一五五七—一六〇八），字彥履，號景南，又號石間，別署石間居士，華亭（今上海）人，萬曆七年己卯（一五七九）舉人，二十年壬辰（一五九二）進士，選庶吉士，散館授編修。三十年，陞右春坊右贊善，次年轉右中允。三十二年典武試，事竣，乞南，晉宮諭，掌南京翰林院，尋病卒。著《皇明后紀妃嬪傳》。傳見陳懿典《陳學士先生初集》卷二二《墓志銘》、何三畏《雲間志略》卷一二、崇禎《松江府志》卷四〇、乾隆《婁縣志》卷二三、光緒《重修華亭縣志》卷一五等。子楊汝成，天啓五年（一六二五）進士，官至禮部侍郎。

〔二〕題署之後有陰文印章二枚：『楊繼禮印』、『超壺室印』。

題筆花樓新聲

陳繼儒

顧仲方先生以雕龍繡虎之才，入爲鳳閣侍從。長安諸薦紳，咸東錦交先生，片言尺楮，往往爲寶。時因杯酒間，忽動鄉國之想，迺請作《江南春》樂府，使一片燕塵頓豁，而身游於小桃弱柳隊中。至於詠物閨情，各抒才韻，繪擬所至，生氣湊合，可以奪化工之權，結思人之涕。蓋出其餘膏剩馥，便能鼓吹詞場，遞傳千古。譜風流者，舍仲方，吾誰與歸？吾謂此曲當以司空圖松枝筆，李廷珪豹囊墨，及薛濤五色雲錦箋，各書數通，以佐花月，而又令綠珠、雪兒，從步絲障後，醉拍紫玉板唱之，則一字一絹可也。

陳繼儒〔一〕。

（以上均明萬曆間刻本《筆花樓新聲》卷首）

【箋】

〔一〕題署之後有印章二枚：陽文方章「陳繼儒印」，陰文方章「雪餘道人」。

筆花樓新詞跋

王穉登

南詞以綢繆爲最，北調以嘹亮稱工，各有當行，非云浪作。然北調須煩鐵板，南詞雅稱紅牙。僕本吳儂，不諳燕曲。讀仲方此詞，足令塵落梁間，雲停酒畔。「曉風殘月」之句，諒可適於清喉；《霓裳》仙呂之音，庶克諧乎妙律。故知「大江東去」，蘇公未免粗豪；「百歲光陰」，馬叟居然傖父矣。

庚寅五月〔一〕，王穉登題〔二〕。

（民國二十五年金陵盧氏輯刻本《飲虹簃所刻曲》所收《筆花樓新聲》卷末）

【箋】

〔一〕庚寅：萬曆十八年（一五九〇）。

〔二〕題署之後有陰文方章二枚：『穉登』、『廣長菴』。

續小令集（丁惟恕）

丁惟恕，字心田，諸城（今屬山東）人。丁綵（一五三〇？—一六〇一？）四子。諸生。著有散曲集《續小令集》，現存崇禎十三年（一六四〇）自刻本（中國國家圖書館藏）、清鈔本（首都圖書館藏）。

續小令序〔一〕

劉元偕〔二〕

〔前闕〕人大率以本之性□□□曾吾以於填詞□□□北海馮惟敏，王元美謂其用諧語太多，而得趣處亦政在諧也。

繼之者則吾邑前溪翁橋梓也。前翁於先嚴爲先輩，作□□□。余弱冠猶及侍□□□立，布衣任俠，談□□□。發爲詞曲，被之管絃，雖街談巷語，一入其手，無不按律合拍，令人絕倒，蓋得之性情者真也。後人愛之，壽諸梓，曰『前溪小令』。

翁沒而心田翁繼之。心翁於余爲先輩，父事者三十年。翁雖布衣，溫□宜人，絕無閒巷俗氣，彬彬然儒生風味也。於曲能爲古調，得意处不減蒙古諸君。時調入趣，猶其餘事耳。翁於此道未嘗挑筆爲前人語，然後先唱和，若出一轍，豈非天性哉？後人恐其失傳也，並壽諸梓，曰『續小令』。

說者曰：『前人任俠而後人崇雅，前人之曲多諧而後人之曲多莊，何續爲？』余謂不然。善法前人者，不泥其跡，反騷者無異於騷。如必字字而櫛之，語語而比之，是何異趙括讀父之書哉？吾觀王子敬之於逸少，以書法至父子不相下，此固晉人恒態，亦繼述中韻事也。是刻成，有病前人之涉俠者，則有後人之儒雅在；有病前人之諧謔者，則有後人之矜莊在。合之並美，此之謂真性情、真文章也，題曰『續小令』，吾無間然矣。

琅邪山人劉元偕書〔三〕。

（中國國家圖書館藏明崇禎十三年刻本《續小令》卷首）

【箋】

〔一〕底本前闕，未詳是否有題名。

〔二〕劉元偕：別署琅邪山人，諸城（今屬山東）人。生平未詳。

〔三〕題署左上方有陰文牌記：『時崇禎庚辰孟秋吉旦』。題署之後有陰文方章二枚：『情痴竹癖』，『琅邪山人世家』。

（續小令集）序

鍾羽正（一）

夫楚音隕涕於江東，胡笳起思於漠北，各爲習移，而不能混其聲。要必澄審五方之節奏，則人心之元韻，始可摹其初耳。故詩變而爲騷，騷變而爲謠，謠變而爲雜興。世運升降，人情抑揚，殆有得於遊戲翰墨之故。特涉新譜，而露具微。

瑯邪心田丁君，投老歸①田，娱情述作。嘗有志於躬耕，特嗤嗤以耕爲事，而苦於耕也。乃蹈夫耕之跡，而恬適於耕之内者也；襲夫耕之名，而逍遥於耕之外者也。不耕而耕，耕而不耕。蓋得歷山之遺意，孤沉而深往；莘野之同情，奔放而飄飛。盤桓原隰，括地囊天；徙倚隴頭，吞雲嘯月。殆寄傲於未耕之前，而饒情於已耕之後也與？是故觸於境，境不能掩；達於情，情不能禁。故以情境之調弄，而洩夫南北之吟詠。南辭約有百餘，以縹緲合竅；北辭約六十餘，以沉雄中節。短調長歌，不一其致。疏狂可破冗俗，放達可破拘攣，博綜可破孤陋，高曠可破頹靡，鎮静可破躁妄，恬淡可破濃豔，慷慨激烈可破沉滯卑瑣。居然大雅，討論精深。其屬耳入心之妙，如雷霆時蟄者皆動，如日出時眠者皆作。尚可以力耕之農夫，同類而共喚耶？

間按歌而追慕先達，《山堂詞稿》則有馮君，《金山雅調》則有薛君。遺響迭興，昭昭在宇宙間，不磨不滅，而繼美無窮。其辟怪靈奇，一見於曹玄子；其柔和雅静，再見於柯荊石。而丁君昂然於四君之紹述，莫非元韻流行，豈啻江東隕涕、漠北興思也哉？吾知與歷山、莘野爭烈矣。嗟乎！丁公之先人曾有《小令》諧里耳，以爲當時則傳，沒則已焉。孰知美善節奏，天心不厭。縱變雜興，而可挽其謠；縱變謠，而可挽其騷；縱變騷，而可挽其詩律。丁公之象賢，又豈升降抑揚之所毀滅也哉！余雖未覩其面，而探會於逸興之歌，意眞味婉，氣正聲平，一種清風，千秋可想。姑將以俚言而稍布其概，或者以丁公盡於此，或者以丁公不盡於此。

時崇禎十年正月穀旦，賜進士榮祿大夫太子太保工部尚書前都察院左僉都御史吏科都給事中侍經筵郡人鍾羽正撰。邑晚學丘石常拜手題〔二〕。

【校】

①歸，底本作『婦』，據《全明散曲》改。

【箋】

〔一〕鍾羽正（一五六一—一六三七）：字叔濂，號龍淵，益都（今山東青州）人。萬曆八年庚辰（一五八〇）進士，除滑縣知縣。歷任禮科給事中、吏科都給事中、都御史，天啓間官至工部尚書，因故奪官歸。崇禎初復職，久之卒，贈太子太保。著有《崇雅堂集》。傳見《明史列傳》卷九一、《明史》卷二四一等。

〔二〕丘石常（一六〇五—一六六〇）：字子廩，號海石，室名海石山房，諸城（今屬山東）人。明歲貢生。順治八年（一六五一），選夏津訓導。陞高要知縣，未赴任。著有《楚村詩集》、《楚村文集》。傳見乾隆《諸城縣志》卷三、鄧之誠《清詩紀事初編》卷六等。

（小令）跋

東坡所謂『近卻作得小詞，令東州壯士抵掌頓足以爲節』者，其『大江東去』乎？後人好吹，以爲失辭之體。然則柳七郎風味，固不可聰明迫協得也。屠赤水宜於南，不宜於北；湯若士宜於北，不宜於南。南北之不可兼，亦猶秦越人之不必相語耳。要之，唐伯虎乞食蕭寺，發響遏雲，倘但制科七牘，共寂寞桃花庵矣。

瑯邪，都會齊區，名滿天下，料必有奇響異韻與大海相激搏，八十頂大頭巾，恐竹箭不足盡東南也。前溪公鐘沉德水，心田公響出雲霄。先祖、先六祖以諸父①事前溪公，故心田公與先祖、先六祖友于兄弟。心田公每過寒舍，先父事之惟謹，如先祖、先②六祖之事前溪公。余小子何足辱堂構，然頗得心田公之仲子含莊而事之，油油契合，如酥與乳。後世子孫，永以爲好，傳之無窮，今而後喜可知也。

余竊擬之，前溪公得乎英分之多，憂人憂，樂人樂，似司馬子長列傳中人。心田公知白守黑，知雄守雌，落落與世無侮，循循如不能言者，蓋得□老氏□也。然璞發靈□，的涌爲小詞；□心石腸，能作梅花賦。余小子，又何□以知之。

（以上均首都圖書館藏清鈔本《小令》卷首）

【校】

①父，底本作『公』，據《全明散曲》改。

②先，底本闕，據《全明散曲》補。

【箋】

〔一〕山樓：姓名、字里、生平俱不詳。

曲典（王化隆）

王化隆（一五七三？—？），號眞如子，廣漢（今屬四川）人。明貢生，曾官主簿。著有《諺謨》一卷、《曲典》一卷及《眞如子醒言》等。《曲典》今存萬曆間刻本，上海圖書館藏。

諺謨曲典序

王化隆

世諦之言，符於實相；芻蕘之言，擇於聖人。是故禹拜昌言，而舜察邇言。拜昌言易，察邇言爲尤難。人忽之，舜察之，此其所以稱大知也。謀臣以牛後悟主，衲僧以飯袋得心，則不必聖經賢傳，錦字瑤編，取其足以利人而已。至於排場戲曲，古詩、古樂府之餘音也，盛行於元，流通於今日，慧業文人與庸夫孺子所共傳唱而媮情者也。奈何淫蕩猥媟之語，雜於其間，人祇以侑壺觴，供笑謔，而不知反而後和，被圍而援琴。是日哭而不歌，歌固宣尼平日所不廢矣。乃摘其有裨風化者，約爲三科：一曰忠孝節義，二曰感慨悲歌，三曰警悟解脱。庶幾旁敲暗擊，亦娑婆世界以音聲爲佛事，先以欲鉤牽，後令入佛智之一端也。

噫！抱七年之沉疴者，俟黃於牛喉，剖膽於蚺腹，采雲母於廣連之陰谷，鑿空青於越峻之銅峝，不勝其得之之難，而療病者顧昭昭乎目前。古所謂善爲醫者，遍地皆良藥也。實訓日陳於闤市，金諾時播於梨園。孰爲諺乎？孰爲曲乎？吾於是謨之典之。

翠竹山房眞如子識。

（上海圖書館藏明萬曆間刻本《諺謨曲典》卷首）

絡緯吟（徐媛）

徐媛（一五六〇—一六一九），字小淑，法名靜照，長洲（今江蘇蘇州）人。太僕寺少卿徐時泰（一五四〇—一五九八）女，福建布政司參議范允臨（一五五八—一六四一）室。好吟詠，與陸卿子唱和，吳中士大夫交口譽之，稱『吳門二大家』。著有《絡緯吟》。傳見《列朝詩集小傳・閨集》、董斯張《靜嘯齋存草》卷二《祭范夫人文》。參見馮沅君《記女曲家黃峨、徐媛》（《古劇說彙》，作家出版社，一九五六，頁三九〇），王莉芳、趙義山《晚明女曲家徐媛初論》（《蘇州大學學報》二〇〇四年第四期），汪超宏《范允臨的散曲及生平考略——兼談其妻徐媛的生卒年》（《明清曲家考》)，周雲匯《徐媛詩歌研究》(復旦大學碩士學位論文，二〇一〇)，林寧《徐媛研究》(南京師範大學碩士學位論文，二〇一二)。

《絡緯吟》十二卷，初名《金荃草》，收錄詩古文辭及散曲，散曲見卷十，現存萬曆四十三年(一六一五)序刻本(中國國家圖書館藏)、明末鈔本(《四庫未收書輯刊》第七輯第一六冊據以影印)。

絡緯吟小引〔一〕

范允臨〔二〕

《絡緯吟》者，余細君徐所作也。細君生而孱，幼善病，病輒稱劇。顧性頗多慧，剪綵刺繡，不習而能。父母絕憐愛之，不欲苦以書史鉛槧之務，曰：『是笄髽者習爲婦耳，豈欲操不律，應秀才童子科，博青紫榮者耶？』少長，間從女師受書，輒以病廢。經年無幾月親筆札，一片紫硯，幾成石田矣。

笄而從余。余時爲諸生，雖屈首公車乎，然間以吟詠自喜。細君從旁觀焉，心竊好之，弗能也。迨余舉賢書，偕計吏，上春官，而細君閒居寥寂，無所事事，漫取唐人韻語讀之，時一仿效，咿唔短章，遂能成詠。父母見而憐之，輒稱善。乃雅不欲示人，藏之篋笥。

余歸，而碎錦滿奚囊矣。余曰：『何不遂成之？』從此泛濫詩書，上探漢魏六朝，下及唐之初盛，已而直溯《三百篇》根源，遂逮楚之騷賦，幡然作曰：『詩在是乎？』然又不能竟，讀不數行，頭爲岑岑，執卷就臥，思之①移時，似有所醒。於書不能記憶，亦不求甚解，而多所悟入，如禪宗之不以漸，以頓也。

顧獨不喜子美，而私心嚮往長吉，曰：『子美雖號稱大家，乃中多俚俗語，初學效之，不免入學究一路。長吉雖鬼才，然怪怪奇奇，語多自創。深求之，上不失漢魏六朝；而淺摹之，下亦不落中晚。豈至庸鄙開宋人門戶耶？吾寧伐山而斧缺，毋牙慧而餖飣。』故其爲詩，多師心獨造，無所沿襲，即一字經人口吻，輒棄去弗用。或時涉生澀，於文理有所疏謬，弗顧。間吐一語，雖耳目創驚，而暗諧古調。譬之天籟自鳴，音響成韻；又如田夫里姥，作勞相和，輒中聲律。豈敢謂擊轅之歌，有應風雅，然無絃動操，無孔度曲，壹似有夙因者焉。

或誚之曰：『女子不事櫛縰衿纓、箴管線纊，而顧操弄柔翰，吟詠景光，棄而蘋藻，毋乃非訓乎？』余曰：『若然，則古曹大家《漢史》，班婕妤《紈扇詞》，徐賢妃《諫疏》，盡成罪案，而所稱姬姜、太姒、文母、伯姬，必目不識一丁者耶？然則，《葛覃》、《卷耳》諸篇，又何以流傳至今也？』

細君曰：『不然。余少而多幽憂之疾，父母雖不欲困以詩書，而深慕古賢姬名媛，英敏明慧，似不欲余作懵寐人。余竊窺父母志而思成之。不幸失我怙恃，遭家不造，哀思無所寄，故託之篇什自陶，以抒寫其抑鬱無聊耳，豈眞欲學古之人彤管流芳者耶？且余性不敏，不能十日織一縑，五日織一素，以佩帨獻⿱艹浧，及事我姑嫜，而聊效噓風抱葉，作絡緯悲吟，以自比於織婦機牀，徐吾燭影。庶幾哉藉口季氏之婦，而解免於山上蘼蕪乎？』

余曰：『有是哉？余細君得以鉛槧代機杼，幸不爲東海嬾魚燈矣。』乃葺其稿，付之剞劂，以無忘敝帚。而顔之曰《絡緯吟》，識所志也。

萬曆癸丑冬之日，吴郡范允臨長倩氏書於蒼璧齋中。

【校】

①之，《四庫未收書輯刊》第七輯第一六册影印明末鈔本無。

【箋】

〔一〕此文又見范允臨《輸寥館集》卷三，《四庫禁燬書叢刊·集部》第一〇一册影印清初刻本，頁二六五—二六六。

〔二〕范允臨（一五五八—一六四一）：字長倩，號長白，華亭（今屬上海）人，居吴縣（今屬江蘇蘇州）。萬曆十三年乙酉（一五八五）舉人，二十三年乙未（一五九五）進士，授南兵部主事。改工部，歷員外、郎中，以按察僉事提學雲南。萬曆三十六年，遷福建布政司參議，未履任而罷官。築室天平山，名太平山莊，亦稱范園，流連觴詠。工書畫，與董其昌（一五五五—一六三六）齊名。著有《輸寥館集》。傳見汪琬《堯峯文鈔》卷一〇《墓碑》、朱彝尊《静志居詩話》卷一六、同治《蘇州府志》卷八一、光緒《華亭縣志》卷一四、《吴郡名賢圖傳贊》卷一一等。參見汪超宏《范允臨的散曲及生平考略——兼談其妻徐媛的生卒年》（《明清曲家考》）。

范夫人絡緯吟敍

錢希言〔一〕

爰自《白頭》、《紈扇》，黼黻炎劉，而後來詞林，始立閨秀品目，蓋其流莫盛於唐矣。乃《舊唐書·經籍志》載歷代以訖本朝文章，集錄亡慮八九百家，所收婦人集七家而已。七家之中，一宫嬪，一貴主，兩賢母，三士人妻，又皆唐以上人也。夫唐之犇黛能詩不知名者，指豈勝僂，姑置勿論。以彼名家如喬碧玉、孟才人、上官昭容、竇妻蘇氏，下及季蘭、玄機、采春之流，雕璚翦雪，豔發一時，舉不足備采擷、登竹素耶？則何以借材於異代乎？君子謂作史者，所獲不如所亡。雖然，唐可闕如也，宋元而下又焉稱述？明興，有鐵氏二女、孟居士、朱靚庵、楊孺人、春夢樓輩，雁行進焉。厥後寥寥，未聞才媛，玉臺香瑣之間，響寖絕矣。

近百年來，吾吳復有范夫人。夫人姓徐氏，名媛，字小淑，我吳范參岳長倩儷也。產自名閥，淑惠柔嘉。當其爲女郎時，即嫺詠歌，落筆輒佳，秀餐翠滴，人人謂謝娥後身。既犇而壻長倩，琴瑟燕私，交相切劘，又以朝夕獻善敗於夫君，於是詩日益工，價日益露。時趙凡夫細君陸令人能詩〔二〕，亦與夫人環瑱通相問，彼賦《考槃》，此吟《絡緯》，蓋《小雅》『塤』、『箎』之謂矣。夫人詩爗若朝采，皎若夜光。芬芳則楚畹幽蘭，駘蕩則靈和弱柳。落花依草，點綴有情；春蠶吐絲，綿連不斷。薄雕繢而銀漢踈星，絕粉飾而遠山秋水，沖然穆然，罔非温柔之旨哉！芙蓉江一泓衣帶，豈堪濯此秀質？當是香銷南國之後，山川淑氣，蕭索輪困，待靈人而復開耳。設令夫人生長八代間，即以文辭闌入七家之中，疇能第其甲乙。更進而取法乎上，則《白頭》、《紈扇》皆臭味也，而何所讓美焉。

夫人髫年緝學，曉暢《内則》諸書大義，其父太僕公與母董恭人絕憐愛之。而會相者言當大貴，爲擇快壻，已乃得長倩。長倩先大夫時棄賓客久，家漸落，與羈齒矣。夫人勞苦夜績，脱奩中裝以佐長倩讀，不令太僕公知。當是時，中外親婣，蒼頭監嫗，無不皮相范郎也者。微夫人善下之，幾不能亢其身。長倩繇此奮厲速飛，匪曰無翼，猶夫人則假之矣。

余先妻徐仲子，爲夫人從姑，平居相對，具言夙昔。適長倩屬敍於余，因漫及之如此。篇名《絡緯》，厥義云何？抑夫人不忘夜績時事，寓言蟲天，以窮極要眇之致與？不者，而和鳴如雝雝喈喈，安得倒言夫悽悽惻惻，溺其旨矣。長倩听然而笑曰：『有是哉？先生善聽《緯吟》者也。請志首簡，以當擊節。』

萬曆歲在乙卯夏四月念又七日〔三〕，題於月駕園之霞舟，甄胄錢希言簡棲氏撰。

【箋】

〔一〕錢希言（約一五五六—一六二二後）：字簡棲，號甄胄，常熟（今屬江蘇）人。錢謙益（一五八二—一六六四）堂叔。少遇家難，遷居吳縣（今屬江蘇蘇州），寓麒麟巷月駕園。絶意仕進，家居著述。著有《遼邸紀聞》、《詩桂編》、《織里草》、《聽灎志》、《二蕭編》、《獪園》、《樟亭集》、《桃葉編》、《桐薪》、《戲瑕》、《荆南詩》、《西浮籍》、《劍策》、《賦湘樓集》、《小輞川集》等，合稱《松樞十九山》十九種。傳見錢謙益《列朝詩集小傳》丁集下。

〔二〕趙凡夫：即趙宧光（一五五九—一六二九），字凡夫，吳縣（今屬江蘇蘇州）人。隱居未仕。讀書稽古，精於篆書。著有《説文長箋》、《六書長箋》、《九圜史圖》、《寒山帚談》、《牒草》、《寒山蔓草》、《彈雅》等。傳見《啓禎野乘》卷一四、《明史》卷二八七等。參見徐卓人《趙宧光傳》（高等教育出版社，二〇〇六）。陸令人：即陸卿子，名服常，字卿子，以字行，吳縣人。尚寶少卿陸師道女，趙宧光室。與徐媛詩詞唱和，時稱『吳門二大家』。著有

《雲臥閣集》、《考槃集》、《玄芝集》等。傳見錢謙益《列朝詩集小傳·閨集》、姚旅《露書》卷四等。

〔三〕萬曆歲在乙卯：萬曆四十三年（一六一五）。

徐姊范夫人詩序

董斯張〔一〕

有謂閨閫之間，不設文字，耳食哉！《紈扇》、《香茗》而下，蜚聲鉛素幾何人？然後來者，其學多不月而日，縱然脂弄墨，粲可奪七襄，睫未踰軒戶，詞未離粉澤。求其研精博思，訪闕文而采逸記，什罔一；至創爲獨解之語，嗚節竦韻，非阡非陌，百罔一。遂使稍具鬚眉者，縱横壁壘，如蛟之奮，蠡之躍，帷房人囁嚅而無敢進，盡覺軍中之鼓不揚，眞足令雙蛾短氣。則余獨河漢於范夫人詩。

夫人生於吳，氏徐，實維太僕公首女，吾姑之自出也，翳歸長倩范先生。范先生香名滿人耳，睿心遠暢，符采朗澈，藝林競尊之爲彝鼎。鄉與余論詩，取材六代，溯源黄初，以眡季葉操觚家少當者。顧夫人詩一出，輒彌日嗟賞，謂非復人巧可及。

夫人少受《内則》諸書，一往參詣，便足明通。吾家大宗伯以爲金聲，吾家小宗伯以爲玉亮，吾姑暨太僕公尤絕憐之。歸夫子，於書益無所不窺，盈天下閟錄奇章①，過眼盡可彊識。慨然而嘆：『煅鍊神明，佛聖立致，況聲詩童子技，獨無牛耳我曹乎？』於是始治詩。其於詩也，絕不喜唐以後言。凡爲五七言近體者五之一，爲五七言絕者五之三，其氣局神澤，微開元諸名家弗師也。爲樂府，爲五言古，爲七言歌行者，亦五之三，則獨規摩於長吉王孫賀。賀之爲詩也，吏部束帶於鞅掌，梵天索記於玉樓。杜京兆以爲騷之苗裔，迺微惜其理不及騷，其說小有利鈍。而夫人雅癖嗜之，斷以爲『天地間必不可無之觀。長吉政不必不死，即不死，不能少加於理，即奴僕騷可也。史而宋，佻而勝國，膚而長慶二家，卑而晚，文不經奇，何以垂後？吾寧之綺勿史，寧之森勿佻。寧之棘而峻，勿之膚而卑；寧滅景而覂駕，勿齷齪而隨人轅下。』

恆有所造，熿香宴坐，窮想者竟日夕，囊括區寓，飛走湖海，雹奔而鬼騰，形嗒然如欲廢，不縱神於俗所不經之域，不自休。羣婢子言：『夫人體故羸，未任勞苦，日者藥竈未冷烟，是區區者②，而敝精乃爾耶？』夫人顧笑，弗之應也，益精治詩不衰。

其爲絕也，蓋賢乎其爲近體也；其爲樂府古歌行也，蓋賢乎其爲絕也；迺其爲長吉也，更賢乎其爲開元諸家也。今二十年，篋中所鳩者具在，鏃鏃無能不新。楚語人涕，恨語人黯，快語人舞，韻語人香，幽語人寒，雄語人爲之膽張，逸語人爲之肉飛，誕語人荒忽乎無以自持。千詭萬變，環焉無倪，竭夸父所未能逐，泰豆所未能馭。譬之星宿河湟，崩潮飛瀑，曾不得正目視。而太白蓮華，踞雪中雲半，人罕攬而登焉，亦異矣哉！

抑李氏姊語，長吉恆從一奚奴，騎驢，負古錦囊，遇有得，即書投囊中。及莫歸，非大醉，必疊紙足成之。其矜茜竇豔率如是。而吾姊范夫人，隨其夫子，宦游四垂，而石城，而蕪陰，吊古中宵，酸風射眸，觸境成詠，鬱爲名作。最其後，萬里入滇，泝大江而道黔巫。滇山水爲西南險絕，金馬碧雞，陳蹤宛在。極波濤之所訇磕，烟雲之所吐欱，神鬼之所翕闢，猿鳥之所斷滅，無不從翠幰中領略。其喬詭瓌瑋，可駭可怡之概，而出之爲驚人鳴，其所得較驢背果何若？以故長吉所有者，可以窮一世，而不足窮夫人。越而尋之，諸名家所有者，又可以窮長吉，而夫人亦不爲之窮。藉令當世名彦，劌心刻腎，何能攗夫人牙後慧？卽材或相逮，而俗腸膠擾中，故未易辦此。

嗟乎！古來閨秀代不乏，大率鮮得其埶。雖飛絮謝庭，猶未能忘恨於天壤，青霞鬱意，識者撫心。維淑與嘉，庶賡此選。以長倩雄才，故自兄嘉，迺夫人亦何至娣淑？千載兩徐，譽浹無垠，夫非窮古快事邪？

夫人每春秋社③日，不作組紃。斯時也，一室之內，茍香何粉，相敬如賓。或迴文酬唱，揚扢今古；或亮月半天，川巖在覽；或名花照檻，節序關心。每拈一題，夫子輒疾書之，流出人間，高下傳寫，慮無不各有一通也者，奚必借響於高名之士，乃足振哉？而涼焉問敍於不譚不謟間者，此胡然？非第能詩人不得索解人，亦不得解之者。隴西董斯張也，能敍者也。董生者，夫人中表弟也。得敍者也，迺是刻也，長倩實力彊之，故非吾姊意也④。

【校】

①章，《四庫未收書輯刊》第七輯第一六册影印明末鈔本作『草』。

②者，明末鈔本無。

③社，明末鈔本作『後』。

④文末，明末鈔本有『隴西董斯張遐周書』八字。

【箋】

〔一〕董斯張(一五八六—一六二八)：原名嗣章，字然明，號遐周，別署借庵、瘦居士、靜嘯齋主人，烏程(今浙江湖州)人。禮部尚書董份(一五一〇—一五九五)孫，南京工科給事中董道醇(約一五四一—約一五九二)六子，董說(一六二〇—一六八六)父。廩貢生。因體弱多病，未曾應舉。博學多才，著述頗豐。纂輯《吳興備志》、《吳興藝文補》等，著有《廣博物志》、《靜嘯齋存草》、《靜嘯齋遺文》等。傳見董樵《遐周先生言行略》(《靜嘯齋存草》附錄)、閔元衢《祭董遐周文》(周慶雲《南潯志》卷四六)、錢謙益《列朝詩集小傳》丁集下等。參見趙紅娟《明清董氏文學世家研究》(中國社會科學出版社，二〇一一)。一說撰小說《西遊補》，見傅承洲《〈西遊補〉作者董斯張考》(《文學遺產》一九八九年第三期)。

絡緯吟題辭

徐　洌〔一〕

《絡緯吟》，余姊范夫人作也。志絡緯以彤管，不忘組紃也。試卒讀之，而非組紃間語也。蔚然者與采，鏗然者與音，突兀然者與①骨，寧創而異，毋勦而腐，固已謝《玉臺》之靡響，粲錦囊之奇句，卽今之號稱名家，度不能驅乘而先鞭矣。吾吳文士衰落，獨姊與趙大姑相賡倡，駸駸作者，豈一時清淑之氣，不在冠弁，而在笄褘耶？

余因稱曰：夫笄褘何必遜冠弁也？詩歌神物，巧濬心靈。當意所自得，造物不能與謀，或冠弁而靡，或笄褘而振，要以巧予天，專予習。專而奪，巧而神化，莫之或知也。曹子桓稱『文章經國大業，不朽盛事』，而楊子雲至薄『雕蟲小技，壯夫不爲』。子桓父子，梟雄命世，臠國鼎而食之不厭，迺猶津津此道，橫槊不忘。子雲玄亭闃寂，鑽厲窮年，刳腸濡首，顧反薄之，夫豈欺我？洵中有鬱勃，不得已而托焉者也。大都文人之志，牢籠天地，彈壓山川，惟其所揮斥欲爲，而間或牢騷詘抑，抒情寫態，如千丈之瀑，騰空而噴薄，遇隘而激射，直障遏之不得，故文不期工而自工。今夫深閨之彥，饒丈夫奇概，不能踔厲風雲，第以帷房數尺地，當寰中五嶽，海外十洲，而三寸弱管爲芒屩，躡幽窮仄，下上今古，忽剨然天高地迥之表，奇藻絡繹，庸詎不烈於鬚眉，其肯以鉛華淟涊乎哉？

吾姊沉嘿貞靜，志操不減桓少君，而才識殆過阮新婦。祇哀《蓼莪》，《傷陟岵》，感憤憂思，勃無所發，迺發諸長吟短詠，而間廣其篇什。是亦以薄之不爲者，姑爲之於有所托。倘猥與班姬、左嬪輩②並舉，而爭葩競藻，猶之淺窺吾姊矣。

姊斂容曰：『子惡乎言！操觚非女子事，余蓋無心而游戲者耳。且余既奉白業，是綺語障，將毋爲瞿曇氏所訶？梓非余意也，夫以志余過，可也。』

弟洌仲容甫題。

（以上均明萬曆四十三年序刻本《絡緯吟》卷首）

【校】

①與，《四庫未收書輯刊》第七輯第一六冊影印明末鈔本無。

②輩，《四庫未收書輯刊》第七輯第一六冊影印明末鈔本無。

【箋】

〔一〕徐洌：字仲容，號鹿嶠，長洲（今江蘇蘇州）人。萬曆三十一年癸卯（一六〇三）舉人，屢赴春官，不售。天啓元年（一六二一），刻張棟《張可庵先生書牘》十卷。傳見時寶臣、淩德純《直塘里志》卷四。

太霞新奏（馮夢龍）

馮夢龍（一五七四—一六四六），生平詳見本書卷四《新灌園》條解題。《太霞新奏》，明散曲選集，現存天啓七年（一六二七）刻本，民國二十年（一九三一）北京富晉書社、一九八六年海峽文藝出版社、一九八七年臺灣學生書局《善本戲曲叢刊》第三輯、《續修四庫全書》第一七四四冊均據以影印。

太霞新奏序

馮夢龍

文之善達性情者無如詩。《三百篇》之可以興人者，唯其發於中情，自然而然故也。自唐人用以取士，而詩入於套；六朝用以見才，而詩入於艱；宋人用以講學，而詩入於腐；而從來性情之鬱，不得不變而之詞曲。勝國尚北，皇明專尚南，蓋易絃索而簫管，陶激烈於和柔，令聽者解煩釋滯，油然覺化日之悠長。此亦太平鳴豫之一徵已。

先輩巨儒文匠，無不兼通詞學者，而法門大啓，寔始於沈銓部《九宮譜》之一修。於是海内才人，思聯臂而遊宫商之林。然傳奇就事敷演，易於轉换；散套推陳致新，戛戛乎難之。當行也，語或近於學究；本色也，腔或近於打油。又或運筆不靈而故事填塞，侈多聞以示博；章法不講而餖飣拾湊，摘片語以媠工，此皆世俗之通病也。作者不能歌，每襲前人之舛謬，而莫察其腔之忤合；歌者不能作，但尊世俗之流傳，而孰辨其詞之美醜。自非知音人亟爲提其耳而開其矇，則今日之曲，又將爲昔日之詩，詞膚調亂，而不足以達人之性情，勢必再變而之《粉紅蓮》、《打棗干》矣。不亦傷乎！

余扼腕此道，間取近日名家散曲，擇其嫺於詞而復不詭於律者如干，題曰《新奏》，而冠以『太霞』。『太霞』者，太極眞人命青童所歌曲名也。唐時盧江崔氏女，夢中受新曲於葅姨。姨言：『穆宗尤愛《槲林歎》、《紅窗影》等曲，敕修文舍人元稹，撰其詞數十首。醮酣，令宫人歌之，帝親執玉如意，擊節而和。』以地下推之天上，亦猶是矣。嗚呼！『此曲應從天上有，人間能得幾回聞。』世有知音者，亦或知余苦心哉！

天啓丁卯仲冬，顧曲散人題於香月居中〔一〕。

【箋】

〔一〕題署之後有陽文方章二枚：『顧曲散人』、『香月居』。

太霞新奏發凡

馮夢龍

一、散曲如往時所傳諸套，習聞易厭。茲選取名《新奏》，大都名家新製，未經人耳目者。間采一二古調，或拂下里之塵蒙，或顯高人之玉琢。要令遺珠早獲，殘璧再完，匪云借才，實諧公好爾。

一、詞學三法，曰調，曰韻，曰詞。不協調，則歌必捩嗓，雖爛然詞藻，無爲矣。自東嘉沿詩餘之濫觴，而效顰者遂藉口不韻。不知東嘉寬於南，未嘗不嚴於北。謂北詞必韻，而南詞不必韻，卽東嘉亦不能自爲解也。是選以調協韻嚴爲主，二法既備，然後責其詞之新麗。若其蕪穢庸淡，則又不得以調、韻濫竽。

一、調、韻之病，如方諸館所禁，曰重韻（一字兩押），曰借韻（雜押傍韻），曰犯韻（有正犯，句中不得與押韻同音，如「東」犯「冬」類。有傍犯，句中卽上、去字，不得與平聲相犯，如「董」、「凍」犯「東」類），曰平頭（次句首字，與首句首字同音），曰合腳（次句末字，與首句末字同音），曰上去疊用（上上、去去），曰上去、去上倒用（宜上去用去上，宜去上用上去），曰入聲三用（疊用三入聲字），曰陰陽雜用（宜陽用陰，宜陰用陽），曰閉口疊用（歌之不雅，然如「心心念念」等，見成者亦自不妨，但須擇可而用），曰韻腳以入代平押（「車遮」等窄韻往往有之，然亦萬不得已，終非正體），其法甚密。操此程詞，酷於商君矣。今於調，則唯取句字相配，平仄和諧。偶未盡善，卽爲標出，曰某句未妥，某字不叶。其有塡腔恰好者，亦標曰某句妙，某字平、上、去妙，使後學知所法戒。韻或借或重，則先標本韻，而次之曰重幾韻、借某韻幾字。要之，重祇貽字貧之誚，借則比越境之誅。與其借也，寧重；即不借而牽强未妥，吾亦寧重也。

一、《中原音韻》原爲北曲而設，若南韻又當與北稍異。如『龍』之『驢東切』，『娘』之『尼姜切』，此平韻之不可同於北也；『白』之爲『排』，『客』之爲『楷』，此入韻之不可廢於南也。詞隱先生發明韻學，尚未及此，故守韻之士，猶謂南曲亦可以入韻代上、去之押，而南北聲自兹混矣。《墨憨齋新譜》謂入聲在句中，可代平，亦可代仄；若用之押韻，仍是入聲，此可謂精微之論。故選中有偶以入聲代上、去押者，必標曰『借北韻』幾字。

一、每套首於某韻下，止標不重，不標不借。蓋長套以不重爲貴，若不借，自常事耳。

一、歌先審調，不知何調、何曲，則板與腔俱亂矣。兹選以宫調分卷，其中犯調，一依《九宫詞譜》分注；又有譜之所未備者，參之《墨憨齋新譜》，疑者釋而訛者正。呈諸歌壇，即周侯必爲首肯。

一、曲之襯字，歌時搶帶，各自有法，皆拈出細書。亦有傳訛襲舛，以襯爲正者，俱依《墨憨齋新譜》查定。

一、坊刻時曲，腔板訛傳，妍媸不辨。兹刻按譜定板，復細加批閱，使歌者可以審腔，作者有所取法。其名家評品，有切詞理者，附載本曲左方。

一、字在脣音、舌音、齒音、喉音、鼻音，及撮口、閉口等，不能盡標。今仿詞隱先生體，止圈閉口，以便初學，餘音聽好學者自辨。

一、曲中原不用艱深字眼，間有音切，以防俗誤。

一、前輩不欲以詞曲知名，往往有其詞盛傳，而不知出於誰手者。《吳歈萃雅》悉取文人姓字，妄配諸曲，欲眩世目，貽笑明眼。茲刻選止新詞，於古曲未悉釐正。唯二沈先生製，久爲人借去數套，今特還之。其有訛傳未的者，姑托之無名氏，以俟徐考。

一、北曲凡第二曲，謂之『么篇』，南曲謂之『前腔』。墨憨齋改刻傳奇定本，用其一、其二、三、四，今從之。其小令題同人同，則用又字；即人同而各題，或題同而各人，仍用『前腔』字。

一、是選各宫調，分十二卷，得曲一百六十五套；雜犯曲、小令各一卷，又得曲一百五十四隻。雖未空羣，庶幾巨覽。其他名家著作尚多，一時難購，容俟廣蒐，以成續梓。倘肯聞風嘉惠，尤拜明賜。

香月居顧曲散人識。

太霞新奏序〔一〕

沈　璟

【二郎神】何元朗，一言兒啓詞宗寶藏，道欲度新聲休走樣。名爲樂府，須教合律依腔。寧使時人不鑒賞，無使人撓喉捩嗓。說不得才長，越有才越當著意斟量。

【其二】（換頭）參詳，含宮泛徵，延聲促響，把仄韻平音分幾項。倘平音窘處，須巧將入韻埋藏。這是詞隱先生獨祕方，與自古詞人不爽。若是調飛揚，把去聲兒塡他幾字相當。

【囀林鶯】詞中上聲還細講，比平聲更覺微茫。去聲正與分天壤，休混把仄聲字塡腔。析陰辨陽，卻只有平聲分黨。細商量，陰與陽，還須趁調低昂。

【其二】用律詩句法當審詳，不可廝混詞場。【步步嬌】首句堪爲樣，又須將【懶畫眉】推詳。休教鹵莽，試比類，當知趨向。豈荒唐，請細閱，《琵琶》字字平章。

【啄木鸝】《中州韻》，分類詳，《正韻》也因他爲草創。今不守《正韻》塡詞，又不遵中土宮商。製詞不將《琵琶》仿，卻駕言韻依東嘉樣。這病膏肓，東嘉已誤，安可襲爲常。

【其二】北詞譜，精且詳，恨殺南詞偏費講。今始信舊譜多訛，是鯫生稍爲更張。改絃又非翻新樣，按腔自然成絕唱。語非狂，從教顧曲，端不怕周郎。

【黃鶯兒】奈獨力怎堤防，講得口脣乾，空鬧攘，當筵幾度添惆悵。怎得詞人當行，歌客守腔，大家細把音律講。自心傷，蕭蕭白髮，誰與共雌黃。

【其二】曾記少陵狂，道細論詩，晚節詳，論詞亦豈容疎放！縱使詞出繡腸，歌稱遶梁，倘不諧律呂也難褒獎。耳邊廂，訛音俗調，羞問短和長。

【尾聲】吾言料沒知音賞，這流水高山逸響，直待後世鍾期也不妨。

（以上均《續修四庫全書》第一七四四冊影印明天啟刻本《太霞新奏》卷首）

【箋】

〔一〕此序眉批云：『此套係《詞隱先生論曲》，韻律之法略備，因刻以爲序。』按此套曲附見沈璟《博笑記》傳奇卷首，題《詞隱先生論曲》，參見本書卷四《博笑記》條。

山歌（馮夢龍）

馮夢龍（一五七四—一六四六），別署墨憨齋主人，生平詳見本書卷四《新灌園》條解題。《山歌》，現存崇禎間刻本，《續修四庫全書》第一七四四冊據以影印。

敍山歌

馮夢龍

書契以來，代有歌謠，太史所陳，並稱風雅，尚矣！自楚騷唐律，爭妍競暢，而民間性情之響，遂不得列於詩壇，於是別之曰『山歌』，言田夫野豎矢口寄興之所爲，薦紳學士家不道也。唯詩壇不列，薦紳學士不道，而歌之權愈輕，歌者之心亦愈淺，今所盛行者，皆私情譜耳。雖然，桑間濮上，《國風》刺之，尼父錄焉，以是爲情眞而不可廢也。山歌雖俚甚矣，獨非《鄭》、《衛》之遺歟？且今雖季世，而但有假詩文，無假山歌，則以山歌不與詩文爭名，故不屑假。苟其不屑假，而吾籍以存眞，不亦可乎？抑今人想見上古之陳於太史者如彼，而近代之留於民間者如此，倘亦論世之林云爾。若夫借男女之眞情，發名教之僞藥，其功於【挂枝兒】等，故錄【挂枝】詞，而次及山歌。

墨憨齋主人題。

（《續修四庫全書》第一七四四册影印明崇禎間刻本《山歌》卷首）

步雪初聲（張瘦郎）

張瘦郎（一五七五？—？），字野青，黄陂（今屬湖北）人。少負儁才，與同里席浪仙友善，唱和作詩詞曲。著有《花間集韻》、《步雪初聲》等。

散曲集《步雪初聲》，現存崇禎間刻、舊鈔本、民國二十五年（一九三六）金陵盧氏輯刻《飲虹簃所刻曲》本。

《步雪初聲》序

馮夢龍

《詩三百篇》，字句長短，原不一格，可絃可歌，皆詞曲也。兩漢六朝，遺風未泯。自唐人制爲五七言以取士，詩道遂畫界而獨尊。《竹枝》、《烏啼》之屬，徒以詞曲名篇，古風間出。長短句大都仿詩律而爲之，不甚相遠。宋興，用制策義以收五七言律之權，而詩才始旁出於宮調，謂之『詩餘』，大晟樂府其最盛也。學者死於詩而乍活於詞，一時絲之肉之，漸熟其抑揚節奏之趣。於是增損而爲曲，重疊而爲套數，浸淫而爲雜劇、傳奇，固亦性情之所必至矣。

世之治也，氣自北而之南，故金、元尚北，而國朝尚南。然而南不逮北之精者，聲徹於下而學廢於上也。夫先王之教曰：『詩言志，歌咏言。』先王以之教胄子，而今人以之隸優俳，性情失平，而精神才術盡以供戾氣之用，豈不哀哉！

野青氏年少，負儁才。所步《花間集韻》，既已奪宋人之席，復染指南北調，感咏成帙。浪仙子從而和之〔一〕，斯道其不孤矣。夫性所不近，習之必不利；意所不樂，入之必不深；意所樂而性復近之，其所至殆不可知也。余痛夫韻學之失傳，詩與詞曲遂一分而不可合，思得有志斯道者，相與窮《三百篇》之源流，以救天下性情之敝，而幸遇野青氏。夫楚人素不辨冰青，得此開山，尤爲可幸。《白雪》故郢調，今其再振於黃乎？因名之曰《步雪初聲》，野青氏勉旃！詞隱先生衣鉢，余且懸以俟子矣。

古吳詞奴龍子猶述。

（民國二十五年金陵盧氏輯刻本《飲虹簃所刻曲》所收《步雪新聲》卷首）

【箋】

〔一〕浪仙子：即席浪仙，號天然癡叟，黃陂（今屬湖北）人。撰小說集《石點頭》，馮夢龍作序，現存崇禎間金閶葉敬池刻本。能曲，《全明散曲》輯錄其小令四首、套數二套。

太平清調迦陵音(葉華)

葉華,字茂原,别署金粟頭陀、澹齋主人、九如居士,曲阜(今屬山東)人。參見本書卷十二《指迷十六觀》條解題,並見劉淑麗《葉華與〈太平清調迦陵音〉》(《浙江藝術職業學院學報》二〇一六年第二期)。

散曲集《太平清調迦陵音》一卷,簡稱《迦陵音》,趙萬里稱此作爲『自明刊本《青蓮露》内摘出。《青蓮露》者,葉氏所撰雜著也。』(《趙萬里文集》第二卷《太平清調迦陵音跋》,頁二九七)現存明書林鄭氏麗正堂刻《青蓮露》本(民國十九年故宫博物院影印本、《北京圖書館古籍珍本叢刊》第八三冊均據以影印)、民國二十五年(一九三六)金陵盧氏輯刻《飲虹簃所刻曲》本。

迦陵音序

釋如德[一]

予讀《法華經·普門品》,而後知菩薩悲願之廣也。迺至現種種形,善應諸國;設種種法,開示悟人。總之,令衆生就路以還家耳。

癸丑秋[二],偶晤金粟頭陀於澹然齋之陰,談金嗽玉,逸雅逼人。於案頭得《清調》一帙,讀之,言言藥石,字字琳琅。且謂予曰:『此方眞教體。』清泠①在音,問余:『欲以音聲爲佛事,可乎？』

予合十曰：『迷當詢道，飢欲得食。世道至今，澆漓極矣。是帙也，得非燃②昏衢之慧燈，濟荒年之粒粟乎？眞所謂現居士身，設爲開示，令人就熟路，駕輕車，還家覓見主人，不啻菩薩悲願之廣也。當名之曰《迦陵音》，亟梓傳世。異日覺破幾多迷信，喚醒幾多昏夢，予將洗耳而聽之。』

冰雪道人釋如德書〔三〕。

【校】

①泠，《飲虹簃所刻曲》本作『響』。

②燃，《飲虹簃所刻曲》本作『照』。

【箋】

〔一〕釋如德：别署冰雪道人、雪道人。嘗輯《雅俗通用釋門疏式》十卷，現存明末書林熊沖玄鰲峯館刻本，署『仙亭比丘冰雪如德彙輯，博山門人余陟瞻道寬參閱』，首有釋如德序。相傳李贄輯《大雅堂訂正枕中十書》，現存明末博極堂刻本，署釋如德閱，首有冰雪道人如德《鐫枕中十書序》。

〔二〕癸丑：萬曆四十一年（一六一三）。按《迦陵音》摘自《青蓮露》，陳繼儒曾刊刻此作，故據時間推定此癸丑當爲萬曆四十一年。

〔三〕題署之後有陰文方章二枚：『釋如德』、『一味禪』。

迦陵音序

陳拱璧〔一〕

天地蘧廬，人生蕉鹿。窮年奔走利名場，何異慕花膻之蜂蟻；盡日爭譚人我相，大同赴燈焰之蠶蛾。只知進步爲高，豈解回頭是岸？獨妙九如居士，不俗不僧，亦玄亦史。和光混衆，玉精盤上駕冰山；作賦吟詩，金璧藂中簪翡翠。如好堅之木，方露土而迥出羣標；若迦陵之音，未離殼而聲魁衆鳥。正所謂聞者心開，覩者眼醒。《三百篇》相爲伯仲，《十九首》不讓後先。余欣拜手，敍於篇端。

莆友弟陳拱璧章甫書。

（以上均《北京圖書館古籍珍本叢刊》第八三册影印明書林鄭氏麗正堂刻本《青蓮露·太平清調迦陵音》卷首）

【箋】

〔一〕陳拱璧：字章甫，莆田（今屬福建）人。萬曆三十一年癸卯（一六〇三）舉人，四十一年（一六一三）任磁州知州。

迦陵音跋〔一〕

園隱主人〔二〕

自《三百篇》之變而爲律爲絶，爲歌爲行，爲詞曲。詞曲之於金、元，尤稱長技。大抵其立意，要在聽者不倦，歌者忘疲。園居之暇，少製新詞，故知爲靡曼，雄其滑稽，雖去古益遠，要亦一時之清興。或攜琴挂竹枝和弄，或呼童滌瓔杯，輕揉檀板，聲空天地，急嚼三大白以咽之。若使里耳一聆，頓洗十①年塵胷，寧云伽陵音哉！

園隱主人。

（同上《青蓮露·太平清調迦陵音》卷末）

【校】

①「十」字後，底本闕，據《飲虹簃所刻曲》本補。

【箋】

〔一〕底本無題名。

〔二〕園隱主人：姓名、籍里、生平均未詳。

秋水庵花影集(施紹莘)

施紹莘(一五八一—一六四〇),字子野,號峯泖浪仙,華亭(今上海松江)人。明諸生,屢試不第。

著有散曲集《秋水庵花影集》,簡稱《花影集》,現存崇禎間刻本(《續修四庫全書》第一七三九冊、《鄭振鐸藏珍本戲曲文獻叢刊》第五一冊均據以影印)、明鈔本、民國二十年(一九三一)中華書局排印任訥輯《散曲叢刊》本,一九八九年上海古籍出版社出版來雲點校本。

秋水庵花影集序

施紹莘

峯泖浪仙行吟山谷,盤礴烟水如槁木,如寒灰,我喪其我,不知我爲何等我也。一日,刺杖水涯,撥苔花,數游魚,藻開萍破,見耳目口鼻浮浮然在水面焉。因自念言:『此是我耶,抑是影耶? 影肖我耶,我肖影耶?』

我之爲我,亦幻甚矣,何必多識字,日夜與柔管作緣? 平生寡交游,偏與毛氏之宗姓,世世結納,狎之曰『管城子』,尊之曰『穎君』。以之電掃横行,則署之曰『藏鋒都尉』。且愛之、恤之,珍之、祕之。不用之於名場呫嗶,而用之於韻事風流; 不用之於詁語酸言,而用之於雄詞藻句;

不用之於雌黃恩怨，而用之於嘯詠吟諧；不用之於政牘刑書，而用之於花評豔史；不用之於歌功佞德，而用之於惜粉憐紅；不用之於書算持籌，而用之於風人騷雅；不用之於北闕封章，而用之於東皋著述；不用之於青史編年，而用之於春衫記淚；不用之於諛辭表墓，而用之於豔句酬香；不用之於枉駕高軒，而用之於過溪枯衲。庶幾無負於柔管哉？宜其感恩思報，而辛苦隨我一生也。但綺語之業，日深月積，抑何不自愛至此矣？

猶記十六七時，便喜吟詠，而詩餘樂府，於中爲尤多。十餘年來，費紙不知幾十萬。嘗貯之古錦囊，挑以笻竹杖，向桃花溪畔，杏樹村邊，黃葉丹楓，白雲青嶂，席地高歌一兩篇，雖不入譜律，亦復欣然自喜。山童騎黃犢，負夕陽而歸，亦令拍手和歌，喁于互答。因擇其聲之幽脆者，命歌工教以音律。

於是花月下，香茗前，詩酒畔，風雪裏，以至茅茨草舍之酸寒，崇臺廣囿之弘侈，高山流水之雄奇，松龕石室之幽致，曲房金屋之妖妍，玉缸珠履之豪肆，銀箏寶瑟之縈魂，機錦砧衣之愴思，荒臺古路之傷心，南浦西樓之感喟，憐花尋夢之閒情，寄淚緘絲之逸事，分鞵破鏡之悲離，贈枕聯釵之好會，佳時令節之杯觴，感舊懷思之涕淚，隨時隨地，莫不有創譜新聲，稱宜迭唱。每聽雙鬟豎子，拍板一聲，則泬寥傳響，情境生動，可謂極風情之致，享文字之樂矣。

但浮沉濁亂於此中，我正爲我身心性命憂耳。謂當傾篋中藏，吹杖頭火，向稻花風裏，舉蒲葵扇，呼嗚嗚而播之，我見其灰飛烟滅，而我之眞面目始具矣。

適有客至，倚杖與語。客曰：『向聽爾詞，耳根快矣，獨不可使眼根亦受用乎？請授梨棗，使世間有眼人飽看一回也。』

浪仙對曰：『我寫不言之句，故將以手爲口爾；聽無聲之詞，乃欲以目易耳耶？我且不知爾之非我，我之非爾，爾猶執耳之非目，目之非耳耶？爾不見夫花影乎？花外之影，影卽非花；影中之花，花卽是影。然則何有何無，何彼何此？焉知珠聲絹字，非已飛之劫灰，而本無之幻相也哉！故爾若作句字觀，則些些綺語，永爲拔舌成案；若作花影觀，則滿紙胡言，隨口變滅，疏影稀微，已爲我向佛懺悔久矣。雖謂梓氏之刀爲祖龍之火，可也。』

客曰：『命之矣。』乃私授剞劂，而卽錄浪仙之語爲之序，蓋序之變格也。

峯泖浪仙自撰。

（《續修四庫全書》第一七三九冊影印明崇禎間刻本《秋水庵花影集》卷首）

秋水庵花影集敘

陳繼儒

峯泖間久無閒人矣。自眉道人開徑東佘之陽，施子野從泖上築墓西佘之陰，簾櫳窈窕，花竹參差，遠近始有褰裳而遊者。余不設藩垣，聽人往來，如簷燕，如隙中野馬；而子野嚴扃鐍，以病辭，中酒辭。顧閣上嘈嘈，數聞絃索度曲聲，則子野所自製詞也。客唐突不得入，橫折花枝呵詈，委道旁而去，而子野默默笑自如。

子野好日出酣眠，而能讀書至夜半，未嘗作低迷欠伸態。好與人轟飲惡戰，而能數月持酒戒甚堅。好治經術，工古今文，而能旁通星緯輿地與二氏九流之書。掉弄而爲樂府、詩餘，跌宕馳騁，凡古今當行家，意崛僵，未肯下。嘗謂余曰：『子老矣，請時時過我，俯首拍掌而和之。暇則爲我題數行，傳海內，海內故有天耳人，當爲施郎點頭耳。』

夫曲者，謂其曲盡人情也。詩，人人可學；而詞曲，非才子，決不能。子野才太俊，情太癡，膽太大，手太辣，腸太柔，心太巧，舌太纖。抓搔痛癢，描寫笑啼，太逼眞，太曲折。當其志敞意得，搖筆如風雨，强半爲旁人掣去。或寫素屏紈扇，或題郵壁旗亭，或流播於紅綃麗人、黄衣豪客之口，而猶未覩子野之大全也。

今《花影集》一出，上至王公名士，下至馬卒牛童，以及雞林象胥之屬，皆咄咄吁駭，想望子野何如人。購善本，換新聲，擲餅金斛珠，當不吝惜，豈特爲『三夢』、《四聲猿》之畏友而已乎？

昔山谷遇秀鐵面道人，訶其筆墨勸淫，恐墮犁舌。故其敍晏叔原集云：『妙年美士，近知酒色之娱；苦節臞儒，晚悟裙裾之樂。鼓之舞之，皆叔原罪也。』子野學道，請以山谷爲戒。

子野曰：『吾樂府、詩餘，非平章風月，則約束鶯花，豔語麗情，十不得一。況謔浪俱是文章，演唱亦是說法，秀道人見之，即使木人歌、石兒舞可也。雖然，此集既行，願將風流罪過，向古佛發露懺悔一番。敢問①眘先生，新創苕帚庵，其義云何？』

余曰：『有沙彌請法，佛教之誦「苕帚」二字。誦「苕」則失「帚」，誦「帚」則失「苕」。誦至三年，忽然上口，遂爾大悟。子野能捨無始來才子習氣，作苕帚庵三年鈍人乎？便不落綺語債矣。』子野稽首曰：『懺悔竟。』

眉公陳繼儒撰。

（同上《秋水庵花影集》卷首）

【校】

①問，底本作『間』，據文義改。

秋水庵花影集序

顧胤光〔一〕

夫詞，詩之餘也。前人謂工詩不必工詞，詩料不可入詞料，則詞固別有當行。而余嘗評覽宋、元詞家，如蘇，如柳，如王、董、關、馬諸君，各擒致標體，不傍門戶，濃澹啼笑，無相優劣。而後人醜爭效顰，技同剪綵，摹形傷板，鏤情涉俚，偷字不掩其酸，填髓祇拾其唾，難哉脫邯鄲而出步也！

吾友子野，弱冠好詞，即工詞，積十餘年而不斬。公諸同調，以《花影》名集，則命意遠矣。蓋詞不難填實，而難使虛，而花之弄影，妙香色之俱空；詞不難琢巧，而難寫生，而影之取花，妙即離之雙遣；詞不難繁音之噪耳，而難柔致之感物，而影暈花，花篩影，妙嫵媚之無骨，而參差之善隨。以子野詞拈作花觀，兩字歡愁，皆嫣紅而慘綠也；百態離合，疑笑晴而泣雨也。以子野詞拈作影觀，趣橫景移，得意在精神之摹寫也；思微香寂，幽賞在滄漠之領會也。以子野詞拈作花影觀，脂氣淨掃，冷韻逼人，杳焉作羅浮仙子想，則橫水之一枝也；嬌癡欲絕，如雨後烟初，眞堪一字一金屋，則臨鏡之睡醒也。

當年鐵板，誰唱千秋絕調，則百尺松濤響秋月也；舊日纖腰，齊褪一時情語，則千條柳線搖春風也。若乃尋幽盟，詠孤芳，三徑高韻，素琴無絃，依稀東籬晚香之微有傲態；更或宜紅牙，可雪兒，移刻度字，周郎微顧，彷彿藥欄烘日之爭含勝情。至如愁冷江皋，芙蓉池面；烟迷洛浦，水仙凌波。沉香微醉，調扶芳豔俱來；壽陽粧開，句並清揚共婉。暮雨梨魂，燈下題紈扇之無恩；日移春夢，紗窗譜高唐之有約。似此引類屬情，拈思攷境，宛爾闔合，不禁萬斛才情，從花影逗露少許耶！

子野有種情多，一切愁緣病緣，大半根花緣得。居平含宮嚼徵，引商刻羽，半生苦心此道，是能脫盡宋、元來粉墨習氣，而獨自登壇作飛將軍者。雨閣雲窗，膽瓶曲几，寫烏絲，付家樂部。興到，命青衣添沉水，進小玉，卮名酒，偕解人，子夜徵歡，則『雲破月來』之句，不負自許張三影後身矣。

顧胤光石萍子撰。

（同上《秋水庵花影集》卷首，頁二一二—二一三）

【箋】

〔一〕顧胤光：字闇生，號寄園，自署石萍子，華亭（今上海）人。顧正誼（？—一五九七後）姪。萬曆四十六年戊午(一六一八)舉人,歷任福建大田知縣、浙江嘉興府同知。工詩能曲。善畫,所畫山水仿倪云林,運筆蕭疏秀逸,饒有氣韻。傳見徐沁《明畫錄》卷四。

秋水庵花影集序

沈士麟〔一〕

予奔走長安街,面土尺許,僅爭廣文一席,跋涉千里。悲哉,予之愚也!乙丑之秋〔二〕,又將挂孤篷,渡浙水而西。荻花蕭條,霜月慘澹,四顧童僕,依棲無色。子野將予水湄,予謂之曰:『吾於世味日嚼蠟,幸爲我求隙地於東西佘間,行將與爾賦詠著述。何物五斗,能使人折腰耶?』

子野戲曰:『予冷人也,合受冷趣;爾熱人也,應受熱業。爾若飄然歸來,我當分草堂半榻,容汝四大,何必買山而隱耶?』

予笑曰:『子何居高而視下也?區區沈生,亦有心胷頭面者。斑衣捧檄,固知喜動顏色;乃山鬼移文,亦知愧人毛髮。此行,予之不得已也。戊辰之役〔三〕,倘拾得一第,則借一命,娱兩親;不然,則袖書歸田,爲老農畢世耳。』

子野曰:『善!吾固知君非久於風塵者,吾將結茆花下以待。』已而閱予行裝,見予諸行卷,因曰:『吾亦有數首,欲乞子一言,以行於世。』開緘出之,則《花影集》也。豔句淋漓,藻色飛動。予捧讀良久,心花皆開,拍案歎曰:『嗟乎!予所行世,不過一時塵言，而子則千秋慧業。豈不仙凡霄壤，尚敢輕置一喙哉？』

雖然，惟子野知我，亦惟我知子野。子野詞章高妙，人人所知，然予以爲正非子野本色也。子野外服儒風，内宗梵行。其於世間色相，一切放下，高棲山谷，睥①睨今古，視富貴如浮雲，功名若苴土。卽至山水烟霞，文章句字，亦如夢花泡影，過眼變滅。但其性靈穎慧，機鋒自然，不覺吐而爲詞，溢而爲曲。以故不雕琢而工，不磨滌而淨，不粉澤而豔，不穿鑿而奇，不拂拭而新，不揉摛而韻。蓋直出其緒餘，玩世弄物，彼其胷中，寧有纖毫留滯者哉？卽其命名《花影》，而其意固已遠矣。

予之知子野者，殆得之文彩之外，音句之先。若區區語其藻豔而已，則名箋酒嗋，路口戎碑；俊舌歌鶯，青樓偷譜，誰不知之，而何取於問序於予？安見予之爲知子野也？予惟是速了熱業，轉受冷趣。他時分得子野草堂半榻②，當以性靈爲師，梵貝爲課，賦詠著述，亦多休卻。子野此時靡詞綺語，亦請一切報罷。我正恐其機鋒四出，技不勝癢，指尖毛孔，皆蒸蒸然不得太平也。

沈士麟德生甫撰。

（同上《秋水庵花影集》卷首）

【校】

①睥，底本作『毗』，據文義改。

②榻，底本作『榻』，據文義改。

【箋】

〔一〕沈士麟：字德生，籍里、生平均未詳。

〔二〕乙丑：天啓五年（一六二五）。

秋水庵花影集序

顧乃大〔一〕

吾友施子野氏，嫺雅絶倫，風流自賞，夙稱博物，兼負情癡。既篆蠹以時親，復雕蟲之旁涉。新聲驚座，佳製盈笥，爰繕芸箋，命名《花影》。蓋以綵分江令，雪壓巴人，非關墨妙筆精，獨出騷心賦手。比物連類，託興肖形。或醒塵勞，或傷遲暮。或千秋憑弔，臨水登山；或一室晤言，炙香煮茗。或訴長門有恨，或憐翠閣無聊。巾藻淋漓，芍藥贈佳人南國；管華燦爛，葡萄傾公子西園。況夫春水綠波，秋原紅樹，清商緩奏，酸拍停催。魂銷殘月曉風，夢斷黄蘆苦竹。三秋一日，能無采葛之賡；千里寸心，曷已離鴻之唱。腸疑繡簇，字比珠圓。教坊譜入瓊笙，樂府名題黄絹。其險邃似桃迷秦澗，桂被蜀碞，別構奇觀，杳無俗狀；其娟秀似孤山萬樹，楚畹數叢，谷中弱態離披，溪畔冰痕清淺；其駢冶似平泉杏鬧，金谷草薰，鸚鵡珠簾，臙脂零亂，鴛鴦膩浦，香霧溟濛。銀燭高燒，忽共鞦韆遥送；瑤臺空掃，卻因蟾魄重窺。其綿惋又似貞娘墓古，妃子亭荒，依然細碧交加，率爾老紅如雨。毿毿啼露，淡淡篩烟，倚殘照以無言，隨暮鴉而低墮。總之，非空非色，疑假疑眞。擢月姊之精神，繪成姝豔；借天孫之杼柚，幻出靈葩。彤管玉臺，方斯蔑矣；金荃蘭畹，自謂過之。況大雅寖湮，元徽逾邈。塗膏乞馥，奚啻濫觴；襲豕承魚，仍慚本色。惟茲敷以蕙質，濬自紈襟，前無古而後無今，華於前而秀於夕。塵飛葉落，綠珠巧叶鸞絲；徵嚼宮含，碧玉香生鶯舌。幾與《鬱輪袍》嗣響，堪爲鐵綽板解嘲。翩翩柳寵花嬌，冉冉月來雲破。聊附馬山人之逸事，不負張郎中之後身。咄哉歌苑功臣，允矣詞壇宗主。敢藉斯編而不朽，詎云所好以阿私。

顧乃大彥容甫撰。

（天津圖書館藏明末刻本《秋水庵花影集》卷首）

【箋】

〔一〕顧乃大： 字彥容，華亭（今上海）人。顧正誼（？—一五九七後）三子。擅長傳奇戲曲，與施紹莘多有唱和之作。

秋水庵花影集雜紀

闕　名〔一〕

一、點板

板者，曲之尺度也。雖一定不可易，然死腔活板，歌苑宗工，自有圓融脫化之妙，烏得以一人隅見，著爲定律？ 故不加點。

一、**添字**

詞林舊刻，每添字比正句減小以示別。茲刻不分異同，大小平等。蓋予雖不嫻歌，然方屬句時，未嘗不按譜審腔，查板填句。縱有添字，亦多無礙歌喉，明於譜調者，自然一覽了然，不須參差刺人眼也。

一、**校閲**

予不妄交，未嘗攀援附會，校讐評閲，止吾相知幾人。常見世之梓刻，有交盡顯人、評滿天下者。茲刻自覺寒酸，然寧使爲予之寒酸矣。

一、**訛字**

近來剞劂日繁，亥豕魯魚，正復不少。茲刻一一細校，點畫無訛。只有『纔』字或作『才』，『揀』字或作『判』，乃古字本如此。試考六書，縱無『揀』字、『纔』字，當以『判』、『才』爲正。

一、**評語**

集中樂府大套，俱已著評人姓字。其間小令詩餘，未經明注者，大約彥容、闇生、巨卿、沖如、德生爲多。蓋時常聚首，趁筆拈題，不覺其珠聯而貝合也。

一、**徵歌**

集中諸曲，已半付歌兒，管絃翻譜，屢屬名手，幸免鐵綽板之譏。詞壇解人，不煩更費推敲，試一按板，自然入律。

一、流傳

予流連詞翰，多閱歲年，靡音麗語，每爲好事者所傳。但爾時少作，時復改竄，至有終篇一字不同者，亦有句字幾經更换者，觀者當以兹刻爲正。

一、僞竊

小詞雖極蕪陋，然自寫一得，亦頗自珍惜，奈每每爲人掩竊。曾於一歌姬扇頭，見【夢江南】十首，宛然予作，而已識他人姓字矣。如此者甚多。『一一鶴聲飛上天』，豈容假人耶？不敢不辨。

一、參譜

古人牌名，多有不雅馴者，予稍稍爲之更定。如【麻婆子】改【美娘兒】，【攤破地錦花】改【地錦攤花】，又如【紅繡鞋】改【雙乘鳳】，【尾聲】改【鳳毛兒】之類。蓋或因其本事，被之美名；又或因其本名，錫以新字。其音律自在，解人當自知之，舉一以例其餘可也。

一、犯調

古詞過曲，各分九宮，不可强爲配合。予詞皆一一按譜，未嘗以意出入。即間創新聲，如十一聲之類，亦必審宫辨律，摘句選聲。試一按歌，其音節頗諧，安知不有勳於詞林矣。

一、用韻

嘗考北聲既濫，南音繼起，大都不過聲音相近爲韻耳。自數年前，《南詞韻選》出，始奉《中原韻》爲詞林宗律。夫詩有詩韻，詞亦應有詞韻，非受持束縛，不見此道之難。但廢四聲爲三聲，以仄韻爲平韻，以閉口爲開口，此豈可爲訓耶？且予集中多少作，《韻選》未出時，業已成帙，不能一一訂改，以鴃舌從事也。三卷《夏景閨詞》後跋語，解人幸一參觀焉〔二〕。

（《續修四庫全書》第一七三九冊影印明崇禎間刻本《秋水庵花影集》卷首）

【箋】

〔一〕此文當爲施紹莘撰。

〔二〕按《秋水庵花影集》卷三《夏景閨詞》南仙呂入雙調【步步嬌】套曲自跋云：『粵自胡元，北聲不勁，南音遂歌，諸名家誠不用沈約韻，亦未曾用《中原韻》，不過以聲音相近爲韻耳。自後生厭常喜新，而好爲苟難，乃極詆沈韻，而必宗《中原》。夫沈之被駁，以虞元等韻也，一聲不諧，遺議千古。況《中原韻》廢四聲爲三聲，上去入顛倒錯亂至於如此，而猶可爲訓乎？五音出於五行，五行有金木水火，而土寄位焉，所以四時有春夏秋冬，而土季旺焉。然則五聲之爲四聲，自然之理也，廢而爲三，是爲何說乎？將四時亦缺一而可乎？且平上去入，隨聲自叶，乃天籟之自然，如「天腆捵鐵」，欲少一聲不得，欲多一聲亦不得。果如《中原音韻》所云，將至「捵」字竟止矣，可乎？不可乎？甚矣，《中原韻》之不韻也！要是胡元入主，北聲亂華，剛勁乖劣，幾不成響。周德清乃因其舛謬，著而爲書，令人知胡元某字即中華某字，聲音雖有不同，而眞是卒不可混，六經音義，由此終天不泯。此德清之苦心，當諒之聲響之外者也。安得不以意逆志，反以鴃舌爲師，而非毀先賢哉？故予嘗謂，《中原韻》爲攘夷功臣，而亦爲賢智戎首。揭帖韻尤爲乖戾，予極恨其詭窒。右詞偶戲爲之，不過嚴於用韻，以苦難筆墨耳。敢不大伸正論，爲詞林護法也哉！』

鞠通樂府（沈自晉）

沈自晉（一五八三—一六六五），生平詳見本書卷十三《南詞新譜》條解題。著有散曲集《鞠通樂府》三卷，包括《黍離續奏》、《越溪新詠》、《不殊堂近草》，現存民國十七年戊辰（一九二八）吴江敦厚堂刻本、民國二十五年（一九三六）金陵盧氏輯刻《飲虹簃所刻曲》本。一九八九年上海古籍出版社出版李宗爲點校本。

鞠通樂府序

沈自南

昔歲客武林，與郭子彦深遇於湖上[一]。彦深語予曰：『音律名家，自昔希遘。近於子吴江而得二人焉：一即子家君庸氏[二]，讀其《漁陽三弄》，眞北調之雄乎！其一則鞠通生，所著《翠屏山》如芙蓉出水，《望湖亭》若楊柳因風，實當今南詞津梁矣。』彦深研究宫商，非一朝夕，雅稱知音，故言之娓娓。然未知鞠通生之爲長康氏，亦於予爲雁行也。

兄爲詞隱先生猶子，考宫叶徵，素承几硯，童而習之。及詞隱没，而樂府一脈，兄實身任之。故世調紛紛，爭奇競出，而聱牙不顧，賴正音在此，爲中流之柱也。兄幼精舉子業，躓於棘闈，每不爲①意，間作歌詩，成即棄去，實非所好。而獨醉心於紅牙檀板間，雖天性然歟，亦就之者專也。

憶於燕市，同譜諸盟，讌習平康，賞《望湖亭》劇。時環②者如堵，坐中擊節，疑大手作，非古名家不能，恨不得拜其下風。予謂：『此予家伯兄作耳。伯兄家居著書，年故未艾也。』則咸駭嘆，如此才思，不馳騁五陵，使紅紅下豆，絳樹飛聲，而兀兀窮年，撚髭斗室，顧不嗟哉？雖然，人貴適意，或筆墨緣深，仰屋梁著書，酒酣微吟，夢後與王敬夫、康德涵輩相角逐，且令白叟黄童，口碑所著於不朽，以此較彼，孰得而孰失耶？

歸以告之兄，兄曰：『吾以寄興耳，何暇爲久遠計？吾故有《賭墅餘音》及《越溪》諸詠，敝諸篋笥③久矣，吾豈計久遠者？』因亟請讀之，詠物書懷，寫詩賦景，流連感慨，種種畢具。惜不令郭子見之，並同座諸公按拍之也，早唱破燕市、西泠之口矣。

弟自南謹題。

（民國二十五年金陵盧氏輯刻本《飲虹簃所刻曲》所收《鞠通樂府》卷首）

【校】

①不爲，中國國家圖書館藏精鈔本《鞠通樂府》作『爲不』。

②環，底本作『還』，據中國國家圖書館藏精鈔本《鞠通樂府》改。

③笥，中國國家圖書館藏精鈔本《鞠通樂府》無。

【箋】

〔一〕郭子彦深：即郭濬（約一五九〇——一六五二後）。

〔三〕君庸氏： 即沈自徵（一五九一—一六四一），字君庸。

吴騷合編（張琦、張旭初）

張琦（一五八六—？），一名楚，字楚叔，又字叔文，號騷隱，别署騷隱生、騷隱居士、西澗居士、松臞老人、白雪齋主人，武林（今浙江杭州）人。撰傳奇《明月環》、《金鈿盒》、《詩賦盟》、《靈犀錦》、《鬱輪袍》、《題塔記》，前五種合稱《白雪樓五種曲》，俱存。另有《南九宫訂譜》。張旭初，楚叔從弟，號嶺樵，别署半嶺道人、半嶺主人，事蹟不詳。

張琦校刻王穉登所編散曲集《吴騷集》，與王煇選輯散曲集《吴騷二集》，復選輯《吴騷三集》。張旭初删訂三書，成《吴騷合編》，全稱《白雪齋選訂樂府吴騷合編》，現存崇禎十年（一六三七）張師齡刻本（《四部叢刊續編》據以影印，《續修四庫全書》第一七四三册復據以影印）、明末孝友堂印本、明末吴郡緑蔭堂翻刻本、大來堂刻本等。

吴騷合編小序

張　琦

曲之爲義也，緣於心曲之微，蕩漾盤折，而幽情躍然，故其言語文章，别是一色。從來稱擅場者，引商刻羽，嫵媚天成，每好句入人夢思，咀之愈多，味之不盡。旨哉，其爲曲也！

然而曲有遇焉。作家者流，昔以長言單辭，舒一時怨懟。幸而後來人士起焉玄賞，詠其曲，恍見其人，都雅雍容，盈諸口角，悠揚欸乃，應於肺腑①。作者歌者，後先稱兩相知，詎非曲之遇歟？爾乃遊腔雜拍，信口酣閧，唫笑溷場，句讀割裂，則曲之窮於唱也。晚近淺俗，見聞側陋，且以香奩湮沒之詞，目爲新裁，以詞場手授之曲，謬曰附會，則曲之窮於觀也。甚至終日爭作者誰行，而於曲學爲指月；或僞摭他人之剩唾，而於譜法爲操戈，則曲之窮於傳也。若夫檀口空餘，藥欄寂寞，行雲夜冷，珠串無聲，則曲之窮於景也。至使梨棗濫觴，傳訛附影，塵蒙本色，閉嗇新詞，則曲之窮於選也。責在我輩矣！

是集也，余始博收之，今仲弟旭初嚴覈之。惟其詞，弗計其人；課其法，斯收其曲，非他刻泛泛比也。

丙子冬杪〔一〕，余病臥無聊，因手拈新本閱之，快然破悶。而師齡姪知音〔二〕，以授諸梓，越二月梓成。余喜書其端，因撫卷曰：『此於曲苑，可謂無遺憾矣。』

崇禎丁丑春仲，騷隱居士楚叔父題於小墨墨居〔三〕。

【校】

①腑，底本作『附』，據文義改。

【箋】

〔一〕丙子：崇禎九年，是年冬杪，公元已入一六三七年。

〔二〕師齡姪：即張師齡，室名白雪齋，別署白雪齋主人，武林（今浙江杭州）人。張琦姪。嘗刻印徐熥《晉安風雅》十二卷、《幔亭集》十五卷。

〔三〕題署之後有陰文方章二枚：『楚叔』、『御書堂』。

吳騷合編序

許當世〔一〕

吾聞之：宋無律，非無律也，律不及唐也；唐無《選》，非無《選》也，《選》不及晉魏也；漢無《騷》，非無《騷》也，《騷》不及屈、宋也。夫《騷》不屈、宋及，不可謂《騷》，則《騷》之體，迄今猶存，而《騷》之脈，二京以還，其絕也夫矣。雖然，未絕也。神而明之，漢之續《騷》於楚，何必不右《選》？而唐之續《選》於《騷》，抑又何必不右律也？則《選》與律，一《騷》也。詞者，律與《選》之餘也；曲者，詞之變也。以勝國之曲，踵宋之詞，世推宋詞、元曲，良非虛語。曲可續《騷》，又誰曰不然？

涵虛子記元撰曲者百八十七人，其置品題者八十有二人。董解元而下，凡百五人，品題弗著，而虞道園、張伯雨、楊鐵崖輩，甚至不得與，嚴矣。微獨爲曲嚴之也，不嚴，不足以存曲；曲不嚴，不足以存《騷》也。嗟乎！《三百篇》亡而後有《騷》；有《騷》，《三百篇》不亡也。《三百篇》不可亡，《騷》安可亡？曲安可不采，而采安可不嚴？

且詩賦、文章，歷代所尚，我朝實奄有之，集不勝傳。而曲之一種，作之者罕其傳，采之者恆不有其集。間出一二新編，類寄伶人賤工、委巷歌兒之口，學士大夫缺焉寓目。工者以散佚而未必見，見者或濫觴而未必工。詎先王采風遺意也，亦維《騷》者之恫也。然則采風以曲，於樂府爲良史，而於《三百篇》爲功臣。

居士號騷隱，責其奚辭焉？《吳騷》之集，所爲繇初編而再、而續，而於兹又合爲之編也。是編也，詞翻《白雪》，拍按紅兒，譜合九宫，音諧六律。犯韻雖豔必黜，越格雖巧亦刪。俗套油腔，陶汰都盡。殆起三閭而《雅》、《頌》之，寧論宋元諸公哉！即昭明不輯《選》，老杜不裁律，可矣。

丁丑仲春〔二〕，花裀上人許當世題〔三〕。

（以上均《四部叢刊續編》影印明崇禎十年張師齡刻本《白雪齋選訂樂府吳騷合編》卷首）

【箋】

〔一〕許當世：字彥輔，別署花裀上人，籍里、生平均未詳。

〔二〕丁丑：崇禎十年（一六三七）。

〔三〕題署之後有陰文方章二枚：『許當世印』、『許彥輔氏』。

吳騷合編題識〔一〕

闕名〔二〕

詞餘之傳，其來尚矣。佳本之獲，世頗罕矣。往刻《吳騷》諸集，海內風馳，坊刻效顰，終難繼武。第流行日久，積漸模糊，選帙屢分，未稱合璧。兹特審音選訂，精心刪補。寫麗情而務除俗套，搜舊曲而博覽新聲。更加□意窮工，增一編之景色；點板合法，師九宮之淵源。敢云大雅之復興，□彰騷壇之□□益云爾。

□□□謹識。

（日本内閣文庫藏《白雪齋選訂樂府吳騷合編》内封左下方形木記〔三〕）

【箋】

〔一〕底本無題名。

〔二〕此文當爲張旭初撰。

〔三〕此本未見，據黄仕忠《日藏中國戲曲文獻綜録》迻録。

（吳騷合編）跋

張旭初

客歲浪走清漳，時維春暮，江皋鼓棹，歷水陸之程者，凡三千里。途中花鳥牽情，溪山惹恨，旅懷幽思，勃不自禁。惟以所攜舊選詞餘一編，醉吟狂抹，坐銷鞭塵帆影之苦。歸途潦倒，喜荔香兩袖，明月一航，俱堪作吟囊詞料。

值秋期落魄，興味索然，無復得句。繼而病，病且憊。時更於枕上，把玩前編。每讀傷心之語，則沉沉刻骨；讀快心之語，則躍躍色喜。呻吟痛楚，稍或藉以忘去。

予伯兄騷隱生視予，偶見兹帙，因而謂予曰：『大凡情之鬱而不伸者，則隱伏而爲祟。故昔人書空擊劍，痛飲歌《騷》，寄情於筆墨之中，寓言於花月之際，無非銷此壘塊。余向日《吳騷》之刻，端以此意。夫曲雖末技，精心研弄，亦能破愁卻病。則刪訂一役，不特爲詞壇良史，韻府功臣，卽以當肘後青囊，奚不可之有？況以律調精嚴，宮商得所，俱堪爲後人藥石，而采風正樂，與凡扶衰起敝之苦心，亦庶幾乎近之。否則，紙上精神，淹沒不傳，其不從而爲祟者幾何？宜亟付諸梓。』

予因而扶病訂定，斟酌再三，以成是刻。倘有謂其憑臆去取，則《中州音韻》、《九宮詞譜》諸書，俱堪廢置，而選者亦奚任其咎？是爲跋。

丁丑花朝〔一〕，半嶺道人旭初氏漫題〔二〕。

【箋】

〔一〕丁丑：崇禎十年（一六三七）。

〔二〕題署之後有印章二枚：陽文方章『旭初』，陰文方章『半嶺道人』。

序吳騷初集〔一〕

陳繼儒

夫世間一切色相，儔有能離情者乎？顧情，一耳，正用之爲忠憤、爲激烈、爲幽宛，而抑之爲憂思、爲不平、爲枯槁憔悴。至於纚纚一腔，難以自已，遂暢之爲詩歌，爲騷賦。而《風》、《雅》與三閭諸篇，並重於世。昔史遷之傳三閭也，悲其值而大其志，謂足以兼《國風》、《小雅》。而班固氏亦美之曰：『弘博麗雅，爲詞賦宗。』此皆窺見平情，而深乎其味者。然情寧獨平哉？佳人幽客，好事多磨，繾綣縈懷，撫時觸景；聯牀同調，兩地吊天，我輩鍾情，豈同槁木？故竅發於靈，而響呈其籟，代不乏矣。漢以歌，唐以詩，宋以詞，迨勝國而宣於曲，迄今盛焉。總之，以《風》、《雅》爲宗，而憤激幽情，錦心慧口，相伯仲也。

冏國謳吟，不減江皋諷詠；三吳丰韻，類延晉代風流。詞本於《騷》，而地別於楚，故因弁其騷曰『吳』。嗟嗟！今樂府濫觴極矣。自有茲帙也，洛陽紙貴，收盡《陽春》冰玄，蛟螭刻成天巧，豈非造物之情至此而一暢耶？世不乏有情人，而知吳騷之足尚也。

時萬曆甲寅秋日，清懶居士書於尚白齋中。

【箋】

〔一〕此序原載《吳騷集》卷首，題《吳騷引》，署『萬曆甲寅秋日清懶居士陳繼儒書於尚白齋中』。《吳騷集》四卷，王穉登輯，張琦校，現存萬曆四十二年甲寅（一六一四）序張琦校刻本、明末刻本、民國二十五年（一九三六）貝葉山房『中國文學珍本叢書』排印本等。

序吳騷二集〔一〕

許當世

蓋自楚三閭大夫以《騷》著，而揚子雲氏於是乃爲作《反騷》。嗟乎！《騷》可廣卽廣矣，可更廣反亡爲也，《反反騷》所爲作也。何也？夫人莫情眞，情莫怨眞，而《離騷》其言哀，其志切，其托諷遠，怨矣哉！所云『情之所鍾，政在我輩』，三閭大夫其人也。大夫其有情癡也哉！太史公謂其『作《離騷》，蓋從怨生也』，有味其言之也。

雖然，大夫《騷》於楚，楚有《騷》，我吳亦有騷也。《吳騷》，廣楚《騷》者也。曩初集行，已紙貴洛陽，海内復渴想次集，遂復輯次集以廣初集。夫兩集皆曲也，曷爲而《騷》之？曰：體異而情同也。情曷爲而同？其摛詞不必盡怨矣，他弗具論，間且歡曰：『繇怨而歡，歡復致怨者，人間世聚散之常也。』總之，怨其情種也。

獨不曰：作者類不必盡吳人乎？曷爲而冠之吳也？曰：地異而寄情於響者，大都屬吳音；即不盡吳音，而按拍無如吳人工也。

然則吳之騷，曷爲而不《騷》其體，顧曲也？曰：諸君子見當吾世而詞賦自命者，示之《騷》，定眉酸於把卷，即開卷，苦不得句也。方將敝帚委之，寧冀有淮南王安通其義，而劉向諸人出，尊其言爲經也？則其文且湮沒不傳，而悠悠此情，終不獲表見於天下後世。以故文生於情，而情恐不能以文訴人，則變而衍爲曲。庶幾考之樂府，亡慮知與不知，并亡慮善按拍、不善按拍，而情不自已，人人其式歌且舞也。今日者，即起三閭大夫汨①羅中，其能不以曲易之，仍《騷》哉？則吳騷之集於初也，洵足爲楚《騷》廣，次以是集，稱《廣廣騷》，夫誰曰不可？王孝伯有知，當又以痛飲酒，熟讀前後兩《吳騷》爲快矣！千載下應不乏賈長沙，有爲文吊諸君子耳。爲子雲氏者，其爲誰？

花裀上人許當世題。

【校】

①汩，底本作『汨』，據文義改。

【箋】

〔一〕此序原載《吳騷二集》卷首，題《吳騷二集序》，署『丙辰秋花裀上人許當世撰並書』。《吳騷二集》四卷，張琦、王煇選輯，現存萬曆四十四年丙辰（一六一六）序刻本、舊鈔本。按日本立命館藏本内封有兩方朱色木記，上方曰：『初集之役謬承海内許可□／所載曲□向來□□初／無迥異□□遍□□近采／新聲選訂□嚴圖像仿古至／於點板□梓毫不□撰悉遵／南宮詞譜博覽進幸鑒別焉』。下方曰：『此係張衙藏本／本衙不惜重價／百金買樣百金／刻板四方倘有／翻刻本衙定行／送官追板亶治』。見黃仕忠《日藏中國戲曲文獻綜錄》。

序吳騷三集〔一〕

張旭初

《懷沙》寫志，幽憂無已，蓋繼《三百》而作者。自宋子師之，而漢賈生擬『感鵩』之論，凡幽人志士不平而喜爲古言辭者，人非楚而楚其辭，操筆而從子雲之後者，不乏人也。然賦體浮詩，引用古字稱長，學士經生，亦多未解。世因變之爲詞曲，語近本色，遂與里耳相通。總之，體異而志同也。

居士號騷隱，復集樂府而弁以『騷』，良有深意乎？今好事者聞其名號，便覺鬱沈之色，都爲振起，且欲卽覩其全而未可得。兹復手輯佳本，授之剞劂，至再而三。其韻嚴，其響和，其節舒。其慷慨類俠，滑稽類誕，怨思類憤，悲歌類①惜，若挾三閭大夫而出佩蘭沈潭之貌，吐其《九歌》、《天問》、《哀郢》之辭也。

迺居士少孤食貧，意氣違俗，所如多不合宜，其沾沾以騷著耶？是刻也，長夏掩扉，散髮痛飲，手拈數闋，長謳再過，實岑寂中知己耳。若九宮之辯，有譜法在，何庸贅？

半嶺主人題。

【校】

①類，底本無，據上下文補。

【箋】

〔一〕此序原應載《吴騷三集》卷首。《吴騷三集》，未見。

《吴騷合編》凡例

張琦

一、往時選刻《吴騷》，苦無善本，所行者惟《南詞韻選》及《遴奇》、《振雅》諸俗刻，所載清曲，大略雷同。《韻選》一書，又爲金湯韻學而設，僅惟小令散見，而套數則落落晨星。余特蒐諸殘簡蠹餘、零星舊本，及各家文集中，積漸羅致。雖已刻者有三集，而所見之詞，不啻廣矣。其後坊刻效步，似亦柏梁餘材、武昌剩竹耳，終不能出其範圍也。是集更彙精美，用公見聞。

一、是集耑録麗情散曲，惟幽期歡會、惜別傷離之詞，得以與選，其他雜詠佳篇，俱俟續刻，概弗溷收。

一、歌先審調，不知何調，則音律亂矣。茲選照譜所序宫調分列，各宫正曲居先，犯調列後，而南北調以及北調，附列終篇，俾知音者便於查覈。

一、詞場佳句多矣，然於曲體及用韻溷亂者，雖美不貴。日以彙帙未備，漫爲寬收者有之。茲則逐套研窮，必求合譜依韻，而越格者弗録也。其名人好辭，坊刻訛傳者，悉照原本釐正。有偶爲出入，而塡詞佳麗不忍棄置者，必謬爲斟酌，琢瑕留瑜，爲宫商之全璧云。

一、曲中襯貼字眼，須辨虚實，非死煞也。俗刻臆分大小，自稱當行，徒貽識者之笑。茲則細加理會，辨晰微渺，殊費苦心。

一、字有鼻音、脣音、舌音、喉音、齒音，及撮口、開口、閉口等音，不能盡標。即詞隱先生，止圈閉口。而閉口『侵尋』、『監咸』、『廉纖』三韻，亦明載《中州》韻書，知音者按之，自能一一分辨。茲帙止圈去、上兩聲，其餘概不蛇足。

一、是選但衡其曲，不問其人。間有姓氏相傳，確乎有據者，則一一還其故物。有託名誤刻，而素無可考者，亦不敢妄爲翻案，獲罪前人。蓋移珠借玉，亦屬詞林常有之事，如從此推敲，必盡起地下而問之矣，奚其能？　況詞以人重，人以詞重，寧任其咎，以留闕文之遺意可也，若云杜撰，則吾豈敢？

一、好曲熟爛人吻，盡有爲人唱壞者。是編剗去氾濫，近補新聲，名曰《合編》，雖依據舊本，而仍寓增删之法，非依樣葫蘆已也。

一、各調逐詞，或有疑案，或有原評，附載編中，以供詞林鼓吹，以佐譜書法輪。

一、清曲中圖像，自《吳騷》始，非悦俗也。古云『詩中畫，畫中詩』，開卷適情，自饒逸趣。是刻計出相若干幅，奇巧極工，較原本各自創畫，以見心思之異。

一、坊選傳奇諸曲，頗爲厭人，嗣兹刻後，當另出手眼，用公玄賞。

一、是選雖未空羣，亦稱鴻覽。其他名家著作雖多，一時不能悉購，俟容廣蒐，以成續刻。倘得聞風辱教，猶拜明賜。

白雪齋主人謹識。

附 衡曲麈譚〔一〕

闕 名〔二〕

塡詞訓

古士大夫聽琴瑟之音，弗離於前，性情之通，絃歌而洽，吟詠可已歟？

客曰：『詞餘之興也，多以情癖，大抵皆深閨永巷、春傷秋怨之語，豈鬚眉學士所宜有？况文辭之貴，期於渾涵，若夫雕心琢句，柔脆纖巧，披靡淫蕩，非鼓吹之盛事，曲固可廢也。』

騷隱生曰：『嘻！子陋矣。尼山説《詩》，不廢《鄭》、《衛》；聖世采風，必及《下里》。古之亂天下者，必起於情種先壞，而慘刻不衷之禍興。使人而有情，則士愛其緣，女守其介，則天下治矣。且子亦知夫曲之道乎？心之精微，人不可知，靈竅隱深，忽忽欲動，名曰「心曲」。曲也者，達其心而爲言者也。思致貴於綿渺，辭語貴於迫切。長門之詠，宜於官樣而帶岑寂；香閨之語，宜於閨藏而饒綺麗。倚門嚬笑之聲，務求纖媚而顧盼生姿；學士騷人之賦，須期慷慨而嘯歌不俗。故詠春花勿牽秋月，吟朝雨莫溷夜潮。瑤臺玉砌，要知雪部之套辭；芳草輕烟，總是郊原之泛句。又如命題雜詠，而直道本色，則何取於寓言；觸物興懷，而雜景揣摹，則安在其即事。甚且士女之吻無辨，睽合之意多乖；文情斷續而忽入俚言，筆致拗違而生吞成語，又曲之最病者也。乃若傳奇之曲，與散套異。傳奇有答白，可以轉換，而清曲則一線到底；傳奇有介頭，可以變調，而清曲則一韻到底。人第知傳奇中有嬉笑怒罵，而不知散曲中亦有離合悲歡。古傷逝惜別之詞，一披詠之，愀然欲淚者，其情眞也。故曲不貴摭實，而貴流麗；不貴尖酸，而貴博雅；不貴剽襲，而貴冶創；不貴熟爛，而貴新生；不貴文飾，而貴眞率肖吻；不貴平敷，而貴選句走險。有作者起，必首肯吾言矣。』

客曰：『子之爲辭，未必其無弊也。乃執月旦以平章曲府，司三寸管而低昂之，得無過當乎？』

居士曰：『人之姸媸人也，不必其己之姸也，雙眸具在，存其論而已矣。今日者之評次，雖謂作家之豸史，亦誰曰不可？』

作家偶評

騷賦者，《三百篇》之變也。騷賦難入樂，而後有古樂府；古樂府不入俗，而後以唐絕句爲樂府；絕句少宛轉，而後有詞。自金、元入中國，所用胡樂，嘈雜緩急之間，詞不能按，乃更爲新聲以媚之。作家如貫酸齋、馬東籬輩，咸富於學，兼喜聲律，擅一代之長。昔稱宋詞、元曲，非虛語也。大江以北，漸染胡語，而東南之士，稍稍變體，別爲南曲，高則成①氏赤幟一時，以後南詞漸廣，二家鼎峙。大抵北主勁切雄壯，南主清峭柔脆。北字多而調促，促處見筋；南字少而調緩，緩處見眼。各有三昧，難以淺窺，譬之同一師承，而頓漸分受，不可同日語也。乃製曲者往往南襲北辭，殊爲可笑。

今麗曲之最勝者，以王實甫《西廂》壓卷。日華翻之爲南，時論頗弗取，不知其翻變之巧，頓能洗盡北習，調協自然，筆墨中之鑪冶，非人官所易及也。國初作者王子一輩十六人，僅傳其名，詞未及見。

後起如楊升菴，頗有才情，所著有《洞天玄記》、《陶情樂府》，流膾人口。但楊本蜀人，調不甚諧，而摘句多佳。楊夫人亦饒才學，最佳者如【黃鶯兒】『積雨②釀輕寒』一曲，字字絕佳，楊別和三詞，俱不能勝，固奇品也。

北人如王渼陂、康對山，翩翩佳致。其後推山東李伯華。伯華以【傍粧臺】百闋爲對山所欣賞，今其詞尚在，不足道。所爲《寶劍》、《登壇》記，亦是改其鄉先輩之作，固自平平，而自負不淺。弇州嘗譏其腔律未協，非苛求也。

大聲，金陵將家子，所爲散套，尚多借襲，而才情亦淺。然句字流麗，可入絃索，如【三弄梅花】一闋，頗稱作家，固知好句不在多得。王舜耕《西樓樂府》，較爲警健，題贈亦善調謔，而少風人之蘊藉。常樓居自有樂府，詞氣豪逸，亦未當行。谷繼宗、謝茂秦輩，皆有逸韻，尚居諸君之下。徐髯仙所爲樂府，不能如大聲穩協，而情思過之。

吳中以南曲名者，祝希哲、唐伯虎、鄭若庸，三人娩美。京兆能爲大套，富麗而多駁雜。解元小詞，纖雅絕倫。鄭所爲《玉玦記》，見其一斑，它未足道。《明珠記》乃陸天池采所成者，其兄浚明給事助之，非一手之烈③。張伯起素喜梁伯龍，博雅擅場。《吳越春秋》善述史學而不平實，且賓白工緻，具見名筆，第其失在冗長。若《江東白苧》一辭，讀之有學士氣④，故伯起重之。伯起之撰《紅拂》，潔秀俊美，但不無輕弱之嫌。陸南門散詞，有一二可觀，語亦雋爽。先輩如李空同、王浚川諸公，皆長於北聲，不入南調。大抵曲之稱當行者，首重譜韻，次論詞章。近日玉茗堂《杜麗娘》劇，非不極美，但得吳中善按拍者，調協一番，乃可入耳，惜乎摹畫精工，而入喉半拗，深爲致慨。若士茲編，殆陳子昂之五言古耶？

名家苦心，作家頗難得，予後學何知，漫舉而評騭之，非有他也。蓋謂曲學深奧，見從來作者之難。若諸君聲價，久已實錄，詞壇不可泯滅，余亦何敢以管窺之見，漫爲低昂也耶！

曲譜辯

心感物而成聲，聲逐方而生變，音之所以分南北也。君子審聲以知音，而律呂辨矣；古律數九九八十一以爲宮，三分而損益之以爲徵、商、羽、角，此律呂之大較也。復之一陽始生，律應黄鐘，遞而推之爲大呂、太簇、夾鐘、姑洗、仲呂、蕤賓、林鐘、夷則、南呂、無射、應鐘，凡十有二律。所謂氣始於長至，周而復生，聖人合符節，調鐘律，造度數，繇此其選也。

樂府之制，字辨陰陽，調協平仄，然未有舍十二律而自爲神明者。今按之曲譜，大抵譸張附會者什之八九。夷考其調，僅有黄鐘、南呂二家，諸如仙呂、大石、越調、雙調之名，不知從何根據。如謂舍十二律別有流暢，則此黄鐘、南呂，猶然十二律中之名義也，而曲譜竟別創爲仙呂諸調，又何說耶？如仍出諸十二律，則宮調之首當敍自黄鐘始，今南曲譜獨首仙呂，又何說耶？且也黄鐘爲宮，不必更有正宮之名矣；夾鐘、姑洗、無射、應鐘爲羽，不必更有羽調之名矣；夷則爲商，不必更有商調之名矣。今譜之有宮、商、羽三調，而又無角、徵二聲，獨何歟？

說者曰：『軒轅之法，及今淼矣，此流傳者之殘闕也。』但不知仙呂、大石、越調、雙調，究竟自誰伊始？余竊揣之，意者十二律之仲呂，或因『仲』字與『中』字、『仙』字相肖，遂誤傳爲中呂、仙呂乎？又或『呂』字與『石』字相似，遂誤傳『大呂』爲『大石』乎？善讀書者，盡信不如其無，則九宮譜之謂矣。

然則何以處曲乎？曰：曲者，末世之音也，必執古以泥今，迂矣；曲者，俳優之事也，因戲以爲戲，得矣。

然則譜可廢乎？曰：因其道而治之，適於自然，亦已無憾，何必不譜也？蓋九九者，天地自然之數也，律吕因此諧，腔調繇此出。譬如今日，此曲之腔，唱爲彼曲，聽者笑之，謂其失於自然也。然則按譜而作之，亦按譜而唱和之，期暢血氣心知之性，而發喜怒哀樂之常，斯已矣。況譜法之妙，專在平仄間究心，乃學之而陋焉者，僅如其字數，逐句櫛比，而所以平仄之，故卒置弗講。似此者，如土偶人，止還其頭面手足，而心靈變動，毫弗之有，於譜奚當焉？及學之而失焉者，每一套中，以此調之過曲，忽接他調，譬諸冬行夏令，南走北轅，即名家大手，往往有之，於譜又奚裨焉？昔人歌蕤賓之聲而景風至，震易水之響而白虹貫，所云動已而天地應焉，聲音之感，豈其微哉！古之譚曲者曰：『曲如折，止如槁木。』曲之道，思過半矣。

客曰：『今子伯仲之選本，其於譜書，固兢兢矣，而重翻此義，可謂世行世法、我行我法者夫！』余然其言，遂並識之。

情癡寤言

今之所稱多情，皆其匿情而獵名者也。悲憤調笑，慰勞寒暄，若伶人之搬演，落場即已掉臂去之，轉眼秦越，聚散摶沙耳，膠漆戈矛耳。其爲辭也，浮游不衷，必多雕琢虚僞之氣，欲自掩飾之而不能。

心之與聲，有異致乎？人之有生也，倉字現乎外，血性注乎内，情緣煎其中。豈惟兒女子，雖彼豪杰通儒，豁達自負者，無所感則已，一涉此途，行且靡心，就其維繫，誰能漠然而遊於漭瀁之鄉哉？

說者曰：『至人處靜不枯，處動不喧，居塵出塵，無縛無解。而且柳生其肘右，鳥巢其頂門，此亦冥忘泬⑤寥之極矣。今乃以萍蹤浪迹，愁病銷磨，癡矣哉！』噫！彼之忘情，割河而斬筏者，人而至焉者也。我非至人，第求其至於人？夫人，情種也。人而無情，不至於人矣，曷望其至人乎？情之爲物也，役耳目，易神理，忘晦明，廢飢寒，窮九州，越八荒，穿金石，動天地，率百物；生可以生，死可以死，死可以生，生可以死，死又可以不死，生又可以忘生；遠遠近近，悠悠漾漾，杳弗知其所之。而處此者之無聊也，借詩書以閑攝之，筆墨磬瀉之，歌詠條暢之，按拍紆遲之，律呂鎮定之，俾飄飄者返其居，鬱沉者達其志，漸而濃鬱者幾於淡，豈非宅神育性之術歟？

余於情識淡然矣，挾一眞率有情之侶與俱，不勝其向往也。間一拂情，又不能違心以就世法，人亦多笑之，弗顧也，自率其情已矣。世路之間有疑吾情者，緣之艱也，吾無庸彊其信。斯情者，我輩亦能癡焉，但問一腔熱血，所當酬者幾人耳？信乎意氣之感也，卒然中之，形影皆憐；靜焉思之，夢魂亦淚。鍾情也夫？傷心也夫？此其所以癡也。如是以爲情，而情止矣；如是之情以爲歌詠聲音，而歌詠聲音止矣。

（以上均《四部叢刊續編》影印明崇禎十年張師齡刻本《白雪齋選訂樂府吳騷合編》卷首）

【校】

①成，《讀曲叢刊》本作『誠』。

②雨，底本作『兩』，據《讀曲叢刊》本改。

③烈，《中國古典戲曲論著集成》第四册《衡曲麈譚校勘記》云：『似是「製」字之誤。』

④『讀之有學士氣』以下，《讀由叢刊》本與此本殊異，錄之如下：……讀之有學士風，張伯起評以『擲地金聲』，殆非虛語。與伯龍相後先者，吾鄉之沈青門，峻志未就，托迹醉鄉。其辭冶豔出俗，韻致諧和，入南聲之奧室矣。伯起好古文辭，尤一時名宿。所爲《紅拂》傳奇，俠逸秀朗，雖論者有輕弱之嫌，孰知意態修美，如翔禽之羽毛，正自難得。陸南門、張少谷，語亦雋爽悠然，八音中之有笙竽，又何可少？臨川學士，旗鼓詞壇，今玉茗堂諸曲，爭膾人口。其最者，《杜麗娘》一劇，上薄《風》、《騷》，下奪屈、宋，可與實甫《西廂》交勝。獨其宮商半拗，得再調協一番，辭調兩到，詎非盛事與？惜乎其難之也！越之屠赤水，爲辭古鬱，《曇花》一記，憤懣淒冷，寓言立教，具見婆心。史叔考亦起越中，心手精湛，集中句多佳勝，再得洗刷，一開生面，幾幾乎大雅矣。至沈寧庵，則究心精微，羽翼譜法，後學之南車也。苕中吳載伯、凌初成，詞林之彥，清言楚楚，頗爲斂衽。載伯與吳門王伯穀，姻契雅善，往還酬和，咸都雅可觀。近之佳者，如龍子猶、王伯良、卜大荒諸君，皆生動圓轉，領異取新，脈接《金荃》，聲傳三籟。而袁凫公奉譜嚴整，辭韻恬和，《西樓》一帙，即能引用譜書，以暢己欲言，筆端之有慧識者。《九宮詞譜》爲聲音滯義，藉作者流通之，凫公與有力焉。近之奇崛者，有范香令，結構玄暢，可追元人步武，惜乎不永，一時絶嘆。邇來作手輩出，雖未必盡稱擅場，要多才藻新聲，葩爛映發。奈何傳誦未遍，不能擇其尤者，被諸聲歌。茲拈論亦弗概及，第舉諸所見者，偶一評騭焉爾。

⑤泬，底本作『沃』，據《讀曲叢刊》本改。

【箋】

〔一〕底本無題名，據版心補題。此文收入《讀曲叢刊》，文字有異。

〔二〕此文當爲張琦撰。

吳騷合編跋〔一〕

張旭初

北詞名作雖多，而强半不能合譜，即集中所收，亦未敢盡稱可法。其曲中板眼，緣北調向無確載，而時俗臆爲增減，緩急虛實，頗堪反脣。今考之《嘯餘》諸譜，止載名詞而無板法，寧弗杜撰，不敢臆增，此則闕疑之意，良有以也。茲亦不復點板，以俟知音者自爲揣摹。至如【醉花陰】、【端正好】、【點絳脣】、【粉蝶兒】、【一枝花】、【新水令】等套，則又歌壇素所習聞，試細心參酌，自得其竅。從事絃索者，其加諸意焉。

嶺樵。

【箋】

〔一〕底本無題名。

吳騷合編跋〔一〕

劉　峙〔二〕

《吳騷合編》計四冊，蓋張旭初伯仲彙三集而選輯者。予不解度曲，然玩言訂聲，亦有心領。是刻所收，惟其詞，弗計其人。圖繪尤極工妙，欣賞之資也。坊間曾兩見刊本，此爲初印。

固安劉伯峯識，時寓濟南〔三〕。

（以上均《四部叢刊續編》影印明崇禎十年張師齡刻本《白雪齋選訂樂府吳騷合編》卷末）

【箋】

〔一〕底本無題名。

〔二〕劉峙：字伯峯，固安（今屬河北）人。光緒二十八年壬寅（一九〇二）舉人。曾任成安、霑化知縣。參與纂修光緒《固安志》。

〔三〕題署之後有陽文長方章『劉峙』。

情籟（騎蝶軒主人）

騎蝶軒主人，姓名、籍里、生平均未詳。《情籟》四卷，前二卷選詞，後二卷選散曲，現存萬曆間刻本，中國國家圖書館藏。

情籟序〔一〕

陳繼儒

〔前闕〕人而呼吸者也。是以蘿石風清，鸞簫調婉，情有異而籟則均，安在『山水有佳音，兒女無逸韻』乎哉？或曰：山水之情曠矣，兒女不無脂粉。余曰：脂粉氣人爲之，自應脂粉，故其流情也若浪花，其屬籟也若淫哇，遂犯東坡綺語之戒。然而情與籟，亦辨其眞假若何耳，假則何地無假？近來剝啄聲頻，丹砂夢繞，牛走梟猜，別趨險調。吾尤未見山人名色，得標於含花女子口。必須眞正有情有韻人，擊碎空靈，從無可著情處，譜出一部新歌，風雅騷壇，始有宗輔。

善乎！騎蝶主人選《情籟》也。滿界緣牽，直用一絲情線，力維今古不定之筏。選詞則排倒沉香亭，徵歌則喝散桑林樹。另闢燕趙吳越靡綺，而構爲風流隨喜章。所以宜絳紗拂塵，宜麯院調箏，宜蘭臺戰茗，宜松巖嘯劍。而後按以素女嬌喉，冶兒媚舌，唾花津韻，燁燁魂搖。政未知骨肉何親，聲塵何歇，又何絲與竹與肉分曹角奏也。余固擊節快賞，所題數行投贈。

眉公陳繼儒題於頑仙廬。清都山水郎漫寫〔二〕。

【箋】

〔一〕底本無題名。版心下方題『總』。

〔二〕清都山水郎：姓名、籍里、生平均未詳。

情籟敘〔一〕

少梁氏〔二〕

昔人但許以詩爲詞，以詞爲曲。若使以曲爲詞，以詞爲詩，則謂《花間》雜諢，《尊前》夾謳矣。此麤論，寔拘識也。「偶拈口頭心心，心在阿誰邊」，非詞句乎？「酒不到劉伶墳上土」，非曲句乎？而詩也。「山與歌眉斂，波同翠眼流」，「帶霜烹紫蟹，和露摘黃花」，非詩句乎？而詞曲也。又若《金荃》、《蘭畹》，體宜嬌軟；《西廂》、《倩女》，聲尚雕豔。以今言之，亦復何必一制？壯心豪舉，銅將軍、鐵綽板，政爾穿雲裂石；閒情眞至，道童漁鼓，亦堪與甕缶共嗚嗚耳。且夫清照以閨情而寫閨體，故自然婉孌；秦、柳、周、晏，情景便不兼工，鬚髯丈夫顰笑於小窗之喁喁，不羞澀耶？君美盡洗王、關朱粉，卻用水墨，淡寫輕描，雨催風送，翻昵人於「碧天」、「黃地」者，又豈在麗染濃抹哉？總之，文人才士，情苗意蕊，吐之於詩而詩，吐之於詞而詞，吾烏辨曲之非詞，而詞之非詩也矣！

國朝楊用修□於詞而傷組織，湯若士纖於曲而病鬬湊。吾失之深賞於天趣也，此難與今人道。頗喜蝶軒諸名家，詞不必宋，曲不必元。蜂蝶燕鶯，盡供駘蕩；湖山村落，亦寄蕭騷。正以雅淡爲同響，清眞爲正宗，總而題之曰《情籟》。而聞吾少小曾亦流連於飛卿、東籬之間，故投其二刻，屬余小敘。夫予不工詞曲而妄談詞曲，亦猶予之不解歌而時復歌，自托於雨蚓風蟬也。戲語諸君，予或顧未必檀痕誤。

少梁氏。

【箋】

〔一〕底本無題名。

〔二〕少梁氏： 姓名、籍里、生平均未詳。

詞籟序

霜巢守〔一〕

寒宵跏坐蒲團，擁爐煮茗，笑比荒山古刹中一苦行老衲子，獨孤寂寞，情種如灰已。轉睫乃忽復翛飛色動，一腔血熱。想此際繡帷錦帳，才子拭霞箋以催詩，美人拂紅綃而度曲，有情應如是消豁。奈何不癡不慧，强掙寒威，浪負情種，因鞭心汗下。

會麯院曹空，唾壺擊碎，急欲尋一快意者亡有。迺漫檢敝篋，得友人《情籟》新詞，朗吟數闋，頓覺暗香浮動，空彩繽紛，巫女射仙，珊珊來謁。此余以情迎詞哉，亦詞以情感余也。然則何必熱鬧場中誇丈二將軍雄概，但隨緣品月，率興嘲花，染松雲於蘭佩，浣蕉雨於蘿軒，安在淒涼客不具溫柔以生韻？譬猶木落水枯，景物蕭瑟，而殘角烏啼，敗窗風咽，方是天工鼓明，轉於歲空添嘹亮也。是知《情籟》有詞，非鶯歌燕舞，翻無處消歇，信足以送煖，足以破寒，抹卻落梅飛絮之章矣。遂濡毫具草。時燈魂欲滅，不及辨夜何其。

霜巢守漫草。

（以上均明萬曆間刻本《情籟》卷首）

【箋】

〔一〕霜巢守：姓名、籍里、生平均未詳。

曲編序後

筆洞生〔一〕

夫人有情而徑直焉已乎？情則委宛迂迴，不勝其曲折者。是故何物無情？何情不曲？山以層巒疊嶂，曲獻其奇；水以波流濴轉，曲呈其致。洵哉，何物無情，何情不曲哉！而或謂由矣，將反乎自然矣。亦知紫燕翩翻，匪下上之著意；黄鶯婉囀，自宫商之應節。安在自然者不曲，曲者不自然也？

古今風雅輩，遣情於詩文，往往皆入於曲，出於曲。而猶以文規詩律，未盡曲之變，遂廣所云委宛迂迴之作，而另目之曰曲。有曲焉，而情何弗低徊以寄之，流佚以暢之，縹緲以送之。

雖然，當代文章，雲興霞蔚，獨曲部宗盟，必遠祖宋、元。而孰意《吳騷》雜製後，快覩《情籟》一編也。《情籟》非止曲，而就曲可以概情。其關情乎，花卉傳解語之靈；其鍾情乎，粉黛屬寫生之巧。而濃豔不妨於雅，恬澹不窮於索。或爲仙客閒吟，或爲騷人逸響，或爲兒女喁喁。則松風竹韻間，可歌一曲，以臥月眠雲；青樓繡閣中，可歌一曲，以偎紅軟玉。而要莫非曲也，亦莫非情也。情必有籟，而曲以宣籟也，是所爲情曲也。今天下搦管者，工舉子業，悉取九嶷靈幻，九曲迴瀾，包括爲文腸之變化。而《情籟》顧不越俎代之。然則領取《情籟》者，卽可通拘曲之見夫。

昭武筆洞生題。

【箋】

〔一〕筆洞生：昭武（今甘肅臨澤）人。姓名、生平均未詳。

情籟跋

雪屋主人〔一〕

夫《巴》詞易工，則閧焉而逃《白雪》；里耳不入，則嗑然而笑《皇荂》。故至聲每妙於希聲，而俗調常淩乎高調。進綺靡於繁奏，胭脂忽欲傾城；雜穢褻於淫哇，風雅幾於掃地。加之描摩太過，刻鳧總乏天然；重以雕繢徒煩，剪綵了無生意。緣情未至，發籟不眞。

然而樂府亦承風會之流，詞林遞擅文章之盛。《清平樂》調，寄醉筆於名花；亡國哀音，留怨思於《玉樹》。選新粧委豔之內，尤賞『夢回雞塞』之詞；摘片錦敗綈之中，僅存『楓落吳江』之句。亦有『楊柳曉風』，弄輕喉於十七女子；詎無『大江東去』，徵鐵板於丈六將軍？

至於曲雖充棟，更鮮登壇。遠推作者，應無《拜月》、『待月』之傳；近訪名家，爰有《四聲》、『四夢』之合。其餘傖父面目，祇可覆瓿；誰是西子笑顰，聊堪捧腹？總之鍾情必在我輩，庶幾落響不從人間。大者如珠，小者如霧，盡咳唾乎天機；前者唱于，隨者唱喁，匪比竹於人籟。

是集也，才華獨步，旨趣各標。抽藻思於詞園，雕出風雲月露；寄閒情於騷苑，叶成徵羽宮商。或窺近東鄰，或夢逸南浦。或花巷鳴鞭，裁題青柳；或珠樓掩幕，密贈蒨桃。或春條秋菓，頌悲喜於文心；或韶景名巖，志仙凡於勝概。深情一往，空籟萬殊。追《玉臺》之新詠，步《香奩》之豔巢。

蝶軒主人選而次之。美不勝其咄咄，善豈在於多多？縹緗有限，詎能夜光明月俱收；鉛槧不同，或者蒼璧小璣亦賓。横一編於雪案，助學士之新聲；習數弄於章臺，發麗人之纔響。宿味不陳，多大官之禁臠；常機無譜，盡鮫女之冰綃。何止崑山片玉，桂林一枝已哉！

雪屋主人題。

【箋】

〔一〕雪屋主人：姓名、籍里、生平均未詳。

情籟跋〔一〕

畢水漁郎〔二〕

『天若有情天亦老』，詫爲絶世奇句，余獨否否。天無情，世界幾無今古，時序幾無春秋，江山競秀，花月標華，一派都無譜樣。行肉走屍，蠢然其下，天亦自厭，烏能老？乃知造化一情祖也，劫灰難燼，政謂情根不斷。從來騷客韻人，繡麗章於桃渡，訴幽恨於香奩，不爲兒女宣淫，祇爲烟雲寫照。嗟嗟！情之所到，金石爲開，欲哭欲歌，可生可死。雖劈碎長空，燒枯大海，亦安所極哉？『天若無情天亦老』，余特爲轉一語。

新寒夜分，枕茨菰舫中，月魄棲楞，蕉衣卸影。惝恍間，女郎入夢，攜寸帙贈余，異香撲人。且爲余歌，歌聲嬌，恍落雲璈天上。遲頃，雨零催別，悄囑珍收。香魂帶雨，竟不知飛向誰處。想蝶主人《情籟》牽余思也，捉管題。

畢水漁郎。

（以上均明萬曆間刻本《情籟》卷末）

【箋】

〔一〕底本無題名。

〔二〕畢水漁郎：姓名、籍里、生平均未詳。

青樓韻語（朱元亮、張錫蘭）

朱元亮，號環應居士，杭州（今屬浙江）人。張錫蘭，字夢徵，號夢致，別署六觀居士，室名六觀堂，杭州（今屬浙江）人。其父張堯恩，字孺承，善畫山水。張錫蘭亦是江浙派有名畫家。參見《佩文齋書畫譜》。

《青樓韻語》四卷，歷代妓女詩詞曲選集，朱元亮輯注校證，張錫蘭彙選繪圖，現存萬曆四十四年（一六一六）武林刻本（張府藏板），中國國家圖書館藏。另有民國三年（一九一四）滬濱隱虹軒排印本、民國二十四年(一九三五)上海中央書店排印本。

青樓韻語凡例

張錫蘭

一、『韻語』別以『青樓』，凡詩詞曲調，止選古今名妓，外此卽璣囊彤管，鏗然簡端，而名不列樂籍者，不敢妄附攙入。

一、古名妓大略收羅無遺。時下頗乏作家，有亦未能盡識。據遠近徵得者若干首，隨徵隨錄，眞贋未暇寫執也。

一、《嫖經》係舊人所作，卽語多近俚，而搜引變態，曲中人情，非但爲青樓左券，因之用世，允稱通人。故錄以弁首。

一、彙語以《嫖經》爲綱，上加一圈，以便條覽。次注釋，次經目，次詩，次詞，次曲。而古今世代，名次其中，又各爲先後。

一、有《嫖經》而不可入《韻語》者，止存其經及注，後標曰『詩詞無』，不欲雜以僞語耳。

一、注釋係元曲亮先生名筆，愚意略爲參贊。至舊注稍不俗者，並得備錄。

一、圖像仿龍眠、松雪諸家，豈云遽工？然刻本多謬稱仿筆，以誣古人，不佞所不敢也。

丙辰上元日〔一〕，六觀居士張夢徵識。

【箋】

〔一〕丙辰：萬曆四十四年（一六一六）。

（青樓韻語）跋〔一〕

張錫蘭

右輯古今詞妓凡伯八十人，韻語計五伯有奇。想個中銷鑠神情，澌滅人品，知愚賢不肖，更當以倍蓰十伯千萬人計。乃附見於詩篇者，視所覯遇，萬不盡一，卽詩篇所見，又安必其盡所鍾情人也？其大海而浮沫耶？須彌而芥子耶？且復以芥子、浮沫，而求納於須彌、大海耶？爲色爲相，爲情爲想，爲眞爲幻，當作云何觀？

六觀居士跋〔二〕。

【箋】

〔一〕底本無題名，據版補題。

〔二〕題署之後有印章二枚：陽文方章『張錫蘭印』，陰文方章『夢徵氏』。

韻語序

在杭子〔一〕

女何以稱妓耶？非夫倚市門，不擇人而獻笑，粉敷脂抹，襯青黃面孔者，其天姿媚澤，機慧靈通，人世鬚眉丈夫，雄心辟性，囿其範圍，入焉而不能出，故稱妓焉。而復有靈心綵筆，繡口香脣，吐辭成響，命之曰『詞妓』。詞妓所網羅，盡天下才人韻士，非其人弗交。而天下才人韻士，藴畜極博，意不可一世，苦吟甘和，寡偶少徒。欣然得一媚於詞者，又屬籍於妓，几席千里，赴之若狂。偶俱唱和，流韻垂響，半入選聲，雜徵野乘。噫！彼婦固已華落當年，魄歸重壤，澤枯運謝，機息時移矣。而餘韻猶香，即今三吳士女，類沿習之。

夢徵氏彙爲集，揣摩爲圖，示千古鍾情之極則也，而懼不可訓。元亮氏復爲編綴《嫖經》，其言曰：『豈爲增情導慾之資，損人德哉？夫《嫖經》摹寫青樓情狀，眥目肺肝都具，盡乎態矣。人情不相遠，舉人世機慧伏匿，閉闔幻妄，亦盡乎情矣。匪第蕩子宜惕覆轍，尤涉世者所資南車。』

夫鑒覆而循軌，與範馳而遵路者，趨殊向，操殊術，其至一也。夢徵之旨，得元亮而暢。《嫖經》一書，人習以爲兒嘻，繇元亮，而人憬然於錯趾矣。故采攬名詞，紀其韻也；引經分目，昭其局也。以局若彼，以詞若此，發其隱也。膚澤可親，聲和堪詠，如是而釀禍酷烈，莫可嚮邇也。矧惑溺於無華之色、不韻之音，晝寢朝歌，濁醪鄙肉，破棄其身家，夷倫賊性，之死而不悟者哉！夫子删《詩》，猶存《鄭》、《衛》，以創逸志。而輓近波靡，於斯爲烈。是編也，妓得之，惕秦鏡之照；而士察之，如縣鑒以遊於世矣。

嗟夫！尤物易以移人，妓且詞，其機韻故足傾動一時。而才人韻士，其興偏豪，其情偏蕩，其流逸每不返，將無逐妄求眞，尋聲續韻，不以爲鑒，而以爲程，則失作者意，而自禍且逾烈。吾尤願

friendly士擇地而蹈，擇人而語，毋徒韻之，求雄心銷於雌守也。

萬曆丙辰春王正月，在杭子題〔二〕。

【箋】

〔一〕在杭子：或爲杭州（今屬浙江）人，姓名、生平均未詳。

〔二〕題署之後有印章二枚：陽文方章「特旨爲民」，陰文方章「迂方氏」。

韻語小引

玄度子〔一〕

玄度子，腐儒也，生平喜作道學語。環應居士思困其辯，偶與夢徵集《韻語》成，戲相示，曰：「世傳《嫖經》，舊矣。予因而注，因而集《韻語》，因而別之以青樓。子試效道學數語，爲予解嘲。」玄度子初殊不欲閱，及閱未竟幅，不覺一讀一叫絕，曰：「此書眞從講道學中得來，眞足羽翼經傳。」

乃正襟危坐，席以語居士曰：自古垂教立言，其意主於化誨愚俗，攝邪歸正而已。夫吾人從無始以來，情爲業因，愛爲苦本，變態莫可究詰。而舉世罔覺，自驅自納，如鳥投羅。諸賢聖不得已，指點迷途，盡情剖示。故吾儒經有十三注疏，道家經有三十六部，佛氏經有五千餘函，大都正言十之一，寓言十之九。古之注《嫖經》者，如大禹鑄九鼎，以圖神姦，使民不逢不若，此正與道學相發明，安得謂其有異耶？

不特此也，且可以助道學所不及。何也？凡人之情，樂放而惡拘。道學諸書，其持論非不正，然或繩人所不堪，則賦性高明者，反耽情逸樂以自豪。乃若寓規於諷，似騷似雅，令人一唱三嘆，篇什之中，恍然有會，此卽勸懲之遺法也。故曰：『詩可以興。』雖然，婦女而工聲歌，其黠慧必有過人者。乃習有所使，安爲不善？特借所醜以發其愧悔，良心豈終滅也耶？然則集《韻語》而别之以青樓，詎徒警醒男子，並可感悟婦人矣。子固眞道學中人也，又安所事予語以解嘲？

萬曆乙卯歲除夕〔二〕，玄度子題於無餘精舍。

【箋】

〔一〕玄度子：姓名、籍里、生平皆不詳。

〔二〕萬曆乙卯歲：萬曆四十三年（一六一五）。是年除夕，已入公元一六一六年。

青樓韻語題詞

許當世

天下事未有不以韻勝，足供吾黨品題者。青樓，世所謂韻地也；青樓中人，世所謂韻人也。雖然，韻乎哉，彼其人云何而居青樓？恐非爲憐才計也。古之韻人，於是發憤作《嫖經》。《嫖經》韻乎？曰『韻』曰『語』，以蘊藉韻，道破則不韻。《嫖經》如蘊藉何？曰：是不然。以我之不韻，破彼之不韻。彼種種不韻，瞭然我胷次，而我得藉是以游戲其間，稱快無礙，韻安往而不在耶？則青樓與青樓中人，我視之又自韻，甚乃況其詩詞也者？

以故夢徵居士爲輯是集，顔之曰《青樓韻語》，冠以《嫖經》，附以詩若詞，繪以圖，與元亮氏漫綴以品題焉。雖曰品題，寔《嫖經》注疏也。韻哉夢徵！後有肄業此道者，夢徵不爲之朱夫子哉！余謂課韻子弟，知尊夢徵爲朱夫子，庶幾他日者不愧爲明經之士，此道中經術，從可明矣。我請翻經，與之語韻。

花裀上人書於緑天庵〔一〕。

【箋】

〔一〕題署之後有印章二枚：陰陽文方章「許彥輔氏」，陽文長方章「華裀」。

韻語畫品

鄭應台〔一〕

予閲世所刻名公畫譜，未嘗不齷齪廢卷，爲名公稱屈。噫！畫可譜耶？意在筆先，墨以氣運。惟造物能以氣鑄物，充盈兩間；惟畫家能以精神像物，天動神來，束兩間於尺幅。卽學步者，著意臨摹，忽已失之，譜豈畫耶？

夢徵之爲《韻語》圖像，略近於譜。政疑作者奚亦爲是，迨細參會之，貌不類也，態自別也，景不相襲也。以今進古，非其人，非其事，非所見，而漫圖之，其何能肖？顧出夢徵手，非其人而韻，則是考之詞；而態，則是山林屋宇、橋溪卉藻。至於今，蓋滄桑幾變矣，而位置格律，符唐晉宋元工師之法，不必稽之地而圖，無弗是者。古人所已然，夢徵巧得之；卽古人不必然，夢徵神開之爲所當然矣。漢高屬將，作營新豐，街巷門戶如一，雖雞犬咸識其家，易地而似者也。夢徵是圖，千古如見，易世而肖者也。

嘗聞書家亦意在筆先，有成字於胷中。而東坡品文與可竹，謂『有成竹於胷中』。夢徵少年胷次何似，何以唐晉宋元工師法無不具，山形水性、夭態喬枝、人羣物類無不該，淋漓筆下，絕於今而肖於古也？有家學也夫！有家學也夫！

莆陽鄭應台述〔二〕。

（以上均明萬曆四十四年武林刻本《青樓韻語》卷首）

【箋】

〔一〕鄭應台，字圖南，莆陽（今福建莆田）人。邑人書畫家宋珏有贈詩《逢鄭應台》（《荔枝譜》）。生平未詳。

〔二〕題署之後有陽文方章『圖南』。

吳姬百媚（周之標）

周之標，號宛瑜子，生平詳見本書卷十一《吳歈萃雅》條解題。《吳姬百媚》二卷，係爲蘇州、南京、吳江、崑山等地三十九名青樓女子所題曲，現存萬曆四十五年（一六一七）序貯花齋原刻本，中國國家圖書館藏，《中華再造善本》據以影印。

百媚小引

周之標

今天下丈夫少而女子多，何也？丈夫，氣宇磊落，胷次光明者也。磊落則無媚骨，光明則無媚心。卽云『處若處子，出如節婦』，而處子不解媚，節婦不肯媚，磊磊落落，光光明明，傑然以丈夫自命，而一世亦咸指之曰：『此丈夫也，靡愧也。』今天下獨不然。吾見以佞取悦矣，以美取憐矣，甚且昏夜乞哀以買愛矣。卽數行博士家言，亦爭趨柔媚一路，自謂投合世眼，可必其售，而一切丈夫氣骨，飄沒都盡。嘻，可嘆也，可嘆也！

先輩云：『女無態，男無殺，天下之大戒。』然則媚也者，固是女子事也。賈誼爲漢名儒，而痛哭帝前，卒致身死長沙。梁冀妻折腰踽步，天下不數其淫。使丈夫而可媚，將女子而可不媚耶？

雖然，媚亦有辨焉。塗脂抹粉，粧點顏色，媚之下也。嬌歌嫩舞，誇詡伎倆，媚之中也。天然色韻，亦不脂粉，亦不伎倆，而自令人淫，媚而上矣。夷光興越，麋鹿姑蘇，有云『風花隊裏收飛箭』，此又以媚爲戈者也。嘻，可嘆也，可嘆也！明妃出塞，胡虜和親，有云『旁人莫訝腰肢軟，猶勝嫖姚百萬兵』，此又以媚爲盾者也。嘻，可嘆也，可嘆也！

總之，昔媚則皆女子事，丈夫不與焉。丈夫媚人，而又欲女子媚己，吾恐媚人之丈夫，訕且泣隨之矣，而謂女子甘心媚之耶？

女子中甘心媚人者，似惟秦樓女。然有棲神於澹者，有寄想於悠者，有托懷於曠、寓情於傲、標韻於落拓者，皆自成一品格，而不露一毫媚態者也，乃眞態也。女有態，男有殺。以有態之女子，追隨有殺之丈夫，磊落光明，何必非處子，何必非節婦矣。吾次秦樓女，而取『一顧百媚生』之義，以媚博媚，則奈何？曰：才郎薄倖，自分非其人；浪〻多情，詿言〈是我？

丁巳夏日〔一〕，吳下宛瑜子醉筆戲題。

（明萬曆四十五年序貯花齋原刻本《吳姬百媚》卷首）

【箋】

〔一〕丁巳：萬曆四十五年（一六一七）。

二太史樂府聯璧（張吉士）

張吉士，字靜峙，號松霞，平原（今屬山東）人。崇禎六年癸酉（一六三三）舉人，十三年庚辰（一六四〇）進士，授陝西苑馬司錄事，陞平陽府推官。順治初，授武功知縣，晉兵部職方郎中。遷浙江督糧道，補嘉湖道。以哭母卒。著有《通鑒評纂》、《史傳評纂》等。傳見康熙《武功縣重校續志》卷一、嘉慶《續武功縣志》卷二、道光《濟南府志》卷五六等。

輯《二太史樂府聯璧》，收錄康海《沜東樂府》二卷、王九思《碧山樂府》二卷，現存明刻本、明刻清修補印本。

（二太史樂府聯璧）跋〔二〕

張吉士

士有異地而相感，曠世而同符者，名位不必一齊，難易不必一致，獨其一段嶔崎歷落之況，與悲歌慷慨之懷，篇什而人欲出，謳吟而魂如注，千載上冷落既燼之酒杯，千載下翻借以澆熱血沸沸之塊壘。故不但我見古人，式歌且舞；直將古人揖我，如泣如訴。蓋以天篤者相取，而時地總非所論矣。

余舞象，抗懷古人，即聞關中有康武功、王渼陂兩先生。初既伏首菰茅，無緣知天下士。迨官晉理，溯流遙隔，西方美人，恐傷遲莫矣。酉秋，以意外安置，荷恩令武，杜曲尚隔一舍地。康先輩之風流氣誼，余差不下愚親炙而挹休焉。渼陂先生不具論，武功義不附璫，十年不調。獨以急難，炯然昭其心妙用，特地爲李郎申救，反以此冒千古之韙，李郎亦卒未明心。試味『好風吹來』之語，先生豈數數於權門者哉？千載之下，灼有定案可冀。嘗蒸昭於奉天，俎豆祧於漆水，先生無愧於今古，而梓桑大負於先生矣。

先生卷帙，故富板鐫。武功俗吏，以徵求之煩，檄解秦轄，既以秦劫，盡付祖龍。嗚呼！先生嗇於名位矣，並卷帙常留天地間亦不可得，命也如此，亦復何尤？余旁搜舊刻，僅有《滸東樂府》、

《碧山樂府》上下兩帙，蓋渼陂、武功之稿也。余小子半生嶔崎歷落，不禁慷慨悲歌，於先生不足爲後，而竊附私淑同調也。因簡先生諸孫康昶、康庶兩諸生，而爲之續其末。

東海後學張吉士拜跋〔二〕。

（明刻本《王太史樂府聯璧》卷首）

【箋】

〔一〕民國二十五年金陵盧氏輯刻《飲虹簃所刻曲》本《碧山樂府》卷末亦有此跋。

〔二〕題署之後有印章二枚：陽文方章「張吉士印」，陰文方章「靜峙父」。

昔昔鹽（魏之皋）

魏之皋，號三花居士、瀟散中人，新繁（今屬四川新都）。生平不詳。編輯有明散曲選集《昔昔鹽》，全稱作《新刻點板情詞昔昔鹽》，現存明萬曆間刻本、影鈔明萬曆間刻本。

題情詞昔昔鹽序

魏之皋

自樂府之變，而情詞豔曲於今爲烈，蓋以兒女情深，英雄氣短。或俠士寄念於青樓，或紅粉留神於愛客，而征人思婦，慷慨悲歌皆有情，癡漢獨處無聊，情與夜永耳。予夜坐，遍覽新聲，因雜錄一集曰《惜惜鹽》。蓋梁樂府有《夜夜曲》，今人謂之《昔昔鹽》，均之傷獨處之意云。

萬曆丙午初夏，三花居士漫書於金陵客舍〔一〕。

（上海圖書館藏明萬曆三十四年刻本《新刻點板情詞昔昔鹽》卷首）

【箋】

〔一〕題署之後有陰文方章二枚：『三花居士』、『瀟散中人』。

晚宜樓雜曲（毛瑩）

毛瑩（一五九四——一六七〇後），初名培徵，字湛光，一字休文，晚號大休老人、淨因居士，吳江（今屬江蘇）人。毛以燧（約一五六六——一六二四後）子。明諸生。入清不仕，結廬禊湖之濱，日事吟詠，蕭閒以老。卒年八十餘。著有《晚宜樓集》、《竹香齋詞》。傳見民國《吳縣志》卷七六。散曲集《晚宜樓雜曲》一卷，現存舊鈔本、民國十年辛酉（一九二一）上海聚珍仿宋印書局排印《晚宜樓集》本、民國二十五年（一九三六）金陵盧氏輯刻《飲虹簃所刻曲》本。

晚宜樓雜曲自識〔一〕

毛瑩

余於詞曲，好而不精。偶有所作，律以《九宮譜》，不能無出入也，難入檀板，將安用之？既復自恕曰：『昔《康衢》、《擊壤》，矢口而歌，其時何嘗有協律郎隨其後哉？亦天籟之自鳴耳。』余不敏，原無意登作者之壇，與《陽春》、《白雪》爭勝，聊以適吾興而已，存之，庸何傷？因録附卷末。

淨因居士自識。

（民國二十五年金陵盧氏輯刻本《飲虹簃所刻曲》所收《晚宜樓雜曲》卷末）

【箋】

〔一〕底本無題名。

彩筆情辭（張栩）

張栩（？—一六二四後），字叔周，號夢子，別署天鬻齋主人，仁和（今浙江杭州）人。《彩筆情辭》，元明散曲選集，全稱《石鏡山房彙彩筆情辭》，凡十二卷，署『明虎林叔周甫張栩選次，明虎林觀化子張玄參閲』，現存天啓四年甲子（一六二四）序刻本，一九八七年臺灣學生書局《善本戲曲叢刊》第五輯、《鄭振鐸藏珍本戲曲文獻叢刊》第四八—四九冊據以影印。此後爲書賈改名《青樓韻語廣集》，詳本卷該條解題。

彩筆情辭敍

張栩

往歲六觀堂刻《青樓韻語》〔一〕，聲價藉藉，一時海内爭相構賞。夫非謂彼妓也，而能詩若詩餘、若歌曲至是哉！詳觀所載集，而妓人之情見乎詞矣。顧今古多情者莫文士若，而文士之題情，往往託之謳歈，其遏行雲於喉吻，留殘蠹於簡編者，奚啻百千，固犁然可采而輯也。

嘗謂人罔不有情，而獨於男女爲最切。語男女於青樓，其相遇也常，豈必窺東鄰之牆，何煩待西廂之月；其爲歡也易，琴挑奚假夫司馬，香竊曷傚乎韓掾。即欲綢繆其侶，且嗤薛使之離詩；或靳終始其緣，寧羡佛奴之變調。縱聚散殊時，悲愉異狀，祇泡影空花已爾，亦何至摛思掞藻，紀勝流馨，若斯之炫且久耶？

雖然，鳴珂之嫵婉，不免苟活於卑田；松柏之姻盟，卒至追蹤於寺壁。甚且章臺楊柳，復合幸賴他人；掌上玉環，續婚更需再世。則夫情之所至，其歡暢者十不二三，其阻鬱而哀思者十有八九。彼且爲情癡，此或爲情死。當斯際也，安能不發乎聲而止乎辭？於是借宫商以揮雲錦，諧音節而煥珠璣。娱樂是宣，和鳴宛如雙鳳；憤憂以導，長嘯何減孤猿。總南北別其格律，短長各具丰神。然亦孰非分豔於夢花，竊奇於江總者哉？

愚方契佳人之篇章，幸已壽諸木，而尤惜才士之清歌，尚闇汶紛而無所託也。迺喜值清和，晝長人靜，搜汗漫中，得套數二百餘套，洎小令三百餘闋，命之曰《彩筆情詞》。噫！有是刻，而青樓諸麗，其與佳詞並不朽云。

天啓甲子歲，虎林張栩書。

（《善本戲曲叢刊》第五輯影印明天啓四年甲子序刻本《石鏡山房彙彩筆情辭》卷首）

【箋】

〔一〕六觀堂刻《青樓韻語》：即朱元亮、張錫蘭之《青樓韻語》。

彩筆情辭識語〔一〕

張　栩

是集皆兩朝文人之作，故云『彩筆』；又皆爲青樓諸姬之曲也，故云『情辭』。合南與北，大套與小令，搜羅既廣，選覈益嚴，分類第編，萃兹流豔。寧詎增華於翠篇，且看助逸於牙籤。

天鷺齋主人識〔二〕。

（同上《石鏡山房彙彩筆情辭》內封）

【箋】

〔一〕底本無題名。

〔二〕題署之後有陰文方章二枚：『張栩』，『赤周』。

彩筆情辭引

張　沖〔一〕

大哉情乎！天地絪緼，萬物化醇；男女構精，萬物化生。余有志於道術、無情於愛欲久矣。因有鼓盆之變，不勝悽其。從子栩集《彩筆情辭》，進而證之曰：『久欲獻而不敢也，今叔不樂，閲之可以怡情。況輪貫云：「三德以明貪欲際，酒樓花洞醉神仙。」叔父若閉目不觀，更是一重公案矣。』余曰唯唯。

適北宗之士睥睨於傍，曰：『先生崇道德者也，烏用此不經之辭？』余曰：『子何見之卑也！夫瞿姨之華，蜜女之緣，具足妙德之匹，林中牧女之供，豈無情耶？至於藍橋之杵柏，《關雎》之「寤寐」，何莫非情之所綰結者哉？』

『雖然，猶近於導慾。』『噫！孰知夫情者，大易天地陰陽竅妙之理。故聖人之情見乎辭，舍情則無以見性，無以致命。人能眞其情，則爲聖爲賢，爲仙爲佛；離其情，則爲稿木，爲死灰；溺其情，則恐喪吾寶。尼父删《詩》，並存《鄭》、《衛》；維摩詰不廢聲聞，綵女成就辯才，情也。淤泥生蓮，但取蓮花也，豈下乘小機，可測其藩籬哉！』

虎林不盈道人張沖書。

（同上《石鏡山房彙彩筆情辭》卷首）

【箋】

〔一〕張沖：別署不盈道人，仁和（今浙江杭州）人。張栩叔父。生平未詳。

彩筆情辭凡例

闕　名〔一〕

一、是集所選，皆文人散辭，諸傳奇、雜劇内者，並不混入。

一、分類取義，不越離合悲歡，多與《青樓韻語》相表裏。然亦有語外之義，如嘲謔、傷悼等類是也。

一、集中辭以類分，則所重在辭題，故每篇特揭題目一行於前，而其辭則以宫調爲次。

一、宫調先後，俱照元人舊譜編次。若起曲牌名同者，則又以辭人之先後序焉。

一、每卷中，卽一類之辭，其南北套數及小令，亦各爲首尾；或中有二三類者，亦如之。庶觀者不致混亂，且令後可增入也。

一、辭中有攧唱字眼，俱詳覈舊譜，而分行小書於中以別之，庶歌覽者兩無謬誤之弊。

一、辭中圈法字義，俱照四聲。在南辭可以通曉，若北辭則無入聲，俱叶入平、上、去三聲内，故圈法之字更多，歌覽者須詳辨始得。

一、辭人姓氏，近刻混淆，不可勝數，今悉爲改正。原有無名氏者，但酌其刻本及鈔本之先後，而概書『元』、『明』等辭，以少別之，並不敢僞填。

一、集中辭有注改刻者，有注刪改者，多是從古本校改。間有因所作本佳，而或宮調微乖，或音律稍誤，或句意重複，或韻腳差訛，特訪名家，互相參訂。寧冒無知之誚，庶消白璧之瑕。

一、是集南辭點板，悉遵前輩舊式，並不趨時以失古意，《韻選》辨之甚詳。若北辭則多入絃索，但每句圈斷而已。

一、圖畫俱係名筆，仿古細摩辭意，數日始成一幅。後覓良工，精密雕鏤，神情綿邈，景物燦彰，與今時草草出相者迥別。

（同上《石鏡山房彙彩筆情辭》卷首）

【箋】

〔一〕此文當爲張栩撰。

金陵百媚（李雲翔）

李雲翔（？—一六三三後），字爲霖，號中泠，別署百花主人，江都（今江蘇揚州江都區）人。屢試不第，縱游京師、海上及吳楚間。天啓、崇禎間，寓居南京，爲書坊編輯圖書。評選《諸子拔萃》，參訂潘光祖彙輯《輿圖備考全書》。著有《金陵百媚》、《名姝詞曲》、《六院女史清流北調詞曲》等。係小說《封神演義》最後寫定者。參見周明初《李雲翔生平事迹輯考及〈封神演義〉諸問題的認識》（《文學遺產》二〇一四年第六期）。

《金陵百媚》二卷圖一卷，全名《批評出像金陵百媚》，以詩詞曲品評六院名姬，現存萬曆四十六年（一六一八）序蘇州錢益吾刻本，日本内閣文庫藏。

（金陵百媚）序

李雲翔

南畿爲六朝都會，以其紛華靡麗勝也。其尤勝者，桃葉渡頭秦淮舊館是也。予兹歲鎩羽金陵，旅中甚寥寂。偶吴中友人過予處〔一〕，見予鬱鬱，呵余曰：『李生何自苦乃爾！豈素謂豪俠者，一至此耶？』因偕予游諸院，遍閲麗人。其妖冶婉媚，或以情勝、以態勝、以韻勝、以度勝，甚至以清眞雅潔勝、以風流倜儻勝、以濃豔嘲笑勝。雖種種不一，無非喬妝巧抹以媚人也。總之，千萬難當什百，亦何異於當今之世，盡以狐媚公行哉？予殆爲之不平。

友曰：『子既爲之不平，何不一爲之平，以洗近日之陋於見聞者？』遂强予。予不覺走筆之下，隨花品題，闐然成帙。然次第中微有諷評，大都取其姿態雅潔、豐豔妖媚、清芬可挹、秀色可飧者爲最。舍兹而往，品斯下矣。

噫嘻！花固以媚人爲主，而又不盡以媚人取也。予間有録者，正爲青樓之規箴、風月之藻鑒耳。雖然，豈若今之狐媚以媚人者耶？噫嘻！眞可涕也。人才之難，從古皆然，何獨輩中哉！予何能，謬爲不情之加以眩具眼者。因葉君請梓〔二〕，以公同好，故名『百媚』。其所以媚者，又非兹集所能盡也。

戊午秋日〔三〕，邗江爲霖子題〔四〕。

【箋】

〔一〕吴中友人：當指馮夢龍，因該書題署爲『廣陵爲霖子著次，吴中龍子猶批閲』，卷首圖像後亦有署『吴中友弟龍子猶九頓』之跋語。馮夢龍（一五七四—一六四六），別號龍子猶，生平詳見本書卷四《新灌園》條解題。

〔二〕葉君：即葉一夔，別署萃奇館主人，籍里、生平均未詳。

〔三〕戊午：萬曆四十六年（一六一八）。

〔四〕題署之後有印章二枚：陽文方章『爲霖氏』，陰文方章『百花主人』。

（金陵百媚）凡例

葉一夔

一、婦人以色悦人，以才動人，而國色妙才有幾？故先其色，次其才，而才色俱次者居殿，主人總付之無意焉。

一、借花品姝，非獨肖其貌，直肖其神。

一、主人筆底春秋，隱寓言外。觀者宜會心焉，悉得其竅。

一、坊間素有酒佐定評，兹悉附之簡末，以便觀覽。

一、圖繪皆主人自爲摹仿，筆法甚工，字皆重校，不類坊刻濫觴。

一、六院名姬，如雲如荼，謂茲集尚有遺珠，姑候續刻。

萃奇館主人葉二夔識。

（以上均日本内閣文庫藏明萬曆間蘇州錢益吾刻本《批評出像金陵百媚》卷首）

《金陵百媚》跋

馮夢龍

潑墨時動惜花心，恍然合圃生春；落筆時動疾花心，倏焉滿苑悲秋。花兮花兮，素以豔冶媚人，今悉向綺語瑰詞受鈞衡也。爲霖子倘所謂目中有神、腕中有靈者乎！真傑，真俠！吳中友弟龍子猶九頓。

（同上《批評出像金陵百媚》卷末）

六院女史清流北調詞曲（李雲翔）

李雲翔（？—一六三三後），生平見本卷《金陵百媚》條解題。《六院女史清流北調詞曲》四卷，全名《新鐫六院女史清流北調詞曲》，收錄明青樓散曲，現存天啓六年（一六二六）序龐雲衢龍光堂刻本，藏日本天理圖書館，《日本所藏稀見中國戲曲文獻叢刊》第二輯據以影印。

（六院女史清流北調詞曲）序

李雲翔

謳歌嘲笑，是風月場中本色。獨怪齷齪青樓，爭蹈濫觴惡道，令人憎厭。縱秀色可餐，亦是輩中棄物。而尤怪坊間目瞽，令無知俗子目不識丁輩，易李爲張，將昔易今，以予曩時所刻《金陵百媚》、《十醜十俊》、《名姝詞曲》，改頭換面，以宮作商，不知成何詞、成何曲，鐫刻成帙，眞可噴飯。雖梨木之災，然可恥無過於此。

今初夏予寓白下，同社友程、唐諸君，偕二三麗人，泛舟秦淮。見兩岸玉人如砌，絃管雜奏，清謳遏雲，充乎盈耳。美哉！不復作人世想。越二日，龐君邀予步月，往閲諸姬，得竟其技焉。予不覺心動。

龐君因以諸妓之藝爲請，曰：『君昔者止言諸妓之品，未竟諸妓之藝。況今之妓如時花，然別是一番人，別是一番鮮豔。君何不以諸妓之才之色，譜爲北調，並前刻，不南北兩擅其美？君常怪他刻易君之詞，此亦可以正其訛矣。』

予有難色，而程、唐諸君强之。予笑曰：『此六七年前兒女之態。今猶作此口業，爲諸姬呪咀，增此俗子輩作生涯耶？』雖然，予於酒酣興狂之時，不禁諸君之强，而技亦復癢，凡寓目者徹筆之，頃而成帙，因附之梓。謂予爲馮婦亦可，謂予爲見獵猶有喜心也可。故題數語於首，以識非予本意云。

時天啓丙寅歲孟冬月望後，邗江李雲翔題〔一〕。

【箋】

〔一〕題跋之後有印章二枚：『李雲翔印』、『中泠氏字爲霖』。

（六院女史清流北調詞曲）凡例

龐應石〔一〕

一、兹集廣爲延攬，選其才色俱都者，方入品，餘者概不錄，謂女子以色事人者也。

一、兹集先生引商刻羽，詳爲考訂，字字偕聲，言言入譜，與①拾人唾餘者迥别。

一、圖像皆先生自爲摹畫，筆筆仿古，非尋常畫工惡套，覽者自得之。

秣陵龍光堂主人雲衢龐應石再識。

（以上均《日本所藏中國稀見中國戲曲文獻叢刊》第二輯影印明天啓六年序龐云衢龍光堂刻本《新鐫六院女史清流北調詞曲》卷首）

【校】

①與，底本作『於』，據文義改。

【箋】

〔一〕龐應石：字雲衢，别署秣陵龍光堂主人。生平未詳。

（六院女史清流北調詞曲）附言

龐應石

爲霖先生，廣陵巨族也。少負奇俠，氣宇豐隆。學擅百家，才堪倚馬，獨步藝林，爲諸生冠。數奇不偶，鎩羽金陵。本坊特延選訂諸□，爲海内先資。然於四美之晨，問酒秦淮，以寫無聊之意。當酒酣興逸之時，先生未嘗不鼓掌稱快。予因先生曩時有《金陵百媚》，次有《名姝詞曲》，皆南調也，盛行海内，無不嘖嘖。兹懇先生將諸妓之技藝，亦可少助賞心，譜爲北調，可稱雙美。先生大笑曰：『猶復作兒女態耶？』强之始可。於筵間凡寓目者，徹筆之，或曲或詞，彙然成帙。予不敢祕，因梓之以供問花者一助云。

龐應石識。

（《日本所藏稀見中國戲曲文獻叢刊》第二輯影印明天啓六年序龐雲衢龍光堂刻本《新鐫六院女史清流北調詞曲》卷首目錄後）

附　徵文啓

龐應石

夫海内文章蔚起，名公鉅儒，摛藻抒奇。或選述書史，著輯墳典，托興喻物，繼往開來，厥功匪細。若今日名公，如張侗初、陳明卿、徐筆洞、鍾伯敬、袁小修、陳眉公、鮑在齊、黄贊伯、陳古白、馬君常、何非鳴、李爲霖、李子素、周君健、周介生、支小白諸先生，删煩訂訛，采擇羣書，以策後學。其爲藝林先鞭非乎？

惟鮑在齊先生有甚焉。其家藏諸刻，不啻充棟，若稿選、品外錄、史儁、史異、宋元詩等集，以至九流、醫卜、奇門諸書，無不備集，其爲天下借資，不恢乎大矣。先生獨嗟我明諸公詩集，未能彙爲大成，終係缺典，因捐資俾予梓行，以廣其傳。是亦夫子采國風之遺意。咸有四方同志者，或投之以詩，助之以資，襄成我明之盛事云。謹聞。

龍光堂龐應石頓首拜識。

（《日本所藏中國稀見中國戲曲文獻叢刊》第二輯影印明天啓六年序龐云衢龍光堂刻本《新鐫六院女史清流北調詞曲》卷首）

青樓韻語廣集（方悟）

方悟，號㵾然，别署㵾然子，杭州（今屬浙江）人。生平未詳。

《青樓韻語廣集》八卷，題「西湖㵾然子方悟輯證，西湖靜應子張幾摹像」，係據張栩《彩筆情辭》改題重刻，現存崇禎四年（一六三一）序刻本，原任中敏藏，現歸南京圖書館。

廣青樓韻語引

方　新〔一〕

文人慧業，寄之篇什，播之聲歌者，非若才姝詞婦，亦何必對紅兒歌《懊惱》，聯赤玉唱《仳離》，差爲韻事。不知琵琶寫心，箜篌槭怨，一往深情，非曲不臻其極。昔人云：『詩道情，歌永志。』唯曲能悉宛轉幽鬱之氣是也。然人情莫甚於男女，男女莫甚狹斜。所以歌舞音樂，盡出楚館秦樓。自古逮今，稱閨秀者，幾人解此勾當？即一二偷香竊玉，翻飛詞翰間，僅作唐人伎倆，而步元音，正不多見。故當時蓄音樂姬媵，咸稱爲伎。伎也者，非止言工藝，蓋言能支人以情也。情不幻不靈，情不變不妙。今之居青樓者，幻矣變矣。慧業人偏置身焉，脣花意蕊，從十指開出奇巧，新樣朶朶，俱天上所有，豈人間能聞？要非倡粉繽紜，那得演是郢調？澹然翁久集成帙，題之曰《廣青樓韻》。令天下情癡，習靈造妙，不止資冶音之豔，乃復雕文心之奇也夫。

時崇禎辛未朱明日，苕上挾馬生方新子鼻甫漫書桐葉隊中〔二〕。

【箋】

〔一〕方新：字子鼻，號挾馬生，苕上（今浙江湖州）人。生平未詳。

〔二〕題署之後有印章二枚：陰文方章『方新之印』，陽文方章『子鼻』。

青樓韻語凡例〔一〕

闕　名

一、是集所選，皆文人散辭，諸傳奇、雜劇内者，並不混入。

一、分類取義，不越離合悲歡，多與《青樓韻語》相表裏。然亦有語外之義，如嘲謔、傷悼等類是也。

一、集中辭以類分，則所重在辭題，故每篇特揭題目一行於前，而其辭則以宫調爲次。

一、宫調先後，俱照元人舊譜編次。若起曲牌名同者，則又以辭人之先後序焉。

一、每卷中，即一類之辭，其南北套數及小令，亦各爲首尾；或中有二三類者，亦如之。庶觀者不致混亂，且令後可增入也。

一、辭中有攧唱字眼，俱詳覈舊譜，而分行小書於中以别之，庶歌覽者兩無謬誤之弊。

一、辭中圈法字義，俱照四聲。在南辭可以通曉，若北辭則無入聲，俱叶入平、上、去三聲内，故圈法之字更多，歌覽者須詳辨始得。

一、辭人姓氏，近刻混淆，不可勝數，今悉爲改正。原有無名氏者，但酌其刻本及鈔本之先後，而概書『元』、『明』等辭，以少别之，並不敢僞塡。

一、集中辭有注改刻者，有注删改者，多是從古本校改。間有因所作本佳，而或宫調微乖，或音律稍誤，或句意重複，或韻腳差訛，特訪名家，互相參訂。寧冒無知之誚，庶消白璧之瑕。

一、是集南辭點板，悉遵前輩舊式，並不趨時以失古意，《韻選》辨之甚詳。若北辭則多入絃索，但每句圈斷而已。

一、圖畫俱係名筆，仿古細摩辭意，數日始成一幅。後覓良工，精密雕鏤，神情綿邈，景物燦彰，與今時草草出相者迥別。

（以上均明崇禎四年序刻本《青樓韻語廣集》卷首）

【箋】

〔一〕此文與《彩筆情辭凡例》文字悉同。

棣萼香詞（宋存標）

宋存標（約一六〇一—約一六六六），字子建，號秋士，別署蒹葭秋士，華亭（今上海）人。宋懋澄（一五六九—一六二二）子，徵璧（一六一五—一六七二）、徵輿（一六一七—一六六七）兄。崇禎十五年壬午（一六四二）副貢，候補翰林院孔目。入清，隱居不出，專心著述。著有《史疑》、《棣華集》、《秋士香詞》、《翠娱閣集》。撰雜劇《蘭臺嗣響》等。傳見清光緒《重修華亭縣志》卷一六、光緒《重修奉賢縣志》卷一一等。

編輯散曲選集《棣萼香詞》，現存順治六年（一六四九）序刻本，卷端題『茂苑梯月主人周之標君建評』。

（棣萼香詞）敍

宋徵璧〔一〕

予兄弟倡和之作，是爲《棣萼集》，則伯氏子①建所選定詩文也。其曰《香詞》者，有三集，一②爲詩餘，其次則南曲，又其次則北劇。而南曲先行，問序於予。

予曰：曲者，里巷之俚詞，大雅所不道。然要論之，約有三家：有優伶之曲，有學究之曲，有文人才子之曲。或宜於北，或宜於南，均所不廢也。乃三家之中，又有兩家，各樹赤幟。此也據才思爲□膏奧府，而詆彼爲粗鄙；彼也持準繩爲金③科玉律，而訶此爲濫觴。兩者交□□□□交病。惟能斟酌二者之中，庶可以□□□望。

其貴乎倡和者，以非倡和則情采不出，而音律不諧。故以尼山至聖，苟與人歌而善，必使反之，而後和之。此非心與音徘徊，一唱三嘆之宗旨耶？今我等一門之中，同堂之上，有倡者，有和者。申紙磨墨，甫脱手而翠翼流觴，紅牙按拍，渢渢乎有餘韻焉。其詠物之篇，則寫風雲月露之華；緣情之作，則悼今昔聚散之感。斯歡娱之言少，惆悵之情多。是春懷善誘，而秋心易悲，此其大較也。

予嘗謂：昔者，天女彈五十絃，悲不自持，減而爲二十五絃。夫果其悲也，則撫子敬之琴，愴山陽之笛，卽當飛鳥之鳴春，候蟲之吟秋，自不禁心迷意亂，骨化形消，豈歡戚之分，徒較量於多寡之數哉？是編具在，審音者得其情性之際，更不必求之文質雅俗之間矣。是爲序。

順治己丑長至前一日，幽谷朽生宋徵璧漫題〔二〕。

（清順治六年序刻本《棣萼香詞》卷首）

【校】

①氏子，底本闕，據文義補。

②三集一，底本闕，據文義補。

③繩金科，底本闕，據文義補。

【箋】

〔一〕宋徵璧（一六一五—一六七二）：生平詳見本書卷五《寄愁軒》條解題。

〔二〕題署之後有印章二枚：陽文方章「江左老布衣」，陰文方章「歇浦邨農」。

醒夢戲曲（高珩）

高珩（一六一二—一六九八），字念東，一字蔥佩，號紫霞，別署紫霞散人、紫霞道人，室名棲雲閣，淄川（今山東淄博市淄川區）人。明崇禎十六年癸未（一六四三）進士，選庶吉士。入清，授翰林院檢討，遷國子監祭酒。官至刑部左侍郎。著有《棲雲閣詩》《拾遺》、《棲雲閣文集》。傳見王士禎《帶經堂集》卷八三《神道碑銘》、《文獻徵存錄》卷一〇、《碑傳集》卷四三等。撰《醒夢戲曲》，現存清鈔本，中國國家圖書館藏。

醒夢戲曲序

韓　沖〔一〕

大地衆生，一念妄緣。搏取四大錯，認色身以爲實有，便爲輪迴所管攝。頭出頭沒，長夜漫漫，生死遷訛，惘然一夢。此爲何等事，而可以戲論乎？夫死生通乎晝夜，則因覺知生，因夢知死，固已。然世人執顛倒見，墮貪愛坑，正不知以何者爲生，何者爲死，何者爲覺，而何者爲夢也。將以死爲夢耶，則生是覺矣；將以死爲覺耶，則生又是夢，未必然也。將以覺是生耶，則夢爲死矣；將以覺是死耶，則夢反爲生，亦未必然也。嗟乎！『生死事大』，衹是昔人一句見成語耳，而抑知本原無生，今①亦無死耶？本原無生，非不生也，千生萬生，無一生者。何也？生是妄生，妄生，非生也。今亦無死，非不死也，千死萬死，無一死者。何也？死是妄死，妄死，非死也。孔子曰：『未知生，焉知死？』言死生一貫也。又曰：『朝聞道，夕死可矣。』言生不徒生，死不徒死也。此念東先生《醒夢戲曲》之所由作也。

先生耑精淨業，垂四十年，日課佛數千，風雨寒暑不少輟。既已自度，又欲度人，生死根因，不惜苦日勸導矣。兹乃翻苦爲樂，譜②人聲歌，更恢諧滑稽，玩弄三塗，而旁若無人焉，憫世愈深，而哭世轉劇也。且夫流俗之難與莊語也，久矣。必正襟危坐，問道譚禪，非垂頭而睡，則掉③臂而走耳。試與之奏清商之調，賡《下里》之篇，鮮不傾耳而聽，撫掌而嘻者矣。而況街談巷謔，班班寫照，微言如論，拍拍傳奇。即世間相而說實相，不捨有爲法而證無爲，豈非游戲神通，隨方解縛，坐微塵裏，轉大法輪之榜樣耶！

吾願讀是編者，始而喜，繼而思，終而悔，久之而恐懼④，又久之而痛哭流涕。至於痛哭流涕，而大夢忽醒矣。爾時黄面瞿曇，拈花微笑；琰摩天子，貫纓索絕。枕上蝴蝶，蝸角蠻觸，都不知銷歸何處。但見花前月下，市崖街頭，矇叟在前，俳優在後。狂呼長嘯，而音徹蓮座，韻繞森羅，堪忍閻浮，頓化作清涼國土。求醒不可得，求夢不可得，求生死不可得，求戲曲亦不可得。先生度世婆心，於是乎不可思議矣。非然者，丈二將軍，銅琵琶、鐵綽⑤版，唱蘇學士『大江東去』，詎不莊嚴，且過一邊！

康熙乙丑歲小春之吉⑥，同邑後學戒弟子韓沖拜題。

【校】

①今，底本作『人』，據文義改。

②譜，底本作『諸』，據文義改。

③掉，底本作『掠』，據文義改。

④懼，底本『擢』，據文義改。

⑤綽，底本作『掉』，據文義改。

⑥吉，底本作『言』，據文義改。

【箋】

〔一〕韓沖（一六二四—一六九九）：字麗宇，淄川（今山東淄博市淄川區）人。清順治五年戊子（一六四八）舉人，次年己丑（一六四九）進士，授白水知縣。官至廣平司馬，以事罷歸。居家杜門不出，皈依佛門。卒年七十六歲。著有《金剛經大義》、《箕山散著》、《功德林》等。傳見乾隆《淄川縣志》卷五。

醒夢戲曲題詞

豹岩居士〔一〕

櫂郎以其二歲之兒，繫壺於臂，驟投諸不測之江，而聽其游焉。燕趙之人，見之大駭，以爲櫂郎之虐其子也，而不知未有如其愛子之甚者也。王制，古來登極者，一歲即製椑，其義亦有取爾也。知其說者，可與授紫霞先生《醒夢戲曲》一卷，俾之卒業矣。

夫櫂郎舉家善泅，而不能必其呱呱而泣者之不溺也。非襁褓而習之，一旦中流失楫，殆矣。此爲萬一不必然之慮且如此，而況於流浪生死滔滔者，古今皆是乎？先生之詞，反覆以『生死事大』爲諄諄，亦欲天下之童而習之，而懼其溺也。所謂『善戲謔兮，不爲虐兮』者也。夫南山北海之詞，取之而不盡。然一歲不髹椑，驟而舉之爲不祥，猝而用之爲不備矣。此古人之忠愛之周以摯也，亦何礙於千秋萬年哉？

雖然，習則習矣，至於入水不溺者，亦自有說焉。夫三老伍伯，日事官署，可不謂習乎？而喫官棒獨多者，何也？ 世有其父善盜者，其子就而求其術。其父不之告也，率其子穴一富人之室。旣入①矣，鐍其子於富人之匱而逸。其子大窘，於匱中唧唧作鼠聲不已。富室寤，不及求火，遽啓匱而索之，盜子奪門而出。方悔方恨，已而大悟，曰：『此其事固父不能傳之於子者也。』此昔人喻道之深談，不知者或妄云不足爲訓②矣。古有良將對敵，被困於山藪之間者，敵人四面縱火將過矣。良將舉火，先自焚其近壘之榛莽，而敵火斬焉不能至。所謂死後重生，欺君不得也。此又入火不焚之一說也。

先生著述之富，可以充棟，不肯以之問世，而獨以其出世之學，無可告語於熱鬧世情中，作此清涼之曲，若嬉笑、若怒罵而出之。一以爲子夜鐘，一以爲塗毒鼓。知其音者，卽信爲通晝夜、一生死之眞詮，便家置一通，俾矇瞽絃誦於几帷廚傴之側，正使南極老人賜長壽鐵券有分耳。

同邑般陽後學豹岩居士敬題。

（以上均清鈔本《醒夢戲曲》卷首）

【校】

①入，底本作『人』，據文義改。

②訓，底本作『調』，據文義改。

【箋】

〔一〕豹岩居士： 唐夢賚（一六二八—一六九八），字濟武，號豹岩。淄川（今山東淄博市淄川區）人。

七筆勾跋語〔一〕

闕　名〔二〕

萬曆年間，杭州雲棲寺蓮池大師作【駐雲飛・一筆勾】七曲，皆斷頭剖心之語，遂棄秀才爲僧，而中興極樂世界之教，念佛法門，等諸日月，可謂大慈大悲矣。余偶把筆，復廣六曲，或憂愁難堪正無聊時，或歌舞久厭已無趣時，曼聲歌之，當下翻然掉臂，五濁苦海中，未必無英靈漢也。人知雪山大士倔强自喜，亦知其愁眉淚眼久作傷心之痛乎？倘不回光，那能超劫？此須知法者懼自尋出路可耳，莫止向閻羅冊子上希圖寬限可也。

【箋】

〔一〕底本無題名。

〔二〕此文當爲高珩撰。

（山坡羊）跋語

闕　名〔一〕

太極多事，流爲二五紛輪。故由氣而形，由形而情焉，喜怒萬端，終無盡日。視彼象帝之先，大有徑庭矣。始而觀竅知妙，進而隨流得性，何知？不然者，八百歲老翁，死時卻反爲蜉蝣所笑；三千歲靈椿壽矣，未免與橓槿仝歸。彼調御何以談無生？蓋無生者，乃可不爲死媒耳。秦失二號，非長壽星之所能免也。

（以上均清鈔本《醒夢戲曲·七筆勾》卷末）

【箋】

〔一〕此文當爲高珩撰。

嶺歈（陳子升）

陳子升（一六一四—一六九二），生平詳見本書卷五《白玉樓記》條解題。撰散曲集《嶺歈》，實爲《中洲草堂遺集》第二〇卷『曲』，題注稱『嶺歈』，現存康熙五十九年（一七二〇）詩雪軒校刊本，《清代詩文集彙編》第四八冊、臺北新文豐出版公司《叢書集成續編》第一五一冊均據以影印。

嶺歈題詞

陳子升

予弱冠時嗜聲歌，作傳奇數種。因經患難，刻本散失，僅存清曲數闋，名曰《嶺歈》。今從枯稿寂寞中，舉此綺語，不堪再覽矣！況令傳諸玉兒，按以紅豆乎？亦以志吾過也。嘗作絕句四首，並錄而存之。

其一曰：『九節瑯玕作洞簫，九宮腔板阿儂調。千人石上聽秋月，萬斛愁心也總銷。』

其二曰：『蘇州字眼唱崑腔，任是他州總要降。含著幽蘭辭未吐，不知香豔發珠江。』

其三曰：『青藤、玉茗浪塡詞，餘子紛紛俚且卑。我愛吳儂號荀鴨，異香偷出送歌兒。』

其四曰：『游戲當年拜老郎，水磨清曲厭排場。而今總付東流去，剩取潮音滿懺堂。』〔一〕

南越中洲居士書於桄榔樹西之缽地。

【箋】

〔一〕此四首詩又見《中洲草堂遺集》卷一七，題作『崑腔絕句』（頁一二七）。

附　舊刻雜劇弁言

陳子升

訂刻茲集於遺笥中，殘編斷簡，一一搜尋，務期美善章昭。此則先生歿後十餘年，得之故人黄純則述示者也。純則爲父友羽可先生哲嗣。其人長於記誦，晤對之頃，信筆疾書，持以付我，謂不差隻字云。惜序則兩存，篇多散失。因音律一道，粵人類不甚解，即藏書之家，亦以其不善解而不知寶護，故予家經患難流離，遇世交舊好詢之，而茫乎若昧矣。以小子所聞，先生傳奇之一有《金瑯玕》之名。儻博雅君子家有藏本，乞惠借鈔錄，續授鋟梓，爲子孫者生生世世，其曷敢忘〔一〕？

僕嶺南人也，生非吳音，安用作吳歈哉？惟少事嬉遊，因習成聲，因聲成文，是今日適吳而昔至也。是僕之過也。僕聞之，蛾眉殊貌而俱動魄，芳草異氣而皆悅魂。天下事，何吳越之有？嶺南先賢曾於中原之所無有者而有之矣，何必於歈歈之有？是僕之過也。今也心如死灰，喙徒三尺，回首嬉遊，如泡如電，斯歈也，尚存乎哉？ 昔有僧讀《西廂》『怎當他臨去秋波那一轉』，云：『老僧以此悟道。』存斯歈也，庶幾此意。 然而僕之過也，終不可解也。

（以上均《清代詩文集彙編》第四八冊影印清康熙五十九年詩雪軒校刊本陳子升《中洲草堂遺集》卷二〇《嶺歈》卷首）

【箋】

〔一〕按，《中洲草堂遺集》爲同里梁佩蘭編集，然則此序文應即梁氏撰。 梁佩蘭（一六三〇—一七〇五），字芝五，號藥亭，晚號鬱洲，別署柴翁、二楞居士，南海（今廣東廣州）人。 順治十四年丁酉（一六五七）舉人，康熙二十七年戊辰（一六八八）進士，改庶吉士。 次年告假南歸，詩酒唱和。 卒後，門人私謚文介先生。 著有《藥亭詩集》、《六瑩堂集》等。 傳見吳榮光《石雲山人文集》卷四《墓碑》、《清史稿》卷四八九、《清史列傳》卷七一、《國朝耆獻類徵初編》卷一二二、《國朝先正事略》卷三八、《清代七百名人傳》、《昭代名人尺牘小傳》卷一三、《嶺南畫徵略》卷三等。

毛詩樂府（劍叟）

劍叟，姓名、籍里、生平均未詳。 散曲別集《毛詩樂府》，署劍叟正譜，收南北【雙調】套曲七套，取《詩經》內容敷衍之，現存康熙間刻本喬中和撰《喬中和全集》附刻本。

按，喬中和（？—一六四二後），字還一，內丘（今屬河北）人。 喬鉢（一六〇五—約一六七〇）父。明貢生。萬曆四十一年（一六一三），任垣曲知縣，遷太原府通判。致仕歸，闢館授徒。崇禎十五年（一六四二），主修《内丘縣志》。著有《説易》、《太易通變》、《圖書衍》、《説疇》、《元韻譜》、《葩經旁意》等。傳見《畿輔人物考》卷一、乾隆《順德府志》卷一二、同治《畿輔通志》卷七八、光緒《垣曲縣志》卷七等。

（毛詩樂府）小引

劍　叟

客有持《毛詩樂府》者，篇次詩柄，一目了然，余甚嘉其義。但作者不知譜，遂覺格於喉而不可歌，豈能傳乎？余因就其義，按譜而填以詞，蓋戲筆也。意恐褻經，不敢録。繼而思之，詩原以聲教人，古聲今不可考，失其聲並義亦不出，以今聲出之，似亦有意。及一按拍，而悠揚之外，美刺宛然，知聲者自有會心，或亦可以翼經耳。

劍叟自識。

（清康熙間刻本《喬中和全集》附刻《毛詩樂府》卷首）

洄溪道情（徐大椿）

徐大椿（一六九三—一七七一），生平見本書卷十二《樂府傳聲》條解題。《洄溪道情》，現存道光間刻本、同治三年（一八六四）彭氏善成堂刻《徐靈胎十二種全集》本、光緒十四年（一八八八）刻《徐靈胎先生雜著五種》本、光緒十九年（一八九三）上海圖書集成印書局排印本《徐氏醫書八種附・雜著》本、光緒二十二年（一八九六）珍藝書局鉛印本、民國二十一年（一九三二）上海中華書局排印任二北輯《散曲叢刊・清人散曲選刊》本等。

道情序

徐大椿

道情之唱，由來最古。其聲則飛馭天表，游覽太虛，俯視八紘，志在沖漠之上，寄傲宇宙之間，慨古感今，有樂道徜徉之情，故曰『道情』。其說相傳如此，乃曲體之至高至妙者也。迨今久失其傳，僅存時俗所唱之【要孩兒】、【清江引】數曲，卑靡庸濁，全無超世出塵之響，其聲竟不可尋矣。

癸亥之春〔一〕，余作《樂府傳聲》將竣，凡諸音調，俱探本窮流，辨悉微奥。猶慨古人聲音之道失傳者甚多，而道情之絶，爲尤可惜。尋其聲而不可得，即今所存【要孩兒】諸曲，究其端倪，推其本初，沿其流派，似北曲【仙吕入雙調】之遺響。乃推廣其音，令開合弛張，顯微曲折，無所不暢，聲境一開，愈轉而愈不窮，實有移情易性之妙。但徒以工尺四上爲之譜，則有聲無辭，可餉知音，難以動衆，且不便於傳遠。因拈雜題數十首，半爲警世之談，半寫閒遊之樂，總不離於見道者之語。以聲布詞，以詞發聲，悉一心之神理，遥接古人已墜之緒。若古人果如此，則此音自我續之；若古人不如此，則此音自我創之。無論其續與創，要之律吕順，宮商協，絲竹和，可以適志，可以動人，即成曲調之一家。後世有考音者出，亦可得舍此不問，而別求所謂道情矣〔二〕。

（一九八八年臺灣新文豐出版公司《叢書集成續編》第一〇二冊影印清光緒七年崇文書局輯刻《正覺樓叢書》本《樂府傳聲》卷末）

【箋】

〔一〕癸亥：乾隆八年（一七四三）。

〔二〕任二北輯《清人散曲選刊》本《洄溪道情》卷首，此文末有「洄溪主人自敍」六字。

洄溪道情跋

徐　培〔一〕

先王父洄溪公《道情》一冊，辭近旨遠，最爲雅俗共賞，其間有裨世教之言尤多。蓋以元人之詞，説宋儒之理，遂覺體格創新，情詞斐亹，感人易易，良有由也。培不才，無以推闡先人遺藴，然絃而歌之，涵養性天，私幸三十年來，立身行己，亦藉是得稍免大雅謗議焉。板行既久，漫漶寖多，因將原刻重付剞氏。庶幾傳者益廣，俾世道人心，感乎日衆，是則先王父之志也，亦培重刻之心也。

道光甲申夏六月，孫培謹識於奉新官廨。

（清道光間刻本《洄溪道情》卷末）

【箋】

〔一〕徐培：仁和（今浙江杭州）人。徐大椿孫。舉人。嘉慶五年（一八〇〇），任雩都知縣。

霓裳續譜（顏自德、王廷紹）

顏自德（一七二五前—一七九五後），天津人。乾隆間三和堂曲師。王廷紹（一七六三—一八二〇），字善述，號楷堂，金陵（今江蘇南京）人，一作直隸大興（今北京）人。乾隆五十七年壬子（一七九二）舉人，嘉慶四年己未（一七九九）進士，官至刑部員外郎。著有《淡香齋詩草》、《淡香齋詠史詩》、《淡香齋試帖》等。傳見《詞林輯略》卷五、《大清畿輔先哲傳》卷二五等。

《霓裳續譜》八卷，清俗曲集，收錄流行於北京、天津之俗曲三十曲調、六百十九首，顏自德選輯，王廷紹編訂。現存乾隆六十年（一七九五）北京文茂齋原刻本、乾隆六十年序集賢堂重刻本（《續修四庫全書》第一七四四冊據以影印；一九五九年中華書局上海編輯所據以排印，收入《明清民歌時調叢書》）。參見趙景深《略論〈霓裳續譜〉》（《曲藝叢談》）。

《霓裳續譜》序

王廷紹

京華爲四方輻輳之區，凡玩意適觀者，皆於是乎聚。曲部其一也。妙選優童，延老技師爲之教授，一曲中之聲情度態，口傳手畫，必極妍盡麗而後出而詩客。故凡乘堅策肥而至者，呼名按節，俾解纏頭，紅氍匝地，燈迴歌扇之光；綵袖迎人，聲送明眸之睞。朱櫻白紵，與曉風殘月爭妍，亦所以點染風光爲太平之景色也。其曲詞或從諸傳奇拆出，或撰自名公鉅卿，逮諸騷客，下至衢巷之語、市井之謠，靡不畢具。以徵歌者，不盡文毆諸師，皆以口相授。相沿既久，或習其調而忘其辭，或習其詞而訛其字，或調與詞並失傳。許多名曲，因無藍本，漸歸湮沒諸部，甚憾之。

三和堂顏曲師者，津門人也。幼工音律，彊記博聞，凡其所習，俱覓人寫入本頭。今年已七十餘，檢其篋中，共得若干本。不自祕惜，公之同好。諸部遂釀金謀付剞劂，名曰《霓裳續譜》。因多舛誤，請訂於余。

余竊惟漢魏以來，由樂府變爲歌行，由歌行變爲詞曲，歐、蘇、辛、柳而外，《花間》得其韻，實甫得其情，《竹塢》得其清華，草堂得其樸茂。逮近代之臨川、文長、云亭、天石、笠翁、悔庵諸公，緣情刻羽，皆足鬯其喜怒哀樂之懷，其詞精鶩，其趣悠長，余之所醉心者不一而足。每常謂觸景縈情之會，拈毫吮墨，偶一效顰，頗不至遺譏大雅。至於是編，特優伶口技之餘，其足供諷詠者僅十之二三。雖強從友人之命，不過正其亥豕之訛，至鄙俚紕繆之處，固未嘗改訂。題籤以後，心甚不安。然詞由彼製，美不能增我之妍，惡亦不能益吾之醜。騷壇諸友，想有以諒之矣。至其中佳製，或瀟灑梨花，蕩颺春日；或淒涼河滿，寂寞秋幃；或金谷芙蓉，跌宕紅兒玉板；或小蠻楊柳，激揚白傅銅琶。當紅豆花開之下，綠窗人靜之餘，手把是編，旋呼名部，循聲核字，鬯我天懷，欲爲顧曲之風流，固不必遠向江南訪龜年與李謩矣。是爲序。

乾隆六十年歲次乙卯春二月上浣，秣陵楷堂王廷紹撰。

（《續修四庫全書》第一七四四冊影印中國藝術研究院藏清乾隆六十年序集賢堂重刻本《霓裳續譜》卷首）

（霓裳續譜）序

盛　安〔一〕

『朝菌不知晦朔，蟪蛄不知春秋』，人之於聲也，何獨不然？故村謠野諺，每見鄙於文人；繡口錦心，亦難誇於市井。好尚不同，而雅俗共賞之爲難也。楷堂先生點訂《霓裳續譜》一書，自文人才士之筆，至邨嫗蕩婦之談，靡不畢具。

書成之後，意甚恧。然先生之意，豈不以薰蕕並采遺大雅之譏，其中捧腹噴飯之作，閱者將以之爲口實哉？抑知不然。夫『曉風殘月』，難諧之丈六琵琶；而細管繁絃，又未可調『大江東去』。古人嚼徵含商，形之楮墨，音節各臻其妙，尚有不能强而同者，況此譜流傳僅爲曲部之衣鉢，按節者不盡定字櫻桃，聞歌者豈盡江東公瑾。必刪其村蕪，訂其疵類，於吾輩之閒居展卷則可矣，其如徵歌者不盡吾輩何？今以其情詞兼麗者列之於前，可以供騷人文士之娛，下此者亦足悅俗流之耳。因詞檢字，魯魚之誤已無。習之者不舛於宮商，聞之者不疑於羊芊，諸部奉爲指南，詞壇諸公或可因是而别裁佳製。先生亦可以釋然矣。至先生以雕龍繡虎之才，平居著述，幾於等身。制藝、詩歌而外，偶寄閒情，撰爲雅曲，纏綿幽豔，追步《花間》，竟祕之篋中，抑又何也？於序是譜也問之。

同學愚弟盛安撰。

（同上《霓裳續譜》卷首，頁五二五—五二六）

【箋】

〔一〕盛安（一七六一—？）：正黄旗人，蒙古烏爾德呢佐領下人。曾任理藩院筆貼式、直隸正定府平縣知縣。傳見《清代官員履歷檔案全編》卷二三（頁六六三）。

（霓裳續譜）跋

葛　霖〔一〕

大塊之氣，噫而爲風；陰陽之氣，薄而成雷；山水之音，激而爲瀑布。松濤瀉壑，鳥語呼花，天上龍吟，雲中鶴唳。其兩大自然之聲乎？學士濡毫，文人染翰，野夫游女信口謳吟，情文雖所不類，而自然之感發則一也。

余雅好聲歌，苦不能擇《陽春》、《白雪》、《下里》、《巴人》①。今凡耳觸而成聲，輒神動而天隨也。《霓裳續譜》爲伶部靡靡之音，大雅之士見而輒鄙，然按之宫商，考其音節，恍如天籟之自鳴而自止焉。雖語不笙簧，情同嬉謔，甚無當於采擇，而寓物抒懷，殆亦如采蘭贈芍，爲《三百篇》之所不廢。善讀詩者，當不謂有害於風雅也。

歷陽葛霖蘭坡氏題。

（同上《霓裳續譜》卷首）

【校】

①『人』字，底本脱，據文義補。

【箋】

〔一〕葛霖：號蘭坡，歷陽（今屬安徽和縣）人。生平未詳。

香髓閣小令（崇恩）

崇恩（一八〇三—一八七三後），原名錫禮，字仲之，號禹舲，又作語舲、雨舲、敔舲、與舲，晚號敔翁，别署香南居士、筏喻道人、唯然居士等，愛新覺羅氏，隸滿洲正紅旗，祖籍長白，家居北京。廩貢生，官至山東巡撫。著有《香南精舍金石契》、《香南居士集》。傳見《寒松閣談藝瑣録》卷四、《甌鉢羅室書畫過目考》卷四、《清畫家詩史》辛上、《清代畫史增編》卷三六、《八旗畫録後編》卷中、《皇清書史》卷一、《國朝書人輯略》卷九等。參見于月華《覺羅崇恩與〈香南居士集〉》（《滿族研究》一九九三年第一期）、畢岸《崇恩及〈香南居士集〉研究》（遼寧大學碩士學位論文，二〇一八）。

以影印。

《香髓閣小令》，現存稿本，天津圖書館藏，《中國古籍珍本叢刊・天津圖書館卷》第五六册據以影印。封面題名《歸去來兮辭》，署『【雙調・水仙子】二十一闋，同治十二年八月望日，敔翁題於香髓閣』。正文首頁題《香髓閣小令》，署『長白覺羅崇恩仰之』。

香髓閣小令跋〔一〕

崇恩

同治丙寅二月二日，自蒲州北上，輿中時拈小令以遣悶。日有所得，暮宿旅廨，卽付趙姬。比至太原，已積至廿有餘闋。時表弟鍾石帆陳臯於晉，曾孫恩瑞適掌中衡，展轉傳觀，至沈石年太守處，許錄清本見貽，瀕行索之，乃竟化爲烏有。幸趙姬寫有副本，惜僅十八首。抵京，李蘭孫四弟見而愛之，遂借觀，旋亦遺失。不得已，仍從趙姬篋中搜索，只得十五首，仍多缺損，已付之無可如何矣！

今年七月三日，偶然取讀，頗有可喜。病中檢閲故紙，忽遇二首，及贈趙姬三首，不覺喜極欲狂。因補作總結一首，而繼之以【尾聲】，居然頓還舊觀，亦病困中一快事也。迺力疾，書此册以存梗概云。

時同治癸酉八月八日，敔翁書於嘉孚堂〔二〕。

昔在太原旅次，趙姬曾云：『都城景物，似已略備，惟未及食品，何不再作數首以足之？』雖笑而頷之，然不暇爲也。姬妄擬一首，語意鄙淺，殆不足存，而石帆見之，大爲許可。因念一時情事，附錄於後，用志我賢弟憐才之意，故不嫌其贅云。

其詞曰：『油炸果脆寒燒雞，乾椀酪甜如蜜脾，麻花糖餌酥薄脆。慰清饞鄉味宜括，春明歸去來兮。桃李脯，誇糖煎；山查糕，卷奶皮，覷我朶頤。』

姬名蘭心，乳名紅喜，鐵嶺人。回里後，四月而殤，時甫二十有二。

八月十三日，重閱復記〔三〕。

（《中國古籍珍本叢刊·天津圖書館卷》第五六册影印稿本《香髓閣小令》卷末）

【箋】

〔一〕底本無題名。

〔二〕題署之後有印章三枚：陰文方章『玉牒崇恩』，陽文方章『禹舲』、『香髓閣』。

〔三〕題署之後有陰文方章『崇恩』。

江山風月譜（許光治）

許光治（一八一一—一八五五），字龍華，號羹梅，别署穗嫣，海昌（今浙江海寧）人。廩貢生，未入仕。弱冠後以授徒爲生。工詩，擅書畫碑刻，通醫藥。著有《放吟》、《聲畫詩》、《紅蟬香館集》、《龍華遺稿》、《江山風月譜》等。傳見吴敏樹《柈湖文集》卷九《傳》、《清畫家詩史》庚下、《畫家知希錄》卷六等。

《江山風月譜》，包括詞一卷、散曲一卷，現存道光間海昌蔣氏刻《別下齋叢書》本（一九八五年臺灣新文豐出版公司《叢書集成新編》第八一册據以影印，商務印書館《叢書集成初編》第二六七三册據以排印）。民國二十年（一九三一）中華書局排印本任訥輯《散曲叢刊》收錄其散曲卷。

江山風月譜序〔一〕

許光清〔二〕

羹梅弟六歲學爲詩，有句云：『年年春日好，人在百花中。』及讀湯西涯少宰《懷清堂集》，下句在焉，因笑曰：『稚子竟默符昔人耶？』年十一，不復從師，余授之讀，亦間爲之。既攻舉業，雜治制義、試帖、經解、律賦，及駢散各體文，詩益少。弱冠以後，授徒爲生，又旁涉各藝事。學爲書，長於篆、隸；學爲畫，長於寫生；學爲篆刻，長於工整，而不喜奇古。辨訂金石碑刻文字，下及壬易、星平、醫藥，無不涉獵，即奇門、皇極、音樂，亦嘗討論之。愈以鮮暇，而吟詠固未嘗廢也，且有徵題者、徵和者。洎中年，爲人題圖，多綴以詞。至將沒數年，則又易爲散曲。顧余兄弟落筆，不甚推敲，是以稿中複字疵句，往往而有。其所好尤在樂府，於《玉臺新詠》、《張小山小令》，皆手自鈔錄。故今所存，亦曲勝於詞，詞勝於詩。然令享大年，所造或不止此，乃不謂未五十而遽沒也。

平生於所作，不自收拾，惟題畫詩、詞、曲，尚有手書之本，今得依以入梓。而詩則集亂帙成之，無復先後。沒之明年，蔣君生沐爲刊之〔三〕，而顧余述其端。夫弟不爲余序，而余顧爲弟序遺稿耶？噫！

咸豐六年丙辰初夏，同懷兄光清書。

（一九八五年臺灣新文豐出版公司《叢書集成新編》第八一冊據《別下齋叢書》本影印《江山風月譜》卷首）

【箋】

〔一〕底本無題名。

〔二〕許光清（一八〇二—一八六〇），初名洪喬，一名丙鴻，後改今名，字蘉那，一字雲堂，別署天田牧，室名莞睦堂，海昌（今浙江海寧）人。許光治兄。道光三十年庚戌（一八五〇）府學歲貢生。善書篆、隸。著有《瓦當文類考》、《法帖辨證》、《鷗湖吟草》、《莞睦堂遺稿》等。傳見《皇清書史》卷二四。

〔三〕蔣君生沐：即蔣光煦（一八一三—一八六〇），字日甫，一字生沐，號愛荀，又號雅山，別署放庵居士，海鹽（今屬浙江）人。諸生，候選訓導。家富藏書，精鑒賞。編刻《別下齋叢書》、《涉聞梓舊》、《篝燈教讀圖》等。著有《別下齋書畫錄》、《花事草堂學吟》、《東湖叢記》、《斠補隅錄》等。傳見《清儒學案小傳》卷一五。

江山風月譜序〔一〕

闕　名〔二〕

漢魏樂府降而六朝歌辭，情也；再降而三唐之詩、兩宋之詞，律也；至元曲，幾謂里言俳①

語矣。然張小山、喬夢符散曲，猶有前人規矩在。儷辭追樂府之工，散句擷宋、唐之秀，惟套曲則似涪翁俳詞，不足鼓吹風雅也。予心好之，情之所宜，每爲邯鄲之步。然音律未嫺，其聲之高下不入格者，當復不少。然第寄意云耳，於聲律固不計也。得數十首，遂彙而錄之，並題其端云。

咸豐二年壬子十一月二日識。

（同上《江山風月譜·散曲》卷首）

【校】

①俳，底本作『誹』，據文義改。

【箋】

〔一〕底本無題名。民國二十年（一九三一）中華書局排印本任訥輯《散曲叢刊》本題作《江山風月散曲譜序》。

〔二〕此文當爲許光治撰。

附　讀許兄龍華遺稿感賦

蔣光煦

叢殘紙墨整還斜，展讀爭禁起嘆嗟。不信蒼穹慳福業，可憐鄉曲悼才華。學成未算儒冠誤，命蹇何勞俗口譁。今日知交零落盡，（年來汪君劍秋、沈丈馨堂、翁君小海、費君子苕，皆卒。）招魂泣盡果園花。（集中有《別果園》、《梅竹》、《海棠》諸作。）

（同上《江山風月譜》卷末）

昨非曲（劉熙載）

劉熙載（一八一三—一八八一），字伯簡，號融齋，晚號寤崖子，室名古桐書屋，興化（今屬江蘇）人。道光十九年己亥（一八三九）舉人，二十四年甲辰（一八四四）進士，選庶吉士，散館授編修。歷任左春坊左中允、國子監司業、廣東學政。曾主講武漢江漢書院、上海龍門書院。著有《四音定切》、《說文雙聲》、《說文疊韻》、《持志塾言》、《藝概》、《昨非集》、《古桐書屋札記》、《游藝約言》、《制義書存》等。一九九三年華東師範大學出版社出版劉立人、陳文和點校《劉熙載集》，二〇〇〇年江蘇古籍出版社出版薛正興點校《劉熙載文集》。傳見俞樾《春在堂雜文四編》卷三《墓碑》、蕭穆《敬孚類稿》卷一二《別傳》、《清史稿》卷四八〇、《清史列傳》卷六七、《續碑傳集》卷一八和卷七五、《碑傳集補》卷四二、《道學淵源錄·聖清淵源錄》卷四三、《清儒學案小傳》卷一八、《清代樸學大師列傳》卷一二、《詞林輯略》卷六、《清代疇人傳》卷五、《皇清書史》卷二〇等。

散曲集《昨非曲》一卷，實爲《昨非集》卷四附『曲』，現存同治間刻本《古桐書屋六種·昨非集》（《續修四庫全書》第一五四三冊據以影印、一九八七年江蘇廣陵古籍刻印社據以影印）、光緒間興化劉氏刻本《昨非集》。二〇〇〇年江蘇古籍出版社出版薛正興點校《劉熙載文集》收錄。

曲自序

闕　名〔一〕

或問曰：『曲，殆不足爲詩餘乎？』余曰：『何也？』曰：『體卑於詞也。』曰：『是當論其實，不當論其體。且子之所謂詩者，當必不遺《三百篇》也。詩以《三百篇》爲至，非以其實乎？後世之作，苟無其實，雖詩，亦不足謂之詩餘也；苟有其實，雖曲，亦何不足以當之哉？』余向之語，或者如此。然余不欲多爲曲，姑卽偶爲者，存之以見志，於實而未逮云。

（《續修四庫全書》第一五四三冊影印清同治間刻本《古桐書屋六種·昨非集》卷四附『曲』卷首）

【箋】

〔一〕此文當爲劉熙載撰。

滿江紅曲本（笠樵氏）

笠樵氏，姓名、籍里、生平均未詳。輯《滿江紅曲本》一卷，均爲情詞豔曲，現存光緒元年（一八七五）笠樵氏鈔本，日本東京大學東洋文化研究所藏。

滿江紅序

笠樵氏

余自幼讀書，不求甚解。至『天地不能不陰陽，聖人不能不男女』之句，從知自開闢以來，『情慾』二字，人所不免。然能以道節情，以理制慾，樂而不淫，庸何傷？

甲戌歲〔一〕，余客游淮陰，得《滿江紅曲》一編。聆①其音，似近鄭聲；玩其詞，堪續《情史》。中心喜之，顧學不逮。余有干戚閔蘭坡者，亦業此癖，絲絃之外，詞曲尤精。囑余公餘之暇，鈔錄而嫺習之。迨揣摩近似，頗覺解頤。然可爲個中人道，難與門外漢言也。倘沾沾焉謂鄭聲宜放，《情史》可焚，則《毛詩》三百，亦可束閣不讀矣。爰不避俗誚，鈔錄一編，用敢質之思無邪者。

乙亥新正下浣〔二〕，笠樵氏自題。

（清光緒元年笠樵氏鈔本《滿江紅曲本》卷首〔三〕）

【校】

①聆，底本作『領』，據文義改。

【箋】

〔一〕甲戌：同治十三年（一八七四）。

〔二〕乙亥：光緒元年（一八七五）。

〔三〕此本未見，據黃仕忠《日藏中國戲曲文獻綜錄》迻錄。

參考文獻

（日）八木澤元《明代劇作家研究》，臺北： 中新書局，一九七七
（俄）李福清、（中）李平編《海外孤本晚明戲劇選集三種》，上海： 上海古籍出版社，一九九三
（韓）金英淑《琵琶記版本流變研究》，北京： 中華書局，二〇〇三
（日）根山ケ徹《明清戲曲史論敍說——湯顯祖牡丹亭研究》，東京： 創文社，二〇〇一
《明本潮州戲文五種》，廣州： 廣東人民出版社，一九八五
《蘇州戲曲志》編輯委員會編《蘇州戲曲志》，蘇州： 古吳軒出版社，一九九八
《中國戲曲志》編輯委員會編《中國戲曲志・江蘇卷》，北京： 中國ISBN中心，一九九二
《中國戲曲志》編輯委員會編《中國戲曲志・浙江卷》，北京： 中國ISBN中心，一九九七
阿英《晚清文學叢鈔・傳奇雜劇卷》，北京： 中華書局，一九六二
阿英《紅樓夢戲曲集》，北京： 中華書局，一九七八
北京市藝術研究所、上海藝術研究所編《中國京劇史》，北京： 中國戲劇出版社，二〇〇五
蔡毅《中國古典戲曲序跋彙編》，濟南： 齊魯書社，一九八九
趙景深主編《中國古典小說戲曲論集》第二輯，上海： 上海古籍出版社，一九八七
陳所聞編，趙景深校訂《南北宮詞紀》，北京： 中華書局，一九五九

陳萬鼎主編《全明雜劇》，臺北：鼎文書局，一九七九
陳旭耀《現存明刊西廂記綜錄》，上海：上海古籍出版社，二〇〇七
程煐著，何鳳奇、唐家祚合注《龍沙劍傳奇》，哈爾濱：黑龍江人民出版社，一九八六
傳田章《明刊元雜劇西廂記目錄》，東京：東京大學東洋文化研究所，一九七〇
戴龍基主編《不登大雅文庫珍本戲曲叢刊》，北京：學苑出版社，二〇〇三
鄧長風《明清戲曲家考略》，上海：上海古籍出版社，一九九四
鄧長風《明清戲曲家考略三編》，上海：上海古籍出版社，一九九九
鄧長風《明清戲曲家考略續編》，上海：上海古籍出版社，一九九七
董捷《明清刊〈西廂記〉版畫考析》，石家莊：河北美術出版社，二〇〇六
董康《曲海總目提要》，北京：人民文學出版社，一九五九
杜桂萍《文獻與文心：元明清文學論考》，北京：中華書局，二〇〇九
馮沅君《古劇說彙》，北京：作家出版社，一九五六
伏滌修、伏蒙蒙輯校《西廂記資料彙編》，合肥：黄山書社，二〇一二
傅謹主編《京劇歷史文獻匯編》，南京：鳳凰出版社，二〇一三
傅惜華《傅惜華戲曲論叢》，北京：文化藝術出版社，二〇〇七
傅惜華《明代傳奇全目》，北京：人民文學出版社，一九五九
傅惜華《明代雜劇全目》，北京：作家出版社，一九五八

傅惜華《清代雜劇全目》，北京：人民文學出版社，一九八一
傅惜華《元代雜劇全目》，北京：作家出版社，一九五七
古本戲曲叢刊編輯委員會編《古本戲曲叢刊九集》，上海：中華書局，一九六二—一九六四
古本戲曲叢刊編輯委員會輯《古本戲曲叢刊三集》，北京：文學古籍刊行社，一九五七
古本戲曲叢刊編輯委員會輯《古本戲曲叢刊四集》，上海：上海商務印書館，一九五七—一九五八
古本戲曲叢刊編輯委員會輯《古本戲曲叢刊五集》，上海：上海古籍出版社，一九八六
古本戲曲叢刊編刊委員會輯《古本戲曲叢刊初集》，上海：上海商務印書館，一九五三—一九五四
古本戲曲叢刊編刊委員會輯《古本戲曲叢刊二集》，上海：上海商務印書館，一九五四—一九五五
國家圖書館出版社編《古本西廂記彙集初集》，北京：國家圖書館出版社，二〇一一
國家圖書館出版社編《國家圖書館藏西廂記善本叢刊》，北京：國家圖書館出版社，二〇一一
寒聲、賀新輝等編《西廂記新論》，北京：中國戲劇出版社，一九九二
侯百朋《高則誠和〈琵琶記〉》，西安：陝西人民出版社，一九八四
侯百朋《琵琶記資料彙編》，北京：書目文獻出版社，一九八九
侯榮川、陸林校點《梅鼎祚戲曲集》，合肥：黃山書社，二〇一六
胡忌、劉致中《崑劇發展史》，北京：中國戲劇出版社，一九八九

胡忌《菊花新曲破》，北京：中華書局，二〇〇八
黄仕忠《明清孤本稀見戲曲彙刊》，桂林：廣西師范大學出版社，二〇一四
黄仕忠《日藏中國戲曲文獻綜録》，桂林：廣西師範大學出版社，二〇一〇
黄仕忠主編《日本藏稀見中國戲曲文獻叢刊》（第一輯），桂林：廣西師范大學出版社，二〇〇六
黄仕忠等三編《日本藏稀見中國戲曲文獻叢刊》（第二輯），桂林：廣西師范大學出版社，二〇一六
黄婉儀編注《彙編校注綴白裘》，臺北：學生書局，二〇一七
黄竹三、馮俊傑主編《六十種曲評注》，長春：吉林人民出版社，二〇〇一
江巨榮《劇史考論》，上海：復旦大學出版社，二〇〇八
江巨榮《明清戲曲：劇目、文本與演出研究》，上海：上海古籍出版社，二〇一四
蔣士銓著，周育德點校《古柏堂戲曲集》，上海：上海古籍出版社，一九八七
蔣星煜《明刊本西廂記研究》，北京：中國戲劇出版社，一九八二
蔣星煜《中國戲曲史鈎沉》，鄭州：中州書畫社，一九八二
蔣星煜《中國戲曲史探微》，濟南：齊魯書社，一九八五
金沛霖主編《明清鈔本孤本戲曲叢刊》，北京：線裝書局，一九九六
康保成點校《驚鴻記》，北京：中華書局，二〇〇四
孔永《〈中州全韻〉研究》，吉林大學碩士學位論文，二〇〇七

李占鵬編校《汪廷訥戲曲集》，成都：　巴蜀書社，二〇〇九
梁淑安、姚柯夫《中國近代傳奇雜劇經眼錄》，北京：　書目文獻出版社，一九九六
林鶴宜《規律與變異：　明清戲曲學辨疑》，臺北：　里仁書局，二〇〇三
林鶴宜《阮大鋮〈石巢四種〉研究》，臺中東海大學碩士學位論文，一九八五
林佳儀《〈納書楹曲譜〉研究——以〈四夢全譜〉訂譜作法爲核心》，臺北：　花木蘭文化出版社，二〇一二
劉禎、程魯潔編《鄭振鐸藏珍本戲曲文獻叢刊》，北京：　國家圖書館出版社，二〇一七
劉崇德《新定九宮大成南北詞宮譜校譯》，天津：　天津古籍出版社，一九九八
劉崇德《中國古代曲譜大全》，沈陽：　遼海出版社，二〇〇九
劉世珩《暖紅室匯刻傳劇》，暖紅室一九一九年刊刻
盧前《飲虹簃所刻曲》，金陵盧氏輯刻本，一九三六
陸蕚庭《昆劇演出史稿》，上海：　上海教育出版社，二〇〇六
陸蕚庭《清代戲曲家叢考》，上海：　學林出版社，一九九五
陸林校點《皖人戲曲選刊・龍燮卷》，合肥：　黃山書社，二〇〇九
馬廉《馬隅卿小說戲曲論集》，北京：　中華書局，二〇〇六
毛晉《六十種曲》，北京：　中華書局，一九五八
裴喆《祁彪佳與〈遠山堂曲品・劇品〉考論》，開封：　河南大學出版社，二〇一五

任中敏《新曲苑》，上海： 中華書局，一九四〇
蘇玉虎主編《蘇少卿戲曲春秋》，上海： 上海書店出版社，二〇一五
孫崇涛主編《古本琵琶記彙編》，北京： 中華書局，二〇〇七
孫楷第《也是園古今雜劇考》，上海： 上雜出版社，一九五三
孫書磊《明末清初戲劇研究》，北京： 社會科學文獻出版社，二〇〇七
孫書磊《南京圖書館藏孤本戲曲叢考》，北京： 中華書局，二〇一一
汪超宏《明清曲家考》，北京： 中國社會科學出版社，二〇〇六
汪超宏《明清浙籍曲家考》，杭州： 杭州大學出版社，二〇〇九
王鋼《校訂錄鬼簿三種》，鄭州： 中州古籍出版社，一九九一
王漢民等編《孟稱舜戲曲集》，成都： 巴蜀書社，二〇〇六
王漢民輯校《福建文人戲曲集·元明清卷》，福州： 海峽文藝出版社，二〇一二
王驤德著，陳多、葉長海注釋《曲律註釋》，上海： 上海古籍出版社，二〇一二
王琪珉、高中自、裴高才編著《高振霄三部曲》，北京： 知識產權出版社，二〇一五
王秋桂編《善本戲曲叢刊》（第一輯），臺北： 學生書局，一九八四
王秋桂編《善本戲曲叢刊》（第二輯），臺北： 學生書局，一九八四
王秋桂編《善本戲曲叢刊》（第三輯），臺北： 學生書局，一九八四
王秋桂編《善本戲曲叢刊》（第四輯），臺北： 學生書局，一九八七

王秋桂編《善本戲曲叢刊》(第五輯),臺北: 學生書局,一九八七
王秋桂編《善本戲曲叢刊》(第六輯),臺北: 學生書局,一九八七
王紹曾、宫慶山編《山左戲曲集成》,上海: 上海古籍出版社,二〇〇七
王衛民《吳梅戲曲論文集》,中國戲劇出版社,一九八三
王文才輯校《楊慎詞曲集》,成都: 四川人民出版社,一九八四
王文章主編《傅惜華藏古典戲曲珍本叢刊》,北京: 學苑出版社,二〇一〇
王文章主編《傅惜華藏古典戲曲曲譜身段譜叢刊》,北京: 學苑出版社,二〇一二
王錫祺《山陽詩徵續編》,清光緒間小方壺齋活字排印本
王永寬、王鋼《中國戲曲史編年》,鄭州: 中州古籍出版社,一九九四
王灼著,岳珍校正《碧溪漫志校正(修訂本)》,北京: 人民文學出版社,二〇一五
吳梅《曲選》,上海: 商務印書館,一九三〇
吳梅《奢摩他室曲叢》,北京: 國家圖書館出版社,二〇一二
吳書蔭《曲品校注》,北京: 中華書局,二〇〇六
吳書蔭主編《綏中吳氏藏抄本稿本戲曲叢刊》,北京: 學苑出版社,二〇〇四
吳希賢編《所見中國古代小說戲曲版本圖錄》,北京: 中華全國圖書館文獻縮微復制中心,一九九五
吳新雷《中國戲曲史論》,南京: 江蘇教育出版社,一九九六

吴新雷主編《中國崑劇大辭典》，南京：南京大學出版社，二〇〇二
吴毓華《中國古代戲曲序跋集》，北京：中國戲劇出版社，一九九〇
夏庭芝著，孫崇濤、徐宏圖箋注《青樓集箋注》，北京：中國戲劇出版社，一九九〇
謝伯陽、淩景埏《全清散曲》，濟南：齊魯書社，二〇〇六
謝伯陽《全明散曲》，濟南：齊魯書社，一九九四
謝錦桂毓《吟風閣雜劇研究》，臺北：華正書局，一九八四
熊澄宇《蔣士銓劇作研究》，北京：中國戲劇出版社，一九八八
徐大椿著，吴同賓、李光譯注《樂府傳聲譯注》，北京：中國戲劇出版社，一九八二
徐扶明《牡丹亭研究資料考釋》，上海：上海古籍出版社，一九八七
徐朔方《晚明曲家年譜》，杭州：浙江古籍出版社，一九九三
徐朔方《徐朔方說戲曲》，上海：上海古籍出版社，二〇〇〇
嚴敦易《元明清戲曲論集》，鄭州：中州古籍出版社，一九八二
楊緒容《王實甫〈西廂記〉彙評》，北京：人民出版社，二〇一四
葉德均《戲曲小說叢考》，北京：中華書局，一九七九
殷夢霞選編《鄭振鐸藏古吴蓮勺廬鈔本戲曲百種》，北京：國家圖書館出版社，二〇〇九
殷夢霞主編《哈佛燕京圖書館藏齊如山小說戲曲文獻彙刊》，北京：國家圖書館出版社，二〇

張次溪輯《清代燕都梨園史料》，北京：北平邃雅齋排印，一九三四
張淨秋《清代西遊戲考論》，北京：知識產權出版社，二〇一二
張人和《〈西廂記〉論證》，長春：東北師範大學出版社，一九九五
趙景深《明清曲談》，上海：古典文學出版社，一九五七
趙景深《曲藝叢談》，北京：中國曲藝出版社，一九八二
趙山林《中國古典戲劇論稿》，安徽：安徽文藝出版社，一九九八
趙山林《中國近代戲曲編年史》，上海：華東師範大學出版社，二〇〇八
鄭騫《景午叢編》，臺北：中華書局，一九七二
鄭振鐸《清人雜劇初集》，長樂鄭氏影印，一九三一
鄭振鐸《清人雜劇二集》，長樂鄭氏影印，一九三四
鄭志良《明清戲曲文學與文獻探考》，北京：中華書局，二〇一四
中國社科院文學研究所《古本戲曲叢刊六集》，北京：國家圖書館出版社，二〇一六
中國社科院文學研究所《古本戲曲叢刊七集》，北京：國家圖書館出版社，二〇一八
中國戲曲研究院編《中國古典戲曲論著集成》，北京：中國戲劇出版社，一九五九
周妙中《清代戲曲史》，鄭州：中州古籍出版社，一九八七
周紹良《紅樓夢研究論集》，太原：山西人民出版社，一九八三
周維培《曲譜研究》，南京：江蘇古籍出版社，一九九九

周錫山《西厢記注釋彙評》，上海：上海人民出版社，二〇一三
周中明校注《四聲猿》，上海：上海古籍出版社，一九八四
朱强主編《北京大學圖書館藏程硯秋玉霜簃戲曲珍本叢刊》，北京：國家圖書館出版社，二〇一四

後記

經歷一場漫長的『馬拉松』，本書終於即將出版問世了，我們心裏既充滿著欣悦之情，同時亦留有些許遺憾。欣悦的是，我們終於結束了這場持續了十年之久的辛苦勞作，將這一勞作的成果呈交給學界同仁，並且可以饒有閒暇地自我欣賞一番。而遺憾的是，這一成果仍然留下諸多缺憾，如果再假以時日，我們還可以做得更好。我們深深地感到，學術研究恐怕終究只能是一種『遺憾的事業』。不過這兩三年來，學界同仁多有詢問進度、催促出版，期待早日閲讀本書，我們實在不便再行拖延了。而且，從客觀上説，明清典籍浩如烟海，戲曲序跋的收集整理終歸是無有止境的，總會時不時地有新的發現、新的考證；若是真想等到把全部明清戲曲序跋都彙集、校箋完畢後再行出版，肯定是遥遥無期的。

二〇一一年，本書以『明清戲曲序跋全編』爲題目申報國家社會科學基金項目，有幸得到評審專家的認可而獲得立項（批準號一一BZW〇六五），歷經七年的艱辛收集、編纂、校箋，於二〇一七年底順利結項（免於鑒定）。在課題開展過程中，我們得到人民文學出版社學友周絢隆博士的垂青，早早地就簽署了意向出版協議。在課題順利結項後，我們對書稿進一步完善，並以《明清戲曲序跋纂箋》爲題，將書稿呈交人民文學出版社，出版社申報了二〇一九年的國家出版基金項目，並順利獲得基金支持。

一轉眼間，書稿的編輯、排版、校對又歷經數年。在這期間，我們仍然念茲在茲，時時留心明清戲曲序跋的收集和整理。因爲讀書時有所見，在交稿以後，我們仍然沒有停止對書稿的修訂與增補。直至二〇二〇年七月，我們與出版社達成一致意見，不再補充新發現的序跋，也不再改訂未箋釋的條目。任何學術工作，尤其是文獻整理工作，無論如何總得有個時間的「下限」，儘管我們內心總是感到遺憾和不足。的確，在二〇二〇年七月以後，我們又陸陸續續地發現了一些未收錄進書稿的明清戲曲序跋。有的是在項目結項之前，研究者早就發現的戲曲序跋，卻與我們失之交臂，例如：林以寧《墨莊文鈔》，有《玉尺樓傳奇序（代夫子）》，係爲胡吉豫傳奇作序，見張增元《明清罕見曲目二十種》（《文獻》一九八二年第四期）；清暉閣主人張興載撰舊鈔本戲曲跋文，見周紹良《記孤本〈如意冊〉〈萬年歡〉與〈銀河曲〉》（《文獻》一九八六年第一期）、劉漢忠《舊鈔本〈銀河曲〉跋者張興載》（《文獻》一九九〇年第三期》）；浙江圖書館藏鈔本《梅影樓》傳奇卷首與卷末，有王廷鑒《梅影樓》傳奇的數篇《題詞》和《梅影樓後序》，見汪超宏《浙圖藏稀見清人曲作四種考略》（《浙江大學學報》人文社會科學版二〇一一年第六期）；咸豐元年（一八五一）秋刻本《芙蓉樓傳奇》卷首，有張衢《無題二首》並注，見黃勝江《清中葉文人曲家劇作稽考四題》（《中華戲曲》第四十輯，二〇一四年），等等。有的是在項目結項之後，研究者新發現並披露的戲曲序跋，如鈔本《復莊今樂府選》中，有姚燮爲諸多劇目撰寫的跋語，見陳妙丹《〈復莊今樂府選〉詳目》（《戲曲與俗文學研究》第四輯，二〇一七年）；黃金臺的《靈臺記填詞》卷首，有《前言》及《題詞》等，見王漢民、李在超《六位清代戲曲家生平考述》和朱雯《稀見清代傳奇劇本〈靈臺記〉敘論》（均見《江漢論壇》二〇一八年第三期）；明崇禎八年（一六三五）金閶文喜堂刻本《南曲全譜》卷首，有沈懷祖《南曲譜序》，見譚笑《新見〈南曲全譜〉吳尚質修訂本考略》（《文化遺產》二〇二〇年第四期），等等。此外，這兩三年我們在各圖書館查閱明清戲曲劇本時，閱讀並鈔錄了一些罕見的戲曲序跋，也均未收入本書，只能待本書出版後，另行撰文，作爲補遺。

本書的編纂參考了時賢的衆多相關研究成果。在借鑒時賢研究成果中迻錄的戲曲序跋時，我們總是不憚繁複地儘量查閱序跋的原始底本，並據以重新錄校。這既是爲了遵循我們確定的『要信實可靠』的整理原則，也是由於在整理實踐中，我們發現一些已刊成果中迻錄的序跋或多或少存在一些訛誤，如果不仔細核對底本，很難發現並糾正因迻錄而造成的訛誤。當然，這並非說本書就不存在迻錄致訛的現象，只是我們力圖盡一切努力把這種訛誤降到最低。當然，也有一些序跋實在難以查閱原始底本，我們只能依據時賢迻錄的文字作爲底本進行整理，以便最大程度地實現本課題的『完整全備』。

本書作爲一項專類文獻資料彙編，是典型的『集腋成裘』，其難度是顯在的。同時，由于序跋原文采用不同的書體書寫，尤其是序跋原文由草書或行草撰寫時，給文字辨識帶來很大的困難。再則，序跋正文後的鈐印對序跋作者的考辨自有重要價值，我們在校箋時對這些鈐印印文也一並箋注，而有些印文字體過度『藝術化』，也給校箋工作帶來了諸多障礙。爲了能够讓書稿更爲完善，我們不僅到各地圖書館查閱收集資料，而且還多方向時賢俊彥請教。在本書編纂過程中，我們得到了中國國家圖書館、中國藝術研究院圖書館、首都圖書館、北京師範大學圖書館、上海圖書館、南京圖書館、浙江圖書館等十數家圖書館的鼎力支持，得以查閱並複製大量珍貴的戲曲序跋文獻，謹致謝忱！北京語言大學吳書蔭教授、臺灣世新大學曾永義教授、中山大學黃仕忠教授、南京師範大學孫書磊教授、浙江大學汪超宏教授、中國人民大學鄭志良教授、中國藝術研究院戴雲研究員、中國藝術研究院詹怡萍研究員、中國藝術研究院鄭雷研究員、浙江大學周明初教授、烟臺大學劉淑麗教授、首都師範大學孫學峯教授、廣西大學李慧副教授、揚州大學趙林平副編審、西南大學圖書館徐立副研究館員、浙江財經大學毋丹博士、汕頭大學陳妙丹博士、廣東海洋大學马喻理博士、北京大學左怡兵博士等古代戲曲研究界的前輩和同仁，在搜集、整理戲曲文獻資料方面對我們多有幫助，大恩大德，銘記在心！北京師範大學研究生諸雨辰、齊天琪、王一任、黄淑芬、黎愛、林司悅、車禕等，爲戲曲序跋的錄入貢獻了寶貴的時間和精力，特此感謝！

儘管我們在纂集、箋證明清戲曲序跋的過程中，已經竭盡全力去收集、整理、校箋，前後查閲、參考了數以萬計的古今各類文獻和研究論著，但是仍然難免有收錄未能全備、考訂偶有疏漏、錄定時有訛誤之處。懇望學界諸位賢達學人，不吝補漏匡謬，以便把明清戲曲序跋這一文獻寶庫建造得更加完善，惠澤學林，我們將不勝感焉！本書責任編輯葛雲波先生、杜廣學先生在編輯過程中一絲不苟、認真負責，大大降低了本書中存在的訛誤，在此深表感謝！

二〇二一年四月二十一日

左輔 3977
左潢 3177、3120、3187、5564
左其年 3213
左泉－陳灤
左泉－何鈁
左尹－查繼佐
作類子－張天粹
坐隱先生－汪廷訥
祚榮－吳震生

紫閣山人 – 王九思
紫九 – 江鼎金
紫琅 – 李懿曾
紫綸 – 田雯
紫卿 – 俞廷瑛
紫詮 – 王韜
紫珊 – 吳坤
紫庭眞逸 – 楊悌
紫微山人 – 張韜
紫薇舍人 5296
紫霞 – 高珩
紫峴 – 張九鉞
紫陽道人 – 丁耀亢
紫珍道人 – 徐士俊
紫芝 – 劉汝佳
自溟 – 徐奮鵬
自莘 – 程士任
自選 – 黃元治
自怡軒主人 – 許寶善
自娱主人 – 胡介祉
自在菩薩 – 劉華東
宗傳 – 盛敬
宗磐 – 錢維城
宗儀 – 李鴻
宗子 – 張岱
棕亭 – 金兆燕
鄒迪光 4671、4681
鄒谷 – 張迎煦
鄒律 251
鄒山 1788
鄒式金 4741
鄒漪 4746
鄒元斗 1893
鄒袛謨 1481
祖光 – 袁蟫
祖明 – 張賁孫
祖望 – 尤維熊
纘齋 – 馮肇曾
醉白 – 胡樹本
醉侯(苧城醉侯) 1572
醉六山房主人 5580
醉侶山樵 – 錢德蒼
醉香主人 258
醉吟鄉里人(汪□□) 4487
醉月山人 – 章慶恩
醉月主人(昭亭有情癡?) 1562
醉筠外史 – 韋業祥
醉齋繼主 – 龔墨園
尊生 – 曹學佺
尊生館主人 – 黃正位
遵王 – 錢曾
琢如(堂) – 石韞玉
琢堂 – 楊澥
左臣 – 詹賢

附錄一

本書戲曲文獻名目索引

說　明

本索引收錄历代戲曲劇本、戲曲選集、曲話曲目、曲譜曲韻、諸宫調與散曲集等戲曲文獻名目。所有條目均按首字的漢語拼音排序。名目相同者,名下注作者以示區别。其中戲曲總集與别集的别稱、簡稱,一律列爲參見索引詞,不出頁碼,僅注明相關的主索引詞。

A

暗渡陳倉 - 韓元帥暗渡陳倉
暗香媒　4015
暗掌銷兵 - 紅線金盒記
傲妻兒　1908
懊情儂傳奇　3151

B

八寶箱　2609
八大王開詔救忠臣　474
八仙過海 - 爭玉板八仙過滄海
八仙慶壽 - 瑤池會八仙慶壽
八仙慶壽　1904
八義記　599
八義圖 - 鏡圓記
八珠環記　929
芭蕉樓 - 紅羅記
拔宅飛昇 - 許眞人拔宅飛昇
白霓裳 - 梨花雪
白桃花　4303
白頭花燭　2139

白頭新　4240
白玉樓記　1436
百寶箱(郭濬)　1111
百寶箱(黃標)　2928
百穀滋生 – 康熙萬壽雜劇
百花夢　2915
百花上壽　3106
百花亭 – 逞風流王煥百花亭
百花亭　4518
拜月亭　13
拜針樓　1676
半角山房曲譜　5643
半夜朝元 – 小天香半夜朝元
包待制三勘蝴蝶夢　123
包待制智斬魯齋郎　122
包待制智賺生金閣　459
薄命緣　1985
保成公徑赴澠池會　429
寶光殿 – 寶光殿天眞祝萬壽
寶光殿天眞祝萬壽　700
寶劍記　609
寶箱傳奇 – 百寶箱
豹子和尚 – 豹子和尚自還俗
豹子和尚自還俗　533
報恩猿 – 報恩緣
報恩緣　2812
北詞譜　5336
北詞譜六宮 – 北詞譜
北詞韻正 – 中州全韻
北宮詞紀　5809
北紅拂 – 識英雄紅拂莽擇配
北紅拂記　1936
北俱盧 – 人天樂
北曲司南　5402
北西廂訂律　5368
北西廂譜 – 北西廂訂律
北雅 – 太和正音譜
比目魚　1407
筆歌　1901
筆花樓新聲　5839
筆談劇本　4183
碧雞漫志　4816
碧蓮香 – 雙冠誥
碧落緣　2785
碧紗 – 禿碧紗炎涼秀士
碧山樂府　5704
碧天霞　2754
碧血碑　4411
碧血花　4406
碧玉串　2093
碧玉釧 – 碧玉串
碧玉釧樂府　2651
碧玉環 – 仙緣記
碧珠記　1056

避債臺 3492
砭眞記 2444
鞭督郵 1905
邊洞玄慕道昇仙 695
貶黄州－蘇子瞻風雨貶黄州
表忠記 1235
冰心冊 3256
並頭蓮記 934
伯虎雜曲 5711
伯皆－琵琶記
伯皆琵琶記－琵琶記
博浪椎 1212
博望訪星 3404
博望燒屯－諸葛亮博望燒屯
博笑記 925
補天記 1666
補天石傳奇 3561
不垂楊 3313
布袋和尚忍字記 424
步雪初聲 5867

C

才人福（沈起鳳） 2814
才人福（朱鳳森） 3526
采樵圖 2595
采石磯 2596
彩筆情辭 5928
彩舟記 962
綵毫緣 2925
蔡伯喈琵琶記－琵琶記
蔡跎踏 675
殘唐再創 1147
蒼史研書－康熙萬壽雜劇
蒼鷹擊 4513
滄桑豔 4328
草木傳－藥會圖
側帽餘譚 5213
槎合記 3038
柴桑樂 3447
禪隱四劇 1143
蟾蜍佳偶－蘇門嘯
蟾宮操 2021
纏頭百絚 4685
纏頭百絚二集 4687
長安看花記 5125
長命縷 780
長生殿 1750
長生殿曲譜 5542
長生會－眾天仙慶賀長生會
長生記 957
常椿壽－紫陽仙三度常椿壽
巢松樂府 1587
朝野新聲太平樂府 5691
辰鈎月－張天師明斷辰鈎月

陳大聲樂府全集　5695
城南柳－呂洞賓三度城南柳
乘龍鼎　1541
乘龍佳話　4223
程咬金斧劈老君堂　437
誠齋樂府　5694
逞風流王煥百花亭　458
螭虎釧　4999
赤壁記　2067
赤城緣　3067
赤松詞曲－赤松遊
赤松遊　1224
沖漠子獨步大羅天　489
搊搜判官喬斷鬼　545
惆悵爨　4399
酬紅記　3708
楚江情－再生緣
楚江情　989
楚昭公疏者下船　425
傳奇彙考　4904
傳奇麗則　4733
春波影　1253
春燈謎　1071
春坡夢　4468
詞場合璧　671
詞林白雪　4639
詞林一枝　4620
詞林逸響　4670
詞林摘豔　4597
詞欒　5802
詞名集解　4980
詞壇雙豔　4681
詞謔　4857
詞餘叢話　5157
辭場合璧－詞場合璧
此丈夫－海烈婦
賜衣記－桂林霜
崔氏春秋－西廂記
催生帖　3307
存孝打虎－雁門關存孝打虎
存孝打虎－飛虎峪存孝打虎
錯調合璧－蘇門嘯
錯姻緣　4069
錯中錯　4527

D

達觀記　4522
打啞禪　607
大婦小婦還牢末　429
大和魂－海天嘯
大雅堂雜劇　674
大戰邳仝－漢姚期大戰邳仝
丹管記　943
丹桂傳　3379

丹桂記 1053
丹青記 1051
單鞭奪槊－尉遲恭單鞭奪槊
單刀會－關大王獨赴單刀會
蕩婦愁思 3520
禱河冰 3930
倒鴛鴦 1529
得騶虞－神后山秋獮得騶虞
地行仙 2258
登瀛州－十八學士登瀛洲
燈戲 3104
燈下草－幻姻緣
鄧夫人苦痛哭存孝 124
鄧禹定計捉彭寵 467
狄青復奪衣襖車 456
帝妃遊春 1043
帝女花 3857
第二碑 2559
第六才子書－西廂記
第七才子書－琵琶記
棣萼香詞 5943
顛倒鳳 4482
點金丹 2951
電求遊 4291
鈿盒奇姻－蘇門嘯
弔琵琶 1472
蝶歸樓 3611
丁年玉笋志 5128
訂夜宴 4002
訂正九宮譜－九宮譜定
冬青記 971
冬青樹 2597
東郭記 1030
東海傳奇－東海記
東海記(陳寶) 3108
東海記(王曦) 3686
東華仙三度十長生 553
東家顰 4343
東牆記－董秀英花月東牆記
東堂老－東堂老勸破家子弟
東堂老勸破家子弟 442
東廂記 3953
董解元西廂記 5647
董孝 3486
董秀英花月東牆記 126
董永孝父－董孝
洞天玄記 584
洞庭緣 3509
洞玄昇仙－邊洞玄慕道昇仙
洞雲清響 5739
豆棚圖 3173
鬬雞懺 3062
獨步大羅天－沖漠子獨步大羅天
讀離騷 1467

讀騷圖曲 – 喬影
杜子美沽酒遊春記 574
度黃龍 – 呂純陽點化度黃龍
渡世津梁 – 勸善金科
度曲須知 4890
斷緣夢 3680
對弈 – 圍棋闖局
對玉梳 – 荊楚臣重對玉梳記

E

遏雲閣曲譜 5586
遏雲仙館曲譜 5617
兒孫福 1689
二刻李卓吾評五種傳奇 4655
二刻六合同春 4668
二郎神射鎖魔鏡 699
二郎神鎖齊天大聖 697
二美圖 – 溫柔鄉
二奇緣 1523
二太史樂府聯璧 5924
二胥記 1156

F

閥閱舞射柳蕤丸記 457
法嬰祕笈 5188
翻西廂 – 美唐風
翻西廂 1950
樊姬擁髻 3401
樊榭記 4001
繁華夢 3119
返魂香 – 洛神廟
返魂香 4171
氾黃濤 2083
范性華雜劇 1691
范張雞黍 – 死生交范張雞黍
芳茹園樂府 5834
訪期錄 4791
放楊枝 2726
非熊夢 4324
飛刀對箭 – 摩利支飛刀對箭
飛虎峪存孝打虎 716
霏香夢傳奇 3155
分金記 1004
分煤恨 – 兩鍾情
焚香記 1011
粉墨叢談 5244
封禪書 2050
風車慶 2886
風洞山 4362
風流棒 1597
風流夢 992
風流院 1320
風前月下 2070
風月斷腸吟傳奇 3158

風月南牢記　690
風月姻緣－美姻緣風月桃源景
風雲會－宋太祖龍虎風雲會
風雲會　4101
風箏誤　1391
馮驩市義　1680
奉天命三寶下西洋　700
鳳城品花記　5216
鳳飛樓　3840
鳳凰樓　2892
鳳凰琴　3421
鳳麟翔舞－康熙萬壽雜劇
鳳棲亭　3289
鳳雙飛－御爐香
鳳頭鞋記　931
伏虎韜　2818
扶鸞戲　4482
芙蓉城　1692
芙蓉記　668
芙蓉碣　4432
芙蓉樓(汪光被)　1594
芙蓉樓(張衢)　3273
芙蓉孽　4273
芙蓉屏記　733
芙蓉舍　1495
佛門緣　4134
茯苓仙　4088
浮漚記－硃砂擔滴水浮漚記
負薪記　4067
富貴神仙　2911
富貴仙－萬全記

G

改定元賢傳奇　4608
改四聲猿　1547
改製皮黄新詞　4801
綱常記－五倫全備記
歌代嘯　660
歌林拾翠　4729
隔葉花　4454
沽酒遊春－杜子美沽酒遊春記
古今名劇合選　4706
古今雜劇選　4615
古殷鑒　4297
古雜劇　4619
顧曲齋元人雜劇選－古雜劇
顧誤錄　4997
關大王獨赴單刀會　119
關雲長大破蚩尤　470
關雲長義勇辭金　504
觀燈記　904
觀劇絕句　4923
觀音菩薩魚籃記　692
灌口二郎斬健蛟　698

灌園記　637
廣成子－廣成子祝賀齊天壽
廣成子祝賀齊天壽　710
廣寒秋　3625
廣寒梯　2115
廣寒香　2085
廣陵勝蹟　2440
廣陵勝蹟傳奇－廣陵勝蹟
廣陵仙　1946
歸元鏡　1190
婠嫿封　4195
桂花塔　3214
桂林霜　2579
桂香雲影　2984
桂枝香　4199

H

還魂記－牡丹亭
還金記　672
還牢末－大婦小婦還牢末
海濱夢　4108
海浮山堂詞稿　5792
海國英雄記　4509
海烈婦　1789
海門張仲村樂堂　476
海漚小譜　4905
海虯記　4052
海上梨園新歷史　5261
海上梨園雜志　5264
海上羣芳譜（懺情侍者）　5293
海上羣芳譜（孫玉聲）　5301
海棠夢　4446
海棠仙－南極星度脱海棠仙
海天嘯　4505
海雪吟　4063
海岳圓　2640
邯鄲記－邯鄲夢
邯鄲夢　889
寒山曲譜－寒山堂新定九宮十三攝南曲譜
寒山堂新定九宮十三攝南曲譜　5386
寒香亭　2240
韓元帥暗渡陳倉　464
汗衫記－相國寺公孫汗衫記
漢公卿衣錦還鄉　714
漢姚期大戰邳仝　715
好酒趙元遇上皇　427
浩氣吟　1591
合併西廂　4627
合歡錘－雙錘記
合劍記　1534
合浦珠　3991
何文秀玉釵記　684

何孝子　1555
河南府張鼎勘頭巾　432
河嵩神靈芝慶壽　541
賀萬壽五龍朝聖　707
賀元宵－眾神聖慶賀元宵節
鶴釵夢　1220
鶴歸來　2996
鶴月瑤笙　5832
黑白衛　1474
黑海蓮－青樓烈
黑旋風仗義疏財　530
蘅芷莊人外集－玉田春水軒雜齣
紅拂記　633
紅梨花－紅梨記
紅梨花記　1216
紅梨記(張壽卿)　440
紅梨記(徐復祚)　935
紅蓮記　969
紅蓮債－紅蓮記
紅樓佳話　3951
紅樓夢(石韞玉)　3301
紅樓夢(陳鍾麟)　3395
紅樓夢傳奇－醒石緣
紅樓夢傳奇　3127
紅樓夢曲譜－紅樓夢散套
紅樓夢散套　3481
紅樓夢塡辭　3793
紅羅記　3631
紅羅鏡　1314
紅梅花－紅梅記
紅梅記　1022
紅情言　1268
紅襦溫酒傳奇　3150
紅紗－文紅紗塗抹試官
紅線記－紅線金盒記
紅線金盒記　615
紅心詞客傳奇四種－沈蕡漁四種曲
紅杏記　1068
紅牙小譜　2706
紅羊劫傳奇　4174
後崔張－乞食圖
後南柯　4287
後七國樂毅圖齊　463
後四聲猿　2714
後曇花－地行仙
後桃花扇傳奇　3159
後緹縈　4211
後緹縈南曲－後緹縈
後西廂－西廂後傳
後西廂－東廂記
後西廂　1987
後一捧雪　2073
後一片石－第二碑

胡子藏院本　1553
壺庵五種曲　4308
壺中蹟　1711
壺中天　1982
蝴蝶夢－包待制三勘蝴蝶夢
蝴蝶夢(謝弘儀)　1113
蝴蝶夢(陳一球)　1242
虎阜緣－乞食圖
虎口餘生　2080
虎媒劇　1496
許眞人拔宅飛昇　693
滬江色藝指南　5281
護花記　3971
花部農譚　4996
花萼樓　1562
花萼吟　2131
花間九奏　3304
花間樂　3412
花酒曲江池－李亞仙花酒曲江池
花裏悟眞如－李妙清花裏悟眞如
花裏鐘　3750
花天塵夢錄　5100
花筵賺　1099
花影集－秋水庵花影集
花月痕　3026
華山緣　1300
化人遊　1222
畫三青傳奇　3157
畫圖圓－女崑崙
畫圖緣　2967
畫中人　1178
淮海新聲　5723
懷芳記　5218
懷沙記　2173
幻姻緣　2890
浣紗記　627
浣紗石　3799
皇華記　3265
凰求鳳　1409
黃河遠　3559
黃鶴樓－劉玄德醉走黃鶴樓
黃鶴樓　2740
黃花峪－魯智深喜賞黃花峪
黃眉翁－黃眉翁賜福上延年
黃眉翁賜福上延年　711
黃廷道夜走流星馬　487
回春記　1362
回春夢　2464
迴流記　4060
迴文錦－織錦記
洄溪道情　5954
惠禪師三度小桃紅　497
會眞六幻　4709
火齊環傳奇　3149

獲騶虞 – 神后山秋獮得騶虞

J

擊筑記 2213
及第花 – 陶然亭
吉慶花 4302
汲古閣六十種曲 – 六十種曲
極樂世界 4543
集翠裘 1738
脊令原 3878
祭皋陶 1439
寄愁軒 1443
寄嘯廬傳奇兒孫福 – 兒孫福
濟世保嬰法曲 – 業海扁舟
繼母大賢 – 清河縣繼母大賢
笳騷 2186
笳聲拍 2914
賈閬仙 1265
剪髮待賓 – 陶母剪髮待賓
鑒湖隱 1739
鑑湖女俠傳奇 – 軒亭冤
江東白苧 5798
江花夢 – 瓊花夢
江梅夢 3666
江山風月譜 5963
江州司馬青衫淚 417
蔣世隆拜月亭 – 拜月亭
講陰陽八卦桃花女 445
降丹墀三聖慶長生 703
降桑椹 – 降桑椹蔡順奉母
降桑椹蔡順奉母 431
絳蘅秋 3533
嬌紅記 – 金童玉女嬌紅記
嬌紅記 1150
教中稀 – 奎星見
節俠記 1000
截舌公招 – 蘇門嘯
解金貂 2302
介山記 2323
戒珠記 1014
金安壽 – 鐵拐李度金童玉女
金榜山 3432
金彈記 – 金丸記
金彈樓 – 十出奇
金鳳釵 – 宋上皇御斷金鳳釵
金合記 1013
金盒記 – 紅線金盒記
金陵百媚 5933
金陵恨 4485
金母獻環 – 康熙萬壽雜劇
金荃草 – 絡緯吟
金臺殘淚記 5096
金童玉女 – 鐵拐李度金童玉女
金童玉女嬌紅記 481

金丸記 720
金印記 722
金玉記 2215
錦纏玉 1429
錦箋記 782
錦雲堂美女連環記 452
晉春秋(周大榜) 2497
晉春秋(蔡廷弼) 2840
進瓜記 2989
京塵雜錄 5119
荊釵記 1
荊楚臣重對玉梳記 486
經鋤堂樂府 1592
精忠旗 990
驚鴻記 900
警黄鐘 4283
警世保嬰法曲 – 業海扁舟
淨土傳燈歸元鏡 – 歸元鏡
鏡光緣 2675
鏡裏花 3626
鏡圓記 4412
鏡中圓 4470
九宮譜定 5390
九宮正始 – 南曲九宮正始
九世同居 – 張公藝九世同居
酒家傭 986
舊編南九宮譜 – 舊編南九宮十三调曲譜
舊編南九宮十三调曲譜 5320
居官鑒 3913
鞠部明僮選勝錄 5200
鞠部羣英 5174
鞠通樂府 5886
橘浦記 996
劇晉美新達觀記 – 達觀記
劇說 4994
覺夢關 1976
鈞天儷響 5275
鈞天樂 1479

K

開國奇冤 4515
勘頭巾 – 河南府張鼎勘頭巾
看財奴買冤家債主 426
看花緣傳奇 3153
看山閣閒筆 4921
看西廂 4982
康衢新樂府 3237
康熙曲譜 – 御定曲譜
康熙萬壽雜劇 2087
空谷香 2570
空青石 1603
空山夢 4007
箜篌記 1064

哭存孝 – 鄧夫人苦痛哭存孝
檜門觀劇絕句 – 觀劇絕句
檜門觀劇詩 – 觀劇絕句
寬大詔 3335
奎星見 2957
昆明池 1737
崑崙奴 761
崑曲粹存初集 5634
崑曲工尺譜 5580
崑曲曲譜 5543
崑弋雅調 4748
髡髮記 3410

L

臘盡春回 2935
來鳳館精選古今傳奇 4739
藍橋玉杵記 1061
蘭桂仙 3177
蘭桂仙曲譜 5564
蘭紅葉從良烟花夢 543
老君堂 – 程咬金斧劈老君堂
雷峯塔（黃圖珌） 2305
雷峯塔（方成培） 2667
雷澤遇仙記 689
梨花記 – 紅梨花記
梨花夢 4013
梨花雪 4228
梨園集成 4796
梨園聲價錄 5269
梨園原 5006
梨雲影 5284
離魂記 – 桃花影
離騷影 2625
李白登科記 – 清平調
李丹記 1007
李家湖雜劇 1544
李笠翁傳奇 – 李氏五種
李妙清花裏悟眞如 506
李氏五種 1385
李亞仙花酒曲江池 502
李雲卿 – 李雲卿得悟昇眞
李雲卿得悟昇眞 696
李卓吾評傳奇五種 4659
理靈坡 4201
立成湯伊尹耕莘 436
立地成佛 1492
立功勳慶賞端陽 471
荔鏡記 728
笠閣批評舊戲目 4918
笠翁十二種曲 4747
連環記 – 錦雲堂美女連環記
蓮芳節 – 雙冠誥
蓮湖花旁 5162
蓮花島 2224

蓮花幕傳奇　2985
憐春閣　3140
憐香伴　1390
簾外秋光　3317
梁山七虎鬧銅臺　479
梁山五虎大劫牢　479
兩代奇　2889
兩紗　1270
兩世因　4495
兩鬢眉　1132
兩鍾情　2009
量江記　953
療妒羹　1175
了緣記　3682
烈女記　4247
林石逸興　5823
臨川夢　2591
臨川四夢－玉茗堂四夢
臨春閣　1368
臨潼鬭寶－十八國臨潼鬭寶
淩波影　3883
淩雲記　974
詅癡符　750
靈寶刀　758
靈山會　4483
靈臺小補　5060
靈媧石　4092
靈芝慶壽－河嵩神靈芝慶壽
領頭書　1533
嶺歈　5951
留仙鏡　4579
留眞記－丹青記
劉晨阮肇誤入天台　486
劉夫人慶賞五侯宴　125
劉弘嫁婢－施仁義劉弘嫁婢
劉千病打獨角牛　454
劉阮天台－劉晨阮肇誤入天台
劉盼春守志香囊怨　525
劉行首－馬丹陽度脫劉行首
劉玄德獨赴襄陽會　428
劉玄德醉走黃鶴樓　444
柳浪雜劇－陌花軒雜劇
柳梢青－馬丹陽度脫劉行首
柳毅傳書　1287
六觀樓北曲六種　3339
六觀樓曲譜　5575
六合同春　4664
六曲奇－六合同春
六如亭　2504
六十種曲　4711
六也曲譜　5627
六喻箴　3458
六院女史清流北調詞曲　5936
六月霜　4510

龍濟山野猿聽經 719
龍女書 1456
龍沙劍 3244
龍舟會 1487
蘆花絮 2190
魯齋郎 – 包待制智斬魯齋郎
魯智深喜賞黄花峪 719
陸判記 3407
鹿葉夢 3684
錄鬼簿 4824
鸞鈴記 3984
鸞鈴小集 – 鸞鈴記
羅李郎 – 羅李郎大鬧相國寺
羅李郎大鬧相國寺 417
洛神廟 1897
洛陽風月牡丹仙 511
落溷記 – 落茵記
落茵記 4380
絡緯吟 5849
呂純陽點化度黄龍 695
呂洞賓花月神仙會 538
呂洞賓三度城南柳 447
呂洞賓桃柳昇仙夢 484
呂蒙正風雪破窯記 131
呂翁三化邯鄲店 694
呂眞人黄粱夢境記 1028
律呂或問 5002
律呂正度 – 康熙萬壽雜劇
綠窗怨記 4387
綠牡丹 1167
綠綺臺 4409
勱堂樂府 4524

M

麻灘驛 4207
馬丹陽度脱劉行首 448
馬丹陽三度任風子 416
馬援撾打聚獸牌 466
瑪瑙簪記 933
買笑局金 – 蘇門嘯
脈望館鈔校本古今雜劇 4611
賣情紮囤 – 蘇門嘯
滿床笏 – 十醋記
滿江紅由本 5968
莽擇配 – 識英雄紅拂莽擇配
毛詩樂府 5953
茂陵絃 3848
没頭疑案 – 蘇門嘯
梅村樂府二種 1364
梅花福 3998
梅花夢(陳森) 3698
梅花夢(張道) 4018
梅花夢(汪敍疇) 4162
梅花詩 2855

梅花亭　2923
梅花引　3755
梅花簪　2168
梅沁雪－梅心雪
梅喜緣　4054
梅心雪　3924
梅影樓　4190
眉山秀　1130
眉山秀・十二紅詞譜　5578
美人香－憐香伴
美唐風　1488
美姻緣風月桃源景　516
盟鷗傳奇　1996
孟浩然踏雪尋梅　520
孟母三移－守貞節孟母三移
夢筆樓－丹桂傳
夢釵緣　2299
夢蝶記－蝴蝶夢
夢花酣　1106
夢花因　3973
夢花影　2760
夢華瑣簿　5131
夢境記－呂眞人黃粱夢境記
夢磊記　731
夢裹緣　2846
夢夢記　1510
夢園曲譜　5605
夢中樓－巧團圓
夢中因　2971
夢中緣　2141
彌勒記－錫六環
汨羅沙　4113
汨羅沙還魂記－汨羅沙
名花譜　2086
名家雜劇－雜劇三集
明翠湖亭四韻事　1731
明農軒樂府　5799
明僮合錄　5190
明心鑒　5003
明珠記　590
鳴鳳記　724
摩利支飛刀對箭　456
磨忠記　1359
魔合羅－張孔目智勘魔合羅
魔境禪　1525
陌花軒雜劇　1044
秣陵春　1373
秣陵秋　3927
牟尼合　1091
牟尼恨傳奇　3160
牟尼珠－牟尼合
牡丹品－天香圃牡丹品
牡丹亭　810
牡丹亭還魂記－牡丹亭

牡丹亭曲譜　5540
牡丹圖　1519
牡丹仙－洛陽風月牡丹仙
木鹿居　4307
木樨香　4150
目連救母勸善記　616

N

納書楹補遺曲譜　5554
納書楹曲譜　5549
納書楹四夢全譜　5545
納書楹西廂記全譜　5555
納書楹玉茗堂四夢曲譜－納書楹四夢全譜
奈何天　1400
南詞新譜　5372
南詞敘錄　4861
南詞引正校正　4860
南詞韻選　5836
南峯樂府　5700
南宮詞紀　5815
南極登仙－孫眞人南極登仙會
南極星度脱海棠仙　539
南九宮譜大全　5453
南九宮譜－南九宮十三調曲譜
南九宮十三調曲譜　5324
南柯記－南柯夢
南柯夢　881
南牢記－風月南牢記
南曲次韻　5709
南曲範－南曲九宮正始
南曲九宮正始　5350
南曲曲譜　5585
南曲全譜－南九宮十三調曲譜
南曲入聲客問　4901
南山法曲　2442
南山法曲傳奇　3105
南唐雜劇　3693
南西廂記（李日華）　581
南西廂記（陸采）　593
南陽樂　2117
南音三籟　4720
南征記　4005
南枝鶯囀　3305
鬧高唐　1748
鬧烏江　1531
鬧鍾馗－慶豐年五鬼鬧鍾馗
霓裳文藝全譜　5623
霓裳新詠譜　5641
霓裳續譜　5957
擬牡丹亭尋夢－擬尋夢
擬尋夢　1291
擬元詞兩劇　1678
擬元兩劇－擬元詞兩劇

拈花笑　1432
念八翻　1606
煖香樓　4373
女才子 – 嗇山秀
女彈詞　2197
女姑姑 – 女姑姑說法陞堂記
女姑姑說法陞堂記　717
女紅紗塗抹試官　1277
女崑崙　1741
女師篇 – 靈媧石
女學士 – 女學士明講春秋
女學士明講春秋　718
女雲臺　3344
女丈夫　988
女專諸　3064

O

鷗夢館消夏小鈔　4783

P

蟠桃會 – 羣仙慶壽蟠桃會
泮東樂府　5719
泮東樂府後錄　5722
裴度還帶 – 山神廟裴度還帶
蓬壺院　2011
蓬萊驛 – 舟覯
琵琶記　24
琵琶俠　3228
琵琶重光記　2863
琵琶賺　3405
羆虎韜威 – 康熙萬壽雜劇
片羽集　5029
平津閣　1632
平錁記　3532
評花　5265
評花軟語　5133
評花新譜　5202
破苻堅蔣神靈應　130
破鏡圓 – 一合相
破夢鵑　1498
破窯記 – 呂蒙正風雪破窯記
菩薩蠻 – 蕭淑蘭情寄菩薩蠻
譜定紅香傳　2976

Q

棲雲石　2307
奇福報 – 奈何天
奇福記 – 奈何天
奇酸記　3168
耆英會記　1714
齊人記　2730
齊世子灌園記 – 灌園記
齊天大聖 – 二郎神鎖齊天大聖
旗亭館　1740

旗亭畫壁記－旗亭記
旗亭記(鄭之文) 994
旗亭記(金兆燕) 2484
麒麟閣 3553
麒麟罽 756
麒麟墜－麒麟罽
乞食圖 2799
千金壽 3784
千秋鑒 2987
千秋節－雙冠誥
鉛山夢 3651
前八義－五鹿塊
乾坤鏡－女崑崙
乾坤圈 1975
潛龍佩 4519
潛莊補正全琵琶重光記－琵琶重光記
錢大尹智寵謝天香 121
錢塘夢－蘇小小夜月錢塘夢
喬斷鬼－搊搜判官喬斷鬼
喬夢符小令 5679
喬影 3757
喬坐衙 1214
巧換緣 2200
巧會合－巧團圓
巧十三傳奇 2045
巧團圓 1415
欽定曲譜－御定曲譜
秦詞正訛 5796
秦淮劇品 4865
秦樓月 1513
秦月娥誤失金環記 478
秦雲擷英小譜 4963
青燈淚 3766
青衿俠 2672
青樓恨 1526
青樓集 4843
青樓烈 4463
青樓韻語 5915
青樓韻語廣集 5940
青虬記 907
青衫記 734
青衫淚－江州司馬青衫淚
青衫淚－四絃秋
青溪三笑－青溪笑
青溪笑 3047
清風劍 1583
清河縣繼母大賢 536
清平調 1475
清平樂－解金貂
清忠譜 1134
清忠譜正案 2196
情籟 5908
情天外史 5219

情文種　1578
情郵記　1183
情中幻　2276
情中俠　1973
慶長生－降丹墀三聖慶長生
慶冬至共享太平宴　709
慶豐門蘇九淫奔記－月夜淫奔記
慶豐年五鬼鬧鍾馗　706
慶賀長春節－紫微宮慶賀長春壽
慶千秋－慶千秋金母賀延年
慶千秋金母賀延年　709
瓊花夢　1696
瓊華夢－瓊花夢
秋風三疊　1282
秋海棠　4299
秋虎丘　1302
秋瑾含冤傳奇－軒亭冤
秋夢　4159
秋聲譜　3643
秋水庵花影集　5873
曲典　5848
曲海目　4975
曲話　5058
曲江池－李亞仙花酒曲江池
曲江春－杜子美沽酒遊春記
曲錄　5249
曲論　4859
曲律（魏良輔）　4856
曲律（王驥德）　4867
曲目新編　5088
曲品　4876
曲譜（樗林散人）　5583
曲譜（陸玉亭）　5588
曲譜大成　5483
曲譜六種　5577
曲曲　5159
曲水宴－四色石
曲韻驪珠－韻學驪珠
曲韻探驪－韻學驪珠
曲藻　4863
瞿園雜劇　4336
全福記　3125
全節記　1261
勸善記－目連救母勸善記
勸善金科　2217
勸善雜劇－庶幾堂今樂
雀羅庭－四色石
鵲橋會－吉慶花
鵲橋記　1116
羣芳譜　5292
羣芳小集－燕市羣芳小集
羣芳小集續集－羣英續集
羣仙慶壽蟠桃會　509

羣英續集 5153

R

蚺蛇膽－表忠記
人鬼夫妻－蘇門嘯
人獸關 1120
人天樂 1418
人月圓－棲雲石
任風子－馬丹陽三度任風子
忍字記－布袋和尚忍字記
認金梳－認金梳孤兒尋母
認金梳孤兒尋母 477
日東新曲－海天嘯
日下看花記 5023
日下梨園百咏 5176
如夢緣 4106
如意緣 2958
如意珠 3638
儒吏完城 3340
儒酸福 4168
軟錕鋙 2020
軟羊脂 2018
瑞筠圖 2111

S

灑雪堂 1054
賽嬌容－四時花月賽嬌容
賽徵歌集 4662
三報恩 1522
三敘夢 3349
三錯認－紅梨記
三度小桃紅－惠禪師三度小桃紅
三割股 4347
三桂記 1002
三桂聯芳記－三桂記
三化邯鄲－呂翁三化邯鄲店
三徑閒題 5829
三奇記 1574
三社記 1341
三十六聲粉鐸圖咏 5143
三星圓 3459
三義圓－鏡圓記
三元報 2189
三忠記 1290
三祝記 966
三字緣 3970
殺狗勸夫－王翛然斷殺狗勸夫
山歌 5866
山神廟裴度還帶 124
珊瑚鞭 2654
珊瑚玦 1922
善惡圖－雙雄記
賞春歌 4011
上元燈傳奇－鴛水仙緣

奢摩他室曲話　5255
神后山秋獮得騶虞　499
神女記　1015
神山引　4097
神仙會－呂洞賓花月神仙會
神仙棗　1585
沈䔩漁四種曲　2809
沈氏四種傳奇－沈䔩漁四種曲
審音鑒古錄　4788
蜃中樓　1398
慎鸞交　1412
生佛碑　4428
生金閣－包待制智賺生金閣
昇仙夢－呂洞賓桃柳昇仙夢
澠池會－保成公徑赴澠池會
盛明雜劇　4692
盛世新聲　4587
施公案新傳　4578
施公新傳－施公案新傳
施仁義劉弘嫁婢　454
獅吼記　955
詩囊恨　1984
詩扇記　2849
詩中聖　2617
十八國臨潼鬬寶　461
十八學士登瀛洲　715
十長生－東華仙三度十長生
十出奇　2495
十醋記　1664
十錯認－春燈謎
十二釵　3530
十快記　3487
十探子大鬧延安府　474
石榴記　2517
石恂齋傳奇　2311
時劇集錦　4793
識英雄紅拂莽擇配　1016
適暮稿　5818
釋迦佛雙林坐化　691
守濬記－儒吏完城
守貞節孟母三移　711
疏者下船－楚昭公疏者下船
蔬香書館納時音　5602
蜀錦袍　4041
述意－豆棚圖
庶幾堂今樂　4547
漱玉堂三種傳奇　1618
霜天碧　4333
霜厓三劇　4401
雙報應　1651
雙錘記　1673
雙翠圓　2615
雙錯巹－魚籃記
雙蝶夢　1296

雙官誥 – 雙冠誥
雙冠誥 1520
雙金榜 1087
雙旌記 4415
雙旌忠節記 – 雙旌記
雙叩閽 1747
雙淚碑 4384
雙林坐化 – 釋迦佛雙林坐化
雙龍珠 3430
雙龍墜(筆花齋) 1564
雙龍墜(新都筆花齋) 2078
雙南記 1611
雙奇傳 4479
雙清影 4209
雙瑞記 1668
雙溪樂府 5791
雙仙記 2292
雙星會 3414
雙星圖 1787
雙雄記 981
雙修記 947
雙義緣 4520
雙影記 – 秣陵春
雙魚記 919
雙魚佩 1620
雙玉串 – 碧玉串
雙鴛祠 3350
雙緣帕 3934
雙痣記 2310
雙忠節 2912
雙忠廟 1927
水底鴛鴦傳奇 3161
水巖宮 4255
司馬衫 1301
司馬相如題橋記 465
私奔相如 – 卓文君私奔相如
死生交范張雞黍 439
死生冤報 – 蘇門嘯
四才子 1963
四才子奇書 – 四才子
四嬋娟 1786
四更破夢鵑 – 破夢鵑
四名家傳奇摘齣 1956
四名家塡詞摘齣 – 四名家傳奇摘齣
四色石 2624
四聲猿 643
四時悼內 5786
四時花月賽嬌容 555
四書巧合記 4581
四太史雜劇 4635
四喜緣 3949
四紘秋 2549
四賢酛 3441

四友堂里言 1911
四元記 1671
松年長生引 3065
宋大將岳飛精忠 717
宋上皇御斷金鳳釵 427
宋太祖龍虎風雲會 446
宋元戲曲考 5254
蘇門嘯 1343
蘇臺雪 4187
蘇小小夜月錢塘夢 126
蘇子瞻風雨貶黄州 435
隋何賺風魔蒯徹 464
歲寒操 1027
歲寒交 2884
歲星記 3164
孫臏詐瘋曲譜 5616
孫眞人南極登仙會 693
鎖魔鏡 – 二郎神射鎖魔鏡

T

撻秦鞭 4262
踏雪尋梅 – 孟浩然踏雪尋梅
太古傳宗 5470
太和正音譜 5311
太平錢 1129
太平清調迦陵音 5869
太平宴 – 慶冬至共享太平宴
太平樂府 2247
太平樂事 1930
太室山房四劇 1020
太守桑 4452
太霞新奏 5860
太乙仙夜斷桃符記 697
曇波 5180
曇花記 739
曇花夢 3679
檀青引 5248
棠讌曲 3327
桃符記 – 太乙仙夜斷桃符記
桃花飯 1639
桃花魂 3806
桃花劇 1145
桃花女 – 講陰陽八卦桃花女
桃花扇 1801
桃花聖解盦樂府 4155
桃花影 – 遺眞記
桃花影 3241
桃花源(尤侗) 1473
桃花源(楊恩壽) 4204
桃花源記詞曲 4444
桃花緣 2483
桃谿雪 3886
桃園記 3753
陶母剪髮待賓 443

陶情令　5728
陶情樂府　5731
陶然亭　2897
陶淵明東籬賞菊　471
滕王閣－四色石
滕王閣　2747
題紅記　736
題園壁　2727
天寶曲史　1623
天感孝　3445
天函記　1050
天馬媒　1335
天人怨　2960
天山雪　1717
天上有　3947
天水碧　4305
天孫錦　2937
天香圃牡丹品　514
天緣債　2201
天韻社曲譜　5620
田穰苴伐晉興齊　462
挑燈劇－小青娘挑燈閒看牡丹亭
鐵拐李度金童玉女　483
鐵冠圖－虎口餘生
聽春新咏　5035
通天臺　1370
同谷歌－四色石
同光梨園紀略　5280
同昇記　961
同亭宴　4058
銅虎媒　1609
偷甲記　1669
投圂中　2729
投桃記　964
禿碧紗炎涼秀士　1279
團圓夢－趙貞姬身後團圓夢

W

晚宜樓雜曲　5927
皖人傳奇　1290
卍字闌傳奇　3148
萬方仁壽－康熙萬壽雜劇
萬國來朝－祝聖壽萬國來朝
萬壑清音　4676
萬花臺　2047
萬錦嬌麗　4684
萬錦清音　4735
萬年歡－玉搔頭
萬全記　1661
萬事足　983
萬壽昇平樂府－萬壽無疆昇平樂府
萬壽無疆昇平樂府　1745
亡國痛－崖山哀

王矮虎大鬧東平府　480
王粲登樓－醉思鄉王粲登樓
王瑞蘭閨怨拜月亭－拜月亭
王十朋－荊釵記
王十嶽樂府　5790
王文秀渭塘奇遇記　477
王西樓樂府　5717
王仙客無雙傳奇－明珠記
王脩然斷殺狗勸夫　455
輞川圖　3531
望夫石　4345
望江亭－望江亭中秋切鱠旦
望江亭中秋切鱠旦　120
威鳳記　960
圍棋闖局　449
爲善終得吉雙奇傳－雙奇傳
味蔗軒春燈新曲　3616
渭塘奇遇－王文秀渭塘奇遇記
溫柔鄉(黃圖珌)　2303
溫柔鄉(星堂主人)　2963
溫生才暗殺孚將軍－溫生才打孚琦
溫生才打孚琦　4585
文明應候－康熙萬壽雜劇
文殊菩薩降獅子　551
文犀櫃　1318
文犀櫃院本－文犀櫃
文星榜　2816
文星現　1512
問霞閣山水情詞　1327
甕中天　4071
臥病江皋　5741
烏闌誓　2763
吳姬百媚　5922
吳起敵秦－吳起敵秦挂帥印
吳起敵秦挂帥印　712
吳騷合編　5888
吳歈萃雅　4641
吳越春秋－浣紗記
無町詞餘－頤情閣五種曲
無價寶　4389
無瑕璧　2105
無因種　1983
五福記　573
五侯宴－劉夫人慶賞五侯宴
五湖秋　1546
五虎記　2638
五龍朝聖－賀萬壽五龍朝聖
五鹿塊　2005
五倫記－五倫全備記
五倫鏡　1377
五倫全備記　559
五人義－清忠譜
五色線－桃花影

五夜鐘　1743
午夜鐘　1543
伍倫記 – 五倫全備記
伍倫全備記 – 五倫全備記
伍倫全備忠孝記 – 五倫全備記
武陵春　4317
誤入桃源 – 劉晨阮肇誤入天台
霧中人　4138

X

西湖傳奇 – 西湖扇
西湖扇　1232
西江瑞　2705
西郊野唱北樂府　5729
西來意 – 西廂記
西遼記　3347
西樓記　1137
西樓夢 – 西樓記
西堂樂府　1458
西廂後傳　2918
西廂記　132
西廂記後傳 – 西廂後傳
西廂印　2076
西廂正錯　5304
西遊記　419
西園記　1182
昔昔鹽　5926
息柯餘韻　5794
錫六環　2857
戲寄　5140
俠女記　4243
俠情記傳奇　4335
下西洋 – 奉天命三寶下西洋
仙合曲譜　3941
仙境情緣 – 桃園記
仙遊閣　1998
仙猿記 – 仙緣記
仙緣記　4036
絃索辨訛　4885
賢翁激壻 – 蘇門嘯
賢星聚　3988
獻蟠桃 – 祝聖壽金母獻蟠桃
相國寺公孫汗衫記　418
相如記 – 淩雲記
香草吟　1567
香囊恨傳奇　3156
香囊記　571
香囊怨 – 劉盼春守志香囊怨
香山記　1057
香上記曲　5618
香髓閣小令　5961
香桃骨　4408
香畹樓　3603
香祖樓　2599

襄陽會 － 劉玄德獨赴襄陽會
降獅子 － 文殊菩薩降獅子
想當然　1306
橡谷傳奇　4754
逍遙巾　3542
逍遙游 － 衍莊新調
消寒新咏　5013
蕭淑蘭情寄菩薩蠻　485
小滄桑　2758
小忽雷　1869
小江東 － 補天記
小萊子 － 四元記
小令　5821
小蓬萊傳奇 － 小蓬萊仙館傳奇
小蓬萊閣傳奇 － 小蓬萊仙館傳奇
小蓬萊仙館傳奇　4225
小青娘風流院傳奇 － 風流院
小青娘情死春波影 － 春波影
小青娘挑燈閒看牡丹亭　1282
小青雜曲 － 遺眞記
小天香半夜朝元　548
小尉遲將鬭將將鞭認父　473
孝感天　3442
孝女存孤　3346
孝義士趙禮讓肥　443
嘯餘譜　5328
擷華小錄　5167
寫心劇 － 寫心雜劇
寫心雜劇　2686
謝天香 － 錢大尹智寵謝天香
謝玄破苻堅 － 破苻堅蔣神靈應
心田記　4498
辛壬癸甲錄　5121
新編南詞定律　5460
新傳奇品　4897
新定九宮大成南北词宮譜　5502
新定十二律京腔譜　5403
新定十二律崑腔譜　5423
新定宗北歸音　5443
新定宗北歸音京腔譜 － 新定宗北歸音
新灌園　978
新鐫出像點板怡春錦 － 纏頭百練
新刻出像點板時尚崑腔雜出醉怡情 － 醉怡情
新琵琶　2834
新情天外史　5224
新曲六種 － 惺齋五種
新曲六種　2095
新西廂　2822
新西廂記　1316
信香夢　4269

信香秋夢 – 信香夢
信香重夢 – 電求遊
星秋夢 – 秋夢
醒夢戲曲 5945
醒石緣 3450
杏花村 2108
杏林擷秀 5258
幸上苑帝妃遊春 – 帝妃遊春
性天風月通玄記 556
繡當壚 1727
繡錦臺 3091
繡刻演劇十本 – 六十種曲
繡襦記 725
徐茂公智降秦叔寶 472
序蘭亭內史臨波 – 四色石
續離騷 1655
續牡丹亭 1448
續琵琶記 2781
續情燈 1452
續四聲猿 1958
續西廂 4316
續西廂記 3943
續小令集 5843
續綴白裘新曲九種 4790
宣南雜俎 5216
軒亭冤 4351
玄圭記 2993
玄雪譜 4717
璇璣授時 – 康熙萬壽雜劇
璿璣錦 3059
懸嶴猿 4280
選古今南北劇 4625
選曲 4689
雪庵小劇 1333
雪香樓傳奇 3154
雪中人 2593
尋鬧 4542
尋聲要覽 4953

Y

崖山哀 4501
胭肢舄 3818
胭脂獄 4099
烟花夢 – 蘭紅葉從良烟花夢
烟花債 2265
延安府 – 十探子大鬧延安府
鹽梅記 1550
衍莊新調 1046
宴滕王子安檢韻 – 四色石
雁帛書 3345
雁翎甲 – 偷甲記
雁門關存孝打虎 441
雁門秋 3012
鴈鳴霜 4143

燕蘭小譜　4954
燕市羣芳小集　5145
燕臺鴻爪集　5054
燕臺花榜題詞－燕臺花史
燕臺花品－燕臺花史
燕臺花史　5234
燕臺花事錄　5238
燕臺花選　5170
燕臺集豔　5226
燕臺樂部小錄　5302
燕子箋　1078
燕子樓　4046
陽春六集　632
陽春奏　4616
陽平關五馬破曹　468
陽燧珠　1548
揚州鶴　2938
揚州夢(嵇永仁)　1644
揚州夢(岳端)　1989
楊夫人樂府詞餘　5737
楊椒山蚺蛇膽表忠記－表忠記
楊忠愍蚺蛇膽表忠記－表忠記
楊狀元進諫謫滇南－議大禮
養怡草堂樂府　4492
瑤臺夢　1490
瑤池會八仙慶壽　518
瑤花夢影錄　5171
瑤臺小錄－瑤臺小咏
瑤臺小咏　5240
藥會圖　4537
藥性巧合記　4582
掖生符　1638
也春秋　2941
葉九來樂府－經鋤堂樂府
業海扁舟　3734
謁府帥　2728
一瓣香　1285
一合相　3367
一斛珠　3162
一江風　2708
一笠庵北詞廣正譜　5348
一笠庵四種曲　1118
一簾春　2493
一片石　2536
一亭霜　3254
一線天　1616
一笑回春　2313
一笑散院本　601
一種情－墜釵記
伊尹扶湯－立成湯伊尹耕莘
衣錦還鄉－漢公卿衣錦還鄉
圯橋進履－張子房圯橋進履
遺臭碑政績　3622
遺眞記　2408

頤情閣五種曲　2619
倚聲雜說　4950
易水歌　1596
異方便淨土傳燈歸元鏡三祖實錄 - 歸元鏡
異方便淨土傳燈錄 - 歸元鏡
異夢記　1218
異同集　5626
意中緣　1394
義烈記　959
義妾存孤 - 蘇門嘯
義俠記　908
義勇辭金 - 關雲長義勇辭金
義貞記　2642
瘞雲巖　4073
瘞雲巖曲譜　5597
繹如曲譜　5600
議大禮　2320
驛亭槐影　3334
因緣夢　1977
音韻輯要 - 中州音韻輯要
音韻須知　5399
姻緣夢 - 因緣夢
陰陽判　1888
吟風閣 - 吟風閣雜劇
吟風閣傳奇 - 吟風閣雜劇
吟風閣譜 - 吟風閣雜劇
吟風閣雜劇　2339
銀漢槎　3827
銀箏記 - 玉馬佩
飲酒讀騷 - 喬影
飲酒讀騷圖 - 喬影
英雄概 - 雲龍會
嬰兒幻　2492
櫻桃記 - 櫻桃夢
櫻桃夢　753
櫻桃宴　1066
鶯紅下棋 - 圍棋闖局
鶯花小譜　5041
鶯鶯紅娘著圍棋 - 圍棋闖局
鸚鵡記　1288
鸚鵡媒 - 佛門緣
鸚鵡媒　2787
鸚鵡墓 - 貞文記
鸚鵡洲　754
迎鑾新曲(吳城、厲鶚)　2226
迎鑾新曲(王文治)　2647
迎鑾樂府 - 迎鑾新曲
迎天榜　1634
影梅庵　3577
傭中人　2193
雍熙樂府　4589
永團圓　1125
幽閨記 - 拜月亭

幽閨怨佳人拜月亭記 – 拜月亭
優語錄 5253
由心集 5557
遊仙夢 3448
酉陽修月 3403
盂蘭記 – 盂蘭夢
盂蘭夢 3653
魚籃記 – 觀音菩薩魚籃記
魚籃記 1675
魚水緣 2350
虞兮夢 2198
漁邨記 2449
漁家傲 3083
餘慈相會 1060
雨村劇話 4974
雨村曲話 4971
雨蝶痕 1557
雨花臺 2749
玉鈎痕 4348
玉合記 772
玉蝴蝶 1580
玉環緣 2699
玉劍緣 2315
玉節傳奇 – 全節記
玉節記 3279
玉局新劇二种 944
玉連環記 931
玉馬佩 1684
玉門關 3540
玉茗堂傳奇 – 玉茗堂四夢
玉茗堂四夢 785
玉茗堂四種曲 – 玉茗堂四夢
玉茗堂樂府 – 玉茗堂四夢
玉搔頭 1403
玉山記 1929
玉獅堂傳奇十種 4029
玉獅堂十種曲 – 玉獅堂傳奇十種
玉獅墜 2182
玉梳記 – 荊楚臣重對玉梳記
玉臺秋 3915
玉田春水軒雜齣 3802
玉田樂府 2262
玉簪記 677
玉指環 3780
玉燭均調 – 康熙萬壽雜劇
育嬰堂柴善人傳奇 – 育嬰堂新劇
育嬰堂新劇 2990
遇合奇緣記 3554
遇上皇 – 好酒趙元遇上皇
御定曲譜 5456
御爐香 2853
寓同谷老杜興歌 – 四色石
豫讓報仇 – 豫忠

豫忠 3485
尉遲恭單鞭奪槊 434
冤家債主 − 看財奴買冤家債主
鴛水仙緣 3290
鴛鴦棒 1109
鴛鴦湖 1445
鴛鴦劍 3496
鴛鴦鏡(傅玉書) 3085
鴛鴦鏡(黄燮清) 3880
鴛鴦夢 − 綵毫緣
鴛鴦夢(葉小紈) 1434
鴛鴦夢(薛旦) 1450
鴛鴦帕 2477
鴛鴦扇 3260
鴛鴦絛 1381
鴛鴦俠 2887
鴛鴦新譜 − 碧玉釧樂府
鴛鴦印 4127
鴛鴦札 1948
鴛鴦冢 − 嬌紅記
鴛鴦冢 2041
鴛鴦賺 − 凰求鳳
元寶媒 1924
元曲選 4649
元人百種曲 − 元曲選
元正嘉慶 1903
園林午夢 605
圓香夢 3671
猿聽經 − 龍濟山野猿聽經
緣外緣 1581
遠山堂曲品 4882
月露音 4621
月夜淫奔記 691
月中人 2435
岳飛精忠 − 宋大將岳飛精忠
樂府本事 5155
樂府纏頭百練二集 − 纏頭百練二集
樂府傳聲 4908
樂府紅珊 4631
樂府名詞 4663
樂府珊珊集 4646
樂府新編陽春白雪 5683
樂府新聲 4799
樂府餘音 5701
樂府雜録 4813
樂游原 − 陶然亭
雲窗夢 − 鄭月蓮秋夜雲窗夢
雲龍會 2820
雲師衍數 − 康熙萬壽雜劇
雲石會 1535
雲臺門聚二十八將 466
雲莊休居自適小樂府 − 雲莊樂府

雲莊樂府 5670
運機謀隋何騙英布 463
韞山六種曲 3525
韻諧塾瘞雲巖綴白曲譜－瘞雲巖曲譜
韻學驪珠 5530

Z

雜劇待考 4979
雜劇三編－雜劇三集
雜劇三集 4740
雜劇新編－雜劇三集
再來人－李丹記
再來人 4205
再來緣 4251
再生緣(吳大山) 977
再生緣(吳龔) 2207
葬花 3524
增補菊部羣英－燕市羣芳小集
增改玉簪記 2785
摘椹養母－降桑椹蔡順奉母
斬健蛟－灌口二郎斬健蛟
章臺傳奇－玉合記
章臺柳－玉合記
張公藝九世同居 461
張古董－天緣債
張孔目智勘魔合羅 433
張雀網廷平感世－四色石
張天師明斷辰鉤月 490
張小山北曲聯樂府 5673
張翼德單戰呂布 469
張于湖誤宿女貞觀 475
張子房圯橋進履 130
張子房椎秦記 1058
長幼歌風－康熙萬壽雜劇
仗義疏財－黑旋風仗義疏財
昭代簫韶 3478
趙匡義智娶符金錠 458
趙匡胤打董達 475
趙禮讓肥－孝義士趙禮讓肥
趙貞姬身後團圓夢 523
折桂記 1003
貞文記 1162
甄月娥－甄月娥春風慶朔堂
甄月娥春風慶朔堂 495
爭玉板八仙過滄海 705
鄭月蓮秋夜雲窗夢 453
支機石 3921
芝龕記 2367
織錦記 1784
指迷十六觀 4895
指南夢 4516
智勇定齊－鍾離春智勇定齊
智賺還珠－蘇門嘯

製曲枝語　4899
中麓小令　5744
中山狼　578
中庸解 – 雙瑞記
中原全韻 – 中州全韻
中原音韻類編 – 中州樂府音韻類編
中州切音譜　5604
中州全韻　5522
中州音韻 – 中州樂府音韻類編
中州音韻輯要　5527
中州樂府音韻類編　5307
忠烈記 – 雙旌記
忠孝福　1971
鍾離春智勇定齊　437
種玉記　998
重定南九宮詞譜 – 南詞新譜
重訂曲海總目　4977
眾僚友喜賞浣花溪　472
眾羣仙慶賞蟠桃會　701
眾神聖慶賀元宵節　703
眾天仙慶賀長生會　708
眾香國　5046
舟覯　4157
周公瑾得志娶小喬　469
硃砂擔滴水浮漚記　453
諸葛亮博望燒屯　451
竹林小記　948
竹溪山人介山記 – 介山記
祝髮記　639
祝聖壽金母獻蟠桃　702
祝聖壽萬國來朝　704
駐春樓 – 紅羅記
轉情關 – 香祖樓
轉天心　2202
莊周夢蝴蝶　129
粧盒記 – 金丸記
墜釵記　911
綴白裘　4756
綴白裘合選　4750
綴白裘全集　4752
卓女當壚　3399
卓文君當鑪豔 – 茂陵絃
卓文君私奔相如　488
紫釵記　797
紫荊花　3809
紫蘭宮　3551
紫微宮 – 紫微宮慶賀長春壽
紫微宮慶賀長春壽　707
紫霞巾　3015
紫陽仙三度常椿壽　528
紫玉記　2878
自怡齋崑曲譜　5584
走鳳雛龐掠四郡　468

醉高歌　1854
醉書箴　1729
醉思鄉王粲登樓　438
醉鄉記　1041
醉鄉小稿　5806
醉怡情　4736
醉吟秋　4487
醉月緣　1455
昨非曲　5967

附錄二

本書所收序跋作者人名字號綜合索引

說　明

一、本索引爲本書所收序跋作者人名字號的綜合索引，所有條目均按首字的漢語拼音排序。本索引可藉以檢索本書序跋作者及其篇目，亦可便於閱讀歷代戲曲文獻時參考查閱。

二、本索引以姓名爲主條目，以字號爲參見條目。索引頁碼均列在主條目後，參見條目後只標注應參見的主條目，不另出頁碼。

三、作者無姓名者，字號列爲主條目。姓名不確定者，標注於字號之後，並標問號。有姓無名者，標注於字號之後，不另列出。

四、僧人法名或詳或不詳，如法名可考，則以"釋"字爲字頭列主條目；如不可考，則以常見稱呼爲主條目。少數民族人氏，列其名字爲主條目。

五、作者字號音同、音近、意近用字，合爲一條，以括號標示。字號主幹相同，稱謂尾辭（主人、道人、山人等）異者，合爲一條，以括號標示。有的僅收主幹或字號，以避重複。

A

阿傍 – –程瓊
阿補 – 全祖望
阿芬 – 許葉芬
阿憐翁 – 毛奇齡
阿買 – 馬振伯
阿逸 – 魯濬
阿逾 – 錢維喬
阿掌 – 楊懋建
哀梨老人 5280
藹堂 – 劉翬
艾庵 – 吳奕
艾俊 5670
艾林居士 – 呂天成
艾南英 1117
艾衫 – 周恩綬
艾堂(塘) – 李斗
艾園冢子 – 呂天成
隘堪 – 孫德謙
愛詞人 5593
愛蓮道人 – 朱敬一
愛日老人 – 范驤
愛棠 – 吳鉞
愛閒老人 – 朱廖
愛荀 – 蔣光煦
愛月居士 – 允祿
愛筠 – 陳琮
曖初氏 – 袁蟫
安定君 – 程瓊
安流(榴) – 周樂清
安清翰 2752
安邑 – 鄧志謨
安之 – 張德容
安致遠 1585
庵摩羅庵 – 范驤
闇甫 – 范世彥
闇公 – 丁傳靖
闇生 – 顧胤光
闇齋 – 曹章
岸堂 – 孔尚任
按拍散人 – 顧秋亭
鰲峯居士 – 徐爀

B

八千卷樓主人 – 丁丙
八愚子 – 揆八愚
巴縣山父 113
芭庵 – 龐樹柏
白賓 – 袁于令
白恭己 2086
白華山人 – 厲志
白溇 – 沈受宏
白門倦遊閣外史 – 包世臣

白銘　3415
白牛　1060
白齊 – 陸紹曾
白謙卿　4933
白沙 – 王大樞
白山 – 金連凱
白山逸人 – 李柏
白守廉　5573
白下楚遺 – 王天璧
白鷳山人 – 徐渭
白雪道人 – 孫鍾齡
白雪樓主人 – 孫鍾齡
白雪齋主人 – 張琦
白嶼 – 金鑾
白雲道人 – 張賁孫
白雲來　2302
白雲散仙　48
百穀 – 王穉登
百花主人 – 李雲翔
百萊主人 – 江楫
百梅亭長 – 胡薇元
百泉 – 錢世錫
百泉居士 – 李贄
百帖主人　4818
百(柏)谿 – 韓茂棠
百拙 – 鄧志謨
百子山樵 – 阮大鋮
柏超　2385
稗村(畦) – 洪昇
班香 – 郭彬圖
半標子　5042、5044
半禪　4499
半非道人 – 黃周星
半谷 – 張含
半偈長者(主人) – 王穉登
半江 – 汪桂林
半九主人 – 焦循
半康 – 吳德旋
半嶺道人(主人) – 張旭初
半聾居士　4314
半農山人　2845
半石址山公 – 茅元儀
半恕道人 – 黃丕烈
半塘 – 任訥
半翁 – 杜濬
半溪 – 盧先駱
半園 – 錢維喬
半竺道人 – 錢維喬
伴仙道人　5178
包世臣　1851、3689
保華主人 – 洪炳文
保鑑堂主人 – 洪炳文
保陽謫史 – 郭棻
葆慧 – 紀昌文

葆素 – 楊錫履
寶名 – 徐林鴻
寶仁堂 4780
寶士 – 戈載
寶水 – 鄭賡唐
寶意 – 商盤
寶雲居士 – 顧正誼
寶珠堂 1054
抱犢山農 – 嵇永仁
抱守主人 – 黃丕烈
抱孫 – 盧見曾
抱甕居士 – 劉貴曾
抱軒先生 – 姚鼐
豹君 – 劉文蔚
豹卿(興) – 丁文蔚
豹亭 – 朱麐
鮑蒓 3502
鮑源深 4940
悲庵 – 趙之謙
悲秋散人 – 洪炳文
北平先生 – 黃叔琳
北山 – 陸以南
北山 – 劉毓崧
北山 – 茅恆
北墅 – 顧雲
北軒 – 徐超羣
北軒 – 韋業祥
北研 – 施國祁
北有 – 李斗
北嶽山人 – 閻鎮珩
備堂 – 周百順
賁湖子 – 鄭士毅
本寧 – 李維楨
本徵 – 劉之屏
本重 – 楊南金
筆春 – 麟光
筆峒 – 徐奮鵬
筆洞生 5912
筆峯 – 高應玘
畢旦初 3112
畢水漁郎 5914
畢耀曾 3484
碧巢 – 汪森
碧里生 5199
碧山 – 朱亦東
碧桃花館主人(陸衍文?) 5631
碧溪 – 汪森
碧溪 – 孫埏
碧霞仙館主人 – 閬峯
碧腴 – 胡德琳
避塵盦主 5179
璧六 – 孔貞瑄
邊汝元 1906、1907、1908、1909
邊琬 –(薛寶笙?) 5173

別下齋主人－蔣光煦
彬娥－趙孝英
彬和－湯斯質
賓谷－曾燠
冰庵－王吉武
冰持－曹秀先
冰華生－潘之恆
冰若－劉心源
冰森－秦之鑒
冰雪道人－釋如德
冰淵老叟－曾衍東
丙丁－丁守存
秉衡－侯銓
秉綸－石鈞
秉淵－俞思謙
并倉居士－翁同龢
病痱道人－張衢
病因外史－易忠籙
波厈－凌濛初
鉢池山農(生)－黄鈞宰
播花居士　5226、5232、5233
伯常－嚴保庸
伯蒓－張通典
伯純－張鍊
伯峯－劉峙
伯剛－屈爔
伯穀－王穉登
伯顧－顧雲
伯和－陸和鈞
伯華－李開先
伯幾－張道
伯驥(良)－王驥德
伯堅－王城
伯奎－錢人麐
伯霖－吴之鯨
伯麟　3257
伯龍－梁辰魚
伯明－沈自晉
伯起－張鳳翼
伯憩－吴棠禎
伯憩－韓茂棠
伯謙－陳震
伯謙－章業祥
伯山－劉毓崧
伯受－王士禄
伯唐－吴郁生
伯谿－韓茂棠
伯言－梅曾亮
伯陽(揚)－高宗元
伯裔－吴之鯨
伯英－沈璟
伯英－王棚鰲
伯庸－鄭由熙
伯隅－王國維

伯雨 – 陳作霖
伯與 – 許善長
伯玉 – 金潤
伯淵 – 孫星衍
伯朱 – 徐灝
博卿 – 洪炳文
博望山人 – 曹履吉
博支子 – 吳敏道
渤海逋客 – 何璧
跛翁 – 胡薇元
檗子 – 龐樹柏
逋飛 – 吳梅
補恨使者 – 劉恭璧
補齋 – 顧彩
不庵 – 王煒
不可解人 – 朱京藩
不器 – 裘璉
不省 – 查繼佐
不盈道人 – 張沖
布星符 3947
步韓 – 宋鳴琦
步雲 – 高誼
步洲 – 劉鈺

C

偲亭 – 紀邁宜
才叔 – 楊芳燦
采臣 – 陳僅
采卿 – 成錫田
采亭 – 熊華
采薇子 – 王思任
采于 – 張鼐
采芝翁 – 蔡爾康
采荷老人 3471
采芝客 – 薛旦
菜涇居士 – 沈覲
蔡爾康 5198
蔡國俊 4999、5001、5002、5584
蔡嘉佺(洤) – 蔡榮蓮
蔡名衡 666
蔡榮蓮 3921
蔡希邠 3922
蔡象坤 2876
蔡星臨 2874、2882
蔡應龍 2863、2878
餐花小史 5025
餐霞道人 – 孫學禮
餐霞山人 – 閻峯
餐英主人 1455
蠶尾 – 王士禛
粲花館主人 – 毛以燧
粲花主人 – 吳炳
燦亭 – 管華
倉山舊主 – 袁祖志

倉山居士 - 袁枚
蒼樵子 - 梁清標
蒼亭 - 譚尚忠
蒼梧下吏 - 王衍梅
蒼岩 - 梁清標
蒼羽(雨) - 商盤
蒼緣(篆) - 吳唐林
滄江 - 梁啓超
藏蕭如 - 藏一
藏一 3912
藏園 - 蔣士銓
曹大章 4860
曹爾堪 1462
曹浩勖 2742
曹履吉 1093
曹仁虎 3121
曹文蘭 - 曹文瀾
曹文瀾 5577、5578
曹秀先 2382
曹學佺 5697
曹以杜 148
曹寅 1931、1934、1936
曹元忠 4392
曹章 1743
草莽子 - 倪道賢
岑德亨 794
岑華 - 查元偁
茶村 - 杜濬
茶山 - 錢維城
茶叟 - 林昌彝
茶香(薌) - 蔣世鼎
槎客 - 綦星臨
柴才 2169
柴紹炳 4703
柴紹然 1322
柴灣村農 - 黃振
柴雪 - 宋之繩
儕嶠 - 王蘇
茝汀 - 朱景英
茝崖 - 阮學濬
懺癡道人 4485
懺摩居士 3303 - 彭兆蓀
懺綺齋 - 易順鼎
懺情侍者(田□□) 5293
懺因居士 5563
羼提居士 - 王士禛
昌朝 - 汪廷訥
長安女史 - 王筠
長白 - 范允臨
長康 - 沈自晉
長倩 - 范允臨
長秋山人 3428、3444、3446
長生館主 - 王穉登
長松下散人 1891、1895

長梧子 – 黄丕烈
常道人 – 趙琦美
常庚辛 2756
常卿 – 田大奇
常新道人 1048
常庸 – 平步青
常月卿 5266、5268
常樂居士 – 鏡清
唱經先生(子) – 金聖歎
超然 – 董達章
超然 – 張遠
超遠 – 沈顥
超宗 – 鄭元勳
超宗 – 葉鳳毛
巢睫軒主人 198
巢松 – 王抃
車持謙 3453
澈叟 – 何兆瀛
辰孫 – 劉禧延
沉雷道士 – 劉世珩
陈鹏程 2710
陳安魁 – 陳階平
陳邦泰 142、600、783
陳燦 1913
陳琮 3971
陳大榮 – 陳金雀
陳登龍 3028
陳端明 1051
陳爾茀 579
陳二白 1521
陳二球 4753
陳港生 – 陳元龍
陳亙 4310、4315
陳拱璧 5871
陳弘世 958
陳弘緒 676
陳洪綬 235、242、1155、1215
陳鴻壽 4927
陳鴻業 2962
陳熀 3469
陳彙芳 2134
陳繼儒 17、46、146、193、635、679、756、763、1007、1138、1139、5841、5875、5909
陳嘉樑 5579
陳階平 3566
陳金雀(爵) 4000、5005
陳僅 3815
陳鵾 5166
陳瀾 624
陳良金 5796
陳懋齡 3385
陳梅庵 3110
陳夢雷 1904

陳冕父 3366
陳茗香 4281
陳乃乾 1361
陳裴之 3584
陳其泰 3862、3884
陳綺樹 3465
陳汝元 970
陳森 3698
陳時泌 4318、4324
陳士璠 2384
陳士林 2701
陳世熙 2358
陳守詒 2601
陳壽嵩－陳栩
陳雙貴－陳金雀
陳同 834
陳完 671
陳畏人 3929
陳維崧 1446
陳文蹟－陳子承
陳無我 4350
陳俠君 2347
陳孝寬 3337
陳栩 3614
陳學震 4415、4428
陳一球 1243
陳用光 3878、3881
陳于侯 1449
陳玉祥 4880
陳元龍 1964、1971
陳昭祥 620
陳昭遠 966
陳震 2151
陳正治 325
陳子承 2636
陳子升 5951、5952
陳祖綬 4277
陳作霖 4215
塵園－龔崧林
傖楚 5263
成錫田 2828、2834、2838
成之－麥性德
成祉－王鎣緒
承之－黄丕烈
珵圃－劉烒
程鑣 2022
程秉銓 3185
程秉銛（釗） 4139
程邨－鄒祇謨
程大衡 4765
程端 2076、2077
程鍔 4013
程恩澤 2514
程瀚 2747

程嘉秀 4412
程巨源 136
程涓 4636
程麟德 1943
程明善 5329
程屺山 3250
程青岳 3147
程瓊 858、2258
程士任 80、312
程庶咸 1560
程蔭棟 2638
程煐 3247
程永孚 1561
程有勳 2463
程虞卿 3251
程羽文 4696
誠甫 – 劉烒
誠齋 – 王承垚
澂道人(顧□□) 650、652
澂園 – 阮學濬
澂園主人(顧□□) 160
澂之 – 吳嘉淦
澄印 – 金堡
澄齋 – 張淳
澄之 – 金安瀾
癡庵 – 王鐸
癡鶴 – 周道昌
癡龍 – 張三異
癡生 – 李瀚昌
赤柏子 2942
赤方 – 顧景星
赤水 – 屠隆
赤松侶 – 屠隆
赤玉峯道人 – 丘濬
敕先 – 陸貽典
鶒濆 – 吳燿
沖穆先生 – 王懋昭
翀父 – 王翃
崇恩 5961
崇光 – 姚華
崇錫禮 – 崇恩
重光 – 姚華
重暉 – 陸伯焜
重來倒好嬉子 – 吳震生
重梅 – 蕭亮飛
重三(山) – 蔣世鼎
愁予 4501
幬庵 – 呂天成
醜齋 – 鍾嗣成
初成 – 淩濛初
初晴 – 毛奇齡
初僧 1785
初文 – 林章
樗庵 – 路衍淳

樗道人　1415
樗林散人(王鵕?)　5583
楚材－張珩
楚客－楊宗岱
楚門－張鵬
楚生－許珩
楚叔－張琦
楚漁父－杜濬
楚園－劉世珩
褚龍祥　3793、3797、4542
褚廷琯　348
褚元勛　361
處泉－任應烈
船山病叟－王夫之
吹鐵簫人－譚光祜
春草詞人－謝堃
春遲(晴)－毛奇齡
春帆　5101
春帆－任蕃
春陔－張盛藻
春谷－鄒元斗
春海－程恩澤
春華－紀振倫
春江－曹文瀾
春龍－仲振奎
春農－蔣宗海
春農－彭邦疇
春橋　3949
春泉居士－王言
春山－胡寓年
春山－莿聚
春臺－許登壽
春午主人－賈季超
春舟－李學穎
春莊－毛奇齡
椿山－張三禮
椿軒居士　3425
蒓客－李慈銘
純卿－朱益濬
純如子－呂恩湛
淳齋主人　1001
茨村－胡介祉
詞峯樵者　2910
詞壇主人－徐奮鵬
詞溪－馬國翰
詞隱－沈璟
詞垣癡客－王鳳池
慈伯－錢世錫
慈公－何大成
此山道人－林增志
次皋－黃憲臣
次耕－潘耒
次海－丁守存
次令－陳同

次隴 – 趙戴文
次山 – 柴才
次山 – 陸機
次顏 – 汪熷
次(賜)衣 – 唐紹祖
次榆 – 吳春煊
次仲 – 淩廷堪
蔥佩 – 高珩
蔥石 – 劉世珩
叢伯 – 孔廣林
叢睦 – 汪端光
叢澍 1965
崔桂林 2751、2754
崔應階 2266、2293、2946
崔元吉 604
璀皋頑絕生 5273
翠娛閣主人 – 陸雲龍
存華 3556、3558
存仁 – 胡介祉

D

達夫 – 郭維瑄
達園鋤菜叟 – 吳肅
大碧詞人 – 丁文蔚
大滌山人 – 俞汝言
大方 – 魏方焫
大翮山房主人 – 鄧祥麟
大瓠老人 – 周金然
大可 – 毛奇齡
大來 – 陳邦泰
大來 – 沈泰
大梅山民 – 姚燮
大泌山人 – 李維楨
大千 – 毛萬齡
大文 – 徐林鴻
大武 – 薛奮生
大休老人 – 毛瑩
大易學人 – 金聖歎
大愚 – 王鑨
大雲居士 – 吳偉業
大宗 – 杭世駿
岱峯 – 金衍宗
待庵居士 – 王大經
待化老人 – 劉赤江
戴紱 2477
戴全德 2707
戴問善 410、411
戴錫綸 3354
丹臣 – 王鳳池
丹林 – 葉其紳
丹麓 – 王晫
丹溪生 – 彭遵泗
丹崖 – 蔣薰
丹崖翁 – 傅山

聃和－沈璟
淡圃－周書
淡茹子－林芳
誕鳳－王亶望
澹庵－胡盍朋
澹庵－鲍源深
澹歸－金堡
澹廬－周書
澹明－王大樞
澹寧居士 3959
澹如－惇順
澹如－秦緗業
澹游－王訢
澹園－焦竑
澹園－盧見曾
澹齋主人－葉華
搗塵子－李治
悼烈主人－洪炳文
道甫－嚴長明
道威－陸世儀
道微－任鑒
道行－張衢
道隱－金堡
得樹樓主人 2285
得閒主人 4713
得一道人－陳夢雷
德甫－王昶
德涵－康海
德邁－竇遴奇
德善－邵元長
德生－沈士麟
德玉－朱珩
德滋 2041
地如－劉方
地山－曹秀先
地山鹿門子－曹秀先
鄧鍔 976
鄧溫書 301
鄧湘霖－鄧祥麟
鄧祥麟 3493
鄧志謨 930、931、932、934
迪先－朱希祖
覿庵－陸貽典
荻林－沈廷芳
荻舟－淩玉垣
棣華－徐鄂
盤譚 653
顛悟主人－李崇恕
葉疊 565
殿春生 5196
殿卿－許邦才
釣史(叟)－查繼佐
蝶庵－陳一球
蝶庵居士－張岱

蝶仙 – 陳栩
蝶園居士 2507
丁丙 713
丁秉仁 3092、3104、3105、3107
丁癡曇 4356
丁傳靖 4329
丁國典 – 丁丙
丁紀範 4755
丁立誠 1205
丁澎 1468
丁愼行 1234
丁守存 1241
丁文蔚 3911
丁耀亢 1225、1226、1233、1235、1238、1493
丁有庚 1920、
丁兆奎 3732
丁子 – 湯滌
鼎甫 – 沈維鐈
鼎和 – 徐爔
鼎所 – 鄧志謨
定庵(甫) – 蔣士銓
定溪 – 馬光祖
定岩 – 董榕
定園 – 董達章
定之 – 湯滌
定之 – 秋元朗
东田 – 徐孝常
冬卉 – 桂馥
冬民 – 蔣宗海
冬友(有) – 嚴長明
東城旅客 – 吳震生
東村 – 謝九容
東海波臣 – 茅元儀
東海步兵 – 魯濬
東海澹仙 – 諸葛元聲
東海生 – 徐芳
東海書生 – 茅元儀
東壺 – 毛萬齡
東湖樵謙 2104
東澗遺老 – 錢謙益
東江 – 沈謙
東井 – 高文照
東里 – 黃鉽
東明臥雪 – 袁佑
東鷗老人(生) – 漚老譽
東屏 – 李士震
東圃主人(朱祐栵?) 674
東山 – 金門詔
東山 – 顧椿年
東山釣史 – 查繼佐
東山下人 – 朱勳
東山野史 – 金門詔
東生 – 劉淮焴

東石 - 曾璵
東塘 - 孔尚任
東塘 - 戴錫綸
東田 - 嵇永仁
東仙 4492
東野 - 許廷鎱
東瀛 - 華日來
東玉 - 曾璵
東垣 - 項震新
東園居士 2285
東園主人 - 江春
董達章 3040、3228、3233
董光熺 2478、2481
董康 1084
董訥 1303
董其昌 458
董榕 2193、2196、2198、2200、2201、2203
董斯張(嗣章) 5855
董象垚 2400
董玄 237
董燿焜 2403
洞庭山人 - 張堅
洞圓山客(主人) - 汪柱
楝園居士 - 洪炳文
斗山 - 劉嘉淑
竇伯(山) - 馮武
竇遴奇 1625
竇汝珽 5558
竇彥斌 4639
督陽居士 - 高國珍
獨樹逸翁 - 黄丕烈
獨學老人 - 石韞玉
瀆井復民 - 桂馥
杜君玉 5017
杜鈞 3255
杜少 - 袁佑
杜紹先 - 杜濬
杜亭亭長 - 盧見曾
杜湘 3923
杜濬 1406、1409、1440、1477、1691
杜琰 1941
杜子華 5830
度西 - 張九鉞
蠹窗主人 - 張令儀
蠹翁 - 李希聖
蠹仙 - 朱鳳鳴
端臣 - 盧明楷
端方 4944
端木 - 徐夢元
端木國瑚 3283
端人 - 孫人龍
端文 - 寧楷

段安節　4815
段琦　2652
堆山－薛寀
對山－康海
對於－耿維祜
惇順　3737
敦夫－路衍淳
敦甫－湯金釗
敦艮子－尤侗
盹翁－曹寅
遁夫－羅聘
鈍庵(齋)－盧明楷
鈍庵－曾守銳
鈍夫－楊宗岱
鈍甫－駱敏修
鈍叟－李瀚章
鈍叟(齋)－吳郁生
遯叟老人－沈默
遯園居士－顧起元
多陶武　2661
朵山－朱昌頤
嚲紅醉客－梁廷枏
舵石翁－金堡
惰園主人　4543

E

峨眉子－孫鍾齡
峨雲－王業浩
萼樓生－姚權
恩普　2713、3180
而庵－黃周星
而名－鄭賡唐
而農－王夫之
而緒－楊緒
而延子－茹□禧
爾嘉－孫學禮
爾諧－嵇永仁
爾園－楊懋建
邇可－張遠
二北－任訥
二槎過客－鄧祥麟
二槐－王翃
二樓－湯誥
二泉亭長－王蘊章
二十四橋間人－鄭元勳
二石生－姚燮
二田－任康
二吾居士　3245
二鄉亭主人－宋琬
二雪和尚－林增志
二菴山人－朱宙楨
二酉生－程涓
二娛－尤維熊
二齋－胡亦堂

二知 - 裴宗錫
弍庸 - 朱其輪

F

廢莪子 - 裘璉
筏喻道人 - 崇恩
法幢 - 林增志
法香 - 陳無我
帆山惜花女史 - 馮倩娘
樊嘉(山)(增) - 樊增祥
樊圃老人 - 盛敬
樊榭 - 厲鶚
樊增祥 4436
繁露樓居士 - 董榕
繁霜閣主 - 沈宗畸
范承謨 1656
范大濡 - 范元亨
范建杲 2825、2831
范玠 1360
范金鏞 4153
范景文 - 范文若
范明榕 - 范金鏞
范石鳴 243
范世彥 1359
范泰恆 2399
范文若 1100、1101、1107、1109
范梧 2240
范希哲 1663、1664、1666、1668、1670、1671、1673、1675
范驤 1394
范毓祥 3253
范元亨 4008、4009
范允臨 5850
范纘 1925
飯顆山樵 5212
範九 - 彭邦疇
方苞 2329
方本 1179
方成培 2668
方還 5637
方來館主人 4735
方棨如 2069
方廷熹 2321
方新 5941
方濬頤 4134
方瀛 - 褚元勛
方應祥 1059
方中通 1430
方舟 - 查繼佐
方諸 - 郝鑒
方諸乇(外史)(仙史) - 王驥德
芳國 - 江蘭
芳茂山人 - 孫星衍

芳型 － 褚元勛
芳洲 － 吳龑
防風館客 － 李斗
仿湖主人 3295
昉思 － 洪昇
舫叟 － 吳棠禎
舫亭 － 胡樹本
舫齋 － 吳敏道
訪槎 － 許名崙
訪岩 － 路朝霖
放庵居士 － 蔣光煦
放鶴主人 － 丁耀亢
非人氏 － 查繼佐
非我 － 陳一球
非熊 － 施國祁
飛濤 － 丁澎
飛仙 － 程瓊
飛雲山人 － 楊悌
費錫璜 110
芬宇 － 李葵
汾原(園) － 王煦
丰江 － 汪桂林
封五 － 龔崧林
封岳 － 黃培
風雅主人 － 張雍敬
風衣 － 盧元錦
風月子 － 蘭茂
峯泖浪仙 － 施紹莘
豐南 － 吳綺
馮調鼎 3582、3605
馮家楨 1732
馮杰 3939
馮夢龍 723、954、979、980、981、983、984、985、986、988、989、991、992、1121、1125、1522、4869、5860、5862、5866、5867、5936
馮夢禎 5318
馮倩娘 3296
馮樞 3937
馮廷丞 2605
馮惟敏 5793
馮武 2014
馮嫺 847
馮旭 5355
馮煦 4309
馮雲鵬 2982
馮肇曾 3914
鳳巢 － 汪桂林
鳳川 － 劉良臣
鳳凰客 5287
鳳九 － 方苞
鳳書 － 侯文藻
鳳仙博士 － 龔墨園

鳳藻　4846
鳳洲－王世貞
佛壽－徐渭
膚雨－秦雲
弗堂－姚華
扶青－陈鵬程
芙蓉山樵－程瀚
芙蓉塘別客－徐昫
孚若－瞿頡
孚先－喬載繇
茀庵－雷承厚
服公－胡周冕
浮槎仙客　4486
浮雲客子－彭瓏
桴亭－陸世儀
符月亭　2122
紱青－金綬熙
凫公－袁于令
福持齋主人　4800
福次居主人－沈泰
福海　3260
福廷－范金鏞
福雲小樵－王鳳池
福仲－樓震
韍青－金綬熙
斧季－毛扆
輔源－朱益濬
輔佐－佘殿臣
負苓子－王士祿
傅春姍　876
傅達源　3088
傅鼎臣－傅山
傅福增－傅卓
傅山　1314
傅王露　2180
傅維鱗(麟)(楨)　1230
傅巖　2642
傅一臣　1350、1351、1352、1353、1354、1355、1356、1357、1358
傅玉書　3086
傅卓　5144
復初老人－劉之屏
復道人－姚燮
復見心翁－黃丕烈
復生－孫雲鴻
復堂－廖寅
復翁－黃丕烈
復之－孫葆元
復莊－姚燮
富森布　2660
腹廬－張預

G

改庵－龍燮

改堂－唐紹祖
蓋山－吳慶恩
甘菊傭　4142
甘亭－彭兆蓀
甘蔗生－金堡
幹臣－徐紹楨
幹難－李錫淳
剛齋－陸世儀
剛中－林啓亨
綱伯－徐維城
皋亭－吳燿
高昌寒食生－何鏞
高承慶　4419
高國珍　4982、4983、4989、4990、4991、4992、4994
高漢聲　5614
高珩　1703
高繼珩　3807
高康－孫鏘
高培穀　2393
高石－鄭之珍
高時彥　567
高文照　2556、2578
高陽生　1057
高奕　4898
高誼　1252
高應玘　5742、5807
高齋－陳元龍
高宗元　2785
高祖同　4375
告辰－李廷謨
戈載　1796
葛君－梅曾亮
葛霖　5960
葛慶曾　3758
艮廬－張茂炯
艮翁(齋)－尤侗
亙(庚)生－潘之恆
耕六(麓)－查文經
耕劬－倪鴻
耕石－顧元熙
耕石農－吳寶鈞
耕娛(餘)－徐治平
耕雲山人－周家璠
賡伯先生－魏運昌
賡飏－陳世熙
羹堂－李調元
耿維祜　3931
耿岩－沈珩
更生－范文若
更生－王士祿
更生道人－許廷錄
公亮－張明弼
公他－傅山

公遠 – 周裕度
公之它 – 傅山
宮鼎基 2641
龔鼎孳 1222
龔墨園 4164
龔淇 2013
龔崧林 2272
鞏之 – 朱永圖
勾吳嚴四 – 嚴繩孫
筍里奈村 – 陳鴻業
孤憤生 – 陸雲龍
孤嶼學人 3988
姑射山樵 – 吳克成
姑蘇詞奴 – 馮夢龍
古春堂居士 – 陳祖綬
古鳳 5544、5619
古劍老人 – 張岱
古林 – 楊楫
古旗亭客 2038
古卿 – 嚴廷中
古泉居士 – 錢德蒼
古生 – 楊兆璜
古檀 – 廖景文
古堂 – 潘肇豐
古塘樵子 – 左潢
古吳花朝生 – 周權
古吳夢蕉 – 周權
古吳三江漁父 1720
古香 – 岑德亨
古香樓 79
古香吟天羽居士 – 沈際飛
古心 – 吳世賢
古岩 – 王俊
古榆 – 吳蘭修
古愚 – 譚尚忠
古愚 – 姚齊宋
古醞 – 楊葆光
谷香 – 夏秉衡
穀舲 – 李聯璧
穀和 – 楊登璐
穀人 – 吳錫麒
穀齋 – 李世倬
顧庵 – 曹爾堪
顧彩 1813
顧春 3754
顧椿年 3413
顧何之 455
顧恆 – 顧夔
顧景星 4733、1494、1496、1497
顧夔 3660
顧夢麟 1066
顧乃大 5881
顧起元 5817
顧秋亭 5594、5595

顧曲詞人　5297
顧曲散人－馮夢龍
顧森　2464
顧姒　849
顧詒燕　2677
顧胤光　5877
顧影　5595
顧元熙　3352
顧雲　2524
顧正誼　5839
顧渚－臧懋循
瓜田半半子－周大榜
關西鐵綽板道人　4803
關瑛　3892
鰥叟－吳震生
觀復－吳奕
觀劇道人－惰園主人
觀夢道士－朱經
觀生－張瀾
觀堂－王國維
觀以－朱益采
管華　3631
管懷許－管庭芬
管庭芬　3663、3696、4978
管興寶　4470、4472
貫夫－陸紹曾
貫花道人－錢曾
貫山－王筠
灌叟－程士任
灌隱主人－吳偉業
光卿－浦銑
光治－吳斯勃
廣庵(居)－周金然
廣長庵(閣)主－王穉登
廣達－江春
廣德－張丑
廣陵－陳元龍
廣陵山農－李少榮
廣明(平)－葉堂
廣淵－汪溥勳
龜巢老人－黃丕烈
龜山居士－楊際時
歸求老人－蔣宗海
歸愚－沈德潛
歸眞子－石韞玉
歸宗郜　4349
鬼車子－丁傳靖
桂馥　1882、2726、2727、2728、2729、5134
桂紅－劉麗華
桂笙－何鏞
桂蓀－徐治平
桂亭－朱奕曾
桂崖－龍燮

桂岩嘯客－邊汝元
貴卿－冉夢松
貴詩－鄧鍔
貴正辰 3997
郭彬圖 4529
郭傳芳 1412
郭棻 1236
郭焌 2708
郭人麟 1725
郭世嶔 2400
郭廷選 4538
郭維瑄 4759
郭象升 300
郭效鵬－郭儼
郭儼 3772
國貨之隱者－陳栩
國美－高時彥
國聲－馬鳴霆
國柱－袁棟
國佐－茅一相

H

海濱野史－蔡爾康
海淀漁長－米萬鍾
海浮－馮惟敏
海來道人－路迪
海笠－徐渭
海門－汪仲洋
海若－湯顯祖
海沙－陳完
海珊－嚴遂成
海上蔡子－蔡爾康
海上夢畹生－黄協塤
海棠峪長－王鑨
海天樓主－韓茂棠
海文－王瀚
海峽樵人－潘廷章
海陽逸客 4078
海漁－黄振
駭谷－厲志
憨老 4749
憨寮－趙之謙
含齋－曹大章
含章館主人－黄培
函潭老布衣－蔣衡
涵山－鄭振圖
寒山子－張彝宣
寒水生 2085
寒溪－盛敬
韓藻 3131
韓縉 2154
韓茂棠 4353、4355
韓門弟子－鄭振圖
韓錫胙 2445、2450、2451、2452

韓紫宸(辰)　4358
汗漫道人－徐鄂
菡亭－顧詒燕
漢恭－王光魯
漢捷(傑)－張樹幟
漢翔－劉鞏
漢血　501
漢章－李世倬
漢芝－唐金
翰芳－戚學標
翰飛－王鳳池
翰風－張琦
杭世駿　2229
蒿龕－馮煦
好麗殷勤客　5168
郝鑒　2479
皜亭－徐喆
禾中女史－黄媛介
何璧　190
何大成　5711、5713
何鈁　5321
何煌　426、434、439、440
何良俊　4859
何絜　1952
何一山　3423
何樹檳　4459
何聞廣　302
何文明　3343
何鏞　4224、5537
何約　4730
何兆瀛　3510、3602、5140、5141
和甫－孫葆元
和光道人－蘭茂
河間長君　38
河右－毛奇齡
荷汀－史槃
鶴儔－楊恩壽
鶴墩－葉宗春
鶴舫－毛際可
鶴甫－張炳堃
鶴窠村人－黄協塤
鶴林－董光熺
鶴泉－于振
鶴泉－戚學標
鶴沙－許纘曾
鶴孫－徐昫
鶴田－端木國瑚
鶴汀－湯世瀠
鶴亭－江春
鶴塗－葉溶
鶴尹－王抃
鶴在－張祥河
鶴舟－秦基
鶴洲－李調元

亨壽　2223
恆甫－薛書堂
恆忍－潘廷章
恆所－曹秀先
恆岩－董榕
恆齋－葉鳳毛
恆齋－史炳
恆齋－沈自南
珩佩－張雍敬
横山先生－葉燮
衡棲－張鼇
蘅蕪清夢人－孫大武
蘅友－左輔
弘吉－祁彪佳
宏度－楊潮觀
宏甫－李贄
宏獻－黄叔琳
虹橋－趙之燡
洪筆泰　2671
洪炳文　4253、4255、4256、4258、4259、4262、4269、4273、4285、4286、4287、4288、4291、4292、4299、4302、4305、4307
洪九疇　1341
洪昇　1749、1750、1751、1785、1933、1991
洪崖仙子－洪炳文
洪之則　850
紅豆詞人－吳綺
紅豆詞人－楊葆光
紅豆村樵－仲振奎
紅豆道人－嚴廷中
紅鵝生－王蘊章
紅拂主人　4904
紅蕉館主人－峴仙氏
紅梅花長－張九鉞
紅薇館主－周權
紅心詞客－沈起鳳
紅杏村人－王衍梅
紅雪詞人－馮雲鵬
閎度－楊潮觀
鴻苞居士－屠隆
鴻寶－倪元璐
鴻江子　616
鴻岩－江遠舉
侯銓　1851
侯文藻　3097
厚安－李坤
厚庵－邵大業
厚庵－李錫淳
厚山－王堃
厚舍－蔡象坤
厚田－汪應培
厚五－趙熟典

厚餘－沈樹本
厚齋－董耀焜
胡承謨　4141
胡珵　3888
胡德琳　2298
胡盍朋　4109、4113、4114、4116
胡介　1400
胡介祉　855、1129、1947、1949、2094、5455、5805
胡寯年　2891
胡崑元　3475
胡梁　1779
胡梅影　3485、3486
胡鳴謙　3009
胡南豹　2003
胡其毅　1940
胡麒生　1344
胡翹漢　4111
胡榮　1770
胡汝欽　5825
胡士登－胡介
胡士珍　4417
胡世定　252
胡樹本　3469
胡嵩林　4125
胡天祿　625
胡薇元　4310
胡湘　3804
胡瑄　4795
胡彥穎　4911
胡業宏　2654、2655
胡亦堂　1733
胡重　4932
胡周冕　5369
壺庵－胡薇元
壺山－朱休度
壺山主人－孫爲
壺天隱叟　2105、2107、2108、2111、2112、2114、2115、2117、2119、2123、2132、2138
壺莊－郭焌
湖上釣叟－查繼佐
湖上笠翁－李漁
鵠灣－譚元春
虎臣－柴紹炳
虎木－周大榜
虎頭公－顧景星
虎耘山人　1062
虎子－祁彪佳
滸西山人－康海
岵雲－謝弘儀
笏溪－范纘
瓠庵－路朝鑾
瓠落生－陸雲龍

瓠叟 － 周金然
花間主人 － 黄圖珌
花史氏 － 仲振奎
花庭閒客 1831、1832
花溪懶道人 － 茅一相
花信樓主人 － 洪炳文
花裀上人 － 許當世
花嶼仙史 － 孟稱舜
花月郎 － 閔振聲
花韻庵主人 － 石韞玉
花之寺僧 － 羅聘
華表人 － 丁耀亢
華日來 3434
華使 － 戴問善
華潭 － 鮑源深
華陽山人 4750
畫舫中人 － 李斗
畫眉仙史 5024
話山 － 馬振伯
槐庭 － 吴冀
槐瞻(占) － 楊煒
懷德堂主人 2181
懷庭 － 葉堂
環溪老人 － 許纘曾
幻園居士 4484
奐(煥)彬 － 葉德輝
宦振聲 3635
浣霞子 1561
煥亭 － 黄文暘
皇荂子 － 何鈁
黄本銓 － 黄協塤
黄標 2928
黄曾 3850
黄公 － 顧景星
黄鶴山農(陸夢熊?) 1404
黄鶴山樵 － 杜濬
黄鵠山人 － 張羽
黄際清 3864
黄嘉惠 5656
黄甲第 4346
黄鈞宰 4128、4132、4133
黄畯 2535
黄明灼 4079
黄培 272
黄丕烈 4、31、1959、4613、5684、5686、5688、5689、5692、5693、5700
黄遷 － 黄祖顓
黄人 194
黄人昭 － 黄人
黄汝亨 646、977
黄山 － 惲樹珏
黄鉽 1912、1913
黄氏仲子 － 黄丕烈
黄叔 － 黄正位

黄叔琳　2371
黄圖珌　2305、2307、2310、2314、4921、4922
黄爲兆　2380
黄文煇　2929
黄文暘　3074
黄憲臣　3544、3546
黄憲清－黄燮清
黄協塤　413、5244、5247
黄燮清　3849、3857、3916
黄以旂　3379
黄與堅　1587
黄元治　1824
黄媛介　1396
黄雲鵠　4012
黄兆森－黄之雋
黄振　2517、2520
黄振均－黄鈞宰
黄振(震)元－黄人
黄正位　46、4618
黄之驥　4493
黄之雋　2068、4916
黄治　3612、3617
黄周星　1419、1421
黄宗羲　1554
黄祖顓　1635
洄川－湯世瀠
洄溪老人－徐大椿
悔庵－尤侗
悔遲(僧)－陳洪綬
晦村－石龐
晦叔－王灼
晦齋－余治
惠常(裳)－林昌彝
惠東－鄭元勳
惠期－路迪
惠如－孔昭薫
惠潤　1786
惠廷(亭)－奕譞
會侯－毛際可
慧蘭外史－野㷊子居
慧樓－楊復吉
慧業髮僧　664
蕙櫋－路朝霖
蕙田－劉士棻
穢道比丘　997
繪卣－金志章
豁堂－熊超

J

姬傳－姚鼐
嵇永仁　1645
緝香氏　5266
積之－朱瑞圖

擊存 – 吳涑
雞窠老人 – 范纘
及武 – 閔齊伋
及之 – 吳肅
吉安 – 劉之屏
吉甫 – 史寶安
吉暉 – 俞興瑞
吉求 – 朱昌頤
吉人 – 馮家楨
吉人 – 沈清瑞
吉山 – 胡鳴謙
吉善居士 – 金連凱
吉升 – 崔應階
吉唐道人 4163
吉衣道人 – 袁于令
吉雲山人 – 羅有高
卽空觀主人 – 淩濛初
卽瞿 – 秦錫淳
卽園 – 李於陽
棘津 – 呂天成
集之 – 阮大鋮
楫山浪叟 57
蕺山居士 – 韓茂棠
蟣衲牧幻 1323
芰衣 – 袁誠格
季豹 – 梅守箕
季涵 – 楊彝珍
季衡 – 陳時泌
季林 – 朱英
季木 – 錢維喬
季平 – 錢綸
季逑 – 孫星衍
季仁 – 許善長
季蓉 – 閻鎮珩
季實 – 吳涑
季俠 – 周焌圻
季旭 – 王曦
季央 – 薛旦
季重 – 王思任
季重 – 孔尚任
旣揚 – 薛旦
紀昌文 4478
紀常 – 張鵬
紀君 – 葉其紳
紀邁宜 2002
紀樹森 4527
紀嚴 – 吳桓
紀振倫 1003、4631
寄場 – 張鵬
寄堪 – 李遂賢
寄林 – 朱英
寄夢 – 張冐
寄泉 – 高繼珩
寄生 – 蘇少卿

寄翁 - 范梧
寄園 - 顧胤光
寄雲山人 - 余治
寄齋寄生 5234、5236
稷門嘯史 - 葉承宗
髻男 - 程嘉秀
罽石 - 宋鳴琦
濟川 - 楊楫
濟美 - 朱鳳毛
檵庵 - 劉世珩
鯽漁湖長 - 任蕃
繼先 - 鍾嗣成
繼志齋主人 - 陳邦泰
霽庵 - 方廷熹
霽峯 - 蔣榮昌
霽公 - 龐塏
霽軒 - 袁佑
迦陵 - 陳維崧
嘉父 - 樊增祥
嘉平種松主人 - 史松泉
嘉瑞 - 郭人麟
嘉魚 - 丁丙
甲子生 - 汪適孫
賈季超 2956
賈仲明(名) 4826
稼村 - 沈珩
稼堂 - 潘耒
稼堂 - 湯聘
稼軒 - 錢維城
堅庵 - 鄭由熙
堅雅 - 劉大懿
緘庵 - 安致遠
緘(減)齋 - 周亮工
緘齋 - 夏敬觀
緘之 - 唐金
籛孫 - 金兆蕃
繭情生 - 黃燮清
繭室主人 1311
繭翁 - 湯顯祖
繭園 - 汪雲任
簡庵 - 張雍敬
簡庵 - 陸堃
簡楠 - 錢希言
簡紹芳 5732、5735
簡社主人 - 朱英
簡緣 - 馮武
簡齋 - 袁枚
簡之 - 謝弘儀
籛後人 - 錢曾
見南 - 劉烒
見亭 - 阮龍光
琏齋 - 查元偁
健父 - 李國松
健亭 - 蔡應龍

漸川－俞汝言
漸逵－許鴻磐
漸卿－李鴻
劍(鑒)丞－夏敬觀
劍石主人　5190
劍叟－喬鉢
劍叟　5954
劍潭(曇)－汪端光
劍嘯閣主人－袁于令
劍修－湯潤略
澗亭－陸景鎬
諫臺－王謌
磵東－歐陽紹洛
鑒庵－孫治
江春　2551
江鼎金　669
江東父老－林古度
江都布衣－李斗
江皋侍史－秦本楨
江淮散人－李鍾豫
江楫　669
江崑　2930
江蘭　3069
江南不易客－陸雲龍
江南弄客－蘇洲
江南游子－張新梅
江南月中人－卓人月
江南拙叟－蔣衡
江聲－金志章
江繩熙　3704
江右人－謝世吉
江遠舉　5278
江左老布衣－宋徵璧
江左儒俠－黃人
江左小謫　769
姜大成　612
姜鳳喈　3142
姜廷鏐　2337
姜玉笙　5609
姜志望　3309
將就主人－黃周星
薑村－阮學濬
薑齋－王夫之
蔣春龍　3777、3778
蔣恩濊　3767、3768
蔣鳳翽　3613
蔣光煦　3696、5966
蔣衡　2379
蔣焜　3280
蔣霖遠　3378
蔣榮昌　3215
蔣士銓　1695、1701、2189、2191、2383、2537、2539、2548、2550、2559、2571、2572、2579、2581、2591、2594、

2595、2596、2597、2599、2658、2840
蔣世鼎　3627
蔣文勳　1798、1800
蔣孝　5320
蔣儆濂－蔣恩濊
蔣學沂　3552、3553
蔣薰　347
蔣攸銛　3002
蔣振生－蔣衡
蔣知讓　3133
蔣子徵　639
蔣宗海　2522
椒谷－趙酌蓉
椒園(沈廷芳)　1123、1124、1127
椒園－王定柱
蛟門－黃以旂
焦竑　138、4635、5809
焦木－惲樹珏
焦循　3166、3167、3168、3169、4995、4996、5659
蕉窗居士－黃圖珌
蕉林－梁清標
蕉鹿山人－許永昌
蕉迷生－閔振聲
皆令－黃媛介
階平－談泰
孑庵－毛宗崗
劫海逸叟－張道
劫餘道人－朱紹頤
傑三－盧先駱
鮚埼亭長－全祖望
解嘲客卿－王穉登
介圭－韓錫胙
介眚－王百齡
介鳴－程鑣
介農－王城
介裴－朱休度
介人－王翃
介人－朱京藩
介山－趙文楷
介石－徐元潤
介遠－程鑣
芥溟－程鑣
芥舟　5533
借庵－董斯張
借山野衲－金堡
价人－朱京藩
今樵－黃治
今釋－金堡
金安瀾　4940
金堡　342、1345、1545
金寶樹　3811
金采－金聖歎
金昌世　2443

金德瑛　4924
金殿臣　5465
金風亭長－朱彝尊
金庚年－金孝柏
金管齋－陸紹曾
金炬－蔡榮蓮
金連凱　3734、3740、3742、3744、3745、3747、3749、5060、5086、5087
金陵山傭－杜濬
金鑾　144
金門詔　2157
金綿愷－金連凱
金名世－金昌世
金坡－路朝鑾
金清彥　3936
金然－周金然
金人瑞－金聖歎
金潤　5672
金紹綸　744、746
金聖歎　273、278、280、293
金石書畫丐－宣鼎
金綬熙　4344、4454、4463
金粟山人－彭孫遹
金粟頭陀－葉華
金孝柏　4926
金衍宗　4930
金義襄－金兆蕃
金兆蕃　10
金兆棨　4946
金兆燕　746、2224、2492
金志章　2232
堇父－王應遴
堇浦－杭世駿
瑾白－喬渝
錦柏－顧森
錦窠老人－朱有燉
錦屏山人－張塤
錦翁－葉晝
近修－朱一是
晉充－劉方
晉公－閔鉞
晉壬－吳書林
晉叔－臧懋循
晉賢－汪森
晉音－高奕
晉餘－王季烈
晉齋－吳廷康
晉齋－趙魏
縉雲山樵　3078
藎臣－程羽文
藎甫－袁誠格
藎思－陸進
覲公－范承謨
覲揚－廖景文

京口招隱寺行脚僧 – 丁傳靖
荊如棠 2644
荊聚 4595
荊山 – 吳士玉
荊石 – 吳鎬
荊陽 – 袁聲
秔塘 – 李調元
經敷 – 陳祖綬
經畬 – 王大經
精泛園主人 – 多陶武
井伯 – 端木國瑚
景明 – 楊際時
景明(虞) – 黄周星
景南 – 鄧志謨
景南 – 楊繼禮
景升 – 潘之恒
景叔 – 李廷敬
景宋 – 杜鈞
景蓀 – 平步青
景鄴 – 陸夢龍
景昭 – 朱璐
景中 – 白守廉
警庵 – 吳孟祺
淨(靜)挺 – 徐繼恩
淨因居士 – 毛瑩
敬庵 – 王鳳池
敬夫 – 王九思
敬南 – 張家杕
敬所 – 吳奕
敬修子 – 查繼佐
敬軒 – 宮鼎基
敬一子 – 朱敬一
敬止 – 李廷敬
敬止 – 佘文熙
靜安(庵) – 王國維
靜常齋主人 4623
靜夫 – 胡其毅
靜觀道人 4714
靜卿 – 陳其泰
靜香 – 陸潛
靜嘯齋主人 – 董斯張
靜虛 – 金潤
靜岩 – 吳興仁
靜子 – 安致遠
鏡(靜)庵 – 吳穆
鏡府 – 顧影
鏡河釣叟 – 龐塏
鏡虹吟室主人 – 孔昭虔
鏡湖 – 陸猷
鏡湖釣碣 – 謝弘儀
鏡清 1128
鏡曲化農 – 徐沁
鏡石 – 李瀅
鏡堂 – 王炳奎

鏡香(薌)－朱泰修
鏡心居士－錢德蒼
鏡緣主人－徐爔
鏡遠(月)－李瀅
鏡中仙史－李文瀚
九峯山人－周金然
九扶－馮雲鵬
九如居士－葉華
九烟－黄周星
九嶽－張萱
九芝－郭傳芳
久安－劉之屏
酒鄉人－周棠
酒坐琴言室主人－李東陽
柏崖－冒瑞和
鞠陵－俞公穀
鞠生－陸和鈞
鞠通生－沈自晉
菊町－裘璉
菊圃－胡重
菊人－黄曾
菊笙－陸和鈞
菊田－楊登璐
菊亭－瞿頡
菊溪－張持
菊逸－王克篤
菊知－張錦
榘平－王均
巨源－程涓
拒石－陸繁弨
具區－馮夢禎
具嚴－馬鳴霆
聚芳亭主人　2288
聚卿－劉世珩
據梧老人－倪道賢
倦翁－包世臣
咉庵－夏敬觀
覺世稗官－李漁
覺斯－王鐸
覺吾－邱開來
覺之－王鐸
均弼－馮廷丞
均室－易忠籙
均再－楊雲璈
均齋－翁同龢
君澂－范世彦
君建－周之標
君鑑－張茂炯
君九－王季烈
君立－何大成
君啓－陸夢龍
君謙(卿)－楊循吉
君實－秦基
君實－王言

君素－張盛藻
君撝－沈謙
君宣－汪士鍠
君異－孫點
君庸－沈自徵
君哉－虞巍
君直－曹元忠
君徵－沈寵綏
俊公－唐英
浚儀散人 1957
駿公－吳偉業
駿孫－彭孫遹
雋公－唐英

K

開蒼（美）－顏俊彦
開之－馮夢禎
開宗－任弘業
楷堂－王廷紹
康伯－茅一相
康甫－吳廷康
康海 575、579、5313、5704、5720、5721、5722
康山主人－江春
康先－俞公穀
康葉封 3854
康樾－康葉封
康齋－馮廷丞
㝩㝩散人－熊文富
珂雪頭陀－程煐
珂月－卓人月
薖中碩人－徐奮鵬
可階－郭象升
可可生－李鴻
可任－林增志
可石－段琦
可堂－吳震生
可先－吳炳
可漁老人－張三異
可園－陳作霖
恪生－趙魏
恪庭－陸汝欽
空谷老人－紀振倫
空谷玉人 1102
空谷子－王大樞
空觀子（夏履先?） 4686
空石－許邦才
空桐子－王煦
孔廣栟－孔廣林
孔廣林 3060、3061、3062、3064、3065、3066
孔尚任 1802、1804、1806、1812、1871、1874、1876、1877、1878、1880
孔昭（炤）－吳元煐

孔昭虔　3521
孔昭薰　3523、3524
孔貞瑄　1616
敏庵－李瀅
枯楊生－楊澥
哭庵－易順鼎
快庵(圃)－郭棻
快雨堂　869
快園－淩延煜
檜門老人－金德瑛
款思居士－王光魯
匡侯－嵇永仁
匡廬居士－郭傳芳
逵侯－孫雲鴻
揆八愚　1119
葵南－江楫
葵園－王先謙
葵園居士　4778
夔叟－劉心源
夔一－曹元忠
簣山－裘璉
昆甫－郭焌
昆叔－陳栩
崑圃－黃叔琳
崑石－林煐
崑遊－沈筠
鯤游－淩存淳

L

邋遢書生－宣鼎
來道程　1274、1275、2042
來鳳館主人　4739
來涵－汪端
來鶴軒主人　2283
來虹閣主人－周之標
來集之　1144、1221、1277、1280、1285、1287、1680
來青閣主人　5031、5032、5033、5034
來榮　1282
來鎔(偉材)－來集之
來旬－吳恆宣
來陽散人－震明
來殷－曹仁虎
藍湖－朱承澧
藍茂－蘭茂
藍叔－丁文蔚
蘭當詞人－陶方琦
蘭皋生－金兆燕
蘭階主人－謝家福
蘭茂　557
蘭坡　3290
蘭坡－葛霖
蘭泉－王昶

蘭茗館主人－許奉恩
蘭臺－謝家梁
蘭畹居士　1218
蘭西－周棠
蘭雪齋主人－李國松
蘭嵎－朱之蕃
懶融道人－釋智達
懶雲　1910
嬾庵（漁）－嚴觀濤
琅圃－胡理
閬峯　1483、1484
閬林－傅王露
朗庵主人－淩性德
朗士－吳之鯨
朗亭－沈瀛
浪仙－沈筠
老遲（蓮）－陳洪綬
老狂生－朱有燉
老蘗禪－傅山
老晴－毛奇齡
老菭－桂馥
樂道主人－端方
樂君－彭家屏
樂孫－湯滌
樂齋－金連凱
樂志翁－沈祥龍
雷岸－龍燮
雷承厚　3442、3445
磊珂居士　653
壘庵居士－孫治
冷道人－許之衡
冷風－惲樹珏
冷佛　5290
冷君－趙之謙
冷士嵋　1584
冷士湄－冷士嵋
梨洲－黃宗羲
黎遂球　266
藜乙　3544－桂青
離垢居士－蔣士銓
蠡城劍俠　4357
蠡秋－張曾虔
李鰲－李於陽
李柏　1543
李長壽－李世忠
李宸　4760
李成林（李廷謨）　648
李崇恕　4444、4445
李慈銘　4156、4157
李大翀　2895
李島　3961
李調元　1534、4972、4974
李東陽　1485
李斗　3165、3168、3169

李黼平 3669、5059
李瑄 1646
李光璵 3633
李國松 1850
李瀚昌 4452
李瀚章 4914
李鴻 5326
李煥文 4943
李緘庵－李振翥
李鈞 2246
李開先 602、603、606、608、4608、4610、5674、5675、5680、5681、5744、5787、5808
李克明 4757
李坤 5164
李來泰 1929
李聯璧 3573
李模－李慈銘
李夢陽 599
李蟠根 3578
李辟兵－李大翀
李起翀 2646
李洽 5185
李青 1505
李如泌－李柏
李瑞清 4321
李錋 3621
李少榮 3945
李十五書生－李黼平
李士震 5601
李世忠 4797、4798
李世倬 1998
李書雲 5400、370
李淑 843
李遂賢 4265、4271
李菼 3455
李廷敬 3511
李廷謨 240、242
李維楨 5324
李文炳 2335
李文瀚 3810、3818、3828、3841
李雯 1498
李五瞎子－李鍾豫
李希聖 5277
李熙贊－李洽
李錫淳 3844
李仙侶－李漁
李興灝－李瀚昌
李學穎 3132
李宜之 1375
李懿曾 2978
李鄰嗣 1547、1549
李暎庚 5161
李瀅 1463

李於陽　3651
李漁　1569
李玉　4725
李雲翔　5934、5937
李澐　3353
李章鋭 - 李瀚章
李兆洛　3975
李兆元　3342
李振翥　5574
李崢嶸　3324
李之雍　2673
李贄　14、15、256、263、591、634、678、750、772
李鍾豫　5201
李宗孔 - 李書雲
里堂 - 焦循
理侯 - 龍燮
澧浦 - 謝庭
禮門 - 林啓亨
禮堂 - 王國維
力唐 - 方本
立羣 - 錢泳
立人 - 舒位
立堂 - 方本
立亭(陶鼎)　1935
立軒 - 鄭位
立于 - 王志超
荔村 - 吳蘭修
荔裳 - 宋琬
荔亭 - 張曾虔
荔軒 - 曹寅
栗人 - 王寬
笠道人 - 李漁
笠舫 - 王衍梅
笠閣漁翁 - 吳震生
笠鴻 - 李漁
笠湖 - 楊潮觀
笠樵氏　5969
笠人 - 王寬
笠僧 - 周亮工
笠生 - 劉敦元
笠塘 - 方本
笠翁(鴻) - 李漁
笠翁 - 管庭芬
笠澤漁長　1898
粒民 - 吳敬梓
厲鶚　2248、2250、5682
厲允懷 - 厲志
厲志　3925
歷洲 - 孔貞瑄
隸水 - 朱勳
櫟山 - 寧楷
櫟山 - 譚光祜
櫟社散人 - 林則徐

櫟生 — 李坤
櫟下生 — 周亮工
櫟園 — 周亮工
麗丙(炳) — 顧元熙
麗煌(璜) — 吳長元
麗廔主人 — 葉德輝
麗農 — 鄒祇謨
麗堂 — 王承華
麗堂 — 呂恩湛
麗元 — 曾萼
礪堂 — 蔣攸銛
礪岩 — 周金然
櫪叟 — 黄之驥
儷蕙夫人 — 傅春姍
連城 — 王家璧
連夢星 5526
蓮池居士 — 金連凱
蓮池漁隱 1695
蓮村 — 余治
蓮舫 — 李文瀚
蓮峯 — 王縈緒
蓮海居士 — 尤維熊
蓮花庵主 — 姚華
蓮勺廬室主人 — 張玉森
蓮塘 — 陳世熙
蓮塘 — 孫葆元
蓮溪 — 薛論道
蓮舟 — 李之雍
蓮舟 — 佹星垣
蓮子 — 陳洪綬
廉昉 — 朱澐
廉夫 — 沈標
漣漪 — 于振
憐芳居士 2717
楝山 — 平步青
楝山樵 — 平步青
楝亭 — 曹寅
楝園 — 洪炳文
鍊庵 — 沈宗畸
鍊情子 — 周樂清
良臣 — 李世忠
良甫 — 劉賁曾
良木 — 傅王露
良玉 — 瞿世瑛
俍亭 — 徐繼恩
梁辰魚 581、595
梁德沛 4429
梁法 4422
梁繼魚 5600
梁啓超 4335
梁清標 1476
梁森 2648
梁紹壬 5303
梁臺卿 4682

梁廷枏　2649、2650、3667、3679、3680、3682、3683、3684、5058
梁無知－葉書
梁園客－朱有燉
梁翥鴻　2294
梁溪－王灝
兩峯－羅聘
兩龔鄉人－杜濬
兩生－毛奇齡
兩依－楊南金
亮工－廖寅
亮卿－王寅
亮生－杜琰
量卿－程秉銓
聊叟－孔貞瑄
聊園老樵－王增祺
了然先生－李鍾豫
了翁－宋廷魁
了因　4446
廖景文　2409、2410、2611
廖羨行　2433
廖寅　3181
列侯(歐)－楊復吉
冽泉－沈永隆
林賓日　3027
林昌彝　3799
林春元－林章
林芳　3031
林古度　905
林居士－朱一是
林棲居士－錢維喬
林啓亨　1248
林天翰－林賓日
林汀－徐元潤
林屋－宋徵輿
林屋洞山樵　1793
林屋山人－鄒元斗
林以寧　830
林煐　3020
林載贄－李贄
林則徐　4935
林增志　1245
林章　907
林芝雲　4483
林宗－沈泰
鄰初－顧起元
鄰川－周百順
臨平山人－康葉封
臨莊－周履端
鱗字－褚龍祥
麟伯－趙士麟
麟光　3882
麟桂　4938
麟石－劉承寵

麟士 － 顧夢麟
苓塞棘人 － 喬鉢
泠然居士 － 張鳳翼
泠西梅客 － 張賁孫
淩波居士 － 曹元忠
淩淩波 － 淩濛初
淩濛初　50、207、211、1017、1020、4720
淩廷堪　3163
淩霄 － 淩延煜
淩性德　938
淩延喜　19、52
淩延煜　3050
淩存淳　2353
淩玉垣　3802
詅癡翁 － 朱景英
靈芬 － 程嘉秀
靈皋 － 方苞
靈胎 － 徐大椿
靈田耕者 － 劉世珩
靈虛 － 張鳳翼
靈厓（鳹） － 吴梅
靈巖山樵　5598、5599
靈昭 － 徐麟
靈洲 － 徐灝
嶺樵 － 張旭初
令望 － 陳士林
令彰 － 程麟德
令昭 － 袁于令
留春閣小史　5036
留侯 － 沈自南
留山 － 嵇永仁
留菴 － 孫毓修
流昉園主 － 何樹檳
流綺 － 鄒漪
劉伯友　3750
劉承寵　3701
劉赤江　3140、4790
劉大懿　2969、3241、3242
劉鼎　4065
劉東藩　3786
劉敦元　3057
劉方　1335
劉芳躅　5303
劉公魯　5620
劉恭璧　3944、3946
劉光煥　4145
劉貴曾　4212
劉溎焯　4440
劉華東　3364
劉璜　5464
劉恢 － 劉之屏
劉翬　2320
劉繪　5788

劉楫　4599
劉家謀　5097
劉嘉淑　4187
劉可培　3039
劉奎元－劉世珩
劉麗華　182
劉連穀　3976
劉良臣　5730
劉佩瑩－劉之屏
劉棋－劉伯友
劉汝佳　5740
劉士棻　3362
劉世珩　127、213、219、450、583、596、596、606、802、856、874、885、899、1028、1176、1777、1781、1884、4829、4880、5662
劉烒　1724
劉受爵　2408
劉泰　2457
劉文申－劉心源
劉文蔚　2575
劉熙堂　3449
劉禧延　5604
劉心源　4945
劉鈺　4505、4508
劉毓崧　4006
劉元起　998
劉雲龍　749
劉肇鏌　2030
劉之屏　1250
劉志禪(劉還初?)　891
劉峙　5908
劉珠嚴　2040
劉子良　4459
瞜溪散人－孫慧遠
柳山－曹寅
柳詒徵　3665、667
柳愚－浦銑
六觀居士－張錫蘭
六觀樓主人－許鴻磐
六和狂士－蘇洲
六泉－葉鳳毛
六泉－吳孟祺
六士－楊夢符
六無居士－張國維
六休－袁宏道
六休居士－張岱
六一翁－沈筠
六乙子－金連凱
翏莫子－俞興瑞
龍禪居士－龐樹柏
龍池樵者－袁志學
龍川－胡汝欽
龍洞山農－焦竑

龍光－孫爲
龍湖詩隱－朱庭珍
龍江先生－劉心源
龍門－薛奮生
龍蟠迂叟－柳詒徵
龍山居士－梁繼魚
龍石－楊澥
龍田－朱廷璋
龍燮　1693
龍軒　2634
龍友－馬權奇
龍淵－鍾羽正
龍子猶－馮夢龍
聾道人－楊澥
聾石－楊澥
隴畝－葉鳳毛
楼震　4325
婁梁散人－張聘夫
盧傳忠　5617
盧見曾　2485
盧明楷　2491
盧鳴鑾　5443
盧前　5308
盧先駱　3711
盧元錦　3306
蘆中秀才－石韞玉
魯川－芮賓王
魯南廢人－許鴻磐
魯如－張三異
魯生－查嗣馨
魯濬　239
魯齋－陳士璠
魯齋－曾衍東
甪里棘人－尤貞起
陸葆　3647
陸秉銓－陸和鈞
陸伯焜　4762
陸采　594
陸典－陸貽典
陸繁弨　1643
陸芳原－陸貽典
陸和鈞　4107
陸璣(璣)　3881
陸進　341
陸湣　4014
陸景鎬　2701
陸堃　3490
陸夢龍　1115
陸汝欽　2309
陸紹曾　4821
陸士－蔡名衡
陸世儀　1635
陸舜　1527
陸行－陸貽典

陸貽典　25、27
陸以南　3278
陸猷　2124
陸雲龍　4687
陸灼－陸采
菉川－龔淇
菉森－趙魏
菉園－李世倬
鹿岑－陳階平
鹿城－張丑
鹿門－王曦
鹿門－皮錫瑞
鹿嶠－徐洌
鹿樵生－吳偉業
鹿泉老人－王澍
鹿田－王焯
鹿仙－張炳堃
路朝霖　2394
路朝鑾　1507
路迪　1383
路衍淳　1684、1685
麓雲－皮錫瑞
簶友－王筠
鸞生－潘之恒
鸞嘯生－潘之恒
掄萬－李青
倫表－王大經
艑翁－沈樹本
綸霞－田雯
螺峯－吳兆萱
螺山－范承謨
羅浮癡琴生　5183
羅浮花農－張九鉞
羅浮侍鶴山人－鄭官應
羅懋登　1058
羅明祖　271
羅聘　2604
羅洋山人－郭焌
羅有高　2242
羅振常　4832
駱利鋒－駱敏修
駱敏修　3774
洛生－吳企寬
洛生－趙魏
洛誦生－徐復祚
濼湄－葉承宗
濼湄嘯史－葉承宗
呂環－張曾虔
呂恩湛　3570
呂洪烈　1606
呂璟烈　1917
呂履恆　1898
呂士雄　5462
呂士澤－呂恩湛

呂世鏞　297
呂天成　909、4876
呂文－呂天成
呂肇齡　2924
旅堂－胡介
稆(穭)園－易忠籙
履塵－劉鼎
履青－王鵷
縷馨仙史－蔡爾康
律芳－王衍梅
綠春詞客－石韞玉
綠綺外史　5110
綠窗女史－王筠
勵堂氏　4524
略似－黄周星

M

馬春田　3174
馬光祖　3417
馬國翰　3843
馬麗華　1045
馬鳴霆　5330
馬權奇　244、1152、1158
馬羲瑞　1718、1723
馬翼如　960
馬裕－馬振伯
馬振伯　1178
鬘雲－劉珠嚴
曼公(生)－陳鴻壽
曼眞－沈樹本
幔亭－袁于令
漫士(叟)－吳翌鳳
漫恬－袁棟
茫父－姚華
毛際可　1939
毛培徵－毛瑩
毛奇齡　309、329、331、337、340、1319、1555、1678、1761、1900
毛秋繩　2139
毛甡－毛奇齡
毛十九－毛奇齡
毛萬齡　1283
毛以燧　165、4871、4873
毛扆　5677
毛瑩　5927
毛宗崗　102
毛宗淵－毛宗崗
茅恆　5160
茅坪衲僧－金堡
茅茹　638
茅慰萱　3410
茅一相　4864
茅億年－茅恆
茅元儀　812

茅暎　814
卯村－柴才
茂伯－朱永昌
茂實－李蟠根
茂原－葉華
茂之－林古度
冒廣生　3707
冒瑞和　2982
悉階－劉禧延
袤軒－劉禧延
懋齋－鄭忠訓
枚庵－吳翌鳳
枚臣－金昌世
枚孫－袁祖志
眉白－秋元朗
眉伽－易順鼎
眉公－陳繼儒
眉聲－秦本楨
眉史氏－陸世儀
眉叔(子)－王詒壽
梅庵－王基
梅庵－趙之謙
梅伯－姚燮
梅曾亮　3846
梅曾蔭－梅曾亮
梅垞－彭劍南
梅癡(龕)－李瑞清
梅春－程恩澤
梅村－吳偉業
梅村－沈赤然
梅鼎祚　762、781、943、1014、1015
梅羹－馮調鼎
梅花庵主－李瑞清
梅花詞客－周皚
梅花道人－尤侗
梅花夢叟－張九鉞
梅花太瘦生－劉之屏
梅華外臣　1425
梅冷生　1252
梅儂－陳祖綬
梅圃－侯銓
梅生－宋鳴琦
梅生(叔)－阮亨
梅生　4456
梅守箕　767、775
梅墅－朱景英
梅水道人－蔣恩瀛
梅溪－錢泳
梅溪旅人－朱一是
梅谿逸叟－汪家億
梅仙－顧春
梅孝巳　1055
梅修－李鏘
梅軒－王懋昭

梅岩－潘廷章
梅友－余嵩慶
梅齋－王基
梅眞子－梅鼎祚
梅治－朱景英
梅莊－張遠
美含－潘廷章
美周－黎遂球
渼陂－王九思
寐叟－沈曾植
門長－姚弘誼
蒙穀－范承謨
蒙泉－宋弼
蒙叟－錢謙益
蒙軒－林啓亨
蒙齋－田雯
孟博－戈載
孟長炳　3311、3316、3323、3333
孟稱舜　1148、1151、1157、1162、1327、4706
孟端－徐孝常
孟堅－黃培
孟凱－張預
孟良胤　1192
孟良允－孟良胤
孟奇－張萱
孟紳－胡理
孟棠－汪雲任
孟弢－湯有光
孟旋－方應祥
孟養－林賓日
夢庵(暗)－黃人
夢庵－蔣文勳
夢道人－沈際飛
夢道人－徐子冀
夢鳳－劉世珩
夢符－恩普
夢閣主人－茅元儀
夢谷－姚鼐
夢鶴居士－顧彩
夢華－馮煦
夢華居士－劉翬
夢蕉(樵)－周權
夢戒居士－林增志
夢菊居士　5011
夢覺子　4827
夢蓮－王大經
夢遴生　4782
夢舲仙客－徐子冀
夢樓－王文治
夢夢生　753
夢迷生－閔光瑜
夢生子虛氏　4469
夢師－汪曾唯

夢史氏　4295
夢酴－沈維鐈
夢畹－黃協塤
夢俠情禪室主人－楊懋建
夢熊釣叟－夢熊子
夢熊子　3244
夢雪－白銘
夢園－方濬頤
夢園－徐治平
夢徵－張錫蘭
夢珠－張元徵
夢子－張栩
麋公－陳繼儒
彌俄－吳震生
彌伽弟子　420
米庵－張丑
米堆山－薛寀
米萬鍾　1050
峚陽－鄭鄤
秘園－李書雲
密娛軒　5685
棉花道人－曹寅
勉夫(甫)－陳懋齡
勉齋　5182、5284、5288
邈園－羅振常
妙有山人－韓錫胙
繆荃孫　217、4330、5669
民山山民－黃丕烈
敏軒－吳敬梓
敏旃－李瀚章
閔光瑜　893
閔齊伋　127、255、450、583、4709、5658
閔鉞　1546
閔振聲　232
名甫－陳完
明道人－柴紹然
明甫－鄧志謨
明星－連夢星
茗柯生　925
冥寥子－屠隆
鳴晦－王立承
鳴善－張擇
鳴廷－王祁
銘岳　2214
摩西－黃人
磨崖漫士　1426
暮竹－徐復祚
抹雲－秦錫淳
莫釐山人－許濬
秣陵龍光堂主人－龐應石
墨禪居士(□伯起)　1551
墨憨齋主人－馮夢龍
墨農－陳祖綬

墨卿－葛慶曾
墨香－徐繼恩
墨莊－林以寧
墨莊－黄爲兆
墨莊－李調元
默庵－董訥
默庵－范驤
默存學人－王灝
木庵－王晫
木鐸老人－余治
木公－李國松
木雞道人－丁耀亢
木末居士－朱承澧
木石－鄒式金
沐生－許善長
沐雲－秦錫淳
牧庵－趙懷玉
牧奴子(顧□□)　2960
牧生－任蕃
牧堂－俞思謙
牧翁－龐塏
牧齋－錢謙益
慕庵(韓)(雲)－黄人
慕陔－張預
慕喬(橋)－周權
慕清－丁立誠
慕雍山人－鄭官應
慕齋－金德瑛
慕忠堂主人－洪炳文
暮仙散人　681
穆堂－許寶善
穆堂－鮑源深

N

那子－林古度
耐庵道人　4182
耐偲－言朝楫
耐人　2958
耐齋－孟長炳
耐莊－詹賢
枏亭－劉文蔚
南村－潘耒
南村－吳震生
南村退叟－蔣薰
南峯－楊循吉
南陔居士－陳元龍
南國生　5187、5287、5289
南海生　5288
南湖－張雲驤
南湖花隱－厲鶚
南華山人－吳敏道
南紀－張漢
南江笠叟－胡亦堂
南雷－黄宗羲

南里樵人 – 胡翹漢
南屏樵者 – 洪昇
南圃 – 王元常
南浦 – 盧鳴鑾
南樵 – 胡翹漢
南莘 – 吳敏道
南孫 – 張預
南弦 – 蔣薰
香雪 4383
南雪 – 陳子升
南厓 – 朱珪
南陽遠峯氏 1596
南野 – 沈宗畸
南禺山樵 – 吳蘦
南園抱瓮子 3447
南嶽山樵 – 彭玉麐
南嶽遺民 – 王夫之
南畇 – 吳甸華
南珍 – 周祥鈺
楠村 – 程秉銓
訥庵 – 呢瑪善
訥川 – 徐復祚
訥生 – 沈祥龍
能始 – 曹學佺
呢瑪善 3328
泥蟠齋 1044
倪道賢 622、687
倪鴻 5120
倪鵬(羽) – 倪蛻
倪士選 930
倪蛻 1974、2884、2886、2888、2986
倪星垣 4170、4490
倪元璐 1146、1264
倪倬 1523
念庵 – 林增志
念東 – 高珩
念東 – 于若瀛
念湖 – 吳人驥
念青 – 董榕
念祖 – 歐陽紹洛
涅槃學人 – 金聖歎
苧村桑者 – 錢世錫
苧樵山長 3170
寧庵 – 沈璟
寧楷 2318
寧圃 – 李廷敬
佞宋主人 – 黃丕烈
牛郎 – 張丑
鈕格 – 鈕少雅
鈕祜祿氏
鈕少雅 5351
暖紅室主 – 傅春姍
懦庵 – 許濬

O

漚舫－范金鏞
漚公(漚老譽?)　4159、4160
漚老譽　4158
甌隱－金衍宗
歐陽軺－歐陽紹洛
歐陽紹洛　3572
鷗夢－周昂
鷗夢詞人　2984
鷗叟－李瀚昌
偶然道人－倪星垣
耦塘居士　4747
藕船－蔣知讓
藕蕩漁人－嚴繩孫
藕舫－范金鏞
藕航－張訓銘
藕湖居士－蔣學沂
藕塘－張淳
藕漁－嚴繩孫
藕莊－杜鈞

P

潘棟吳－潘耒
潘精一　3727
潘景曾　364
潘耒　1859
潘廷章　351、359
潘照　2759、2760、2761、2763、2779
潘肇豐　3094
潘之恒　4866
槃阿館人－徐奮鵬
槃邁碩人－徐奮鵬
槃齋－李國松
磐泉－彭遵泗
盤陀老人－朱珪
磻溪－于尚齡
判花人　5045
泮東漁父－康海
逄明生　759
龐際雲　4937
龐塏　1905、1908、1910
龐樹柏　4411
龐應石　5938、5939
龐震龍－龐際雲
琣尾山樵　5029
陪翁－方中通
培蘭－管庭芬
裴文禩　5157
裴宗錫　2278
沛蒼－惠潤
沛畬－蔣霖遠
沛思－錢德蒼
佩禾－謝堃

佩仙 － 周恩綬
朋海 － 楊恩壽
彭邦疇 3382
彭家屏 2539
彭劍南 3577、3603
彭齡 － 張籛
彭瓏 77
彭孫遹 1470、1472、1473、1474
彭玉麐(麟) 3895、4104
彭兆蓀 3483
彭遵泗 2332
蓬萊仙客 － 屠隆
蓬(鵬)海 － 楊恩壽
蓬山老人 － 紀邁宜
蓬山迂叟 － 周金然
鵬飛處人 － 徐渭
捧花生 － 車持謙
皮錫瑞 4947
片雲悟道人 3522
飄飄行者 － 毛秋繩
蕢漁 － 沈起鳳
聘侯 － 朱鴻鈞
聘三 － 胡士珍
聘之 － 孔尚任
平步青 5156
平捷三 4792
平千 － 夏秉衡
平陽酒徒 5216
瓶庵居士 － 翁同龢
瓶泉居士 － 林則徐
瓶笙 － 翁同龢
瓶隱生 － 黃曾
蘋庵退叟 － 吳雲
蘋花仙吏 － 金寶樹
破慳道人 － 徐復祚
蒲坂散人 － 崔桂林
蒲東山人 － 張祿
蒲泉漁叟 3434
璞堂 － 陸伯焜
朴學老人 5684
圃庵 － 黃周星
浦庚 253
浦銑 3049
普圓 2435
樸存 － 吳爚文
樸山 － 方溎如
樸庭 － 吳爚文

Q

七道士 － 曾衍東
七如 － 曾衍東
七十二峯退叟 － 林則徐
七十二峯隱者 － 胡薇元
七十二峯主人 － 周金然

七十二峯主人 - 徐治平
七餘散人 - 劉赤江
戚學標 3268
棲雲野客 - 許桂林
漆園遊鷗 - 丁耀亢
祁彪佳 1021、1164、4883、4884
圻山山人 - 杜子華
岐封 - 呂肇齡
其年 - 陳維崧
其武 - 宋之繩
其英 - 宋廷魁
祈黃樓主人 - 洪炳文
祈年 - 貴正辰
齊慤 750
齊于 - 毛奇齡
齊元 - 張堅
芑川 - 劉家謀
芑唐(堂)(塘) - 胡業宏
芑堂 - 師亮采
屺堂 - 胡業宏
企陶山人 - 徐逢吉
杞憂生 - 鄭官應
起鳳館主人 - 曹以杜
起侯 - 陳汝元
豈一 - 程端
啓姬 - 顧姒
啓美 - 文震亨
啓南先生 - 趙士麟
綺佛 - 金綬熙
綺函 - 陳正治
綺漢 - 許麗京
綺情生 - 洪炳文
綺園 - 吳綺
炁伯 - 李慈銘
契皋老人 - 倪蛻
千秋鄉人 - 梅鼎祚
千若 - 周昂
千山樵者 - 瞿天潢
慳吝道人 - 徐復祚
謙山 - 董榕
謙之 - 祝良
謙止 - 鄭鄤
乾齋 - 陳元龍
潛山 - 俞思謙
潛研老人 - 錢大昕
潛齋 - 馬羲瑞
潛莊 - 蔡應龍
錢曾 4820
錢大昕 2302
錢德蒼 4769
錢端 3217
錢鶴 - 錢泳
錢綸 322
錢謙益 1388、4858、5683

錢人麐　3866、3877
錢世錫　2553
錢塘流民－丁丙
錢維城　2793
錢維喬　2244、2786、2787、2799
錢希言　5852
錢熙祚　4813、4874
錢宜　837、838、845
錢泳　3240、5089、5094
錢元昌　2216
欠庵－朱一是
喬鉢　1538
喬生－陳子升
喬瑜　1716
喬載繇　1715
僑山－傅山
樵道人－來集之
樵香－鄧祥麟
欽九(久)－戴錫綸
秦本楨　4233、4242
秦黌　2395
秦淮墨客－紀振倫
秦淮寓客－吳敬梓
秦淮醉侯－杜濬
秦基　2765
秦樓外史－王驥德
秦七詞孫－秦雲
秦亭老民－杭世駿
秦錫淳　2458
秦緗業　3898、4024
秦雲　4184、4185
秦楨－秦雲
秦之鑒　1951
琴曹－黃治
琴川蒼山子－瞿頡
琴川逸士－徐復祚
琴皋－廖景文
琴牧－張明弼
琴南－許士良
琴南－孔昭薰
琴想居士－許桂林
琴學－廖景文
琴隱道人－湯貽汾
琴隱後人－湯滌
琴隱翁　4788
琴齋－陳其泰
琴張子－張明弼
勤之－呂天成
沁園－石汝礪
青城山樵－汪仲洋
青峒－方應祥
青豆山人－宜蘭
青甫(父)－張丑
青蓮居士－姚弘誼

青齎 – 傅一臣
青耜 – 何兆瀛
青藤道士 – 徐渭
青蕪子 – 王端淑
青心居士 – 萬榮恩
青羊君 – 王穉登
青要山樵 – 呂履恆
青原 – 彭家屏
青瞻 – 曾衍東
青主(竹) – 傅山
卿裳 – 顧夔
清敔道人 – 葉鳳毛
清常 – 趙琦美
清常道人 428
清癡叟 – 陸采
清癡叟 – 汪廷訥
清道人 – 李瑞清
清净老人 – 戴問善
清漣 – 于振
清涼賜履 – 杜濬
清涼山樵 – 岳夢淵
清涼山人 – 趙戴文
清卿 – 呂洪烈
清容 – 蔣士銓
清如 – 吳嘉洤
清溪 – 曾萼
清溪耕還散人(□軾) 2872
清嘯居士 – 劉元起
清尹 – 三抃
清餘居士(□辰白) 4622
清遠道人 – 湯顯祖
清苑夫子 – 郭棻
清在居士 – 李世倬
情禪 – 邵葆祺
情禪居士 – 洪炳文
情癡 – 梅孝巳
情癡子 4669
情天外史 5219、5222
情齋 – 張霔
晴江 – 司馬湘
晴空居士 – 王克家
晴浦居士 4772
晴田 – 馬春田
晴溪 – 傅王露
晴崖 – 張迴煦
蕢那 – 許光清
瓊飛仙侶 – 程瓊
瓊花主人 – 龍燮
瓊山(臺) – 丘濬
丘汝乘 481
丘濬 561
丘雲嵻 5821
邱開來 3558
邱世俊 4539

秋槎居士－嚴廷中
秋垂－胡彥穎
秋舫－杜湘
秋谷－趙執信
秋槐老人－王翃
秋江－冷士嵋
秋舲－車持謙
秋湄－鮑蒓
秋平－黄文暘
秋坪－陳登龍
秋清居士(逸叟)－黄丕烈
秋晴－毛奇齡
秋泉居士－葉元清
秋生－葛慶曾
秋聲館主人－江春
秋石(室)－余集
秋士－高文照
秋士－吳斯勃
秋士(墅)－徐元潤
秋水－嚴繩孫
秋水－施潤
秋水－白銘
秋水閣主人－瞿頡
秋水仙郎－吳炳
秋水伊人－胡世定
秋塘－范建杲
秋田－于振
秋元朗　4239
求古居士－黄丕烈
求誨居士－高宗元
球仲－張韜
裘璉　1729、1731、1737、1738、1739、1740、1741、1745
仇池外史－梁辰魚
曲寮居士－胡重
曲隱道人－許之衡
曲園－俞樾
屈疆－屈爔
屈爔　4397
劬堂－柳詒徵
瞿安(癯庵)－吳梅
瞿世瑛　3851
世瑛　3491
瞿天潢　1927
瞿頡(顒)　2994、4786
瞿園－袁蟫
臞庵－吳士玉
臞叟－夏綸
癯道人　2959
去疾－夏埉
去矜－沈謙
全德－戴全德
全陽道人－朱有燉
全一道人－汪廷訥

全祖望　2227
荃士 – 顧夔
荃溪 – 孔昭虔
泉亭 – 陳士璠
權六 – 張韜
闕黨贅翁 – 孔廣林
確士 – 沈德潛
鵲腦詞人 – 王蘊章
羣若 – 余扶上
羣玉山樵 – 劉熙堂
羣玉山樵　5027

R

然明 – 董斯張
髯道人　2120
燃藜居士 – 俞肇元
燃藜仙客 – 陳汝元
冉夢松　733
染雲主人　5170
瀼西居士 – 顧正誼
讓木 – 宋徵璧
讓齋 – 沈默
饒安 – 鄧志謨
饒炳　3272
饒重慶　3265、3267
饒重熙　3271
仁庵 – 楊悌
仁簡先生 – 彭瓏
仁卿 – 葉宗春
仁孺 – 孫鍾齡
仁仲 – 傅山
忍庵 – 黃輿堅
忍醜陋生 – 桂馥
忍辱頭陀 – 徐復祚
忍齋 – 方睿頤
任蕃　2651
任甫(公) – 梁啓超
任光濟　4386
任弘業　2074
任鑒　2627
任康　3416
任訥　4317、1508
任先 – 林增志
任以治　367、369
任應烈　2269
紉蘭芬　2981
紉秋 – 朱澐
日庵 – 查嗣馨
日甫 – 蔣光煦
日華游客 – 周祥鈺
日新 – 楊銘
容安 – 胡榮
容(蓉)甫 – 楊頤
容水 – 葉溶

容之－黃圖珌
容自－俞彥
蓉舫－貴正辰
蓉湖漁隱 4186
蓉鷗漫叟－張曾虔
蓉裳－余集
蓉裳－楊芳燦
蓉洲－沈起鳳
榮百－吳春煊
柔嘉－張令儀
如白－趙琦美
如道人－黃嘉惠
如密－李柏
如磐－安致遠
如仲－盧傳忠
茹□禧 1347
茹亭－洪肇泰
茹芝－吳廷康
儒卿－趙之謙
汝白－金德瑛
汝調－吳兆鼎
汝觀－陳瀾
汝南－梅鼎祚
汝素－劉繪
汝席－鄭之珍
汝行－馮惟敏
汝玉－倪元璐
汝雲－叢澍
乳山老人－林古度
阮大鋮 1072、1073、1087
阮亨 3992
阮龍光 2562、2569
阮山－劉可培
阮亭－王士禛
阮學濬 2851
蕊棲居士－吳綺
蕊泉庵頭陀－聞性道
蕊淵－卓人月
蕊珠舊史－楊懋建
芮賓王 2158
瑞鯉－馮家楨
瑞屏－程煐
瑞生－王正祥
瑞頭陀－程煐
瑞先－鍾人傑
銳庵(止)－謝家福
潤甫－饒重慶
潤卿－戈載
潤生(之)－吳雲
潤中－高文照
若采－金聖歎
若木－黃之雋
若泉－孫謐
若士－湯顯祖

若水－程明善
若文－方桑如
若耶小史－王龍光
若耶野老－徐士俊
若耶野老－徐沁
若儀－湯貽汾
弱侯－焦竑
弱翁－吳震生

S

灑然亭長　5133
三壺佚史－平步青
三家村老－徐復祚
三柳先生－劉華東
三夢詞人－孫點
三儂－陳玉祥
三讓王孫－吳震生
三山－劉華東
三山謏客－閔齊伋
三十六洞天牧鶴使者雪蓑子
－蘇洲
三十六灣釣徒　1036
三崧先生－張堅
三秀－查繼佐
三益山房　5019
三影堂主人－沈受宏
三有－徐士俊
三在道人－張潮
騷隱－張琦
掃雲道人－湯貽汾
瑟農－張潤珍
嗇廬－傅山
濇溪下農－朱一是
僧開(彌)－毛奇齡
僧無際　3745
山茨－周升桓
山東傖父－盧見曾
山夫－楊維棟
山蘁－田雯
山來－張潮
山樓　5847
山臞－孤嶼學人
山史－潘之恆
山水間人　945
山陰布衣－徐渭
山傭－蔣文勳
山子－趙澐
山尊－吳鼒
善長－邊汝元
善述－王廷紹
商老－張鑨
商盤　2195、2205
商賢(言)－張塤
上(尚)登－孫埏

上海公益書社　5281
上湖生－姚燮
尚木－宋徵璧
勺海亭長－米萬鍾
勺洋－李兆元
勺園－金綬熙
芍溪老人－鈕少雅
苕生－蔣士銓
韶山野史－譚芝林
少白－梁辰魚
少白(伯)－周棠
少伯－丁兆奎
少谷－汪世澤
少海－汪仲洋
少鬻－許葉芬
少梁氏　5910
少林－丘雲嵊
少柳－薛書堂
少梅－宋鳴琦
少珉－曾璵
少明－陳昭祥
少穆－徐麟
少穆－林則徐
少南－張道
少泉－江繩熙
少泉－查文經
少水－鄒山
少微－鄒元斗
少微－張德容
少微山人－韓錫胙
少薇－張德容
少霞－周昂
少崖－劉貴曾
少雅－鈕少雅
少掖－徐元潤
少儀－張鳳孫
少逸－陸葆
少玉溪生　5272
少雲－沈觀
少質－劉繪
邵葆祺　3012
邵大業　2373
邵詠　400
邵元長　4839
紹芳－饒重慶
紹傅－許桂林
紹華－鄭藻
紹圃(武)－黄丕烈
紹俠－鄭振圖
紹衣－全祖望
紹齋－朱宙楨
召伯－周棠
佘翹　953
佘銳　4488

射陽畸人－吳敏道
申庵居士－蔣薰
申耆－李兆洛
伸符－趙執信
伸子－岳夢淵
莘來－湯聘
莘畬－蔣士銓
深庵－丘濬
深之－張道濬
紳垂－韓縉
紳琦－李兆洛
沈標　4889
沈曾植　4823
沈成垣　1841、1843
沈赤然　2784
沈寵綏　4886、4891
沈大成　2177、4951
沈德林　3473
沈德潛　2487、2681
沈觀　3367
沈觀城－沈觀
沈顥　2023
沈珩　1628
沈際飛　789、824、883、896
沈璟　185、926、5864
沈奎　4482
沈龍翔－沈默
沈默　1842
沈起鳳　2820、3212
沈謙　1489
沈清瑞　5138
沈善寶　3755
沈上章　1651
沈士麟　5879
沈受宏　1609、1789
沈樹本　1967
沈泰　4692
沈廷芳　2378
沈維鐈　4934
沈祥龍　5539
沈修　1368、1371
沈瀛　4763
沈永隆　5384
沈玉輝－沈赤然
沈沅南－沈清瑞
沈筠　3784
沈增植－沈曾植
沈肇元　901
沈振照　4480
沈自繼　5375
沈自晉　5376、5381
沈自南　5373、5886
沈自徵　1435
沈宗疇－沈宗畸

沈宗畸　4339
沈最羣　1141
諗庵 – 戴問善
審之 – 梁法
甚翁 – 管庭芬
慎伯（齋）– 包世臣
慎齋 – 錢德蒼
升聞 – 許廷錄
生沐 – 蔣光煦
笙月 – 王詒壽
笙月詞人　5171
聲孫 – 吳國榛
聲隱道人　4718
繩齋 – 金紹綸
盛安　5959
盛敬　1792
勝樂道人 – 梅鼎祚
聖傳 – 盛敬
聖湖漁父 – 徐旭旦
聖培 – 鄒祗謨
聖儀 – 孫慧遠
聖由 – 胡麒生
聖與 – 孫點
聖昭　1324
聖徵 – 吳錫麒
賸人繩男子 – 趙懷玉
賸翁 – 趙虹
尸道人 – 張衢
施成嘉　936
施國祁　5661
施潤　2622
施紹莘　5873
施維藩　4607
師曾 – 王增祺
師承祖 – 師亮采
師蘧 – 查嗣馨
師寬 – 張德容
師亮采　3238
師退 – 蔣知讓
葹叟 – 吳綺
詩儕 – 吳正濂
詩船 – 蔡名衡
詩林 – 胡薇元
詩舲 – 張祥河
詩亭遺老 – 王士禛
詩隱 – 朱庭珍
十二樓居主人　4677
十樵 – 王鐸
十松 – 余扶上
十嶽 – 王寅
石抱 – 王大經
石倉 – 曹學佺
石巢 – 阮大鋮
石帆山人 – 劉文蔚

石甫－麟光
石甫－易順鼎
石甫－許鈞平
石丐－沈觀
石耕居士－劉連穀
石公－袁宏道
石公－張岱
石公－汪漸鴻
石公－張塤
石公－楊澥
石光熙 2392
石華－吳蘭修
石居士－周棠
石君 5291
石鈞 2313
石簣－陶望齡
石蓮－麟光
石林居士 811
石麟－林則徐
石榴村農－黃振
石樓－龍燮
石閭－楊繼禮
石侶 1140
石門－馮惟敏
石民－茅元儀
石牧－黃之雋
石牧－姚重光
石龐 1978、1982、1983、1984、1985、1987
石坪居士(劉□□) 5016、5021
石萍子－顧胤光
石坡－汪柱
石圃後人－朱景英
石卿－嚴廷中
石渠－吳炳
石渠－曹爾堪
石泉－劉嘉淑
石汝礪 4194
石畲老農－傅王露
石十－陳用光
石室道人－程羽文
石孫(蓀)－李大翀
石臺－李來泰
石濤釣叟－丁守存
石田－胡瑄
石田－胡彥穎
石田農－胡彥穎
石研齋主人－秦贇
石隱－王育
石隱居士－米萬鍾
石韞玉 2810、2811、3304、5541、5542
石兆龐－石龐
石貞－李瀚昌

石洲－梁德沛
拾翠閣主人－張九鉞
拾珊－李懿曾
時若－黄文暘
時元亮　4773
實誠－姜玉笙
實甫－沈筠
實甫(父)－易順鼎
實思－陳用光
實軒－金衍宗
史寶安　551、553、555
史炳　3586
史槃　160
史松泉　4578
史重旭－史松泉
士登－王階
士範－徐逢吉
士方－毛奇齡
士凱－朱凱
士奇－馮杰
士完－王業浩
士業－陳弘緒
士元－竇彦斌
世臣－徐繼恩
世培－祁彪佳
世香－薛書堂
世于－吴奕
式侯－李慈銘
式權－黄協塤
式如－來道程
是閒－屈爔
試之－駱敏修
適適生　58
適軒主人－沈寵綏
適園－周亮工
釋嵒－朱樽
釋定志　3725
釋如德　5869
釋智達　1193
守白－許之衡
守谷－金昌世
守基－程永孚
守閒居士亦僧氏　415
守眞子－黄圖珌
守中－談則
受之－錢謙益
受之－孫德謙
授經－董康
壽民－邵葆祺
壽朋－陳登龍
壽亭　3432
壽亭－張炳昌
壽芝－孫德謙
瘦居士－董斯張

瘦梅－宣鼎
瘦人－李葇
瘦石－黃振
瘦石－陳用光
瘦桐(銅)－張塤
瘦吟－蔡國俊
綬鮮－趙壐
抒鳧－吳人
叔寶－張龍輔
叔高－王嶽崧
叔繼－喬鉢
叔考－史槃
叔濂－鍾羽正
叔平－翁同龢
叔平－許奉恩
叔溫－楊雲璈
叔文－張琦
叔(淑)仙－傅春姍
叔彥－王俊
叔益－張丑
叔寅－林章
叔愚－李瀚昌
叔原－張守中
叔周－張栩
叔子－唐英
書禪主人－程羽文
書巢－胡德琳
書蕉－楊登璐
書庫報殘生－丁丙
書樓－李書雲
書魔－黃丕烈
書奴－蔣焜
書瑞－吳禹洛
書隱－胡重
菽坪－許奉恩
舒安－黃振
舒鳧－吳人
舒位 3406
疏影詞史－姚燮
熟稼－宋之繩
署冰－王以銜
蜀西樵也－王增祺
曙川－錢維喬
述庵－王昶
述古堂主人－錢曾
述之－張籛
恕園主人－胤禛
庶蕃－曾燠
漱老人－徐渭
漱石－張堅
漱石－黃振
澍川(參)－錢維喬
澍南－任光濟
樹峯－徐績

樹聲－朱英
樹堂－沈樹本
霜巢守　5911
霜厓－吳梅
雙柏砦學人　655
雙髻外史－王夫之
雙橋居士－趙曰佩
雙渠－許佩璜
雙溪－張錬
雙影盦生　5188、5189
雙於道人－湯滌
爽鳩文孫－徐復祚
水浣－徐沁
水南－徐淑
水心居士　4301
水軒－岳夢淵
睡庵居士　4896
睡鄉祭酒－杜濬
順卿－戈載
舜臣－朱庭珍
舜卿－李治
碩庵－徐日曦
碩甫－易順鼎
碩士－陳用光
碩園－徐日曦
司空山樵－趙文楷
司馬湘　4068
思白(翁)－董其昌
思孺子　1379
思魯氏　5264
思齊主人　2084
思亭生－李坤
思玄道人　4716
思玄子　1103
思餘－邵大業
斯泉－珠妄
四不頭陀　5180
四費軒主人－胡梅影
四樂齋主人　1783
四中山客　3458
嗣伯－錢世錫
俟村退叟－林則徐
俟翁－董訥
松禪－翁同龢
松存(生)－丁丙
松鶴老人－陳夢雷
松鶴子－汪廷訥
松澗－姜大成
松坪－王筠
松坪－張德容
松橋石道人－傅山
松臞老人－張琦
松石間人　2939
松叔－王俊

松壇道人 – 王穉登
松濤 – 竇遴奇
松亭 – 葉承
松溪 – 金紹綸
松溪主人 – 王暭
松霞 – 張吉士
松崖 – 李世忠
松隱行脚僧 – 丁傳靖
松(菘)友 – 葉襄
崧年 – 范泰恆
崧瞻 – 嚴遂成
嵩峯 – 沈大成
嵩華嘯隱 – 王鑨
嵩年 – 朱廷鏐
嵩樵 – 王鐸
嵩陽 – 閻鎮珩
嵩陽 – 劉繪
宋弼 2711
宋廛一翁 – 黃丕烈
宋存楠 – 宋徵璧
宋鳴琦 2511
宋廷魁 2324、2326
宋琬 1223
宋宴春 – 宋鳴琦
宋之繩 1160
宋徵璧 5944
宋徵輿 1442
頌清 – 張茂炯
誦芬室主人 – 董康
蘇庵 – 黃振
蘇庵 – 楊葆光
蘇輪 1771
蘇門嘯侶 – 李玉
蘇門嘯侶 – 孫郁
蘇橋 – 畢旦初
蘇少卿 5612
蘇相辰 – 蘇少卿
蘇洲 609
蘇州文起堂 393
素梅 – 宣鼎
素堂 – 柴紹然
素餘 – 傅玉書
素園 – 范語
粟海庵居士 – 楊維屏
酸棗 – 舒立
綏成 – 沈修
綏之 – 謝家福
隨庵主人 – 李漁
隨厲 – 傅山
隨園 – 胡介祉
隨園 – 袁佑
隨園主人 – 袁枚
隨緣居士 1442
遂東 – 王思任

歲星 – 薛寀
穗香 – 余嘉穀
穗嫣外史　3694
孫爲　2889
孫藹春　2761
孫葆元　4937
孫超都　1019
孫大武　4447
孫德謙　4390
孫點　5270
孫恩保　3897
孫福申　4481
孫慧遠　1689
孫禮鏘 – 孫鏘
孫謐　2955
孫鵬　5472
孫鏘　2859
孫人龍　2338
孫如金　3606
孫埏　2858、2861
孫星衍　3386
孫學禮　4638
孫郁　1621、1624
孫玉聲　5301
孫毓修　5314
孫雲鴻　6
孫治　1386、1398、1399
孫鍾齡　1031
飧秋 – 楊兆璜
蓀友 – 嚴繩孫
潠廬 – 陶方琦
娑羅館居士 – 屠隆
蓑翁 – 譚元春

T

台臣 – 沈受宏
台人 – 黃治
臺山 – 羅有高
太白山人 – 康海
太白山人 – 李柏
太常仙蝶 – 陳栩
太沖 – 黃宗羲
太初 – 高奕
太初 – 吳長元
太初 – 顧起元
太鶴山人 – 端木國瑚
太鴻 – 厲鶚
太侔 – 沈宗畸
太平湖客 – 湯滌
太平拙史 – 李世倬
太璞山人　4235
太清 – 顧春
太清春 – 顧春
太丘子 – 林章

太瘦生－沈清瑞
太一－陳汝元
太一生－梅鼎祚
太乙－陳汝元
太乙－張鍊
太乙生－梅鼎祚
太御－王基
汰沃主人－黄周星
泰峯－茅一相
泰階－布星符
覃叔－路朝霖
談德－薛論道
談泰　4980
談則　835
檀園－廖景文
譚德－薛論道
譚光祜　2509、3567
譚尚忠　2355
譚元春　1308
譚芝林　5276
彈山－屈㦸
坦庵－吕履恆
坦弱道人　558
坦園－楊恩壽
湯滌　3550
湯誥　3407
湯金釗　3179、3214
湯聘　2377
湯潤略　4121
湯世瀠　3953、3955、3969
湯斯質　5471
湯顯祖　264、773、798、810、881、890、995、1024、1052、5655
湯貽汾　3542、3547、4936
湯有光　5695
湯元珪　2515
唐金　3038
唐紹祖　4915
唐英　2145、2187、2202
棠村－梁清標
棠梨館主－何兆瀛
倘湖－來集之
弢夫(甫)－周騰虎
弢甫－戈載
弢翁－戈載
弢園老民－王韜
韜甫－周騰虎
桃渡學者－鈕少雅
桃花溪上人－鄒山
桃花源外史　1038
桃生－鄧祥麟
桃源逸史－黄元治
桃源主人－謝家福
陶庵－張岱

陶庵 - 周亮工
陶方琦 5154
陶谷主人 - 張淳
陶人 - 唐英
陶陶軒主人 - 黄丕烈
陶望齡 4626
陶孝邈 - 陶方琦
陶園 - 張九鉞
陶齋 - 鄭官應
陶齋 - 端方
陶璋 2039
檮杌外史 - 王夫之
藤花閣主人 - 梁廷枏
梯月主人 - 周之標
提遂 - 曹履吉
蹄涔子 1451
題苑 - 周大榜
逖(逷)先 - 朱希祖
惕庵 - 鄭錫瀛
惕莊 - 戴全德
天成 - 沈上章
天池 - 陸采
天池 - 徐渭
天池山人 - 陸采
天都逸史 - 潘之恒
天放道人(劉還初?) 647
天放樓主 - 張通典
天放散人 - 郝鑒
天放閒人 - 翁同龢
天馥 - 王縈緒
天鼓 - 范石鳴
天河 - 黄鈞宰
天恨生 5225
天津 - 蔣宗海
天爵 - 張祿
天目山人 - 羅有高
天迺 - 聞性道
天南遯叟 - 王韜
天琴老人 - 樊增祥
天山老人 - 王大樞
天石 - 顧彩
天使堂居士 - 陳祖綬
天孫 - 董玄
天孫 - 張岱
天濤 - 李世倬
天田牧 - 許光清
天外 - 石龐
天嘯 - 韓茂棠
天雄 - 孫郁
天虛我生 - 陳栩
天涯芳草詞人 5038
天一 - 周書
天英 - 徐淑
天游 - 施維藩

天游人－陳昭祥
天羽－沈際飛
天岳樵叟－江遠舉
天雲居士－胡薇元
天章－李世倬
田大奇　1531
田水月－徐渭
田雯　1815
田御宿　1267
田倬　2316
鐵保　2773
鐵笛－譚光祜
鐵笛生　5213
鐵花岩主　5205
鐵林－汪柱
鐵牛－詹賢
鐵橋－李澐
鐵橋山人　5022
鐵樵－惲樹珏
鐵卿－鐵保
鐵三－趙之謙
鐵山－陳子承
鐵簫－譚光祜
鐵鞋道人－曾衍東
鐵岩－張寶鑑
鐵野山人－陸墢
鐵園－陸墢
鐵雲－舒位
聽瀨道人　4678
聽琴散客　4805
聽秋道人　4179、4183
聽濤居士　3482
聽濤主人　5626
聽翁－吳綺
廷(庭)表－黄與堅
廷芬－管庭芬
廷培－雇森
廷秀－藺茂
亭林－雇正誼
亭亭山人－張丑
亭西客－周棠
停雲逸客－海陽逸客
渟溪病叟(老漁)－管庭芬
通甫－何兆瀛
通介老人－徐灝
同－孔廣林
同人－尤侗
同叔－許桂林
桐花閣主－吳蘭修
桐華鳳閣主人－陳其泰
桐威－沈起鳳
桐溪笠叟－劉敦元
桐仙(軒)－姜鳳喈
桐齋－張鳳詔

童粱 2792
童山 – 李調元
銅鶻山人 – 佘翾
銅研 – 吳人驥
禿翁(李贄?) 629、722、4656、4657、4658、4660
涂檮 – 李大翀
瑹符 – 吳人
屠隆 737、740、777
圖南 – 鄭應台
蓴客 – 李慈銘
蓴農 – 王蘊章
退庵 – 馮家楨
退庵 – 沈曾植
退耕 – 吳龔
退叟 – 朱泰修
蛻翁 – 倪蛻
蛻翁 – 徐元潤
蛻翁 – 周棠
蛻學翁 – 徐元潤
涒皋 – 趙懷玉
脱士 662
籜庵 – 袁于令

W

頑老子 – 張擇
頑皮老兒 – 陳二白
頑石 – 薛拱斗
頑石 – 孫點
宛君 – 張玉森
宛鄰 – 張琦
宛瑜子 – 周之標
晚城 – 胡崑元
晚晴 – 毛奇齡
晚山 – 周裕度
晚薌 – 江蘭
琬亭 – 趙懷玉
皖北游戲道人 – 孫點
畹叔 – 沈廷芳
畹香 – 江蘭
畹香留夢室主 – 黃協塤
卍齋 – 李調元
萬峯山長 – 尤侗
萬卷樓主人 – 茅一相
萬立銜 3868
萬榮恩 3381、3451、3452、3536
萬山漁叟 1132
汪曾唯 2238
汪承鐸 3639
汪大年 1348
汪端 3764
汪端光 3070
汪光華 35
汪桂林 3636

汪家億　5597
汪漸鴻　1349
汪龍光－汪端光
汪溥勳　295
汪森　1619
汪上薇　1915
汪士鍠(湟)　2944
汪世澤　4090、4096、4098
汪適孫　3400、3401、3402、3403、3404
汪台山　1559
汪廷訥　957、958、5698
汪文梓－汪森
汪學瀚(溥)－汪洵
汪洵　5634
汪應培　3307、3313、3314、3317、3319、3320、3321、3322、3335
汪雲(云)任　3351
汪熷　1756
汪仲洋　3855、3932
汪柱　2849
汪宗溎　2670
王百齡　3124
王保玠　4913
王琿　5707
王抃　1591
王炳奎　4421
王昶　3286、4965
王承華　3422
王承垚　2722
王城　3709
王大經　1525、4942
王大樞　2823
王亶望　2583
王定柱　2716
王端淑　1407
王鐸　1293、1297、1300、1301
王諤　2894
王棐－王暭
王芾　3414
王鳳池　1970、4102
王夫之　1488
王黼廊－王嶽崧
王艮－王煒
王光魯　1306、1491
王國維　22、114、492、713、4593、4654、4704、4830、4831、4878、4879、5250、5251、5253、5254
王國楨－王國維
王瀚　5644、5645
王灝　1615
王和　5708
王翃　1269
王化隆　5848

王淮孺－王寅
王基　2920
王畿　5736
王吉人　3628
王吉武　1968
王季烈　3079
王驥德　162、174、180、188、767、1068、4619、4867、4872
王家璧　1712
王階　5743
王九思　614、5705、5706、5709
王菊存　3489
王均　2561
王俊　2179
王鵕　5527
王克篤　5819
王克家　1041
王空世　2304
王寬　2847
王堃　4495
王鼇成－王城
王立承　20、1097、1384、1518
王隆桃－王鳳池
王龍光　1653、1657
王鑨　1292
王懋昭　3460、3461、3476
王創子　5148
王棚鰲　2755
王祁　3336
王慶華　5623
王慶祉　5638
王汝衡　2184
王昇　2287
王士光　5562
王士祿　1467
王士禛(禎)(正)　1464
王世貞　4863
王陽明　2374
王澍　2633
王思任　263、265、816、1074
王嵩齡　2663
王蘇　4928
王堂　2563
王韜　5240、5242、5299
王天璧　4076
王廷昌　363
王廷謨　1766
王廷紹　5957
王煒　1633
王文治　2199、5548、5552
王錫純　5587
王曦　3687
王先謙　4196、4200、4946
王獻若　913

王小鐵　5174
王訢　2766
王詡　4120
王煦　3468
王炎烈　5562
王言　4589
王衍梅　3972
王彥－毛奇齡
王業浩　1153
王貽壽－王詒壽
王詒壽　5146
王以銜　3487
王寅　5790
王縈緒　1843、1846、1847、1848、1849
王應遴　1046
王永熙　2352
王玉章　923
王育　1795
王裕　1942
王元常　2465、2476、3123
王嶽崧　4290
王筠　5657
王櫺　1893
王蘊章　4189、4406、4408、4409
王增年　4016、4580
王增(曾)祺　5239
王正祥　5404、5424
王志超　5819、5820
王穉登　1023、1053、5831、5842
王灼　4822
王暐　1778
望炊－譙家福
望溪－方苞
望之－郭儼
薇岩－德滋
薇園主人－陸雲龍
韋佩居士　1080
韋業祥　4247
唯然居士－崇恩
惟德－倪道賢
惟起－徐㶿
惟賢－胡天祿
惟一－方還
惟忠－蔣孝
爲霖－李雲翔
爲谿－李鴻
濰川吏行者　1092
維漢－金衍宗
維衍－左輔
撝叔－趙之謙
委羽山人－徐沁
葦間(亭)－劉大懿
緯乾－陸堃

緯眞 － 屠隆
未谷 － 桂馥
未亭 － 裘璉
未央 － 汪大年
未園 － 張鴻恩
位白(伯) － 方中通
位西 － 常庚辛
味川 － 陳昭祥
味蘭 － 程鍔
味蘭軒主人　407
味水 － 諸葛元聲
味松 － 吳佺
味辛 － 趙懷玉
味隒 － 王亶望
味莊 － 李廷敬
渭符 － 許佩璜
渭森 － 許苞承
渭漁 － 楊兆璜
蔚若 － 吳郁生
衛公 － 金堡
衛公 － 薛奮生
魏北(肇) － 段琦
魏方炯　1331、1334
魏浣初　196
魏熙元　4169
魏運昌　1996
魏之皋　5926
魏莊主人 － 陳良金
溫陵居士 － 李贄
溫叟 － 吳涑
文白 － 范驤
文長(清) － 徐渭
文峯氏　2975
文木老人 － 吳敬梓
文璞 － 吳爚文
文泉 － 楊慤
文泉 － 周樂清
文若 － 于若瀛
文石居士 － 米萬鍾
文通 － 葉書
文秀堂　195
文耀 － 張新梅
文衣 － 喬鉢
文游台主人 － 王士禛
文嶽 － 梅守箕
文震亨　1095
文重 － 王櫄
文輈 － 方棨如
紋山 － 羅明祖
雯山 － 劉光煥
聞大 － 蔣薰
聞性道　1535
汶上(水)樗叟 － 路衍淳
問津漁者(陳□□)　5013、5020

問樵 – 嚴保庸
問園種菊秋農 4010
問園主人 – 范元亨
翁暠 362
翁同龢 6、33
蝸寄居士(老人) – 唐英
沃田 – 沈大成
臥公 – 李希聖
臥虹子 4002
臥雲 – 任康
臥雲子 – 孟稱舜
臥雲子 – 吳恆宣
吾園後人 – 喬載繇
吳安祖 3097
吳寶鈞 3941
吳秉鈞 1597、1602
吳秉權 – 吳秉鈞
吳炳 1184
吳長元 4955
吳翀 4953
吳春煊 4580
吳德旋 3853
吳甸華 3184、3216
吳定璋 2153
吳鎬 3482
吳國榛 4316
吳恆宣(憲) 2297
吳桓 2721
吳家枏 2405
吳嘉洤 3626
吳江野老 – 楊澥
吳江主人 – 張祿
吳京 5828
吳敬梓 2317
吳克成 2757
吳坤 5593
吳蘭修 394
吳亮中 5357
吳梅 8、11、12、23、116、152、190、228、492、494、496、498、501、503、507、510、513、515、517、519、521、524、526、529、532、534、537、544、547、550、572、577、592、597、630、636、656、668、664、683、723、747、748、757、779、795、796、804、807、808、851、852、868、870、871、877、879、887、888、898、922、941、968、999、1025、1035、1039、1076、1085、1086、1088、1098、1105、1142、1143、1170、1171、1174、1175、1181、1182、1186、1188、1325、1326、1365、1428、1517、1649、1654、1783、1840、1853、1962、1973、1993、2672、2723、2725、2812、2814、2817、2818、3026、3782、3827、3867、3880、3886、4363、4364、4374、4380、4385、4388、4389、4399、4401、4402、4443、5256、5310、5519、

5628、5665、5667、5805
吳門生　4825
吳門替花愁主人　5630
吳孟祺　5706
吳敏道　5724
吳牧之　1779
吳穆　1825、1869
吳儂檀郎－范文若
吳儂荀鴨－范文若
吳企寬　3704
吳綺　1471、1514、1515、1903
吳慶恩　3713
吳佺　2850
吳人　832、838、1754
吳人驥　2662
吳山－吳人
吳詩捷－吳蘭修
吳士玉　2067
吳世賢　2387
吳壽元－吳炳
吳署翰　5588、5589、5590、5591、5592
吳叔華　902
吳斯勃　3015
吳涑　3930
吳蕻　2209、2211
吳唐林　4061
吳棠禎　1600、1603
吳廷康　3910
吳畹卿　5621
吳偉業　1134、1373、1461、4744、5349
吳熙－吳亮中
吳錫麒　2783、3084
吳下老情癡－許名崙
吳向榮　1773
吳曉鈴　922、1124、1995、3948
吳孝緒　4438
吳興仁　332、5041
吳燿　2026
吳詒澧　3256
吳儀一－吳人
吳奕　946
吳翌鳳　32
吳禹洛　2171
吳郁生　4944
吳元煐　2968
吳鉞　2455
吳爚文　2275
吳雲　3302
吳載功　3759
吳兆鼎　2102
吳兆萱　3191
吳震生　861、863、2256

吴正濂　4453
吴之驥　3771
吴之鯨　786
吴州－陸舜
吴鼒　2780
吴子明　4605
吴宗奕－吴奕
吴作梅　1780
無疾子　1185
無技－傅一臣
無美－劉汝佳
無悶－王焯
無悶－趙之謙
無悶道人－張遠
無求居士－梅鼎祚
無如－汪廷訥
無聲謳者－鄒山
無雙－徐士俊
無我道人　4579、4917
無無居士－汪廷訥
無瑕詞史－黄媛介
無崖－范泰恒
無涯居士－程瓊
無餘－王文治
蕪城外史－金兆燕
厝堂－黄之雋
五虎山人－林昌彝
五蓮山人－王縈緒
五淪－朱朝鼎
午閣－徐鄂
午橋－裴宗錫
午橋－譚光祜
午橋－王堂
午橋－端方
午橋居士－裴宗錫
午莊－蔣鳳翻
武承－任應烈
武城曾氏－曾衍東
武澄　3832
武封－吴震生
武功－范纘
武陵仙史－顧起元
武瞻－項又新
勿庵－王以銜
勿疑軒主人－胡盍朋
悟飛子　1036
悟夢子－金連凱
悟誤居士　4497
悟西－許纘曾
務滋－許麗京
寤雲－謝弘儀

X

夕堂－王夫之

西廛 – 楊夢符
西臣 – 吳唐林
西塍外史　4956
西峯居士 – 曹學佺
西峯樵人（陳□□）　2018、2020
西庚 – 陳亙
西河 – 毛奇齡
西湖安樂山樵 – 吳長元
西湖長 – 王文治
西湖長 – 許善長
西湖鵜濱居士 – 吳燿
西湖釣史 – 查繼佐
西湖古狂生　259
西湖居士 – 張琦
西湖鷗吏 – 丁耀亢
西湖七七生　4780
西湖樵子 – 許善長
西湖散人 – 徐士俊
西湖散人 – 沈善寶
西湖十二橋釣叟 – 彭玉麐
西湖瀛鶴 – 程鑣
西湖寓客 – 黃嘉惠
西脊山人 – 秦雲
西來 – 沈自晉
西林春 – 顧春
西泠 – 徐旭旦
西泠詞客　2951
西泠野史 – 傅一臣
西寧子長公　654
西磧山人 – 石韞玉
西樵 – 王士祿
西清居士 – 朱經
西山樵者 – 孫治
西神 – 王蘊章
西生 – 丁耀亢
西堂 – 尤侗
西堂掃花行者 – 曹寅
西塘 – 方廷熹
西溪老人 – 王菊存
西溪漁隱 – 曾燠
西溪漁者 – 厲鶚
西峴頑石 – 薛拱斗
西嵒 – 簡紹芳
西巘 – 秦甇
西原 – 王灝
西園 – 張萱
西園 – 王嵩齡
西園 – 王寬
西貞 – 金孝柏
希葛散人 – 褚龍祥
希蕺山人　5288
希仁 – 王縈緒
希兆 – 柳詒徵
息機子　4615

息圃 - 張鳳孫
息齋 - 張翺
惜紅生　415
惜紅生 - 陳栩
惜花老人　5206
犀禪 - 舒位
溪上散人　1735
熙彪 - 史寶安
熙臺 - 王錫純
熙臺 - 湯有光
嬉翁 - 曹寅
錫鬯 - 朱彝尊
錫九 - 彭邦疇
錫五 - 孫福申
錫之 - 錢熙祚
郎園 - 葉德輝
習庵 - 曹仁虎
習池客 - 許名侖
洗心道人(王□□)　4496
細林山樵 - 張檢之
狎鷗野客 - 姚齊宋
遐周 - 董斯張
霞峯 - 薛應和
霞谷 - 朱繡
霞偶 - 平步青
霞軒 - 俞興瑞
下里若人 - 臧懋循
夏邦彥　4855
夏秉衡　2610、2616、2618
夏璣　2137
夏敬觀　5309
夏綸　2096、2118、2131
夏尚忠　963
夏瑛　5241
先先子 - 汪廷訥
弦續 - 呂洪烈
咸山 - 鄭振圖
閑閑道人　5237
閒閒道人　4715
閒止亭湇墨居士 - 周大榜
顯亭 - 耿維祜
峴山 - 沈德潛
峴仙氏　5039
羨涵 - 袁人
羨門 - 彭孫遹
憲文先生 - 吳綺
憲尹 - 王吉武
憲茲 - 任以治
獻公 - 朱亦東
相居居士　5837
相垣 - 王汝衡
香草垞禪民 - 文震亨
香城 - 丁秉仁
香道人　5138

香閣 – 夏秉衡
香谷 – 汪應培
香光居士 – 董其昌
香令 – 范文若
香儋居士 – 鄒式金
香南居士 – 崇恩
香山居士 – 李遂賢
香叔 – 楊芳燦
香蕪氏 4804
香溪漁隱 5203
香谿 – 林昌彝
香仙 – 胡嵩林
香小滌天主人 – 孫毓修
香雪道人 – 宣鼎
香雪居主人 – 朱朝鼎
香岩 – 許兆桂
香祖 – 王士禛
香祖 – 江蘭
湘槎 – 顧彩
湘帆 – 蔣衡
湘帆 – 陳孝寬
湘涵 – 彭兆蓀
湘涵 – 楊彝珍
湘靈子 – 韓茂棠
湘湄 – 陶方琦
湘佩 – 沈善寶
湘岩 – 韓錫胙
湘漁 – 邱開來
薌溪 – 葉紹棻
薌溪 – 林昌彝
緗芸 – 黃雲鵠
麐簃 – 許葉芬
翔甫 – 袁祖志
翔鴻逸士 53
象九 – 宮鼎基
項度 2855
項又新 2360
項震新 3175
蕭伯玉 1032
蕭亮飛 4464
蕭然山人 – 俞鍾
蕭然山外史 – 桂馥
蕭亭 – 王士禛
小長蘆釣魚師 – 朱彝尊
小倩 – 袁蟫
小鈍 – 丁癡曇
小谷 – 張藻
小灌者 – 俞公穀
小鶴 – 王城
小紅 – 傅春姍
小湖 – 沈維鐈
小畫溪玉亭 – 謝庭
小淨名 – 陳洪綬
小廉 – 梁法

小陸－彭劍南
小毛生－毛奇齡
小茅山人－張塤
小眘－湯誥
小(筱)木－王嶽崧
小木子－朱休度
小南－石光熙
小南雲主人 5037
小蓬萊臥雲子－孟稱舜
小圃(筱甫)－俞廷瑛
小樵亭主人－胡盍朋
小泉－李瀚章
小沙－周恩綬
小山－何煌
小山(筱珊)－繆荃孫
小山－金孝柏
小石－王芾
小史－王永熙
小書隱生－胡重
小松－蔣學沂
小鐵－王堃
小鐵笛道人 5023、5028
小鐵山人－楊雲璈
小汀－秦雲
小熙－孫恩保
小新豐山人－胡業宏
小須彌山頭陀和南 2280
小珣－張家栻
小蕘－陳爾茀
小游仙館主人－王小鐵
小園－朱庭珍
小韞(蘊)－汪端
筱(曉)園－朱庭珍
曉滄－周升桓
曉涵－鄭由熙
曉虹(紅)－傅春姍
曉蓮－王大經
曉樓－王訢
曉山－吳鳳鳴
曉徵－錢大昕
孝博－胡薇元
孝慈－王立承
孝芳－吳兆萱
孝風－王家璧
孝耕－沈宗畸
孝升－龔鼎孳
孝修－許纘曾
肖梅－薛書堂
笑庵居士－王思任
笑蒼道人－黃周星
笑癡子 4719
笑鵬生－莊持本
效川－姚鈐
嘯庵－陳彙芳

嘯舫 – 吳兆萱
嘯嵐 – 鄭由熙
嘯牧 – 王嶽崧
嘯卿 – 周焌圻
嘯臺 – 丁耀亢
嘯岩 – 王訢
嘯園 – 朱襄
嘯竹主人 – 鄧志謨
斆虞 – 許寶善
歇庵居士 – 陶望齡
歇浦村人 – 宋徵璧
挾馬生 – 方新
諧孟 – 薛寀
擷芳道人 5015
榭山 – 全祖望
謝弘儀 1114
謝家福 4566
謝家梁 2525
謝九容 5745
謝均 – 謝堃
謝堃 3560、3561
謝蘭階 – 謝庭
謝企石 4359
謝世吉 133
謝素聲 5258
謝庭 2925
心盦 – 何兆瀛
心博 – 高誼
心澈 – 汪端
心池 – 王保玠
心甫 – 厲志
心葭 – 劉東藩
心井 – 羅振常
心其 – 張彝宣
心融(師) – 釋智達
心如 – 劉恭璧
心畬(餘) – 蔣士銓
心香 – 劉士棻
心香室主人 – 范金鏞
心印吟室主人 1313
心友 – 何煌
心齋 – 丁守存
心齋 – 張潮
心齋 – 盧傳忠
辛老 – 丁立誠
辛楣 – 錢大昕
辛畬(予) – 蔣士銓
訢然子 – 薛旦
新甫 – 張訓銘
新亭樵客 – 李漁
新周居士 5835
信好老人 – 彭瓏
信天翁 – 傅王露
信齋 – 喬載繇

星曹－王吉人
星岑－劉湝焆
星厂鈫圭－李世倬
星符－趙春元
星符－談泰
星官－謝堃
星華－程煐
星階－劉東藩
星期－葉燮
星期－張彝宣
星如－孫毓修
星堂－莊肇奎
星堂主人　2963、2964
星岩－蔣宗海
星漁－蔣士銓
星園－楊焯
惺余（予）－郭儀
惺齋－江鼎金
惺齋－夏綸
興公－徐𤊹
興之－沈默
行素－湯世潆
醒枉－洪九疇
醒園－李調元
省廬－仲一侯
省圃－吳克成
省三－龐際雲
省軒－柴紹炳
省齋－高時彥
省齋－陳夢雷
省之－吳京
杏村－陳士林
杏花使者－朱瑞圖
杏梁－陳綺樹
刳鶡　373
杏莊－左輔
性農－楊彝珍
性樸－高誼
性因－金堡
雄飛－厲鶚
雄飛－張羽
熊伯乾　4461
熊超　2730、2739
熊華　2731、2732
熊夢吉（太占）　4535
熊文富　2744
熊之焕　2286
休承－朱士彥
休穆－沈修
休文－毛瑩
休閒老衲－釋智達
休休居士（厲□□）　3289
休休生－徐復祚
修甫－丁立誠

修翎主人 – 朱其輪
修水子 – 王大經
秀夫(甫) – 丁傳靖
秀琨　401
秀升 – 郭廷選
秀實 – 楊文蓀
岫雲 – 方成培
琇甫 – 丁傳靖
繡虎(武) – 張賁孫
繡山 – 徐子冀
繡霞堂主人 – 薛旦
繡子 – 李龢平
胥岸 – 陳洪綬
胥江 – 蔣文勳
胥母山人 – 秦雲
胥園 – 莊肇奎
訏士 – 鄒祗謨
虛餘生 – 吳署翰
頊傳 – 黃祖顓
徐昹初　3372
徐爀　632
徐超羣　3472
徐村 – 徐夢元
徐大椿　4909、5955
徐大業 – 徐大椿
徐鼎襄　4238
徐篤儒 – 徐復祚
徐鄂　4229、4230、4240、4241
徐發　2028
徐芳　1501、1510
徐奮鵬　60、67、69、197、207、680
徐灃　3095
徐逢吉　135
徐復祚　935
徐灝　3805
徐鴻復　5119
徐翽(徐士俊)　4694、4699、1254、1402
徐績　2296
徐繼恩　343
徐晉亨　4966
徐開第　2336
徐煉 – 徐沁
徐洌　5858
徐林鴻　1397
徐麟　1755
徐夢元　2097、2102
徐墨謙　2927
徐培　5956
徐沁　1568、1573
徐日曦(炅)　825
徐紹楨　2871、2881
徐時敏　573
徐守愚　940

徐淑　2016
徐嵩年　4017
徐維城　3919
徐渭　153、155、765、4625、4862、5737、5795
徐爔　2676、2680、2687、2688
徐孝常　2149
徐旭旦　1259
徐昫　3928
徐異－徐孝常
徐元潤　3835
徐喆　2031
徐治平　5605、5608
徐仲衡　5615
徐子冀　3496、3497、3498、3499
鄦齋－許葉芬
許邦才　5801
許苞承　4777
許寶善　5556
許丙鴻－許光清
許當世　5890、5894、5920
許德滋　4089
許登壽　2008
許奉恩　3909
許光清　5964
許桂林　3494
許珩　3072
許洪喬－許光清
許鴻磐　3341、3343、3345、3346、3348、3349、3527、5576
許鈞平　4462
許麗京　3819、3859
許名崙　2897、2899、2901、2907
許乃穀　3760
許佩璜　2271
許仁緒　4761
許善長　4088、4090、4092、4094、4097、4099、4101、4149
許士良　2007
許廷錄　2005、2009、2011
許濬　112
許葉芬　2989
許逸－許廷錄
許永昌　4770
許昭　2010、2017
許兆桂　3534
許之衡　642、721、755、760、809、920、1090、1710、1895、1994
許纘曾(宗)　1574、1577
栩園－陳栩
栩園－許善長
旭封－吳企寬
序始－毛宗崗

序唐(堂) - 秦獾
勖屏 - 許奉恩
勖玆 - 湯金釗
絜庵 - 薛應和
煦堂 - 陳金雀
緒髯 - 蕭亮飛
緒庭 - 張元襲
宣鼎 4171、5144
宣明 - 羅明祖
軒芝 - 任以治
萱圃 - 劉肇鍈
儇湖 - 陸繁弨
玄都浪仙 585
玄度 - 趙琦美
玄度子 5919
玄房 - 淩濛初
玄壺子 - 蘭茂
玄氏 - 張道濬
玄玉 - 李玉
玄宰 - 董其昌
玄洲 - 虞巍
烜圃 - 饒重慶
削仙□ 754
薛寀 1557
薛旦 1452、1454
薛奮生 1304
薛拱斗 4304
薛論道 5824
薛書堂 4941
薛應和 959
學父 - 徐時敏
學古篆伶人 - 陳金雀
學裴 - 項度
學山海居主人 - 黄丕烈
學子 - 沈大成
雪道人 - 潘廷章
雪道人 - 李坤
雪道人 - 釋如德
雪帆 - 許鴻磐
雪舫 - 吳棠禎
雪舫先生 - 周亮工
雪湖 - 安清翰
雪蕉 - 徐發
雪蕉 - 蕭亮飛
雪鎧道人 - 潘廷章
雪龕道人 - 張三異
雪木 - 李柏
雪坪 - 唐紹祖
雪樵 - 曹寅
雪琴 - 彭玉麐
雪癯 - 顏俊彦
雪髯 - 王城
雪騷 - 鄒律
雪山野樵(瀛仙) 1565、2079

雪蓑－蘇洲
雪田－胡麒生
雪翁－張道
雪屋主人　5913
雪崖－孫郁
雪崖－龐塏
雪漁－王懋昭
雪園－李坤
雪齋主人－洪炳文
雪枝－錢熙祚
謔庵－王思任
勳賢里人－程涓
恂如－孫毓修
循齋－胡介祉
迅侯－劉雲龍
訊鏡詞人－李文瀚
巽轂－左潢
巽倩(緒)－馬權奇
巽齋老人－沈曾植
遜公－沈曾植

Y

厓叟－吳梅
雅山－蔣光煦
雅仙－朱澐
雅雨山人－盧見曾
亞甫－劉心源
亞清－林以寧
亞虞－汪適孫
烟波散吏　5603
燕都　2892
燕南－佘翹
燕山－崔桂林
延閣主人－李廷謨
延庚－三蘇
延立(之)－陳弘世
延陵先生－浣霞子
延陵主人－吳震生
延年－倪鴻
延瑞－徐子冀
言朝楫　2998
言絲－夏綸
岩泉山人－嚴廷中
炎之－繆荃孫
研北－黃叔琳
研北－朱景英
研露老人－崔應階
研露齋主人－楊天祚
研山山長－米萬鍾
研雪子－秦之鑒
研(硯)耘－褚廷琯
閻北嶽－閻鎮珩
閻鎮珩　4319
閻正衡－閻鎮珩

顔俊彦 4893
嚴保庸(熙) 5091
嚴長明 4964
嚴而和 1191
嚴觀 3418
嚴觀濤 5635、5640
嚴繩孫 1457
嚴遂成 2274
嚴廷中 1305、3644
艷畫溪居士 2289
弇州山人－王世貞
琰青－吳秉鈞
彦輔－許當世
彦和－梅鼎祚
彦吉－鄒迪光
彦履－楊繼禮
彦容－顧乃大
彦遠－胡介
晏海－馮雲鵬
掞庭－梁森
硯林居士 2276
硯民－褚廷琯
硯泉－李之雍
硯山－沈德潛
硯亭－吳安祖
雁城－任以治
雁村居士－楊循吉
雁翁－黃鉽
雁影山人－李希聖
雁澤－曹學佺
鴈門－田倬
豔澥－馮雲鵬
陽初－徐復祚
楊葆光 3917、3920、4063
楊潮觀 2340
楊登璐 3100、3101、3102、3103
楊恩壽 4195、4199、4201、4204、4206、4208
楊坊 2474
楊芳燦 2788、3230
楊風子－楊澥
楊復吉 854、4971
楊海－楊澥
楊楫 2146
楊際時 588
楊繼禮 5840
楊介廬 3294
楊柳樓臺主－袁祖志
楊懋建 5121、5126、5127、5128、5131
楊夢符 2800
楊銘 5728
楊南金 5731
楊慤 2346

楊善　604
楊生魯－楊宗岱
楊悌　586
楊天祚　1677
楊維棟　2750
楊維屏　5054
楊煒　3234
楊文叔　2341
楊文蓀　3580
楊錫履　2300
楊澥　5585
楊緒　5463
楊循吉　5654
楊頤　4232
楊彝珍　4203
楊益之　4448
楊用章－楊南金
楊禹聲　5738
楊雲璈　3291
楊雲鶴　2961
楊兆璜　3383
楊宗岱　2626
暘谷－林賓日
仰山－金清彥
仰松－方成培
仰屋生－楊懋建
仰齋－陳子承
仰之－崇恩
養和－朱紹頤
養明子－朱一是
養一－李兆洛
姚大源　2460
姚弘誼　5832
姚華　913、914、915、916、917、967、5151
姚鼐　2640
姚齊宋　2703
姚權　3277
姚思　5360
姚燮　1520
姚鈐　2136
姚之典　684
姚重光　2407
堯臣－何文明
堯卿－劉良臣
遙峯－王祁
遙帆－俞用濟
瑤圃－江崑
瑤山－毛以燧
蕘圃－黃丕烈
窈九生－王蘊章
藥庵－呂洪烈
藥庵－惲樹珏
藥庵居士－呂洪烈

藥夢老人－金兆蕃
藥園－丁澎
藥園灌夫　2943
藥齋－趙熟典
耶溪散人－張瀾
也樵－王增祺
也是翁－錢曾
冶庵－閔鉞
冶城老人　961
冶(埜)公－徐沁
冶亭－鐵保
冶溪漁隱－梁清標
埜堂－錢元昌
野航－楊澥
野航居士－丁耀亢
野鶴－丁耀亢
野君－徐士俊
野老－徐沁
野蠻－黄人
野橋－姚燮
野悠子居　591
野舟－劉楫
葉不夜－葉書
葉承　2620
葉承宗　1266
葉道訓　688
葉德輝　826、1075、4924、4949、4960、4962、4968
葉鳳毛　2621
葉華　4896
葉柳沙　625
葉其紳　5606
葉溶　2914
葉紹棻　3599
葉堂　5546、5550、5554、5555
葉五葉－葉書
葉襄　3769
葉燮　1541、1590
葉一夔　5935
葉元清　5009、5011
葉志元　4621
葉書　996
葉宗寶　4764
葉宗春　618
鄴園－李蟠根
一庵－彭瓏
一百八松亭長－朱景英
一呈－曹大章
一鄂－姚華
一飛－淩延煜
一峯－胡世定
一瓠道人－王夫之
一笠庵主人－李玉
一衲道人－屠隆

一蓮居士 – 吳國榛
一齋 – 余文熙
伊璜 – 查繼佐
伊祁山人 – 李世倬
伊仲 – 吳翌鳳
伊重 – 劉文蔚
衣柳 – 吳克成
猗(漪)園 – 吳禹洛
漪亭 – 田雯
漪園 – 焦竑
怡庵 – 張積祥
怡樓 – 高培穀
宜春 – 胡樹本
宜蘭 3983
宜卿 – 姚弘誼
移芝老人 – 楊彝珍
貽上 – 王士禛
飴山 – 趙執信
遺民外史 2080
儀甫 – 安清翰
儀國 – 孫雲鴻
儀九 – 張廷樂
儀山 – 竇汝珽
儀堂 – 楊登璐
儀亭氏 3984
儀羽 – 李鴻
頤堂 – 王灼
頤齋 – 孫人龍
已畦 – 葉燮
以嗣 – 虞鏤
以養 – 朱一是
倚花 – 金孝柏
倚瑟山房主人 – 楊雲璈
亦安 – 張士櫟
亦庵 – 王空世
亦道人 3500
亦華 – 朱泰修
亦坡 – 三瀚
亦羣 – 賈季超
亦寓 – 張弢
亦元 – 李希聖
亦園 – 昭亭有情癡
亦園 – 王瀚
抑庵 – 吳肅
易庵 – 吳亮中
易(軼)東 – 金門詔
易順鼎 5248
易忠籙 1509
奕繩 – 葉承宗
奕霨(瀗)3756
挹翠主人 5194
挹華 – 林芳
挹華齋主人 2284
挹玄道人 – 程明善

益莽 – 孫德謙
益甫 – 趙之謙
益翁 – 錢元昌
益吾(逸梧) – 王先謙
逸蘭 – 王增年
逸書 – 趙文楷
逸亭 – 徐繼恩
意琴室主 – 黄協塤
意在亭主人 – 孫超都
義仍(少) – 湯顯祖
億孫 – 趙懷玉
毅庵 – 蔣薰
毅孺 – 張弘
毅齋 – 徐績
薏園 – 高誼
嶧傭 – 鄒山
懌民 – 王抃
憶香曼士 – 沈清瑞
憶中 – 劉承寵
翼謀 – 柳詒徵
翼廷 – 余治
翼王 – 陳鴻業
翼望山人 – 柴紹炳
藝風 – 繆荃孫
藝蘭生 5210、5211、5215、5217
藝香居士 5044
議將 – 王廷謨
因百 – 鄭騫
因樹屋主人 – 周亮工
因夏 – 譚尚忠
殷年 – 裴文禩
殷玉(曰) – 裘璉
蔭甫 – 俞樾
蔭甫(閣) – 歸宗郁
灑漁 – 王鐸
听然子 – 薛旦
吟顛 – 蔡應龍
吟崗夔 2290
吟紅主人 – 王端淑
吟香 – 金寶樹
吟香館主人 – 李遂賢
吟香詩舫主人 – 黄燮清
吟鄉(薌) – 張塤
寅伯 – 林章
寅仲 – 吳亮中
飲冰室主人 – 梁啓超
飲谷 – 趙虹
飲流 – 許之衡
飲茗 – 方濬頤
隱莽 – 汪宗沂
隱盦 5292
隱深居主人 – 吳署翰
隱眞氏 – 鄭鄤
蟫庵 – 方還

蠙廬－王季烈
印伯－陳祖綬
印閣(侯)－歸宗郁
印潭方式 2440
胤祿－允祿
胤禎 5460
罌道人 4545
鷹巢－釋定志
盈盈－馬麗華
瑩子－葉元清
嬴宗季女 4511、4512
瀛鶴－程鑣
瀛客－李兆元
瀛仙－雪山野樵
瀛洲愚公－周金然
瀛仙－金安瀾
影秋生 5596－顧影
影園灌者－鄭含成
穎長－江春
穎芳－蔣攸銛
穎山－瞿世瑛
映川－趙懷玉
映庚－王永熙
映然子－王端淑
映莊－顧椿年
應華－秦緗業
應坤－陳琮
應錫介(价) 4533
庸叔－黃鉽
庸閒叟－韓紫宸
雍南－何絜
雍永祚 1721
永觀－王國維
永餘－郭彬圖
永齋主人 5633
詠齋－朱士彥
用安－楊悌
用章－艾俊
用昭－周皚
幽谷朽生－宋徵璧
尤侗 75、1459、1475、1592、1613、1759、1938、1990
尤泉山人 2971、2973
尤維熊 3371
尤貞起 4828
由拳山人－屠隆
猶龍－馮夢龍
遊戲主人 4802
友伯－呂璟烈
友鶴山人－冉夢松
友篁－吳定璋
友山道人 576
友石－米萬鍾
友夏－譚元春

友月居士－金連凱
友竹山人－張祿
友竹主人－王正祥
有山－吳國榛
酉峯－于喬齡
酉泉－蔣恩澂
酉生－朱綬
卣生－朱樽
又邨－汪適孫
又篁－吳定璋
又李－盧明楷
又令－馮嫺
又嵋(湄)－冷士嵋
又山－查元偁
又翁－吳震生
右賓－何樹櫝
右漢－孫郁
右吉－俞汝言
右禮－盧明楷
幼丹－劉心源
幼鳴－鄧祥麟
幼清－曹寅
幼髯－孔廣林
幼文－祁彪佳
幼譽－王龍光
幼芝－朱景英
于－毛奇齡
于皇－杜濬
于李(令)－陳二白
于喬齡　3938
于若瀛　4616
于尚齡　3935
于湘－張藻
于野－茹□禧
于一－毛奇齡
于一－王定柱
于儀－汪漸鴻
于有聲　3934
于振　2207、2940、5504
余丰玉　3502
余扶上　298
余集　2678
余嘉穀　3775
余瑞璋　4147、4151
余嵩慶　5167
余文熙　725、4665
余治　4547、4549、4554、4559、4560
於釋－金紹綸
禺同山人－張含
俞公穀　1638、1640
俞汝言　349
俞思謙　3397
俞廷瑛　4062、4067
俞興瑞　3287

俞彦　904、5815
俞用濟　3456、3538
俞樾　4069、4226、4228、4565
俞肇元　5524
俞鍾　5827
娱存－張丙
雩門－桂馥
魚(漁)村－張丙
魚山－裘璉
魚竹－劉恭壁
榆村－徐爔
虞盦－張預
虞鏤　1392
虞巍　1390
愚公(谷)－鄒迪光
愚谷老人－張而是
愚山子－徐芳
愚亭－高宗元
愚亭居士－沈成垣
漁禪漫叟－張曾虔
漁村－杜琰
漁山－曹履吉
漁山－邊汝元
漁山－董榕
漁山子－曹履吉
漁衫－李懿曾
漁珊－陳僅
漁洋－王士禛
漁莊釣徒　4499
餘不釣徒　5192、5197
餘不鄉後人－沈受宏
餘山－陳瑾
餘姚公－許之衡
餘園－王元常
宇台－孫治
雨村－李調元
雨方－姚大源
雨峯－陳階平
雨甘－周大澍
雨耕－馬春田
雨侯－陸雲龍
雨蕉－周賡盛
雨林書屋主人－蔣霖遠
雨舲－崇恩
雨農－李瑞清
雨生－易貽汾
雨生－陳作霖
雨堂(園)－恩普
雨香－張鑊
禹金－梅鼎祚
禹舲－崇恩
禹門－師亮采
禹木－張三異
禹卿－王文治

禹山 - 程虞卿
禹書 - 熊超
敔舲(翁) - 崇恩
瑀章 - 胡禽年
與岑 - 楊夢符
與(語)舲 - 崇恩
與齋 - 查繼佐
嶼春 - 邵葆祺
玉蟾道人 - 施成嘉
玉長 - 何璧
玉川 - 程明善
玉峯 - 丘濬
玉峯 - 汪森
玉峯 - 趙士麟
玉峯 - 張丑
玉勾詞客 - 吳震生
玉寒 - 朱承澧
玉几生　2936
玉津居士 - 胡薇元
玉局先生 - 吳奕
玉立 - 梁清標
玉玲瓏館主人 - 魏熙元
玉梅花庵道士 - 李瑞清
玉茗堂主人　4684
玉年 - 許乃穀
玉畦 - 趙孝英
玉畦女史 - 趙孝英
玉卿 - 萬榮恩
玉泉樵子 - 許善長
玉如 - 李少榮
玉汝 - 倪元璐
玉山 - 李淑
玉山高並(張情?)　563
玉叔 - 宋琬
玉笥笢 - 傅王露
玉松 - 吳雲
玉堂 - 張新梅
玉堂 - 吳署翰
玉田 - 袁棟
玉亭 - 謝庭
玉亭 - 呢瑪善
玉亭 - 伯麟
玉亭 - 李宸
玉溪 - 馮調鼎
玉仙 - 孫鏘
玉岩 - 魏熙元
玉陽生 - 王驥德
玉映 - 王端淑
玉芝居士 - 陳昭祥
玉芝亭主人　4519
玉麈山人 - 蔡應龍
玉子 - 許乃穀
聿文(雲) - 佘翹
郁州山人 - 吳恆宣

浴日生 4509
浴咸－徐旭旦
浴齋－楊銘
馭雲仙子 1424
遇(寓)五－閔齊伋
寓村硯民－褚廷琯
寓山居士－祁彪佳
寓庸－黄汝亨
寓園－李宜之
裕齋－張守中
愈光－張含
愈園主人－黄祖顓
毓如－李鍾豫
豫章－鄧志謨
霱堂－程麟德
鬱藍生－吕天成
淵如－孫星衍
淵若－汪洵
鴛湖逸者(高□□) 5398
元成－來集之
元芳－孟良胤
元俸－張禄
元甫－曹履吉
元甫－許善長
元撫－林則徐
元侯－阮龍光
元介(升)－朱之蕃
元敬－孔昭虔
元絅－于君瀛
元九－徐晉亨
元朗－何良俊
元亮－周亮工
元美－曹以杜
元美－王世貞
元啓－來棨
元卿－張祥河
元升－陸舜
元升－朱之蕃
元生－吴廷康
元壽－吴孟祺
元素－吕履恆
元素－張絢
元彦－昝霱林
元一(益)－馬振伯
元音－翁嵩
元瀛－沈肇元
元玉－李玉
元贊－劉可培
沅蘭－顧椿年
沅浦癡漁－余嵩慶
垣子－張九鉞
爰楫－瞿天潢
爰爰居士－俞彦
袁誠梓 3733

袁棟　2263
袁宏道　661
袁錦　4222
袁晉 － 袁于令
袁枚　2688、2768、2778、2918、3412
袁聲　1533
袁蟫　4337、4338、4342、4346、4465
袁佑　1622、1627
袁于令　1011、4697、4726、5523
袁志學　4728
袁祖光　3664
袁祖志　4967
園(薗)次 － 吳綺
園客 － 倪元璐
園客 － 袁志學
園隱主人　5872
圓海 － 阮大鋮
圓明居士 － 胤禛
圓嶠花主　5236
轅文 － 宋徵輿
遠辰 － 丁有庚
遠梅 － 石鈞
遠山堂主人 － 祁彪佳
曰南 － 吳敏道
約堂 － 陳守詒
約亭 － 孫人龍
約齋 － 沈祥龍
月查(槎) － 蘇輪
月川 － 馬光祖
月舫 － 麟桂
月府仙樵　5050
月海 － 陳熀
月鑒主人 － 章傳蓮
月嵐(南) － 許桂林
月卿 － 王家璧
月溪 － 孫謐
月軒 － 熊華
月岩 － 呂履恒
岳夢淵　2281
越縵 － 李慈銘
越西 － 張衢
越雪 － 周金然
閱世道人　4712
云亭山人 － 孔尚任
芸穀 － 黃雲鵠
芸圃 － 楊登璐
芸士 － 楊文蓀
芸臺 － 董象垚
耘斗山樵 － 王鐸
雲安小隱　3833
雲庵 － 顧森
雲伯 － 徐元潤
雲槎外史 － 顧春
雲癡道人 － 范石鳴

雲芬 - 程恩澤
雲峯 - 王階
雲澗 - 仲振奎
雲錦 - 鄧志謨
雲居山人 5218
雲客 - 彭瓏
雲來(萊) - 王應遴
雲林老農 - 周亮工
雲爐 - 李廷謨
雲門 - 樊增祥
雲門僧 - 陳洪綬
雲門山樵 2505
雲鵬 - 曹章
雲嶠 - 許鴻磐
雲嶠 - 張遠
雲橋 - 俞鍾
雲樵 - 王吉人
雲樵 - 王鳳池
雲瘦 - 倪鴻
雲衢 - 龐應石
雲生 - 楊文叔
雲生 - 李文瀚
雲石主人 1512
雲史(舒) - 郭象升
雲墅 - 宋鳴琦
雲水散人 - 賈仲明
雲堂 - 許光清
雲亭 - 潘精一
雲臥山人 2977
雲谿 - 沈謙
雲纖 - 張鎬
雲軒 - 李振翥
雲岩 - 孫如金
雲菴道人 - 艾俊
雲在 - 左輔
雲在 - 吳孝緒
雲齋 - 孫詒
雲芝 - 錢端
雲渚 - 李光瑛
雲莊(裝) - 賈季超
筠川 - 汪士鍠
筠帆 - 胡湘
筠泉 - 夏尚忠
筠墅老人 - 傅玉書
筠亭 - 汪家億
允吉 - 袁葉封
允祿 5474、5502
允叔 - 郭象升
允遂 - 毛以燧
允莊 - 汪端
惲樹珏 4383
蘊珩 - 曾興寶
韞甫 - 周騰虎
韞如(孺) - 閔光瑜

韞山 – 沈赤然
韞山 – 朱鳳森
韞玉 – 袁于令
韞齋 – 存華
蘊空居士 – 陸西星　421
蘊山 – 黃燮清
蘊原(源) – 許名侖
韻甫 – 黃燮清
韻琴 – 丁文蔚
韻卿 – 宦振聲
韻秋 – 施維藩
韻如 – 閔光瑜
韻珊 – 黃燮清
韻生 – 徐維城

Z

哉日 – 葉襄
栽芝　4381
宰平 – 黃鈞宰
再生人 – 蔣衡
再世迂愚叟 – 丘濬
再元 – 姚齊宋
在杭子　5917
在衡 – 金鑾
在鎔 – 孫如金
在揚 – 吳翀
在中 – 錢宜
在中 – 邵大業
簪廷(庭) – 胡盍朋
昝霨林　2048
贊庵 – 李調元
贊甫(府) – 吳廷康
贊皇 – 朱襄
贊元 – 姚齊宋
臧懋循　3、744、788、4650、4652
則震 – 陳夢雷
澤寰 – 施潤
曾蕚　2357
曾守銳　4532
曾衍東　3173
曾璵　5702
曾燠　3133
增美 – 劉芳躅
增琪 – 王增祺
查昌甡　2100
查繼佑 – 查繼佐
查繼佐　1228、5391、5393
查省 – 查繼佐
查嗣馨　345
查文經　4939
查有筠 – 查元偁
查元偁　3540
楂薌 – 蔣世鼎
詹賢　1579、1580、1582

瞻明 – 徐日曦
展成 – 尤侗
展其 – 吳之驥
展謔齋主人 – 路衍淳
占亭 – 李於陽
湛光 – 毛瑩
湛園 – 米萬鍾
章伯 – 李雯
章傳蓮　2437
章侯 – 陳洪綬
章慶恩　4413、4414
章冉 – 梁廷枏
章日礜　2135
張翺　3282
張寶鑑　3262
張寶樹　2467
張賁 – 張賁孫
張賁孫　1411
張丙　3712
張炳昌　2404
張炳傑 – 張道
張炳堃　1239
張曾虔　3048
張潮　4900、4901、4902、4903
張持　3752
張赤幟　1315
張沖　5931
張丑　4817
張楚 – 張奇
張傳詩 – 張塤
張淳　4003
張大復 – 張彝宣
張猷 – 張斕
張岱　12[illegible]3
張道　40[illegible]9、4023
張道濬　245
張德容　4082
张德謙 – 張丑
張而是　1923
張蘩　1747
張方中(升) – 方還
張鳳翽　3618
張鳳孫　3119
張鳳翼　44、4628、5799、735
張鳳詔　2470
張公璠 – 張祥河
張國維　1029
張含　5734
張漢　5334
張珩　324
張弘　812
張鴻恩　2665
張積祥　1339
張吉士　5925

張家栻　2516
張堅　2142、2144、2169、2173、2174、2182
張堅之－張堅
張檢之　4140
張鍊　5792
張籛　3826、3837
張錦　2822、2839
張景宗　2552
張九鉞　2510
張冐　4845
張瀾　2045、2046、2047
張令儀　1975、1977
張龍輔　2183
張祿　4598、4600、4601、4602、4603、4604、4605
張茂炯　4379、4404
張明弼　267
張鳴愚　59
張鵬　2311
張聘夫　249
張琦　3691、5888、5897
張欠夫　2122
張衢　3273、3274、3277、3279、3285
張潤珍　4126
張三禮　2574、2582
張三異　1378
張盛藻　3703
張士櫟　4382
張守中　5717
張樹幟　1208
張弢　820
張韜　1959
張天粹　589
張廷樂　2161、2308
張通典　4284
張維城－張岱
張錫蘭　1889、5916、5917
張憲漢　1924
張香　2389
張祥河　3657
張新梅　2916
張興權－張琦
張栩　5929、5930
張旭初　5896、5907
張萱　947、1437、5315
張絢　4190
張塤　2598
張訓銘　3824
張延邴－張丙
張怡　2853
張彝宣　5387
張翊－張琦
張翊清　1860

張迎煦　4936
張瀛皋－張炳堃
張雍敬　1855
張羽　5648
張瑀　673
張玉森　1166、1896
張玉笙－張玉森
張預　4022
張毓楨－張雲驤
張元濟　4596
張元襲　3369
張元徵　4693
張遠　4612、5402
張雲驤　4433、4435
張藻　3121
張擇　4853
張正任　2330
張之鼎　1258
張宗孟　578
長公－吳震生
長卿－浦庚
長卿－屠隆
掌衡－陸和鈞
掌平－吳世賢
掌生－楊懋建
朝采－錢元昌
招愔－黄鉽
昭回－倪倬
昭亭有情癡　1563
昭子－沈靳
沼亭－張彔宗
兆龍－師亮采
兆木－王鳳池
兆受－李世忠
趙彬　2795
趙春元　3780
趙戴文　1210
趙虹　2613
趙懷玉　3059
趙開美－趙琦美
趙麟趾　3952
趙琦美　120、122、123、124、125、126、129、130、131、416、418、424、425、426、427、428、429、431、433、436、440、442、444、445、446、448、452、453、454、455、456、457、459、460、461、462、463、464、465、466、467、468、469、470、471、472、473、474、475、476、478、479、480、484、487、489、491、512、541、690、691、692、693、694、695、696、697、698、699、700、701、702、703、704、706、707、708、709、710、711、712、714、715、716、717、718
趙人－程虞卿
趙生覺　3333

趙士麟　1697
趙熟典　2912
趙苕狂　5261
趙魏　4845、4929
趙文楷　3182
趙璽　3798
趙孝英　2635
趙曰佩　3312
趙澐　1629
趙之謙　4095
趙之燡　3822
趙執信　2032、4906、4907
趙酌蓉　4136
肇一－馬羲瑞
肇易－馬羲瑞
哲堂－何文明
謫凡－李漁
謫生－徐昹初
柘湖－何良俊
蔗村－裘璉
蔗農－楊頤
貞甫－李黼平
貞父－黃汝亨
貞介－盛敬
貞木－秦雲
眞如子－王化隆
眞實居士－馮夢禎
蓁芠－毛秋繩
甄匋－陸景鎬
甄胄－錢希言
枕雷道人－劉世珩
枕流翁　56
振夫－汪承鐸
振九－倪蛻
震峯－沈際飛
震來－王檈
震明　4581
震亭－于有聲
震英－楊緒
徵梅－劉澌熇
正翔－鄭官應
政南－周賡盛
鄭賡唐　1289、1290、1292
鄭官(觀)應　4568
鄭含成　2911
鄭騫　2093、3950
鄭鄤　70、270、641、4690
鄭士毅　1269
鄭位　2291
鄭錫瀛　5008
鄭應台　5921
鄭由熙　4143、4144、4150
鄭元勳　1108、1110
鄭孕唐－鄭賡唐

鄭藻 4320
鄭振鐸 928、942、1034、1042、1366、1465、1659、1736、1960、3650、4661、4661、5719、5797
鄭振圖 3017
鄭之珍 617
鄭忠訓 4074
之定 3308
支三－查繼佐
芝房－邵詠
芝麓－龔鼎孳
芝圃－姜志望
芝泉－淩延煜
芝田－曹秀先
芝田－王百齡
芝田－沈清瑞
芝翁－管庭芬
芝塢居士－吳人
芝仙－郭菉
芝鄉－姚大源
芝園－林啓亨
芝園主人－茅一相
知非－柳詒徵
知非子－黃丕烈
知如老人－趙執信
知誤道人－馬羲瑞
知音客－吳署翰
知足子－顫秋亭
織簾－顧夢麟
織簾居士－沈筠
直庵－魏方焫
直方－宋徵輿
直侯－范元亨
直山－葉德輝
直翁(□晗謦) 2082
執如－石韞玉
植生－李瀚昌
止安－洪之則
止庵－蘭茂
止巢－喬載繇
止生－茅元儀
止岩－徐繼恩
止耀－陳燦
止園居士 1337
止齋－夏戣
止止居士－潘耒
止仲－吳亮中
止足居士－周金然
芷甫－朱昌頤
芷苓－余嵩慶
芷生－沈清瑞
芷湘(翁)－管庭芬
祉亭－高承慶
至明書屋主人 3987

至堂－袁誠格
志仁－胡榮
志學齋老人－張通典
治子－汪上薇
治佐－沈永隆
峙莽－沈最羣
峙亭－岳夢淵
致果－胡其毅
致遠－許濬
致遠－鄭士毅
智山－陳子升
智脩－胡介祉
稚成－淩濛初
稚觀－彭劍南
質明－胡亦堂
穉圭－周升桓
中庵－顧夢麟
中醇－陳繼儒
中峯－胡嵩林
中湖－吳震生
中郎－袁宏道
中泠－李雲翔
中麓－李開先
中敏－任訥
中實－易順鼎
中洲－陳子升
鍾離濬水－杜濬
鍾人傑　644
鍾山－劉芳躅
鍾嗣成　4833
鍾羽正　5845
鍾越－金兆燕
種菜叟－徐淑
種花翁－胡介祉
種木居士－陳守詒
種石山農－易順鼎
種秫天農　4009
種緣子－徐爔
種芝山館主人　5109、5114、5117
仲醇－陳繼儒
仲都－李遂賢
仲方－顧正誼
仲房－王寅
仲甫－左輔
仲光－徐芳
仲衡－黄鈞宰
仲環(潔)－朱綬
仲輝－陸伯焜
仲嘉－阮亨
仲朗－趙琦美
仲老－何煌
仲連－茅茹
仲良－宋弼
仲霖(麟)－李瑞清

仲倫 – 吳德旋
仲茅 – 俞彦
仲鳴 – 孫鏘
仲謨 – 徐鼎襄
仲牧 – 陳守詒
仲卿 – 袁宏道
仲清 – 張茂炯
仲容 – 徐洌
仲山 – 劉受爵
仲山 – 王嵩齡
仲珊 – 金寶樹
仲深 – 丘濬
仲碩 – 易順鼎
仲臺 – 馬鳴霆
仲弢 – 王韜
仲爲 – 劉家謀
仲雪 – 魏浣初
仲一侯 3624
仲義（誼）– 朱經
仲愔 – 鄒式金
仲友 – 何煌
仲章 – 李來泰
仲詔 – 米萬鍾
仲振奎 3128、3129、3141、3148、3149、3151、3152、3153、3154、3155、3156、3157、3158、3159、3160、3161
仲振履
仲中 – 仲一侯
仲子 – 陳守詒
仲子 – 王嵩齡
仲子 – 淩廷堪
仲子 – 李遂賢
仲子 – 高應玘
眾香主人 5047、5048、5053
舟庵 – 吳震生
周皚 2741
周昂 2700、2704、2705、2995、3007、4784、5530
周百順 3327
周大榜 2494、2495、2497
周大澍 2628
周道昌 4530
周恩綬 3654
周鳳岐 2461
周誥 4841
周賡盛 3821
周家璠 4768
周金然 1612
周焌圻 4457
周孔訓 932
周亮 – 周亮工
周亮工 1647
周履端 3689
周清祺 – 周焌圻

周權　1486
周蓉波　5642
周升桓(恆)　3193
周書　2350
周樹　1682
周棠　4998
周騰虎　3830
周庭－朱廮
周望－陶望齡
周祥鈺　5506
周塤琴　2245
周瑛－周騰虎
周有－劉士棻
周寓莊　4540
周裕度　1338
周樂清　3562、3564、3645
周之標　4641、4642、4643、4644、4645、4647、4648、5923
粥翁－湯貽汾
胄儀－姜鳳喈
晝人－羅明祖
籀齋　4161
朱昌頤　4933
朱朝鼎　183
朱承澧　3495
朱鳳毛　4071
朱鳳鳴　3751
朱鳳森　3323、3324、3525、3526、3530、3532
朱珪　3124、3126
朱恆晦－朱一是
朱珩　5475
朱鴻鈞　4775、4776
朱京藩　1320
朱經　4842
朱景英　2484
朱敬一　1381
朱凱　4836
朱葵向　1363
朱廮　2703
朱祿建　4767
朱璐　317、319
朱其輪　628
朱啓福　4018
朱芹－朱亦東
朱瑞圖　2050、2055、2064、2065
朱紹頤　4174
朱士彥　5725、5727
朱綬　3393
朱素雲－朱澐
朱泰修　3865
朱廷鏐　5478
朱廷璋　5476
朱亭山民－葉德輝

朱庭凱 – 朱庭珍
朱庭珍 5163
朱武 4844
朱希祖 1955
朱顯榕 4591、5714
朱襄 1763、1992
朱休度 4931
朱繡 2267
朱勳 2053
朱一是 1027
朱衣道人 – 傅山
朱彝尊 1765、1934、1945
朱亦東(棟) 3466、3477
朱奕曾 2156
朱益采 1539
朱益濬 4948
朱蔭培 3646
朱英 1530
朱永昌 1271
朱永世 5725
朱永圖 1272
朱有燉 491、509、519、523、525、528、531、533、536、538、539、542、5694
朱元滬 2718
朱澐 246
朱之蕃 5810
朱宙楨 5800
朱樽 3787
邾(朱)經 4850
珠江漁父 – 昭亭有情癡
珠士 – 周大榜
珠妄 2850
諸葛元聲 158
竹垞 – 朱彝尊
竹癡居士 – 呂天成
竹初 – 錢維喬
竹佃 – 林芳
竹酣居士 4959
竹鹵侍史(高山桃?) 2917
竹卿 – 朱鳳毛
竹泉 – 李文炳
竹泉生 4368
竹石山樵 – 丁守存
竹書堂主人 – 丁丙
竹唐 – 楊澥
竹堂居士 – 石韞玉
竹汀 – 錢大昕
竹吾 – 馬國翰
竹溪 – 丁守存
竹溪 – 沈樹本
竹溪 – 宋廷魁
竹溪風月主人 – 鄧志謨
竹溪散人 – 鄧志謨

竹軒 – 淩存淳
竹軒 – 孫福申
竹軒主人 4731
竹崖樵叟 1658
竹齋 – 劉伯友
竹莊 – 傅玉書
竹醉 – 李振翥
竺生小謝 5202
燭坤 – 趙之燡
主弧者 – 王翃
祝良 4070
著花庵主人 – 李黼平
貯雲 – 孔昭薰
築岩 – 徐紹楨
鑄鐵庵主 – 蔡爾康
轉華夫人 – 程瓊
莊持本 685
莊溪老人 – 王育
莊蘊寬 3708
莊肇奎 5007
拙庵 – 徐芳
拙存 – 蔣衡
拙圃 – 崔應階
拙生 – 鄧志謨
拙石 – 安致遠
卓老 4655
卓人月 1112、1149、1255、1257、1317、4700
卓如 – 梁啓超
卓吾(李贄?) 4657、4659
濯花居士 – 李雯
茲重 – 董訥
滋衡(蘅) – 費錫璜
緇仲 – 李宜之
子鼻 – 方新
子步 – 于若瀛
子才 – 袁枚
子澄 – 余嵩慶
子傳 – 蘇輪
子春 – 王育
子底 – 王士祿
子弗 – 蔡爾康
子復 – 路衍淳
子高 – 吳唐林
子恭 – 陳鴻壽
子顧 – 曹爾堪
子和 – 吳寶鈞
子和 – 高承慶
子集 – 姜大成
子健 – 胡重
子京 – 孫超都
子京 – 燕都
子經(敬) – 羅振常
子敬 – 葉承

子敬－嚴觀
子敬－胡汝欽
子九－宣鼎
子久－茅恆
子珏－萬立銜
子俊－黄明灼
子俊(峻)－夏堜
子蘭－康葉封
子綸－田雯
子培－沈曾植
子佩－管庭芬
子璞－秀琨
子期－朱紹頤
子乾－呂士雄
子清－曹寅
子仁－劉敦元
子融－薛應和
子若(塞)(適)－孟稱舜
子受－譚光祜
子壽－胡盍朋
子素－劉繪
子陶－王鑨
子文－袁錦
子羲－金兆棨
子仙(鮮)－武澄
子瀟－胡湘
子秀－劉璜
子虛子 3989
子旭－劉華東
子宣－何鈁
子玄－陸采
子言－邵詠
子揚－王翃
子揚－陳學震
子野－施紹莘
子彝－端木國瑚
子彝－沈維鐈
子異－楊頤
子用－汪曾唯
子猶－馮夢龍
子魚－吳秉鈞
子虞－張預
子玉－鄭之珍
子淵－汪洵
子遠－徐灝
子愿－米萬鍾
子珍(縝)－陶方琦
子貞(箴)－方濬頤
子眞－王士禛
子尊－車持謙
梓廬－朱休度
梓庭－吳家栴
梓仲－高祖同
紫綬－蔡爾康